ullstein

Das Buch

Nach einer Sauftour erwacht der Schuldirektor Jens Lamprecht eingesperrt in seiner Wohnung. Die Entführer sind Jannik und Tai, zwei ganz normale Jungs, zwei Außenseiter. Beide machen den Direktor für den Selbstmord von Melanie verantwortlich und wollen ein Geständnis erpressen: In der Putzkammer neben der Wohnung des Direktors richten sie sich eine Überwachungszentrale ein. Federführend ist Tai, der Janniks Verliebtheit ausnutzt. Aber je mehr Geheimnisse die beiden Jungs teilen, desto größer wird die Distanz zueinander. Brüllend komisch erzählt Axel Ranisch diese fantasievolle Coming-of-Age-Geschichte, die nebenbei ein neues Konzept von Männlichkeit entwickelt.

Der Autor

Axel Ranisch, Regisseur, Schauspieler und Opernschreiber ist ein kreativer Tausendsassa. Nach den Filmen *Dicke Mädchen, Ich fühl mich Disco* und *Alki Alki* hat er nun seinen Einfallsreichtum in Literatur gegossen.

AXEL RANISCH

NACKT ÜBER BERLIN

ROMAN

ULLSTEIN

Besuchen Sie uns im Internet:
www.ullstein-buchverlage.de

MIX
Papier
FSC FSC® C083411

Ungekürzte Ausgabe im Ullstein Taschenbuch
1. Auflage August 2019

Umschlaggestaltung: zero-media.net, München, nach einer Vorlage von Rothfos & Gabler
Titelabbildung: © Niklaus Stoecklin / Getty Images
Foto des Autors auf Seite 1: © Denis Pauls
Satz: L42 AG, Berlin
Gesetzt aus der Caecilia
Druck und Bindearbeiten: CPI books GmbH, Leck
ISBN 978-3-548-06030-9

Für den großen Thorsten Merten,
für »Paule Panther«
für »Pianopenner« und den »Patagonischen Pinguinficker«

&

für meinen Opa Johannes, der immer wollte,
dass ich mal Schriftsteller werde.
Alles Egon.

1

4. September 2015

Papa war im Ausland und Mama beim Zumba. Es konnte mich also niemand stören.

Rachmaninoff. *Sinfonische Tänze op. 45 – der Morgen.*

Ich legte die CD ein, zog meine Hose aus und kroch mit der Fernbedienung unter die Bettdecke. Ich drückte auf Play. Noch vor dem ersten Ton schoss mir das Blut in den Unterleib. Ich drehte mich auf den Bauch und bohrte meine Erektion in die Matratze.

Die Musik begann. Ein Pulsieren der Streicher. Wie die Hüter einer Traumwelt warfen die Holzbläser Bedenken in den Raum. Es klang wie »Lass es sein … lass es sein, lass es sein, lass es sein …«.

Erst Englischhorn, dann Klarinette, Fagott und schließlich noch grummelnd, verstummend die Bassklarinette. Ihre Warnungen halfen nichts. Ich war bereit. Das Orchester und ich holten tief Luft, um zum großen Tutti anzuschwellen. Auf die Plätze, fertig, LOS:

»Bamm, bamm, bamm, bamm. Dadadiii Damm.«

Ich sang laut mit und schlug unisono mit den Fäusten auf mein Kopfkissen:

»Bamm, bamm, bamm, bamm. Ramtatiii Tamm.«

Die Pauke pfefferte mir ihre Schläge ins Gesicht.

»Badabaaaaa!«

Das Hauptthema bohrte sich durch meinen ganzen Körper und zog mich hinein in einen Strudel aus Monsterwellen und Warpantrieb und Gletschereis und Weltuntergang.

Ich hatte nichts als theoretische Vorstellungen davon, aber so in etwa musste sich Sex anfühlen. Zeit und Raum und Lust und Dasein und Totsein strömten zu einem gewaltigen Fluss zusammen und spülten mich willenlos vor die Füße von Tai.

Er stand barfuß mit seiner Kamera auf einer Lichtung und filmte zwei ineinander verknotete Schlangen. Die Holzbläser errichteten einen Bambuswald um ihn. Nebelschwaden zogen auf. Es roch nach Jasminreis und Zimt. Ich ging zu Tai und nahm ihm die Kamera aus der Hand. Statt der blöden Schlangen filmte ich ihn. Die Kamera schwebte wie von allein über seine schlanken Füße, seine Waden, über die von einer kurzen Hose bedeckten Oberschenkel, über den schmalen Spalt von blanker Haut, den das kurze Leinenhemd über seinem Hosenbund freigab und der wie ein Meer schimmerte, in dem ich gern ertrunken wäre. Tai schloss die Augen und ließ sich filmen. Kleine Härchen erwachten auf seiner Haut und stellten sich der Kamera entgegen. Aus seinem Nacken kam Wärme, die mich schwerelos machte. Ich wollte im Ganzen verdampfen, um in tausend Tröpfchen auf Tais Haut zu kondensieren.

Doch Rachmaninoff formierte seine Truppen erneut und rief mit höllenhaftem Krächzen des Englischhorns das Hauptthema zurück in den Wald. Erneut schlug ich in mein Kissen, erneut sang ich mir die Kehle aus dem Leib, erneut durchfuhr der gewaltige Orchesterapparat meinen jugendlichen Körper und brachte mit dem Knarzen der Bleche und dem Wirbeln der Pauken Verstand und Fleisch zum Bersten.

Völlig verausgabt sank ich auf meine Matratze nieder. Rachmaninoff hatte mich erlegt, und ich hatte es nicht anders gewollt.

Hämisch zogen Streicher und Holzbläser über meinen Leichnam hinweg, auf dem Weg zum Nächsten, der sie für seine Träume missbrauchen wollte.

Nach einigen Sekunden Ruhe kam ich zu mir. Ich hatte, ganz ohne meine Hände zu gebrauchen, in meine Bettwäsche kondensiert. Ein unbeschreibliches Gefühl.

Die Tür wurde aufgerissen. Mama steckte ihren Kopf in mein Zimmer.

»Das ist zu laut, Janni, das weißte doch.«

Ruckartig zog ich die Decke über den Kopf und versuchte unbeteiligt zu wirken. Meine Mutter trat ins Zimmer und näherte sich meinem Bett:

»Janni, was is'n los? Biste krank?«

Warum sind ausgerechnet Eltern die unsensibelsten aller Geschöpfe auf dieser Erde?

»Nein, Mama, dein Janni hat sich zu russischer Spätromantik einen von der Palme gewedelt, weil er dachte, dass du beim Zumba bist, und liegt deshalb nackig und vollgesifft unter seiner Bettdecke und möchte, dass du ganz schnell sein Zimmer verlässt!«

Es gibt ja Kinder, die mit ihren Eltern so sprechen können. Ich konnte das nie, und ich wollte auch nicht. Das Einzige, was ich in diesem Moment dringend wollte, war meine Ruhe. Mama setzte sich zu mir auf die Bettkante.

»Du bist ja ganz rot und außer Atem.«

Sie fasste mir auf die Stirn.

»Hast du Fieber?«

Ich schüttelte den Kopf und drehte mich zur Seite:

»Bin nur müde, Mama.«

Endlich stand sie auf.

»Ich mach dir mal 'nen Ingwertee, mein Hase, und lass dir 'ne warme Badewanne ein.«

Mama ging, ohne die Tür hinter sich zu schließen. Selbst Buckelwale sind einfühlsamer.

*

Mama versorgte mich mit Brühe, Tee und ihrer Anwesenheit. Anscheinend wollte sie ihren Feierabend partout nicht alleine verbringen.

Sie legte sich in meinen Sitzsack und wollte Musik hören. Das wollte sie nie! Sie wusste, dass sie sich mit dem Interesse an meiner Musik ein Bleiberecht in meinem Zimmer erkaufen konnte. Also legte ich auf. MC Jannik Schade an der Stereoanlage.

Gerade hatte ich Schönbergs zwölfdiatonischen KZ-Brecher *Ein Überlebender aus Warschau* aus dem Regal gefischt, da schob Mama noch mit großen braunen Rehaugen die Bitte hinterher, sie nicht allzu hart ranzunehmen.

»Denk dran, ich hatte einen langen Tag, Janni.«

Na gut. Ich wollte Mama ja tatsächlich etwas beibringen.

Irgendwie war die Klassische Musik an ihr vorübergegangen. ABBA mochte sie, die Beatles, Manne Krug … Da sprach ja auch grundsätzlich nichts dagegen. Trotzdem war mir vollkommen schleierhaft, wie auch nur ein halbwegs vernünftiger Mensch aus Mama hatte werden können, wo ihr doch die Werke von Mahler, Saint-Saëns oder Mussorgski nicht vertraut waren.

Ich musste geschickt vorgehen. Ein langsames Stück musste einem schnellen folgen, ein emotionales einem leichten. Mama durfte weder einschlafen noch überfordert werden. Außerdem musste sie durch kleine Anekdoten aus der Werkshistorie für die Dreh- und Angelpunkte im jeweiligen Stück sensibilisiert werden.

Ich begann mit Giovanni Bottesinis *Elegie in D.* Um die Musikstunde interaktiv zu gestalten, forderte ich sie auf, das Soloinstrument zu erraten. Wie ich erhofft hatte, tippte sie auf das Cello. Und schon waren wir im Gespräch. Bottesini gehört nämlich zu den ganz wenigen Komponisten, die im 19. Jahrhundert überhaupt Solowerke für den Kontrabass geschrieben haben.

Dieser freundlich nasalen Liebeskantilene des säuselnden Basses musste nun etwas mit größerem Wiedererkennungswert folgen. So brachte ich die Callas mit *Madame Butterfly*. Mama und mir schossen augenblicklich die Tränen in die Augen. Die kleine Cio-Cio-San wartete seit Jahren auf die Heimkehr ihres Mannes.

Ein japanisches Mädchen, das sich unsterblich in einen amerikanischen Marineoffizier verliebt und ihn überstürzt geheiratet hatte. Nun saß sie da. Allein, mit dem Kind, das er ihr gemacht hatte, und sang so herzzerreißend schön.

Ein bisschen erinnerte mich die Situation an Mama und mich. Auf Papa musste man auch immer warten. Immer und überall. Bisher war er stets wiedergekommen. Auch wenn die Tage seiner Anwesenheit nicht unbedingt angenehmer waren als die seines Fortbleibens. Papa hatte den nervigen Ehrgeiz, seinen über Jahre und Monate angewachsenen Erziehungsrückstand in den wenigen Tagen seiner Heimatbesuche aufzuholen. Das machte die Sache mit der bedingungslosen Vaterliebe schwer.

Mama kullerten die Tränen über die Augen. Maria Callas hatte wie immer den richtigen Tonfall getroffen. Jetzt brauchte ich, beziehungsweise Mama, etwas Aufmunterndes. Man darf die Gefühle der Frauen nicht endlos strapazieren. Sie werden sonst unberechenbar. Und irgendwie hatte der Abend gerade so schön begonnen. Ich entscheid mich für den *Schneeflockenwalzer* aus Tschaikowskis *Nussknacker*.

Tschaikowski hat die Kraft, mich glücklich zu machen. Es gibt da eine Seelenverwandtschaft. Ich kann es nicht erklären. Tschaikowski ist vielleicht mein bester Freund. Das klingt furchtbar seltsam, ich weiß. Tschaikowski ist über 120 Jahre tot und trotzdem verstehe ich mich besser mit ihm als mit allen anderen Menschen, Mama vielleicht ausgenommen.

Da ist hinter den Walzern und Tänzen, den eingängigen Melodien und kitschigen Geschichten eine verträumte, weltvergessene Melancholie, die mich genau da abholt, wo auch immer ich gerade stehe. Ich liebe ihn. Mama kann ich solche Sachen nicht wirklich sagen. Sie macht sich dann Sorgen um mich und bittet Papa, mir einen Platz im Wasserballteam zu organisieren, damit ich abnehme und Freunde finde.

Warum glauben Eltern, dass man dringend gleichaltrige Freunde braucht, um glücklich zu sein? Vielleicht brauche ich gar keine Freunde. Jedenfalls keine in meinem Alter. Auf Schule könnte ich komplett verzichten. Alles, was da kreucht und fleucht, kann mir gestohlen bleiben. Außer Tai. Aber das ist was anderes. Tai ist nicht von dieser Welt.

Mama war kurz vorm Einschlafen. Sie hatte die Augen geschlossen und begann geräuschvoll zu atmen. Ich ermahnte sie. Mama räusperte sich und gab vor zu genießen. Wir wussten beide, dass das nicht stimmte.

Ich musste ein Stück auswählen, das sie bei Laune hielt. Ich spielte ihr Paganinis dämonisches 24. *Capriccio in a-Moll* vor, um dann einen Sprung durch die Epochen hin zu Rachmaninow zu unternehmen, der dieses Capriccio zum Thema seiner Paganinivariationen gemacht hatte. Die ersten Töne erklangen kraftvoll wie Glockenschläge, und schon regte es sich wieder in meiner Unterhose. Mein Gott, wann endet endlich diese Zeit, in der zu jeder unpassenden Gelegenheit ein Gruß aus der Lendenregion die Sinne vernebelt?

Bis vor wenigen Monaten musste ich zum Wasserball. Papa hatte über die Arbeit Kontakte zu einem Trainer, der Wasserballnachwuchs suchte. Ich war so ziemlich der ungeeignetste Nachwuchs, den man nur finden konnte, und trotzdem nahm Herr Hinrichs mich aus kollegialer Verbundenheit zu meinem Vater in seiner Truppe auf. Also war ich von diesem Zeitpunkt an dreimal die Woche umgeben von vierzehn Jungs, die einen ganzen Kopf größer waren als ich, körperlich mindestens zwei Jahre älter, geistig nicht, muskulös, furchtbar gut gebaut und allesamt beeindruckend unbehaart, am ganzen Körper. Das war das Einzige, was ich mit ihnen gemein hatte. Sie, weil sie sich alles abrasierten, ich, weil nichts wuchs, außer auf dem Kopf. Aber da hatten die Jungs wiederum nichts.

Die Wasserballstunden begannen stets mit dem gemeinsamen Umziehen und Duschen.

Ich weiß nicht, ob es Allgemeingültigkeit hat, aber in der Dynamohalle beim Wasserball gab es einige ungeschriebene Gesetze. Eines davon lautete, dass das Duschen nur ohne Badehose erlaubt ist, aus hygienischen Gründen.

Nun war ich schon übergewichtig und sah in meiner engen Badehose nicht wirklich gut aus. Aber ohne Badehose hatte ich noch deutlich weniger zu bieten. Das war nur leider genau das, was die nackten, pubertären Riesen interessierte. Und so zogen sie mir in der ersten Trainingsstunde mit vereinten Kräften unter der Dusche die Badehose vom Leib und feierten meinen körperlichen Rückstand mit großem Hallo.

Warum in solchen Momenten die intellektuelle Abneigung meines Geistes nicht imstande war, über die niederen, körperlichen Erregungen meines Instinktes zu triumphieren, wird mir immer ein Rätsel bleiben, jedenfalls bekam ich auch in dieser Situation eine Erektion und damit vielleicht einen entscheidenden, körperlichen Hinweis auf meine sexuelle Orientierung, die ich noch immer nicht in endgültiger Konsequenz akzeptiert hatte. Bis heute nicht.

Mama schlief. Rachmaninow, der selbst am Flügel saß, hatte mit der *Variation XVIII* begonnen – *Andante cantabile*.

Diese Musik kam direkt von da, wo alles Schöne dieser Welt herkommt. Ich weiß nicht, wo dieser Ort ist und wie er heißt, aber Sonnenuntergänge am Ostseestrand kommen von da, Bananensaft und Flugmangos und Traubenhyazinthen und Grießbrei und Tais Haare, die so weich sind, dass ich in ihnen einschlafen möchte.

Nach dem Andante machte ich die Musik aus. Das konnte jetzt nicht mehr getoppt werden, und außerdem hatte ich mein Publikum verloren.

Mama erwachte mit schlechtem Gewissen. Ich ließ es mir nicht anmerken, aber ich sah ihr das nach. Sie arbeitete mit Downies, wie sie liebevoll sagte, Autisten, Spastikern und vielen anderen Behinderten. Ich hatte mal in der 9. Klasse ein Schülerpraktikum bei ihr in der Schule gemacht. Man muss ein dickes Fell haben, wenn man tagaus, tagein gegen Symptome ankämpft, die man nicht wirklich lindern kann. Wie hält man das aus?

Mama stand müde auf und gab mir einen Kuss auf die Stirn.

»Entschuldige, mein Schatz. Schön, deine Musik.«

Dann ging sie ins Bett.

*

Kurz nach zehn bekam ich eine SMS. Sie war von Tai. Ich hatte bereits gedöst. Jetzt waren alle meine Sinne wach.

Komm penner, das musst du sehen!

Seinen Worten fügte er ein etwas verwackeltes Bildchen an, von einem Mann, der offensichtlich bewusstlos auf dem Gehweg lag.

Wo bist du? Wer ist das?, schrieb ich zurück.

Die Antwort folgte prompt in Form eines weiteren, schärferen Bildes. Jetzt war das Gesicht des Mannes in Großaufnahme zu sehen. Ich erkannte Herrn Lamprecht, den Direktor unserer Schule.

Geil, geil, geil! Der ist stramm wie brot. Das gibt millionen klicks!, schrieb Tai.

Er hatte so ein Ding weg mit seinem Camcorder. Tai träumte davon, YouTuber zu werden, und filmte alles, was nicht bei drei auf den Bäumen war.

Es ist halb elf, du Honk!, erwiderte ich, freute mich aber für Tai und seinen großen Fang.

Dann schleck doch deiner oma die möse aus du pimmel!, kam als Antwort zurück. Ich musste grinsen. Meine Mutter war immer ganz begeistert, wenn Tai bei uns zu Besuch war. Sie fand ihn so höflich und wohlerzogen. Und Papa lobte Tais Familie als exzellentes Beispiel für vorbildliche Integration. Eine derart obszöne Nachricht hätten beide nicht von dem schüchternen Jungen erwartet, der in Wirklichkeit so was wie der Antichrist im Gewand eines asiatischen Engels war. Aber das wusste keiner. Nur ich.

Tai kannte sämtliche bewusstseinserweiternden Substanzen, wusste vor allem, wo man sie bekam und wie man sie einzunehmen hatte, er konnte Sprengsätze zusammenbauen und war ein absoluter Technikfreak. Er kam selbst mit dem billigen Zeug aus China zurecht, das schon nach dem ersten Gebrauch kaputtging.

Sein Vater gehörte irgendwie zu den Gründern des Dong Xuan Centers. Das ist der größte vietnamesische Markt in ganz Europa. Da arbeiten nur Vietnamesen, und da gehen auch fast nur Vietnamesen einkaufen. Sechs Hallen gibt es. Tai sagt, man kriegt da alles, was man will. Ganz egal was. Ich weiß immer nie, was ich ihm glauben kann.

»Wenn du mal 'ne Giftschlange brauchst, ein Baby, Crystal Meth oder 'nen abgehackten Finger, dann gib mir Bescheid. Alles nur 'ne Frage des Preises.«

Immer wenn er so was sagte, suchte ich nach einem ironischen Bruch in seinen Gesichtszügen. Den gab es aber nicht. Tai hatte das absolute Pokerface. Und trotzdem glaubte ich ihm nicht. Immerhin lebten wir in Deutschland, da galten Gesetze, und außerdem liebte er es, mir Angst einzujagen.

Na was ist? Kommst du jetzt?

Ich gab mir einen Ruck.

Du spinnst. Wo soll ich hin?

*

Ich ließ, so leise es ging, die Tür ins Schloss fallen, knüpperte mir Musik ans Ohr und schoss auf meinem Fahrrad durch die sternenklare Nacht. Mama hatte nichts gemerkt.

Tschaikowski: *Trio a-Moll, op 50.*

Ein herrliches Gefühl von Freiheit überkam mich, das ich nicht oft spürte. Ich fühlte mich sonst so eingekesselt in meinem Leben. Ich hasste die Schule, und trotzdem machte sie mehr als die Hälfte meiner Lebenszeit aus. Früh aufstehen, zur Schule gehen, nach Hause kommen, Hausaufgaben machen, lernen, schlafen gehen und wieder von vorne.

Früher weinte ich oft, bevor ich die Kraft fand, das Haus zu verlassen. Wenn nicht ab und zu Tschaikowski da gewesen wäre, hätte ich mir sicher vor zwei Jahren das Leben genommen. Da war es am allerschlimmsten.

Ich ging auf so ein Kackgymnasium, und ich kam einfach

nicht klar. In Musik hatte ich ’ne Fünf. Ich meine, das muss man sich mal vorstellen. Musik war immer mein Lieblingsfach, und dann kommt da diese Trulla von Lehrerin an und verlangt von mir, dass ich vor der ganzen Klasse *Atemlos* von Helene Fischer singe. Das hat doch nichts mit Musik zu tun.

Welcher Spast hat eigentlich eingeführt, dass Schüler für die Qualität ihrer Stimme, für das Malen von Bildern oder ihr Talent im Stangenklettern benotet werden? Für mich gehört dieses ganze Schulsystem gekippt.

Das fing schon in der ersten Klasse an. Da war ich noch so naiv, mich auf die Schule zu freuen. Ich interessierte mich damals für Dinosaurier und Tiefseefische. Ich habe bis zu meinem heutigen Tag in der Schule nichts über Dinosaurier oder die Tiefsee gelernt, was ich nicht schon im Vorschulalter gewusst hätte. Stattdessen diese tägliche Konfrontation mit den Gleichaltrigen.

Kinder sind scheiße. Sie wissen einfach nicht, wann man besser die Klappe zu halten hat. Ich weiß nicht, warum ich übergewichtig bin, aber ich weiß, dass es so ist, und aus irgendwelchen Gründen bin ich machtlos, etwas dagegen zu unternehmen. Aber ich muss wirklich nicht jeden Tag von neuem von irgendwelchen unmusikalischen Kotzbrocken auf gehässige Weise daran erinnert werden, dass es so ist.

Spätestens seitdem rum war, dass ich regelmäßig zum Schulpsychologen ging, war ich eh der Kloppi in der Klasse.

Meine Eltern entschieden, dass es besser wäre, die Schule zu wechseln. Lange Zeit wollte ich das nicht, fühlte mich wie ein Versager. Mittlerweile bin ich froh, dass sich meine Eltern durchgesetzt haben.

Die Idioten in der neuen Schule sind zwar immer noch in der Überzahl. Aber der Schulstoff fällt mir leichter, und außerdem gibt es Tai. Wir beide sind so was wie ’ne Variante von Dick und Doof. Die Mitschüler nennen uns »Fetti und Fidschi«.

Ich schoss die Landsberger Allee mit fünfzig Sachen bergab und überfuhr alle roten Ampeln. Mein Bauch kribbelte. Tschaikowski bebte. Ich konnte fast fliegen. Tai hatte nicht die geringste Ahnung davon, dass er Hauptdarsteller meiner Adoleszenz-Fantasien war, und das musste so bleiben. Mein Übergewicht reichte aus. Mit einer weiteren Behinderung hätte ich gleich an Mamas Schule wechseln können.

*

Tai erwartete mich auf der Fischerinsel. Herr Lamprecht lag noch immer in der gleichen Position unter einer Straßenlaterne mit Blick auf die Spree.

Tai jauchzte vor Begeisterung. Er spulte in seinem Camcorder hin und her und zeigte mir die besten Szenen des Abends. Offensichtlich hatte er Herrn Lamprecht schon seit einer Weile verfolgt.

Vor der Tankstelle an der Holzmarktstraße hatte Herr Lamprecht mit ein paar Obdachlosen Brüderschaft getrunken und sie anschließend beleidigt.

»Son Lehm wie ihr möchtich auch mal führen. Keine Verandwordung, kein Schtress, keine Disssziblin. Einfach gehen lassen. Wissd ihr was ich verdiene? Scheiße viel Asche! Aber bin ich glücklich? Neeee!«

Nachdem er von den Obdachlosen vom Platz gejagt worden war, hatte er versucht, von der Mühlendammbrücke in die Spree zu pinkeln, und sich dabei völlig zugeschifft. Schließlich war er auf der Suche nach Feuer vom Weg abgekommen und hier liegen geblieben. Nun schien seit einer halben Stunde nichts Neues passiert zu sein. Herr Lamprecht lag friedlich auf dem Boden und schlief. Ich hatte den naiven Gedanken, einen Krankenwagen zu rufen.

»Du bist echt zu gut für diese Welt«, lachte Tai auf, drückte mir die Kamera in die Hand und zog Herrn Lamprecht die Hosen runter, so dass sein blanker Hintern die Nacht erhellte.

»Der Mond ist aufgegangen«, amüsierte er sich und fuhr mit seiner Kamera genüsslich über den Rektorenarsch.

Keiner mochte Herrn Lamprecht. Er war ein zynisches Sackgesicht, das gerne auf Kosten anderer seine Witzchen machte. Es gab zahlreiche Geschichten, in denen er Schüler bloßgestellt und gedemütigt hatte. Vor ein paar Monaten gab es sogar einen Prozess, der gegen ihn geführt wurde.

Melanie Heise, eine Schülerin, hatte sich das Leben genommen, weil herauskam, dass sie in ihren Deutschlehrer Herrn Lehmann verknallt war. Sie hatte ihm Liebesbriefe geschrieben, die Herr Lamprecht, als die Sache aufflog, genüsslich vor der versammelten Klasse zum Besten gab.

Ich weiß nicht, wie Herr Lehmann vor ’nem halben Jahr aussah, aber wenn er die gleiche Statur hatte wie heute, dann würde sogar ich als Sexbombe durchgehen. Das machte mir immer ein wenig Mut.

Herrn Lamprecht und der Schule konnte jedenfalls kein pädagogisches Fehlverhalten nachgewiesen werden. Was keinen Schüler daran hinderte, den Direktor hinter seinem Rücken als Mörder zu bezeichnen.

Plötzlich fuhr Leben in Herrn Lamprecht. Tai und ich sprangen in ein Gebüsch und wurden Zeuge von »Akt 2 der Tragödie«, wie Tai sich ausdrückte.

Herr Lamprecht war komplett hinüber. Ich hatte noch nie jemanden leibhaftig gesehen, der so betrunken war. In seiner tolpatschigen Hilflosigkeit wirke er regelrecht berührend. Er brauchte geschlagene zwanzig Minuten, um sich die

Hosen wieder über den Hintern zu ziehen. Dann ging es mit dem Kampf gegen den Gürtel weiter.

Tai und ich hatten nach einer halben Stunde einen solchen Muskelkater vom vielen Lachen, dass wir regelrecht froh waren, als das Hosenschauspiel endlich abgeschlossen war.

Herr Lamprecht setzte sich in Bewegung. Er hatte nun ein Ziel vor Augen und schoss mit einer ordentlichen Vorlage über die Fußgängerbrücke Richtung Märkisches Ufer. Wir hinterher.

Inzwischen war auch ich vom Unterhaltungswert und Sensationspotential des Materials überzeugt. Herr Lamprecht kotzte der Deutschen Rentenversicherung vor die Eingangstür, dann führte sein Weg auf die Leipziger Straße, wo er beinahe von einem Bus erfasst worden wäre, der ihn lautstark von der Fahrbahn hupte. Kurz rutschte mir das Herz in die Hose. Tai entfuhr ein:

»Fuck! Das wär's gewesen.«

Er war so wahnsinnig ehrgeizig in allem, was ihn interessierte. Jetzt zum Beispiel dachte Tai in jeder Sekunde an die Schneidbarkeit des Materials und hatte ein klares visuelles Konzept vor Augen. Er rannte Herrn Lamprecht voraus, um eine spektakuläre Totale mit durchwischenden Autos von der Straßenseite zu filmen. Er näherte sich ihm vorsichtig von hinten, um eine entsprechende Nahaufnahme einzufangen, drehte sogar einige unscharfe Einstellungen aus der Perspektive von Herrn Lamprecht. Es glich einem Ballett mit zwei Beteiligten. Ein eleganter Tänzer, der um einen trägen, aber unberechenbaren Mittelpunkt seine Pirouetten drehte.

Mir schoss Ravels *La Valse* in den Kopf. Besoffen im Dreivierteltakt. Ich dachte an eine schunkelnde Kartoffelsuppe, die sich durch einen Ballsaal bewegt und an jeder Ecke die Damen in ihren feinen Kleidern mit Bockwurstbröckchen besaut. Herr Lamprecht war die Kartoffelsuppe. Ich musste grinsen.

Dann waren wir angekommen. Herr Lamprecht schien in dem Neubau zu wohnen, den sie erst letztes Jahr in der Alten Leipziger hochgezogen hatten. Jedenfalls fummelte er erfolglos mit so was Ähnlichem wie einem Schlüssel, Tai nannte es Transponder, an der Eingangstür herum.

Für mich wäre an dieser Stelle Schluss gewesen. Doch Tai wollte Herrn Lamprecht unbedingt nach oben begleiten.

»Wir müssen doch sicherstellen, dass er gut zu Hause ankommt, oder?«

Ich hatte keinen blassen Schimmer, wie wir es anstellen wollten, Herrn Lamprecht unauffällig bis zu seiner Wohnung zu folgen. Außerdem hatte ich Schiss, dass wir entdeckt werden. Wir wussten ja nicht, wer da noch alles wohnt. Hatte Herr Lamprecht Familie, die vielleicht auf ihn wartete?

Ich fand, dass wir ausreichend Material hatten, um einen anständigen YouTube-Hit zu produzieren. Doch Tai hatte schon einen Plan.

»Wer hat denn gesagt, dass wir ihm unauffällig folgen müssen?«

Was dann geschah, ging mir zu weit, und trotzdem dackelte ich wie ein treudoofes Lamm hinterher. Tais Selbstsicherheit war atemberaubend. Er gab mir den Camcorder, nahm freundlich und bestimmt Herrn Lamprecht den Schlüsselbund mit dem Transponder aus der Hand und half ihm, die Tür zu öffnen. Herr Lamprecht bedankte sich, so nüchtern er konnte, und torkelte ins Haus.

Zu meinem Entsetzen gab es einen Empfangsbereich samt Concierge. Der saß jedoch nicht an seinem Platz, sondern in einem Raum dahinter. Man hörte ihn schnarchen. Der Fernseher lief. Die Tür stand offen.

»'n Abend, du faule Sau!«, lallte Herr Lamprecht der offenen Tür entgegen. Ich starb tausend Tode, doch der Concierge blieb stumm. Tai zog eiskalt sein Programm durch.

Am Aufzug erfragte er Etage und Nummer des Appartements. Herr Lamprecht begann zu lachen. Er hatte sie vergessen. Er faselte was von »Oben. Weit oben«, fragte nach Feuer und drohte wieder einzuschlafen. Tai packte Herrn Lamprecht fest an den Armen und rüttelte ihn wach. »Wir fangen oben an und arbeiten uns in die richtige Etage vor. Sie müssen aber ein bisschen mithelfen, Herr Lamprecht!«

Dass Tai ernsthaft daran interessiert war, unseren Direktor sicher ins Bettchen zu begleiten, konnte ich mir nicht vorstellen.

Wir stiegen in der 25. Etage aus und schleppten Herrn Lamprecht durch den Hausflur. Fehlanzeige. Er erkannte keine der Wohnungstüren als die seine. Dafür ratterte etwas anderes in ihm.

»Sag mal, ich kenn euch doch«, lallte es aus ihm heraus. Mir rutschte das Herz in die Hose. Jetzt hatten wir den Salat.

»Aber ja, Herr Lamprecht. Wir gehen auf ihre Schule. Jannik Schade und Nguyen Minh Tai aus der Elften«, antwortete Tai, als wäre es das Selbstverständlichste auf der Welt.

»Stimmt«, lallte der Direktor, »ihr seid nette Jungs. Nich' so wie mein Sohn. Habt ihr 'ne Sssigaredde?«

Wir schleppten Herrn Lamprecht eine Etage tiefer und wurden fündig. Er schlug aus. Tai kramte den Transponder hervor und öffnete die Tür. Herr Lamprecht stolperte erleichtert in seine Wohnung. Mit den Worten »Trinkd ihr nochn Wein mit mir?« fiel er über die Stufe zur Wohnküche und packte sich auf die Fresse.

Offensichtlich wohnte er noch nicht lange hier. Überall standen Umzugskisten. Er schien allein zu leben.

Wir hievten ihn auf die große Ledercouch im Wohnzimmer, wo er sofort tief und fest zu schnarchen begann.

Tai sah sich in der Wohnung um und klatschte in die Hände.

»Na, das ist ja ein Ding. Weißt du, was man jetzt machen könnte?«

»Na, gar nichts! Wir hauen ab, und dann löschen wir das Material auf deiner Kamera.«

Tai zeigte mir einen Vogel und grinste. Ich wurde panisch.

»Hey, er hat uns voll erkannt!«

Tai schlenderte durch die uneingerichtete Wohnung, als wäre sie sein Eigen.

»Du glaubst doch nicht im Ernst, dass er sich da morgen noch dran erinnert.«

Er sah durch die Panoramafenster auf das Lichtermeer der Stadt, nickte und klopfte prüfend gegen die Scheiben.

»Das ist übrigens Panzerglas.«

Ich sah ihn an wie eine Kuh, wenn's donnert. Er genoss die Überlegenheit.

»Mein Vater hat doch 'n Reinigungsunternehmen. In den Ferien helf ich da aus. Und jetzt rat mal, welches Haus wir unter anderem bedienen?«

Tai musste nicht auf meine Antwort warten. Er wusste, dass ich es wusste.

»Genau! Dieses hier. Wir Fidschis putzen Ärschen wie Lamprecht den Hausflur. Die Wohnungen hier sind auf'm neusten Stand. Musste mal die Flyer lesen. Hundert Prozent einbruchssicher. Und jetzt stehen wir hier einfach drin und könnten alles raustragen.«

Dass Tais Papa im Reinigungsgewerbe tätig war, wusste ich nicht, wunderte mich aber auch nicht. Ich glaube, Tais Familie war in grundsätzlich jedes Geschäft verwickelt.

»Willst du ihn ausrauben, oder was?«

Tai wischte meinen Einwand aus der Luft.

Er erklärte mir, dass Luftzirkulation und Raumtemperatur in diesen Wohnungen wie in den amerikanischen Wolkenkratzern über Zu- und Abluftkanäle, Klimaanlage und Fußbodenheizung geregelt werden. Dass sich die Fenster deshalb nicht öffnen lassen, dass sie von außen blickdicht verspiegelt sind und dass die Wohnungstür einen Stahlkern besitzt, dem man selbst mit dem fettesten Schlagbohrer nichts anhaben konnte.

Er wusste, dass die gesamte Elektrik in der Wohnung, die Wasserversorgung und die Heizkreisverteiler über irgendeinen Installations-Schacht im Hausflur geregelt und die Klingel, die Gegensprechanlage und das elektronische Schließsystem über einen zentralen Computer beim Concierge angesteuert werden.

»Als Einbrecher kommst du hier nicht rein. Das Krasse aber ist, wenn du dich erst mal eingesperrt hast, kommst du auch nicht wieder raus.«

Ich sah zur Wohnungstür. Ein kurzer Schauer lief mir über den Rücken. Hatten wir uns etwa eingesperrt? Dann sah ich zu Tai, der diabolisch mit Lamprechts Schlüsselbund klapperte. Jetzt erst begriff ich.

»Du willst ihn in seiner eigenen Wohnung einsperren?«

»Wär doch mal was.«

»Warum?«

»Weil's geht. Und weil er 'n Wichser ist. Wir jagen ihm 'n kleinen Schreck ein, und morgen Abend lassen wir ihn wieder frei. Ist doch Wochenende.«

Herr Lamprecht lag schnarchend auf der Couch. Sicher war er ein Wichser, aber …

»Wirst sehen, wir werden einen Riesenspaß haben.«

Natürlich wartete Tai nicht auf meine Antwort. Innerhalb weniger Minuten hatte er an Lamprechts Laptop eine Bluetooth-Verbindung zu seinem Smartphone eingerichtet, das Handy des Ahnungslosen aus der Hosentasche gefischt und mit einem beherzten Tritt auf den WLAN-Router Lamprechts letzten Draht zur Außenwelt gekappt.

In der Küche stand eine Art Kühlschrank, in dem Herr Lamprecht Weinflaschen lagerte. Tai suchte sich eine besonders alte Flasche Bordeaux heraus, dann pfiff er mich aus der Wohnung – »Komm Pussi, wir haben noch was vor« – und schloss den Direktor in seinen eigenen vier Wänden ein.

*

Wir fuhren auf unseren Rädern durch die Nacht. Das herrliche Gefühl von Freiheit war einem stechenden Druck auf den Brustkorb gewichen. Ich bekam kaum Luft, hörte mein Herz schlagen. Tai hatte Lamprechts Handy in die Spree geworfen, riss nun auf seinem Fahrrad ausgelassen die Arme in die Höhe und grölte.

Er verabschiedete freudvoll, wie er sich ausdrückte, den Sommer mit beinahe hysterischem Gejaule. Für mich klang das nicht nach Freude. Tai wusste genauso wie ich, dass wir Scheiße gebaut hatten. Mir wurde schlecht. Ich hielt an und kotzte in die Büsche.

Ich legte mich auf den blanken Asphalt und atmete tief und langsam in mich hinein. Ich schloss die Augen. Für einen Moment machte sich die Hoffnung in mir breit, in einem Traum gefangen zu sein. Gleich würde ich aufwachen und mit einem Schrecken davongekommen sein. Ich öffnete die Augen und sah Tai. Er lächelte mich an.

»Kleiner Jannik«, sagte er und zog mich in eine aufrechte Position. Ich war wesentlich größer und schwerer als Tai.

»Kleiner Jannik«, wiederholte er und legte mir seine kühlen Hände auf die Schläfen.

»Vertrau mir! Keinem geschieht Unrecht. Alles wird gut.«

Dann strich er mir über die Wange. Das war alles ein bisschen viel für mich. Eine Träne löste sich und kullerte mir über die Backe.

»Du bist süß«, sagte Tai und hatte ja überhaupt keine Ahnung, was er damit anrichtete. Natürlich bekam ich einen Ständer. Aber diesmal war es mir egal. Ich sah in seine großen schwarzen Kulleraugen und war glücklich, dass ich nicht träumte.

*

Tais Eltern wohnten in der Vulkanstraße in der elften Etage. Ganz in der Nähe des Dong Xuan Centers. Sie hatten ein fettes Auto, aber eine kleine Wohnung.

Tai hatte zwei bildhübsche fünfzehnjährige Schwestern. Er unterstellte mir immer, dass ich sie ficken wollte. Ich sagte dann jedes Mal, dass ich seine Oma geiler fände, woraufhin er dann mit seiner Zunge in einer imaginären Möse leckte. Das war eines von diesen verbindenden Jungsritualen, die ich gerne mitmachte, um mir selbst zu beweisen, wie sehr ich Junge war.

In Tais Wohnung duftete es zu jeder Tages- und Nachtzeit nach Jasminreis. Ein unglaublicher Geruch, der mich sofort in eine andere Welt versetzte. Als wir die Stube betraten, hingen sein Vater und ein paar andere Männer vor dem Fernseher und sahen die Übertragung eines vietnamesischen Badmintonspiels an.

Um unsere Ankunft wurde wenig Aufhebens gemacht. Tai und sein Vater warfen sich zwar ein paar kurze, borstige Satzfetzen auf Vietnamesisch zu, dann aber verschwanden wir in Tais Zimmer und wurden nicht weiter behelligt. Wenn ich daran denke, was mein Alter für ein Theater gemacht hätte, wenn ich lässig, mit 'ner Flasche Rotwein in der Hand, um zwei Uhr nachts, in Begleitung eines Kumpels nach Hause gekommen wäre ... nicht auszumalen.

»Was hat er gesagt?«, fragte ich Tai.

»Wer?«

»Dein Vater.«

»Keine Ahnung, hab ihn nicht verstanden«, witzelte Tai und lachte. Ich lachte mit ihm. Auch wenn ich wusste, dass die Sache eigentlich nicht lustig war.

Neonazis hatten vor Jahren seinem Vater ein beträchtliches Stück Zunge rausgeschnitten. In der Straßenbahn, am helllichten Tag. Und niemand hatte geholfen. Tai war dabei. Er war noch sehr klein, aber er erinnert sich an jedes Detail. Wenn er davon spricht, klingt es lapidar. Aber ich weiß genau, dass es das nicht ist.

Trotzdem ist es lustig, Tais Vater sprechen zu hören. Vietnamesisch klingt schon wie 'ne Sprache vom Mars, aber mit 'ner halben Zunge klingt es so, als ob 'n Außerirdischer mit Golfball im Mund versucht, 'nen englischen Schüttelreim zu sprechen.

Wir machten es uns in Tais Zimmer gemütlich. Er warf seinen Computer an und importierte die Ausbeute der heutigen Nacht.

»Ohne Wein kann man nicht schneiden«, sagte er und holte Korkenzieher und Gläser aus der Küche.

Beim Öffnen des Weines zerbröselte ihm der Korken in hundert Einzelteile. Das war wahrscheinlich das, was Fachleute einen korkenden Wein nannten. Jedenfalls stießen wir an und kippten uns das bittere Zeug hinter die Binde.

Mit Wein, sagte mein Vater immer, ist es wie mit Sex, Zigaretten und Bier. Am Anfang ist es scheiße, aber mit der Zeit gewöhnt man sich dran. Wenn Sex tatsächlich war wie dieser Wein, dann gute Nacht. Ich hoffte auf einen fundamentalen Irrtum meines Vaters und kippte ein weiteres Glas auf ex hinterher.

Ich erzählte Tai von meiner Eingebung mit Ravel und *La Valse*. Keine zwei Minuten später hatte er das Stück irgendwo aus dem Netz gefischt. Es passte fantastisch zum torkelnden Rektor. Die Hosenszene wurde ein Hit. Erneut kamen wir aus dem Lachen nicht heraus.

Irgendwann fragte mich Tai, ob ich auch mal schneiden wolle. Er hatte das Glühen in meinen Augen gesehen und brachte mir die grundlegenden Shortcuts bei. Der Rest war selbsterklärend. Tai legte sich mit seinem Krümelrotwein aufs Bett und sah mir von dort aus zu.

Ich war tief beeindruckt, was aus dem Material mit Herrn Lamprecht herauszuholen war, wenn man die richtigen Bewegungen auf die entsprechenden Bögen und Schläge der Musik anpasste.

Nach zwei sehr lustigen Sequenzen, fand ich eine Stelle im Material, die mich bewegte. Herr Lamprecht hatte sich gerade die Hosen vollgepisst und saß auf der Mühlendammbrücke. Sein müder Blick ging unbestimmt in Richtung Himmel. Sein Gesicht wurde gleichmäßig von einer Laterne erhellt. Immer wieder zogen Scheinwerfer über ihn hinweg. Ich legte ein Lied aus Schumanns *Dichterliebe* unter die Szene: *Ich hab im Traum geweinet.*

Ein unendlich trauriges Lied. A cappella gesungen. Nur ganz spärlich von leisen, hämmernden Klavierschlägen begleitet.

Ich hab im Traum geweinet.
Mir träumte, du lägest im Grab.
Ich wachte auf, und die Träne
floss noch von der Wange herab.

Und plötzlich entdeckte ich es. Herrn Lamprecht floss genau an der richtigen Stelle eine Träne von der Wange herab. Wie konnte das sein? Einfach nur Zufall? Nein, das war magisch.

Mit einem Mal war mir Herr Lamprecht nah. Er war ein trauriger Mann in einer erbärmlichen Situation. Doch durch Tais Kamera und Schumanns Lied wurde etwas Erhabenes daraus. Etwas von Wahrhaftigkeit und Schönheit.

Tai war längst eingeschlafen. Friedlich lag er auf seinem Bett. Seine Lippen waren rot vom Wein.

»Du bist süß«, hatte er gesagt. In einer perfekten Welt hätte ich mich jetzt neben ihn gelegt und seine wilden, weichen Haare gestreichelt. Er hätte seine Augen geöffnet, wir hätten uns tief und sehnsüchtig angesehen und ganz instinktiv gewusst, was zu tun gewesen wäre. Aber in dieser Welt lebte ich nicht. Ich wusste nicht, wo sie war und wie sie hieß. Ab und zu gab es einen Boten aus der perfekten Welt, der mir Sonnenuntergänge an der Ostsee, Tais Haare, Grießbrei oder einen magischen Moment am Schnittplatz zusandte, einfach damit ich wusste, dass sie noch existierte. Ich hatte Sehnsucht danach. Jeden Tag, jede Stunde. Sehnsucht nach einem kurzen Kuss aus der perfekten Welt. Wahrscheinlich war es das, was uns alle am Leben hielt. Tai, Herrn Lamprecht, Mama und mich.

Es war inzwischen kurz nach fünf. Draußen wurde es heller. Ich musste mich beeilen. Ich schaltete den Computer aus, deckte Tai zu und schlich mich aus der Wohnung.

*

Rechtzeitig kehrte ich nach Hause zurück. Mama hatte von meinem nächtlichen Ausflug nichts mitbekommen. Bald schon würde sie aufwachen und zum Wochenenddienst aufbrechen. Ich legte mich, zehn Minuten bevor ihr Wecker klingelte, zurück in mein Bett.

Wenn ich die Augen schloss, war es, als ob sich ein Wirbelsturm in mir drehte. Ich konnte nichts fassen, versank in einem rauschenden Strudel aus Eindrücken und Empfindungen, fühlte ein Kribbeln von Glück unter meiner Haut und machte mir zugleich schreckliche Vorwürfe.

Dann kam mir der rettende Gedanke. Nur leider viel zu spät. Ich hätte Lamprechts Schlüsselbund mitnehmen und heimlich die Tür aufsperren sollen. Lamprecht hätte sich über den eigenen Suff geärgert, aber von allem nichts mitbekommen, und Tai wäre es letztendlich egal gewesen. Der hätte im Nu ein neues Projekt gehabt. Oh, ich hasste mich dafür, dass mir die guten Ideen immer zu spät kamen. Nie war ich schlagfertig genug, nie schnell genug.

Mama öffnete leise meine Zimmertür. Ich schloss die Augen und stellte mich tot. Sie gab mir einen Kuss auf die Stirn.

»Tu ruhig so, als ob du schläfst, mein Schatz. Ich hab dich lieb. Auch wenn du dich nachts in der Gegend rumtreibst.«

Mist, verdammter! Mütter sind schlauer, als man gemeinhin denkt. Natürlich blieb ich so lange bewegungslos liegen, bis ich die Haustür ins Schloss fallen hörte. Man muss ja auch seinen Stolz bewahren.

Dann nahm ich mein Handy und schrieb eine SMS an Tai:

12 Uhr bei Lamprecht – 3. Akt der Tragödie!

Ich stellte mir den Wecker auf elf und schloss die Augen, um mich dem Strudel meiner verwirrten, pubertären Gedanken hinzugeben.

2

5. September 2015

Jens Lamprecht erwachte auf seiner Couch. Die Welt drehte sich. Im Kopf wummerte Techno. Ein Quell stechenden Schmerzes ergoss sich von den Schläfen über den ganzen Körper. Irgendein pelziges Tier verweste auf seiner Zunge.

Aus schmalen Augenschlitzen erkannte Jens, dass er sich in seiner Wohnung befand. Erleichtert ließ er den Kopf sinken. Sofort geriet die Welt wieder ins Wanken.

Wie war er nach Hause gekommen? Blitze von Erinnerungen schossen ihm ins Gedächtnis. Er hatte Silke angerufen und ihr fürchterliche Beleidigungen auf die Mailbox gequatscht. Lachende Penner prosteten ihm zu. Ein entgegenkommender Bus. Das Hupen hallte in seinem Schädel nach. Wasser. Jens brauchte Wasser.

Er quälte sich in die Senkrechte, zitterte, spürte jetzt auch Schmerzen in den Rippen und den Gliedmaßen, stolperte zur Küchenzeile und ließ das Wasser aus dem Hahn direkt in seinen Mund laufen. Die Uhr an der Kaffeemaschine zeigte 12:17 Uhr.

Der halbe Badezimmerschrank kam ihm auf der Suche nach Schmerztabletten entgegen. Dann ließ er sich mit einer Kaffeekanne voll Wasser auf die Kloschüssel sinken und warf die beiden letzten Ibus ein, die er noch hatte. Schön im Sitzen pissen. Das hatte ihm Silke beigebracht. Seine Ex, die dumme Hohlbratze.

Er stank. Das wusste er. Riechen konnte er sich glücklicherweise nicht. Seine Nase war wie tot. Er strampelte sich Schuhe und Hosen vom Leib und ließ sich zurück auf die Couch fallen. Es war Samstag. Ein Stündchen Schlaf war noch drin. Nur so lange, bis die Tabletten wirkten.

Mit dem nackten Arsch an der Luft döste Jens wieder ein, ohne zu merken, dass an der Kamera seines Laptops ein winziges rotes Licht zu leuchten begann. Er war auf Sendung.

*

Knapp drei Stunden später sah die Welt schon anders aus. Der Techno im Kopf war verstummt. Jens öffnete seine Augen. Die Sonne schien freundlich in die Wohnung. Es musste bereits Nachmittag sein. Seine Erinnerung an die vergangene Nacht war zwar nicht klarer, aber sein Verstand kehrte zurück und die Schmerzen waren betäubt.

Auf dem Wohnzimmertisch lagen Kippen und Feuer. Jens zündete sich eine an und massierte zufrieden seine Eier. Er hatte eine anständige Morgenlatte. Nach durchzechten Nächten war ihm immer nach Sex zumute. Silke fand das eklig. Mit Abstand betrachtet, und den hatte er in den letzten Monaten gewonnen, konnte er nun erkennen, dass es nicht die einzige Diskrepanz zwischen ihnen war. Schade um den schönen Rücken und ihren duftenden Nacken.

Jens schob die Gedanken an seine Exfrau beiseite und holte sich auf eine erotische Fantasie mit seiner jüngeren Kollegin Claudia Giese einen runter. Dann stand er auf, ging duschen und machte sich Kaffee.

Jens suchte sein Handy. *Arschloch* hatte sicher schon dreimal angerufen und ihn wegen Rufmordes verklagt. Eigentlich hieß *Arschloch* Achim. Aber so konnte Jens ihn nicht nennen. Er hatte immerhin seine Ehe zerstört.

Er war der Neue an Silkes Seite. Leitender Jurist eines niederländischen Kinderbuchverlags. Glatzköpfig, blauäugig, fünf Jahre jünger und deutlich fetter als Jens. Aber dafür glaubte er tatsächlich an Silkes Talente als Illustratorin und hatte sie innerhalb weniger Wochen in gleich drei Buchprojekten untergebracht, was ungefähr so viel war wie in den vergangenen fünfzehn Jahren davor.

Arschloch managte auch die Trennung, und da Jens als gelernter Ossi nie auf die Idee gekommen wäre, einen Ehevertrag aufzusetzen, sollte die Hälfte von allem, was Jens in den letzten sechzehn Jahren für Silke und seinen Sohn Philipp aufgebaut hatte, als Mitgift nach Holland gehen, wohin *Arschloch* seine Familie nun entführte.

Aber wo war dieses verdammte Handy?

Einen Festnetzanschluss hatte Jens noch nicht. Er wohnte erst seit fünf Wochen in der neuen Bude. Überhaupt war noch nicht viel da.

Jens kramte in den Klamotten der letzten Nacht. Sein Geruchssinn kam zurück. Der beißende Duft der eingetrockneten Pisse, trieb ihm ein Zerrbild vom eigenen Lebensabend vors geistige Auge.

Er wollte niemals zu einem Pflegefall werden, das hatte er sich geschworen. Jens wollte um jeden Preis Herr seiner Sinne bleiben, der vernunftbegabte, selbständige Mensch, der er immer gewesen war. Ausgerechnet der eigene Urin erinnerte ihn an Silkes Mutter, die nun schon seit sieben Jahren in einem Heim vor sich hin verrottete. Eine Existenz, ihrer Würde beraubt.

Jens setzte eine Waschmaschine auf und ertränkte den Gedanken an die eigene Endlichkeit in Waschmittel und Weichspüler.

Hatte er sein Handy tatsächlich auf der nächtlichen Sauftour verloren?

In seiner Hosentasche hatte er 'ne halbe Packung Kippen und einen Kassenbon von der Tanke an der Holzmarktstraße gefunden, über zwölf Bier, ebendiese Packung Kippen und fünf Bacardi-Cola. Der war von 21:07 Uhr. Und schon an diesen Einkauf konnte er sich nicht mehr erinnern. Wie also hätte er rekonstruieren sollen, wohin der Durst ihn in der letzten Nacht getrieben hatte. Jens beschloss, der Tanke einen Besuch abzustatten. Vielleicht kamen Erinnerungen hoch.

Er zog sich an. Die viel interessantere Frage war, wo er seinen Schlüsselbund hingeworfen hatte. Irgendwo hier musste er liegen. Er war ja schließlich reingekommen. Oder hatte ihm einer dieser idiotischen Pförtner geholfen?

Jens konnte Menschen nicht ernst nehmen, die keinen Beitrag zum Gemeinwohl leisteten. Faulheit war ihm zuwider. Und die verfressenen Pförtner, die da im Eingangsbereich hockten und dafür bezahlt wurden, dass sie rund um die Uhr RTL II glotzten, gehörten definitiv nicht zu den Leistungsträgern, denen Jens Respekt zollte.

»Concierge« nannten sie sich. Er nannte sie Saftsack. Drei von ihnen konnte er mittlerweile auseinanderhalten. Wie viele es genau gab, wusste er nicht.

Einen Vorteil hatte die Sache mit den Pförtnern aber. Probleme durch den Verlust eines Transponders konnten sofort gelöst werden. Jens würde zu einem der Saftsäcke gehen, der würde seinem Appartement einen anderen Code zuweisen und ihm einen neuen Transponder programmieren. Schon war der alte nur noch für die Tonne gut.

Ein größeres Problem stellte der Rest des Schlüsselbundes dar. Da hing der Generalschlüssel für die Schule dran. Aber eins nach dem anderen, dachte Jens, nahm die Türklinke in die Hand und staunte nicht schlecht.

Die Wohnungstür war abgeschlossen. Jens lachte auf.

»Ja, was is' das denn für'n Quatsch.«

Er drückte die Concierge-Taste an der Gegensprechanlage, dann erst fiel ihm das graue Display auf. Die Anlage war tot, kaputt. Was für ein dämlicher Zeitpunkt für einen Defekt. Er dachte nach. Im Suff Schlüssel und Handy verlieren, gut. Kann passieren. Aber wie war er ohne Transponder in sein Appartement gekommen? Dafür gab es eigentlich nur eine logische Erklärung, der Schlüsselbund musste noch da sein. Irgendwo.

Jens stellte die gesamte Wohnung auf den Kopf, um seine Schlüssel zu finden. Nichts. Gar nichts.

Er setzte sich an seinen Laptop und formulierte eine Rundmail.

> *Liebe Kollegen,*
> *ich bitte um Verzeihung, ich weiß, es ist Samstag, aber der Chef hat sich aus lauter Dummheit in seinem eigenen Appartement eingesperrt. Haha. Ist jemand in der Nähe der Leipziger Straße und kann mal meinen Concierge rufen? Alte Leipziger 2, App. 2405.*
> *Wer möchte mein Freitag sein?*
> *Gezeichnet: Robinson.*

Jens schickte die Nachricht in die Welt. Wie ein Boomerang kam sie zurück.

Ihr Account scheint aufgrund eines Netzwerkproblems offline zu sein.

Jens fluchte über den Anbieter und erhob sich. Dann fand er seinen WLAN-Router zerlatscht hinter dem Vorhang seiner kleinen Abstellkammer im Flur. Langsam wurde ihm das Ausmaß seines Problems bewusst.

Was war gestern Nacht passiert?

Was ging hier vor sich?

Verstehen Sie Spaß oder was? Er fand die Sendung schon immer scheiße.

Mit einem Brotmesser fummelte er am Schloss herum. Wie albern. Er wusste, wie sicher die Tür verschlossen war. Ein paarmal schrie er aus voller Kehle: »Hilfe!« Auch das war zwecklos.

In jeder Etage gab es sechs Wohnungen. Vorn auf der Fahrstuhlseite wohnte eine Familie mit Kindern, das wusste er, und sein Nachbar zur Linken war ein gelackter Börsenfuzzi aus Schweden, der nur alle drei Wochen mit 'nem weißrussischen Stricher vorbeikam. Jens hörte weder die Kinder schreien noch den Schweden, wenn er genagelt wurde. Warum also sollte jemand ihn hören. Seine Wohnung lag hinterm Fahrstuhl. Die andere zu seiner Rechten stand leer.

Jens beruhigte sich. Er saß ein paar Stunden in der eigenen Wohnung fest. An einem Samstagnachmittag. Na und? Das war doch kein Weltuntergang. Eigentlich war es amüsant.

Er stellte sich vor sein Panoramafenster und ließ den Blick schweifen. Die Sonne stand tief. Von hier oben konnte er den Potsdamer Platz sehen, diesen sterilen Steinhaufen, dahinter den vollgeschissenen Tiergarten und sogar die hässlichen Schornsteine des Heizkraftwerks Wilmersdorf, die wie drei ausgestreckte Mittelfinger in die Höhe ragten, und rechts davon den mickrigen Funkturm, der über das verrostete ICC wachte, dieses ausrangierte Star-Trek-Raumschiff. Zu seinen Füßen lag der kitschige Gendarmenmarkt, weiter links konnte er das Tempelhofer Feld sehen, das ein gewaltiges, vergilbtes Loch ins Stadtbild fraß.

Jens konnte jedes Detail zum Kotzen finden, aber eigentlich war Berlin eine verflucht schöne Stadt. Weit und grün und vielfältig. Wie seine Schüler. Jens war ein guter Lehrer, ein hervorragender Direktor sogar, aber der beschissenste Vater, den man sich nur vorstellen konnte. Das wusste er.

Gestern Abend hatte er seinen Sohn das letzte Mal gesehen. Philipp hatte ihn angefleht, bei ihm bleiben zu dürfen. Auch er liebte diese Stadt. Er wollte nicht nach Holland. Er wollte auf keine neue Schule, nicht bei null anfangen, keine neue Sprache lernen. Er wollte seine Freunde behalten, vielleicht sogar seinen Vater. Doch statt gerührt zu sein, den Sohn in den Arm zu nehmen und für ihn zu kämpfen, hatte Jens ihn abgewiesen, mit eloquenten Argumenten, gegen die ein Fünfzehnjähriger nicht ankommen konnte.

Jens sah immer nur die Probleme. Aber warum? Hatte der Beruf ihn so gemacht? Als Direktor war er darauf trainiert, Probleme zu erkennen und zu lösen. Als Vater und Ehemann versuchte er den Problemen stets aus dem Weg zu gehen.

Silke war eine hinreißende Frau. Witzig, begabt, klug, attraktiv. Aber sie verdiente kaum Geld, mit dem was sie tat. Ihre Illustrationen verkauften sich nicht. Jens sah nur das. Und statt ihr zu helfen, nahm er sie immer weniger ernst.

Genauso wie Philipp. Sein Sohn hatte ein echtes Problem. Er verbrachte jede freie Minute am Computer, um mit der ganzen Welt *Counter Strike* zu spielen. Vor wenigen Monaten hatte er sich sogar zum *Global Elite* hochgeballert, natürlich auf Kosten seiner schulischen Leistungen, sozialen Kontakte und Papas Geldbeutel.

Philipp hätte Hilfe gebraucht, einen starken Vater. Aber Jens hatte keinen Bock auf all das. Er wollte zu Hause die Früchte seiner Arbeit genießen. Er wollte eine ausgeglichene Frau und einen artigen Sohn. Aber keine Probleme. Davon hatte er in der Schule genug. Wahrscheinlich hätte Jens seinen Hut nehmen müssen, um seine Familie zu retten. Wer vierzehn Jahre lang Chef ist, sollte ernsthaft ans Aufhören denken. Aber dieser Gedanke kam ihm nicht in den Sinn.

Sein Sohn hatte ihm gestern Abend die Quittung dafür erteilt.

»Du nennst Achim ein Arschloch. In Wirklichkeit bist du das Arschloch, Papa!«

*

Inzwischen war es Abend geworden, und an der Grundsituation hatte sich nichts geändert.

Jens saß auf der Couch und sah fern. Ein Tierarzt hatte gerade seinen rechten Arm bis zum Anschlag im Hintern einer Kuh. Es sah schmerzhaft aus. Jens fand es ekelhaft, aber er konnte nicht wegsehen. Silke liebte diese Art von Sendungen. Jens nicht.

Manchmal hatte er ihr den Gefallen getan, dann tranken sie Kaffee und sahen sich gemeinsam eine Zoo- oder Tierarzt- oder Hundepsychologen-Sendung an. Aber jetzt? Was für eine dämliche Ironie. Kaum war Silke nicht mehr da, begann er diesen Mist selber zu schauen.

Das Bild schien plötzlich unscharf zu werden, sein Atem wurde flacher, die Nase begann zu laufen. Jens brauchte einen Moment, bis er begriff, was vor sich ging. Dann spürte er eine Träne über seine Wange laufen. Er weinte.

Jens wischte sich die Feuchtigkeit aus dem Gesicht und ärgerte sich über seine Gefühle. Obwohl er noch immer den Restalkohol im Blut spürte, konnte jetzt nur ein *Mouton Cadet* helfen.

Jens trat vor seinen Weinhumidor. Er entschied sich für eine Flasche vom 84er-Jahrgang. Der war zwar im Vergleich einer der schwächeren, aber für einen 88er oder 89er war der selbstmitleidige Anlass nicht angemessen genug.

Er goss sich den tiefroten, fast öligen Bordeaux in ein

großes, bauchiges Glas. Der erdig ledrige Duft von Beeren und Kirschkonfitüre erfüllte den Raum.

Jens trank einen winzigen Schluck. Der gute Tropfen schmolz direkt auf seiner Zunge. Dann muhte die Kuh im Fernsehen.

Jens fragte sich, ob *Arschloch* auch gerade derselben Kuh in den Hintern glotzen musste. Wahrscheinlich saß er mit Silke im schicken neuen Schlafzimmer seiner Rotterdammer Bumsbude, nackt, sabbernd, mit einem Ständer zwischen den fetten Schenkeln, der immer weicher wurde, je tiefer der Tierarzt in der Kuh verschwand.

Der Arzt erklärte, stöhnend vor Anstrengung, dass die Kuh aufgrund ihres empfindlichen Kreislaufs die Vollnarkose nicht verträgt und jeden Eingriff, sei er auch noch so schmerzhaft, im Stehen und bei örtlicher Betäubung ertragen muss.

Die Kuh stand fixiert in einem engen Käfig und ließ sich die Schmerzen nicht anmerken. Jens fühlte sich ihr nah. Er musste auch immer stehen: Vorstehen, durchstehen, ausstehen, überstehen, aufstehen, widerstehen und immerzu verstehen. Dabei war ihm oft genug nach Liegen zumute.

Gerade wollte er sich langsam auf die Couch sinken lassen, da gab sein Laptop ein kurzes, quakendes Geräusch von sich. Jens war wach. Er starrte auf das Fenster, das auf seinem Laptop aufgeploppt war.

C80_412 hat Ihnen eine Datei geschickt. Wollen Sie die Datei öffnen?

Jens zögerte. Wer war das? Wie konnte das sein? Er war nicht im Netz. Dann öffnete er die Datei. Es war ein abfotografiertes Bildschirmfoto, und es trieb ihm einen kalten Schauer über den Rücken.

Er sah sich selbst vor dem Fernseher sitzen. Daneben ein Kommentar.

Du bist langweilig, Arschloch.

Vor Schreck klappte Jens den Laptop zu. Die Kuh im Fernsehen gebar ein glibbriges, totes Kalb. Jens schaltete ab. Stille.

Er atmete schwer, sah sich in seiner Wohnung um. Das Foto war mit der Kamera seines eigenen Laptops gemacht worden. Gab es weitere Kameras? Wie lange wurde er schon beobachtet?

Für einen kurzen Moment spürte Jens Erleichterung, dass es für das Verschwinden von Handy und Schlüsselbund eine logische Erklärung gab. Dann aber wurde ihm die Tragweite bewusst: Jemand hielt ihn gefangen. In seiner eigenen Wohnung.

Aber wer? Und wo saß der Täter?

Jens kombinierte. Der Täter hatte Zugriff auf seinen Laptop. Die Internetverbindung war gekappt. Es musste also eine andere kabellose Verbindung geben. Bluetooth.

Jens steckte sich eine Zigarette an und klappte den Laptop wieder auf. In der Menüleiste klickte er auf das Bluetooth-Symbol. Eine graue Liste aller Geräte erschien, die über Bluetooth mit seinem Laptop verbunden werden konnten. Und tatsächlich. An fünfter Stelle stand C80_412.

Jens zog den Rauch tief durch die Lunge und klickte auf Verbinden. Ein kleines Rädchen drehte sich, und C80_412 färbte sich schwarz. Wenige Sekunden später leuchtete das rote Lämpchen seiner Laptopkamera auf.

Diesmal bemerkte er es. Er sah direkt hinein. Lang und eindringlich. Irgendjemand saß ihm da gegenüber. Unsichtbar, anonym, feige. Jens blies Rauch gegen die Kamera. Dann sprach er. Ruhig.

»Sie haben mich eingesperrt und die Kontrolle über meinen Computer gewonnen. Ich gratuliere Ihnen. Gehe ich recht in der Annahme, dass Sie mich nicht nur sehen, sondern auch hören können?«

Wie von Zauberhand setzte sich der Curser in Bewegung

und öffnete Word. Eine blanke Seite erschien, darauf wurde die Antwort formuliert. Ein schlichtes *korrekt*.

Jens nickte.

»Schön. Das erleichtert die Kommunikation.«

Wenn der Täter auf seinen Laptop zugreifen konnte, dann musste das doch rein theoretisch auch umgekehrt funktionieren. Jens ärgerte sich maßlos, dass er keine Ahnung von Computern hatte. Immer, wenn es irgendein Problem mit der Technik gab, hatte er Philipp gebeten, es zu lösen. Es interessierte ihn einfach nicht. Nun zahlte er dafür. Was ihm blieb, war das Wort. Damit konnte er umgehen.

»Wenn ich mich nicht irre, dann reicht Bluetooth keine fünfzig Meter weit. Sie befinden sich also in unmittelbarer Nähe. Vielleicht sogar im leerstehenden Appartement nebenan?«

Keine Antwort. Jens wartete einen Moment, doch nichts geschah.

»Das werte ich dann mal als Ja!«

Er bekam Oberwasser.

»Wie Sie also bemerken, hab ich Sie gefunden.«

Keine Reaktion. Jens hatte den Mistkerl am Sack gepackt.

»Sie werden sicherlich wissen, dass Ihnen in diesem Fall gleich mehrere schwere Vergehen angelastet werden können. Ich spreche von Hausfriedensbruch, Freiheitsberaubung, Diebstahl und Körperverletzung, um nur einige zu nennen. Mit jeder weiteren Minute, die Sie mich hier festhalten, wird der Strafbestand schwerer. Aber ich will kein Spielverderber sein und mache Ihnen ein Angebot: Ich schließe mich jetzt im Badezimmer ein und lege mich für exakt dreißig Minuten in die Badewanne. Wenn ich wieder rauskomme und die Tür geöffnet ist, Schlüssel und Handy auf dem Wohnzimmertisch liegen, dann will ich großzügig sein und sage: Na gut, da hat sich jemand vertan. Der Begriff Scherz, wenn Sie verstehen, was ich meine. Wenn dem aber nicht so ist und Sie diesen Wahnsinn hier noch weitertreiben, dann sehen wir uns in einem harten Prozess wieder, der Sie ruinieren wird. Das verspreche ich Ihnen. Sie haben die Wahl. Die Zeit läuft ab jetzt.«

Jens klappte den Laptop zu, schloss sich im Badezimmer ein und ließ den Wasserhahn laufen. Doch statt sich wie versprochen in die Wanne zu legen, hockte er sich mit einer Bratpfanne bewaffnet vor die Tür und lauschte.

Von Jens unbemerkt lugte das winzige Köpfchen einer Teleskopkamera durch die Abluftöffnung unter der Decke des Badezimmers. Wieder war er auf Sendung. Wieder, ohne es zu wissen.

3

5. September 2015

»Siehst du, er will uns verarschen«, flüsterte Tai und operierte mit der Teleskopkamera geschickt wie mit einem Skalpell.

Wir standen im Installationsschacht oder wie sich das nannte, einem Raum, der vom Treppenhaus abging und die Appartements 5 und 6 auf der Etage mit Strom, Wärme, Luft und Wasser versorgte. Tai war mit dem rechten Arm bis zur Schulter im Lüftungskanal verschwunden, um mit der Kamera bis zur Abluftöffnung in Lamprechts Badezimmer vorzudringen. Er schielte auf den kleinen Monitor, den ich in den Händen hielt und nickte.

»Alles klar. So lassen wir sie erst mal.«

Tai zog, so leise es ging, seinen Arm aus dem Kanal. Dann starrten wir beide Herrn Lamprecht an, der wie ein giftiger Gnom hinter der Badezimmertür lauerte.

Ich hatte ihm wirklich geglaubt. Ich war fest entschlossen, sein Angebot anzunehmen und ihn freizulassen. Es wäre für uns alle die eleganteste Lösung gewesen. Aber nun hatte Herr Lamprecht mein Vertrauen verloren. Das Spiel ging weiter, und er selbst hatte Schuld.

Tai schaltete mit der Fernbedienung die Kamera ein und aus. Sie funktionierte. Was Herr Lamprecht im Badezimmer tat, konnte uns von nun an nicht mehr entgehen. Im Wohnzimmer waren wir noch immer auf den Laptop angewiesen.

Nur wenn er aufgeklappt und eingeschaltet war, hatten wir ein Bild.

Der Zuluftkanal zum Wohnzimmer sei zu lang und zu schmal, um eine Kamera zu installieren, hatte mir Tai erklärt. Ich glaubte ihm, denn offensichtlich hatte er sich über jedes denkbare Detail schon den Kopf zerbrochen.

Wir verließen den I-Schacht, und Tai schloss den Raum mit dem Transponder ab, um den er Herrn Lamprecht in der Nacht erleichtert hatte.

Unser Direktor hatte recht, und das erfüllte mich nicht gerade mit Wohlbehagen. Gleich nebenan, in dem leerstehenden Nachbarappartement, hatte uns Tai eine Kommandozentrale eingerichtet, wie er es nannte. Das war eine von mehreren Überraschungen, die der noch junge Tag für mich bereitgehalten hatte.

Überraschung 1

Als mich gegen elf der Wecker aus dem Bett klingelte, fand ich neben 25 Euro einen von Mamas gefürchteten Liebesbriefen auf dem Wohnzimmertisch.

> *Janni, mein Hase,*
> *wer die Nacht durchmacht, kann auch putzen!*
> Bitte:
> *Mülli rausbringen*
> *Saugen*
> *Geschirrspüler ausräumen*
> *Balkonblumen gießen*
> *Einkaufen:*
> *Butter, Brot, Zucker, Milch, Joghurt, Obst (was du magst)*
> *Kuss. Bist ’n Schatz.*
> *Bin gegen 16.00 Uhr wieder da.*
> *Mama*

Ich muss nicht weiter ausführen, dass mich diese kleine Zärtlichkeit zwei Stunden meiner wertvollen Zeit kostete.

Überraschung 2

Während ich mit neunzigminütiger Verspätung versuchte, mich so unauffällig wie möglich ins Haus von Lamprecht zu schleichen, saß Tai kackfrech beim Concierge und spielte Offiziersskat.

»Jannik, du alter Mösenfröhlich«, rief er mir entgegen, als er mich in meinem Versteck hinter den Briefkästen entdeckte. »Wir waren um zwölf Uhr verabredet, nicht erst um halb zwei!«

Dann stellte er mich dem Concierge vor, seinem lethargischen, verpickelten Kumpel Thommy, den er anscheinend in den Ferien beim Putzdienst kennengelernt hatte.

»Thommy, das is' Jannik, 'n verschissenes Musikgenie. Der weiß alles über Klassik, alles. Und Jannik, das is' Thommy, der größte Comiczeichner Berlins. Sind allerdings nicht ganz jugendfrei, seine Bilder.«

Tai lachte und hob eine Zeichnung in die Luft, auf der eine übergewichtige Politesse von drei schwarzen Riesenschwänzen befriedigt wurde.

»Hi, Jannik, schön, dich kennenzulernen«, sagte Thommy mit leiser, fast schon unhörbarer Stimme und gab mir seine Hand, die sich so schlaff und feucht anfühlte wie ein toter Fisch.

Ich wusste nicht, was mich mehr beunruhigte, die Dreilochpolitesse oder die Tatsache, dass Tai den Kollegen kannte. Dann schwang er sich über den Tresen und zog mich aus dem Haus.

»Ciao, Thommy! Wir sehen uns.«

»Tschüss, Tai«, sagte Thommy und nahm sich ein Papier zur Hand, um die nächste Schweinerei zu kritzeln.

Draußen platzte ich vor Neugier.

»Was ist mit Lamprecht?«

»Nix. Schläft noch. War einmal kurz pissen und hat sich dann wieder hingepackt. Komm mit! Wir gehen zu ihm.«

Dann schleuste er mich über den Müllraum direkt vor den Fahrstuhl.

Überraschung 3

Tai hatte bereits den halben Vormittag mit Thommy verbracht, um auf den Moment zu warten, an dem er kacken musste. Dann hatte er am Zentralcomputer Lamprechts Transponder umcodiert und zahlreiche Schlösser hinzugefügt. Unter anderem zum Nachbarappartement, zum I-Schacht, zu sämtlichen Seiteneingängen, damit wir ungemerkt an Thommy und seinen Kollegen vorbeikamen, zum Technikgeschoss sowie zu den Hausanschlussräumen im Keller. Dort hatte er im sogenannten ELT die Steckverbindungen für Lamprechts Klingel und Gegensprechanlage ausgesteckt.

Dann war er gemütlich in App. 2406 gezogen, hatte seinen Computer auf einem alten Tapeziertisch eingerichtet und auf mich gewartet.

Wer hätte gedacht, dass ich als vierte Überraschung des Tages Zeuge werden würde, wie sich unser Direktor Lamprecht vor meinen Augen seinen Lurch würgte.

Tai und ich lachten zeitgleich los. Wir mussten fast reihern, so eklig war der Anblick. Und obwohl ich ja männlichen Geschlechtsteilen gegenüber eine heimliche Zugewandtheit verspürte, gehörte das, was Lamprecht da tat, zum Widerlichsten, was ich jemals gesehen hatte. Aber lustig war es, unfassbar lustig. Den halben Nachmittag hatten wir uns bekömmelt vor Lachen und jeden Furz von Lamprecht gefeiert.

Ein paar Stunden lang hatten wir wirklich Spaß an unserem Spaß. Doch dann war die Stimmung gekippt.

*

Inzwischen war es dunkel. Wir saßen auf Schlafsäcken in App. 2406, warteten darauf, dass Herr Lamprecht den Laptop wieder einschaltete, und schwiegen. Tai hatte eine Lavalampe aufgestellt. Geisterhafte Schatten waberten über die Wände.

Mama hatte ich eine SMS geschrieben, dass ich bei Tai übernachten würde. Ich gab vor, mit ihm Mathe zu üben. Eine schwachsinnige Ausrede, die sie mir sicher nicht glaubte. Aber ihre Freude, dass ich endlich einen Kumpel hatte, war größer als ihre Sorge um mich. Wenn sie sich da mal nicht irrte.

Mama hatte mir einen schönen Abend gewünscht. Schön war er, in Tais Nähe war jede Tageszeit schön, aber auch beklemmend. Seine gestrige Versprechung, dass wir Lamprecht nur einen kleinen Schreck einjagen und ihn dann wieder freilassen würden, hatte er spätestens mit der Kontaktaufnahme aufgekündigt. Jetzt war aus dem Spaß Ernst geworden, und ich hatte keine Idee, wohin das alles führen sollte.

Tai war in Gedanken versunken, schmiedete Pläne für den morgigen Tag. Er wollte die Brandmeldezentrale im Keller manipulieren, damit Lamprecht keinen Feueralarm auslösen konnte und eine Fernablesung vom Wasserzähler einrichten. Er war drauf und dran, ein perfektes Gefängnis zu errichten, für einen Mann, den er kaum kannte, und ich fragte mich, wer dieser hübsche Junge eigentlich war, für den ich so unendlich viel empfand und der jetzt so kalt und sachlich agierte?

»Ich mach's gleich.«

Tai stand auf und zog seine Schuhe an.

»Was?«

»Wenn Lamprecht mit dem Feuerzeug am Rauchmelder rumspielt, schließen sich die Brandschutzklappen, und die Brandmeldezentrale im Keller alarmiert die Feuerwehr. Die wissen dann sofort, in welcher Bude gefackelt wurde, und Lamprecht kommt frei.«

»Aber das hat doch Zeit bis morgen«, stammelte ich und hatte mal wieder nur die Hälfte von dem verstanden, was er sagte.

»Eben nicht. Wir wissen ja nicht, was er grade macht.«

»Weißt du denn, wie das geht?«

»Nö, aber bei Bauarbeiten tricksen sie die Brandmeldezentrale ja auch aus, wegen Feinstaub und so. Es gibt bestimmt einen ordentlichen Plan, mit dem man einzelne Segmente ausschalten kann. Wir sind in Deutschland, da gibt es immer einen Plan.«

Dann ging Tai.

»Schließ mich nicht ein!«, rief ich ihm aus Spaß hinterher und fand meine Sorge gar nicht so unbegründet.

»Du bist süß«, erwiderte Tai mit einem Augenzwinkern und verschwand.

Schon wieder. Was hatte das zu bedeuten, dieses *süß*? Fand er mich süß wie ein Katzenbaby? Unbeholfen, hilfsbedürftig, dumm? Dann konnte ich drauf verzichten. Ich fand ihn auch süß, aber eher so wie ein fünfzehnjähriges Mädchen einen Popstar süß findet. Und was überhaupt sollte dieses mehrdeutige Zwinkern, das sich anfühlte wie ein »Bis gleich, Baby, mach's dir schon mal auf der Couch bequem, ich geh mich nur fix duschen«?

Mein ganzes Leben bestand aus rätselhaften Codes, die

ich nicht entschlüsseln konnte, und niemand war da, der sie mir in Sprache übersetzte. Warum konnte ich nicht einfach aussprechen, was ich empfand? Warum war mein ganzes Leben ein dämliches Versteckspiel?

Ich kannte die Antwort: Ich hatte keine andere Wahl. Ich wollte Tai nicht verlieren. Woher sollte ich wissen, wie er auf meine Zuneigung reagieren würde? Ich wollte Mama und Papa nicht enttäuschen. Ich wollte nicht wieder als Psycho abgestempelt werden. Also musste ich mich verstecken.

Eigentlich kannte ich niemanden, der meine Sprache sprechen konnte. Nicht mal Mama, und die war mir von allen Menschen auf der Welt die Nächste.

Erleichtert, dass ich nicht in Gegenwart von Tai meine Hose ausziehen musste, versteckte ich mich im Schlafsack, folgte den trägen Blasen der Lavalampe, die unsere Kommandozentrale in anzügliches Rot tauchte, und versank in Gedanken an Tai und unsere erste Begegnung.

*

Eigentlich kannten wir uns noch gar nicht so lange. Anfang Februar war ich auf die neue Schule gekommen. Tai ging damals in eine andere Klasse.

Die große Hofpause war mir ein Greuel. In keiner anderen Situation wird deutlicher, dass man keine Freunde hat. Die Kleinen spielen, die Coolen rauchen, die Hippen checken, die Entspannten chillen, die Streber klugscheißen, und die Nervösen bringen sich irgendwelche Künststückchen bei, aber immer tun sie es gemeinsam in einer Gruppe.

Ich hatte die ersten großen Hofpausen damit verbracht, einen Fuß vor den anderen zu setzen und Schritte zu zählen. Ich durchschritt das ganze Schulgelände von Norden nach

Süden, von Osten nach Westen und achtete penibel darauf, dass ich niemandem auffiel.

Nach ein paar Wochen hatte ich mich dann mit meiner Musiklehrerin angefreundet und einen Deal ausgehandelt. Ich drückte etwas auf die Tränendrüse und behauptete, dass ich zu Hause kein Klavier hätte, auf dem ich üben könnte, und so ließ sie mir in den Pausen den Musikraum offen. Als Gegenleistung versprach ich ihr ein Referat über Rachmaninow. Das war keine Arbeit, sondern Vergnügen für mich und eine sicher verdiente Eins.

Von nun an verbrachte ich meine Hofpausen am Klavier.

Die ersten zwei Wochen klimperte ich frei vor mich hin, übte den Quintenzirkel, fand ein paar interessante Harmoniebögen, improvisierte einige Melodien. Dann aber, in der ersten Woche nach den Osterferien, bekam ich Besuch. Es war Tai.

Er schlich sich, ohne ein Wort zu sagen, in den Musikraum und hörte mir zu. Einfach so. Er stellte keine Fragen, äußerte keine Wünsche, machte kein dämliches Gesicht. Er war schlicht präsent. Und wie er das war!

Tai war der hübscheste Junge, den ich je gesehen hatte. Aber niemand anders schien von seiner Schönheit Notiz zu nehmen. Wenn er nicht ab und zu von einem Lehrer angesprochen worden wäre, hätte ich geglaubt, dass er nur in meiner Einbildung existierte. Aber Tai war lebendig, und nun saß er vor mir. Also spielte ich für ihn.

Ich begann mit ganz einfachen Stücken. So umfangreich war mein Repertoire noch nicht, geschweige denn mein pianistisches Geschick.

Ich spielte das kleine *Adantino* aus den *Bildern der Kindheit* von Aram Chatschaturjan. Wie schwere Regentropfen quetschten meine Finger die traurigen Töne aus den Tasten. Das war kein Stück für Kinder. Das war tiefempfundene Melancholie und der Start einer Freundschaft, wie er sinnlicher nicht hätte sein können.

Zu Hause übte ich wie besessen, verbrachte Stunden und ganze Wochenenden an meinem Digitalklavier. Ich wollte Tai bieten, was er verdiente. Ich studierte die ersten vier der sehnsuchtsvollen *Rumänischen Volkstänze* von Béla Bartók ein, den leichten, aber so schwermütigen *Walzer a-Moll Op. posth.* von Chopin, einige einfache und doch effektvolle Stücke von Händel, darunter die berühmte *Sarabande,* zu der schon *Barry Lyndon* in den Kampf gezogen war, und natürlich den ewigen Monolithen der klassischen Klavierliteratur, den freudlos eleganten, in seiner vollkommenen Schlichtheit unübertroffenen und jeder Fantasie Projektionsfläche bietenden Kopfsatz der *Mondscheinsonate* von Beethoven.

Ab dem zweiten Tag brachte Tai seine Kamera mit und filmte mich. Ich hatte nichts dagegen, obwohl es den Druck noch erhöhte, der mein heftig pochendes Herz allein durch seine Anwesenheit fast zum Explodieren brachte.

Nie hatte ich in kürzerer Zeit besser spielen gelernt als in diesen Wochen. Irgendwann begann ich ihm sogar eigene Stücke zu komponieren. Jedes einzelne ein Liebeslied ohne Worte, aber voller Bedeutung, die allein ich kannte.

Dann, nach zwei Monaten der wortlos aufgeladenen Koexistenz, sagte er plötzlich:

»Kommst du mich heut Nachmittag mal besuchen?«

Er schrieb mir seine Adresse auf und verschwand.

Als ich am Nachmittag vor seiner Wohnungstür stand, dröhnte mir Gelächter und Musik entgegen. Seine beiden Schwestern öffneten aufgeregt die Tür und schrien: »Der Pianist ist da, der Pianist ist da!«

Dann brachte mich Tai in die Wohnstube, wo die ganze Familie auf Kissen zwischen Bergen von Essen hockte und den Geburtstag der Großmutter feierte. Kaum hatte ich den Raum betreten, wurde applaudiert.

Tai flüsterte mir zu: »Sie lieben dich. Sie kennen jedes Stück von dir. Spiel einfach irgendwas.«

Im Fernsehen lief gerade die vietnamesische Variante von *Deutschland sucht den Superstar*. Irgendein Hotty sang hopsend eine Popballade ins Mikro. Neben dem Fernseher wartete ein Keyboard auf mich. Tai schaltete den Ton der Glotze aus, und plötzlich wurde es still. Ich zögerte einen Moment, ich hatte kein einziges fröhliches Stück auf Lager. Dann gab Tais Vater ein Kauderwelsch von sich, in dem ich glaubte, das Wort Beethoven verstanden zu haben, und so begann ich mit der *Mondscheinsonate*. Applaus brandete auf.

Das Keyboard klang nach Softporno, aber Beethoven hielt dem stand. Der Hotty im Fernsehen tanzte dazu über den Bildschirm. Mein Publikum aber lauschte immer andächtiger meinem Spiel, und Oma bekam feuchte Augen.

Es wurde ein wilder Abend mit Tai und seiner Großfamilie. Nach meinem Konzertdebüt wurde ich gefeiert wie Justin Bieber. Die Männer gaben mir Reisvodka und die Frauen Essen. Dann sangen alle Karaoke und tanzten. Tais Schwestern machten mir schöne Augen, und ich hatte innerhalb kürzester Zeit meinen ersten Alkoholrausch.

*

Tai kam aus dem Keller zurück. Er setzte sich an seinen Computer und installierte irgendetwas.

»So, jetzt sehen wir, wie viel Wasser er verbraucht.«

Ich wusste nicht, wozu das gut sein sollte, und machte schüchtern meinen Sorgen Luft.

»Tai? Hör mal! Morgen ist Sonntag. Wie lange willst du ihn denn noch gefangen halten? Spätestens am Montag wird die halbe Schule nach ihm suchen.«

Tai saß einfach da, starrte auf seinen Laptop und schwieg. Hatte er meine Frage nicht verstanden? War er mir nicht eine Antwort schuldig? Offensichtlich nicht. Er zog seine Schuhe aus, breitete seinen Schlafsack aus und legte sich neben mich, als ob nichts gewesen wäre.

Und ich? Ich ließ mich wieder einmal mit den gleichen Waffen schlagen.

»Hast du Musik dabei?«, fragte er mich.

Ich nickte. Ich hatte immer Musik dabei. Auf meinem Handy war Platz für sechzig Tage Musik. Ich hatte für jeden Anlass das Passende.

»Dann spiel mir was vor! Etwas mit einer Geschichte. Etwas, das du liebst.«

Eine solche Bitte musste ich mir nicht zweimal sagen lassen.

»Dann wird es Tschaikowski«, sagte ich und suchte in meinem Handy nach der *Symphonie Pathétique*.

»Das ist aber die traurigste Musik, die ich kenne«, warnte ich Tai, wohl wissend, dass ich ihn damit neugierig machte.

»Sehr gut. Lass hören!«

Ich startete die Sinfonie. Die sechste meines Freundes Pjotr Iljitsch Tschaikowski. Sein letztes Werk, sein persönlichstes, sein Abgesang. Das Eingeständnis einer Lebenslüge. Diese Sinfonie war eine große Sache für mich.

Schon aus den ersten Takten sprach die pure Hoffnungslosigkeit. Das Fagott formulierte einen musikalischen Gedanken, auf den man die Worte »Ich bin wertlos« singen konnte.

Ich stellte mir Tschaikowski vor, wie er kraftlos im Bett lag und das eigene Leben Revue passieren ließ.

Er hatte sich in den letzten Lebensjahren unsterblich in seinen gut dreißig Jahre jüngeren Neffen Wladimir verliebt und aus lauter Abscheu darüber, choleraverseuchtes Wasser getrunken. Nun verließen die Lebenssäfte den Körper des in der ganzen Welt geliebten Komponisten, der für sich selbst nur Verachtung übrig hatte.

»Er ist wertlos«, antworteten die Streicher im Chor. Dann führte eine langsame Abwärtsbewegung der Celli in die Jugend des Komponisten zurück, und die Lebensgeister erwachten.

Heiteres Pulsieren. Militärische Akzente. Ein abenteuerlicher Kriegsschauplatz aus jugendlich-naiver Perspektive.

Ich sah mich selbst in männlicher Kampfausrüstung durch die tropischen Wälder Vietnams marschieren. Es war heiß. Ich machte Rast, trank einen Schluck abgestandenes Wasser und erblickte plötzlich, vollkommen unvermittelt: Tai.

So oder so ähnlich musste es Tschaikowski gemeint haben. Denn das erste Auftauchen des Liebesthemas war von solcher Reinheit und Schönheit wie der erste Besuch, den Tai meinem Leben abgestattet hatte. Es stürzte den Helden der Sinfonie mit derartiger Wucht in Euphorie und Glück, dass von diesem Moment an die Welt eine andere war. Doch nun begann die Tragödie. Denn so schön, wie das Liebesthema zum ersten Mal erklungen war, kehrte es nie wieder zurück.

Die Bestrafung folgte auf dem Fuß. Der Held wurde vom Strudel der Lebensrealitäten erfasst und so heftig durchgeschüttelt, dass es kein Oben und Unten mehr gab.

Die erlebte Liebe hatte seine Neigungen offenbart. Er verzehrte sich nach einem Mann. Eine verbotene Sache, die er sich von nun an nur noch als Zerrbild der Erinnerung in seinen geheimen Träumen erlauben durfte. Aber er verstand nicht, warum. Pure Verzweiflung machte sich in ihm breit. So breit wie der Orchesterapparat nur konnte. Aggressive Akkorde der Blechbläser, schreiende Klagen der Geigen und die harten, erbarmungslosen Schläge der Pauke brachten das Herz des verliebten jungen Helden zum Bersten. Tschaikowskis eigenes Herz.

Der erste Satz endete mit einer heroischen Absage an die Liebe. Die Liebe, die Tschaikowski fühlte und von der er wusste, dass sie im irdischen Leben keinen Platz haben würde.

Im zweiten Satz besuchte Tschaikowski einen Ball. Die feine Gesellschaft tanzte Walzer. Doch war es wirklich Walzer? Ich forderte Tai auf, die Taktart zu erraten.

»Halt's Maul, du Genie. Ich hab keine Ahnung von Musik. Ich will einfach zuhören, bin grad richtig drin« raunzte er mich an. Ich entschuldigte mich, schließlich wollte ich meinen Zuhörer nicht verlieren und beantwortete mir die Frage selbst:

Nein! Es klang eben nur wie ein Walzer, es stand aber in Wirklichkeit im 5/4-Takt. Etwas schief. Mich berührte das unglaublich. Tschaikowski ging in einem anderen Takt durch die Party als die übrigen Gäste. Er gehörte einfach nicht dazu. Wie oft hatte ich mich schon so gefühlt?

Ich erinnerte mich an fürchterliche Diskoabende auf den Klassenfahrten der letzten Jahre. Aufgeregte, überschminkte Mädchen mit glitzernden T-Shirts und stocksteife Jungs, die ihre Scham in Bier ertränken mussten, bevor sie sich auf der Tanzfläche bloßstellen konnten. Einmal hatte ich mich unterm Tisch versteckt, weil ich nicht dazugehören wollte.

Dann kam der dritte Satz. Ein Marsch. Der Mensch, der seine Liebe nicht leben darf, kämpft mit vorgegaukelter Euphorie regelrecht hysterisch gegen seine Neigungen an. Was für ein Kraftakt, was für eine Lüge, die er schließlich mit dem völligen Erliegen seiner Schaffenskraft und Lebensenergie bezahlt. Was bleibt, ist Leere, Resignation und Tod.

Im letzten Satz kehrten wir an Tschaikowskis Totenbett zurück. Er nahm sich das Leben. Ganz langsam und qualvoll, die zum Himmel schreiende Ungerechtigkeit für alle hörbar anklagend.

Genauso wie Melanie Heise, die Mitschülerin, die sich im April für alle sichtbar vom Dach unserer Schule gestürzt hatte. Auch sie war so einer verbotenen Liebe erlegen. Auch ihr war dieses Werk gewidmet.

Und mir? Was sollte aus meiner Liebe werden? Musste ich es am Ende Melanie und Tschaikowski gleichtun? Nur weil ich mich in den Falschen verliebt hatte? In den, der mich in diese absurde Situation gebracht hatte, in der ich jetzt steckte?

Nach letzten, kraftlosen Zuckungen verebbten die lähmend langgezogenen Schlussakkorde der tiefen Streicher, ohne auch nur ein Fünkchen Hoffnung übrigzulassen. Ich war am Ende.

Tai drehte seinen Kopf zu mir und lächelte mich an, mit offenen, wachen Augen.

»Morgen lassen wir ihn frei, kleiner Jannik. Versprochen.«

4

5. September 2015

Auf den Trick mit dem Badezimmer hatte sich der Täter nicht eingelassen. Schade, aber immerhin wusste Jens jetzt, dass er nicht naiv war.

Danach hatte er eine Stunde lang erfolglos versucht, den WLAN-Router wieder zusammenzubasteln. Aber das war vertane Liebesmühe.

Nun saß Jens an seinem Küchentisch, rauchte und machte eine Bestandsaufnahme aller vorhandenen Lebensmittel. Er hatte fünf Scheiben Toast, eine Dose Thunfisch in Öl, die er in Ermangelung eines Dosenöffners noch nicht verzehrt hatte, ein halbes Glas Erdbeerkonfitüre, drei Gewürzgurken und einen Rest Butter. Darüber hinaus fand er eine Fleischtomate, zwei Zwiebeln und ein Ei, ein Viertel ungarische Salami und eine Packung Fleischsalat mit Mayonnaise. Die war sogar noch zu. Nur das Mindesthaltbarkeitsdatum lag zwei Wochen zurück. Jens beäugte die Büchse, deren Deckel sich bereits bedrohlich wölbte, und warf sie, den nötigen Respekt für den Ernst seiner Situation vermissen lassend, dem Mülleimer zum Fraß vor. Ein paar Salzstangen und eine Handvoll Studentenfutter, die er schon ganz vergessen hatte, komplettierten seine Liste.

Gut. Damit kam er eine Weile hin. Er war kein großer Esser. Manchmal vergaß er es auch einfach. Davon wurde seine Laune auch nicht schlechter, als sie ohnehin schon war.

Viel dramatischer war die Sache mit den Kippen. Jens hatte noch genau zwölf Zigaretten. Es war inzwischen 22:29 Uhr. Mit seiner Befreiung rechnete er spätestens am Montagvormittag. Das war im schlimmsten Fall also noch 36 Stunden hin. Wenn er pro Nacht sechs Stunden Schlaf abzog, kam er also auf einen Schnitt von einer halben Zigarette pro Stunde. Das war heikel. Jens schaffte zwei Schachteln am Tag, vor allem wenn er unter Stress stand.

Was bringt es, sich über ungelegte Eier aufzuregen, dachte Jens und drehte die Aschespitze seiner glimmenden Zigarette zärtlich am Rand einer Müslischale sauber. Er beobachtete, wie der kleine, schmale Rauchfaden in die Luft stieg und dort verwirbelte. Plötzlich lachte er auf. Ja, war er denn total doof, dass er auf die nächstliegende Idee nicht schon eher gekommen war?

Jens stieg auf einen Stuhl und blies dem Rauchmelder über seinem Schreibtisch Zigarettenqualm entgegen. Nichts passierte. Er nahm einen größeren Zug, um mehr Rauch zu produzieren. Wieder nichts. Ja, was war das denn für eine dämliche Scheiße?

Er schob seinen Stuhl unter den zweiten Rauchmelder in der Ecke, die er für sein Boxspringbett reserviert hielt, das die Schweine vom Möbelhaus immer noch nicht geliefert hatten, und blies. Auch hier geschah nichts. Er hielt sein Feuerzeug direkt unter den Rauchmelder. Nichts. Er setzte ein Stück Papier in Brand und hielt es drunter. Nichts. Vor lauter Wut schlug er den Rauchmelder von der Decke. Nichts!!!

Verdammte Kacke, es konnte doch nicht sein, dass in dieser Wohnung einfach gar nichts funktionierte??? Er nahm den Stuhl und pfefferte ihn schreiend gegen das Fenster. Der Stuhl zerbrach. Das Fenster blieb heil. War ja klar.

Jens hasste diese Wohnung. Es war ja nicht mal eine richtige Wohnung. Nur ein Appartement.

Mit Silke und Philipp hatte er eine Wohnung. Das war eine Wohnung, die diese Bezeichnung auch verdiente. Dachgeschoss, 121 Quadratmeter, riesige Terrasse, in Prenzelberg! Jens hatte sie vor dreizehn Jahren relativ preiswert geschossen, bevor der ganze Immobilienwahnsinn die Stadt erfasste. Das war die Wohnung, in der er alt werden wollte.

»Kacke!«, schrie Jens aus voller Kehle.

Als Silke die Trennung beschloss, war der Kredit noch lange nicht abbezahlt. Und da *Arschloch* darauf bestand, dass die Hälfte von allem Silke gehörte, machte Jens kurzen Prozess.

»Du willst mich ruinieren? Bitte schön, kannst du haben«, schrie er ihr ins Gesicht und marschierte wie ein bockbeiniger Giftzwerg zur Bank, um die Wohnung seines Herzens, die auf einen Wert von 470.000 € geschätzt worden war, notveräußern zu lassen. Die Zwangsversteigerung brachte ihm 350.000 € ein. Davon überwies er 235.000 € an Silke und 53.000 € an die Bank, um das restliche Darlehen zu tilgen. Damit war er auf einen Schlag seine Altlasten los, die materiellen wie auch die menschlichen. Natürlich hätte es elegantere Lösungen gegeben. Aber Jens wollte einen Schlussstrich. Schmerzvoll und kurz.

Mit der übriggebliebenen Kohle und einem neuen Kredit kaufte er sich schließlich die neue Bude, die genauso teuer war wie die alte, als er sie damals kaufte. Er hätte kotzen können, wenn er daran dachte.

Nun hockte er hier, eingesperrt, in seinem einbruchssicheren 62-Quadratmeter-Gefängnis, in der 24. Etage, mit einem verschissenen Ausblick zum Niederknien, wie es blumig im Flyer beworben worden war.

Wenn Jens die Zeit hätte zurückdrehen können, er hätte es getan, und er wusste auch ganz genau, an welche Stelle.

Knapp sechs Monate war es her. Silke war im Stress, weil irgendein Lektor ihre Illustrationen für ein Kinderbuch durch die eines anderen ersetzen wollte, und Jens war im Stress, weil er es immer war.

Beide hatten sich versprochen, einen schönen Abend miteinander zu verbringen. Jens hatte Silke freie Wahl bei der Programmgestaltung gelassen, und das war vielleicht schon der erste Fehler, den er sich in diesem Zusammenhang geleistet hatte.

*

26. März 2015

»Du hast aber einen leckeren Rücken«, sagte der durchtrainierte Affe mit dem Lockenkopf auf einem albern langen Balletttänzerhals.

Jens sah den Jüngling irritiert an.

»Haben Sie meine Frau gerade ›lecker‹ genannt?«

Silke hielt ihre Augen geschlossen und presste die Lippen zusammen. Sie wollte sich jetzt nicht aufregen, sie wollte das genießen. Jeden Augenblick würde dieser junge Adonis seine kräftigen, öligen Hände über ihren Rücken gleiten lassen. Der dämliche Blick ihres Mannes hätte alles zerstört.

»Du musst unglaublich stolz auf die Schönheit deiner Frau sein«, sagte der Gelockte mit seiner dahingehauchten Schwuchtelstimme und tröpfelte Duftöl aus einer Flasche auf seine rechte Hand, dann wandte er seinen Blick zu Jens und lächelte ihn offenherzig an.

»Schau mal, erst musst du das Öl aktivieren, indem du es zwischen deinen Handflächen kreisen lässt. Wie eine Acht.

Und dann trägst du es großflächig auf die zarte Haut deiner Frau auf.«

Silke stöhnte leise, als die Hände ihren Rücken berührten. Jens saß ihr und dem Jüngelchen gegenüber. Oberkörperfrei, alle drei. Im Schneidersitz. Er fragte sich, ob der Affe tatsächlich noch keine Körperbehaarung hatte oder ob er sich unter den Achseln rasierte.

Die blanken Brüste seiner Frau lachten ihm entgegen. Jens war nicht zum Lachen zumute. Der mit indischen Tüchern und Kissen ausgepolsterte Raum erinnerte ihn an eine Gummizelle. Sein Verstand ertrank in Amber und Sandelholz, seine Lust an dieser Veranstaltung flog auf einem Klangteppich von Sitar-Gedudel davon.

Dann fuhr der Nacktmull mit den Worten »Und jetzt sachte die Kostbarkeiten umspielen« von hinten über Silkes Brustwarzen, und Jens rastete aus.

»Entschuldigen Sie mal, junger Mann, aber verstehe ich das richtig, ja? Sie ziehen mir hier Geld aus der Tasche, um sich an meiner Frau aufzugeilen? Vor meinen Augen? Ich weiß nicht, was Sie dazu qualifiziert, aber diese Brustwarzen gehören mir! Die hab ich mir hart erarbeitet!«

Silke öffnete jetzt doch die Augen. Sie hatte gewusst, dass es eine bescheidene Idee war, und trotzdem brauchte Sie diese Bestätigung. Sie drehte sich zum Massagetrainer um und bat ihn freundlich weiterzumachen. Jens entknotete seine Beine und erhob sich.

»Nehmen Sie die Finger weg! Es sei denn, Sie wollen das Darlehen für unsere schöne Dachgeschosswohnung abbezahlen. Das macht dann 1167 Euro und zweiundfuffzig Cent im Monat, dann kommen da noch die 500 Euro Schulgeld und 200 Euro Nachhilfestunden für unseren völlig verzogenen Sohnemann dazu, der 600 Euro im Monat für seine Computerkacke auf den Kopf haut. Dann 274,12 Euro Künstlersozialkasse und 750 Euro Lebensunterhalt für meine überdurchschnittlich talentierte Ehefrau, die große Kinderbuchillustratorin Silke Lamprecht. Sie werden sicher schon von ihr gehört haben.«

Jens sah den jungen Mann mit großen Augen an. Dieser schüttelte vorsichtig den Kopf.

»Nein? Kennen Sie nicht? Seltsam, dabei hat sie doch in den vergangenen fünfzehn Jahren, wie viel noch mal, Silke? Ach ja, drei Kinderbücher bemalt! Allesamt Riesenerfolge.«

Silke stand jetzt auch auf und begann sich wieder anzuziehen.

»Du bist ekelhaft«, sagte sie. Jens fuhr fort.

»Nein, nein, kneten Sie bitte weiter an den Brüsten meiner Frau herum, es kommen nur noch die Nebenkosten dazu, die Urlaube, die Versicherungen, die Smartphones, die Zeitungsabos, das Fitnessstudio, die 1200 Euro für die Seniorenresidenz der lieben Schwiegermutter, ach so und ein bisschen was zu essen. 5900 Euro Fixkosten! Pro Monat! Für die ich sechzehn Stunden am Tag schufte. Die haben Sie doch sicher auf Tasche, Sie Wurstbrot! Wissen Sie eigentlich, wie albern Sie aussehen in Ihren ayurvedischen Windeln?«

Dann brachte eine Ohrfeige seiner Frau Jens zum Verstummen.

»Bitte entschuldige, Ronny«, sagte Silke, ging an die Tasche ihres Mannes, nahm den ledernen Geldbeutel heraus und entlohnte den jungen Mann, der noch immer geschockt auf dem Boden saß. Sie legte ihm fünfzig Euro Trinkgeld dazu und verließ frustriert den vedischen Tempel der Lust. Jens sah ihr nach. Dann ergriff Ronny das Wort:

»Ich glaube, da läuft was gewaltig schief in eurer Ehe.«

Jens sah den ölverschmierten Hampelmann zwischen seinen Kissen sitzen. »Ronny.« Jens sprach den Namen deutlich aus und lauschte dem Nachklang. Dann noch mal.

»Ronny.« Jens lachte auf.

»Hast du eigentlich Abitur, Ronny?«

Ronny schüttelte den Kopf.

»Abgebrochen?«

Jens nickte. »Ausbildung?«

Ronny schwieg.

»Auch abgebrochen?« fragte Jens.

Ronny nickte unmerklich. Jens lächelte.

»Na dann mach's mal gut, Ronny. Und gib nicht alles auf einmal aus!«

*

5. September 2015

Die verhängnisvolle Paarmassage war eine Prüfung, die sich Silke ausgedacht hatte, um ihre Ehe einem letzten Stresstest zu unterziehen. Nur genau das hatte Jens nicht kapiert. Er war mit Pauken und Trompeten durchgefallen.

Eine Woche später hatte Silke ihm offenbart, dass sie für ihre Ehe keine Zukunft mehr sehe. Eine weitere Woche später hörte er das erste Mal von *Arschloch*, der Silke im Rechtsstreit um ihre Illustrationen aus der Patsche geholfen hatte und nun Adressat einer neuen, zarten Liebe war, die da in ihr aufkeimte.

In den kommenden Wochen hatte Jens kein gutes Haar an Silke gelassen. Wann immer er konnte, warf er ihr zynische Kommentare an den Kopf, verunglimpfte sie vor Philipp, ekelte sie aus dem Haus, direkt in *Arschlochs* Arme.

Vater und Sohn hatten desaströse gemeinsame Osterferien verbracht, während es sich Mutti auf der Kinderbuchmesse in Bologna von *Arschloch* besorgen ließ.

Jens stand vor seinem Fenster, sah auf die Stadt herunter und zündete sich aus Macht der Gewohnheit eine Zigarette an. Zwei Stunden waren noch lange nicht vergangen.

Philipp hatte recht. Er selbst war das Arschloch. Aus enttäuschter Eitelkeit hatte er bepinkelt, was unter Umständen noch in trockene Tücher hätte gewickelt werden können.

»Arschloch«, flüsterte Jens ganz leise, während sich Qualm über seine Lippen ergoss.

»Arschloch!« Plötzlich trat ihn ein Pferd.

Du bist langweilig, Arschloch!

Auf einen Schlag war Jens wach, beinahe euphorisch. Philipp hatte ihn hier eingesperrt, seinen Schlüssel geklaut, sein Handy. Philipp hockte da drüben im Nachbarappartement und rächte sich an seinem Vater. Er wollte nicht nach Holland, er wollte in Berlin bleiben. Er hatte Jens' Handy geklaut und ihn eingesperrt, um Silke vorzugaukeln, dass er bei seinem Vater bleiben würde.

Alles machte Sinn. Philipp kannte sich mit Computern aus, er wusste vom freistehenden Nachbarappartement und ließ sich durch das Bestrafungsgesülze seines Vaters nicht einschüchtern.

Voller Erleichterung ließ sich Jens auf die Couch fallen und lächelte seinen Laptop an.

»Na warte, Bürschchen. Dich lass ich noch ein bisschen zappeln.«

*

Jens prüfte seine Empfindungen. Nein, da war keine Wut. Es war tatsächlich Stolz. Etwas, das er seit Jahren nicht mehr für seinen Sohn empfunden hatte. Den Vater in der eigenen Wohnung gefangen zu halten, war so einfach und genial zugleich. Eine simple Idee, die großes Geschick voraussetzte. Philipp hatte sich Zugang zu App. 2406 verschaffen müssen, die Rauchmelder ausgetrickst und sich in Jens' Laptop gehackt. Das waren doch Zeugnisse hoher Intelligenz. Und ausgerechnet die hätte er seinem Sohn anhand der Entwicklungen in den letzten beiden Jahren und seiner schulischen Leistungen eher nicht attestiert. Dabei war Philipp immer schon ein stiller Bastler gewesen. Ein ruhiges Kind, das seine Umgebung genau studierte und die Ergebnisse für sich behielt.

In den letzten Jahren war ein ansehnlicher junger Mann aus ihm geworden. Hochgeschossen, noch unsicher im Gebrauch der langen Gliedmaßen, aber von eleganter Statur. Er hatte struppiges Haar, das Lächeln eines Filmschauspielers und die leuchtend blauen Augen seines Vaters. Sie waren eine unschlagbare Waffe im Kampf um das andere Geschlecht. Obwohl Jens nicht sagen konnte, ob sich Philipp für das andere Geschlecht interessierte. Er wusste nicht einmal, ob sich Philipp überhaupt für Sex interessierte. Er war ein sensibler Junge mit weichen Gesichtszügen und rosigen Lippen, schüchtern im Umgang mit echten Menschen und erbarmungslos im virtuellen Kriegsgefecht.

Als Jens seinem Sohn zum vierzehnten Geburtstag den ersten eigenen Computer schenkte, zog auch *Counter Strike* in die heimischen vier Wände ein.

Am Anfang amüsierte sich Jens über seine pazifistische Ehefrau, die das Ballerspiel als einen Angriff auf die Grundwerte ihrer Erziehung verabscheute. Er, der als gelernter Mathelehrer unter einem Grundwert etwas anderes verstand, nahm Philipp in Schutz. In Jugendtagen habe er selbst seine Aggressionen an einem Sandsack ausgelassen. In Zeiten der erblühenden Männlichkeit gehöre die gesunde Entladung angestauter Frustration zum Tagesgeschäft, und die moderne Form des Sandsacks sei nun mal das computergenerierte Maschinengewehr.

Nach langem Ringen, einem erbärmlich gescheiterten Versuch Silkes, ihren Sohn von den Vorteilen eines Sandsacks zu überzeugen, und dem Versprechen des Vaters, den Spieltrieb des Zöglings persönlich zu überwachen, hatte sie sich von der Notwendigkeit des digitalen Waffengebrauchs überzeugen lassen. Zum Wohl ihres Sohnes wurden Internet- und Computerzeiten vereinbart, und Jens war der coolste Vater auf der Welt. Dann wuchs ihm die Sache über den Kopf.

Philipp hielt sich nicht an die verabredeten Zeiten. Er fand Mittel und Wege die Sicherheitsbarrieren am Computer zu umgehen, spielte Nächte durch und hackte die Passwörter und Kreditkarten seines Vaters, um an Kohle für irgendwelche *Skinns* und *Kisten* zu kommen. Jens hatte weder Kraft noch Zeit und Lust auf die Rundumüberwachung seines Sohnes und handelte mit Philipp einen Deal aus. Denn in einer Sache waren sich die beiden Männer einig: Die Eskalation musste Silke gegenüber um jeden Preis verheimlicht werden.

Jens billigte also die Spieleskapaden seines Sohnes, solange Philipp sie vor seiner Mutter zu verstecken wusste. Damit war viel erreicht: Geräuschlose Ballerei, die Vermeidung öffentlich ausgetragener Streitigkeiten und Philipps Versprechen, trotz der Spielerei die Schule nicht zu vernachlässigen. Und noch etwas hatte Jens mit dieser Strategie gewonnen: Verbrüderung mit seinem Sohn. Zwei Männer im Geheimbund, die einander deckten, wenn sich Silke beim Abendbrot am Rückgang von Philipps Gewaltkonsum erfreute.

Die Zeit, in der sich Jens für einen ausgefuchsten Taktiker hielt, dauerte aber leider kein Schulhalbjahr lang.

Erst weigerte sich Philipp, den gemeinsam geplanten Sommerurlaub anzutreten, um unter Vortäuschung angeblicher Urlaubsaktivitäten im Kreise nicht existierender Freunde den Sommer vorm Computer zu verbringen, dann kam das Endjahreszeugnis, das ihm nicht nur einen verheerenden Leistungsabfall und zweiundvierzig Fehltage attestierte, sondern auch einen blauen Brief bescherte. Schließlich flatterte die Kreditkartenabrechnung im höheren vierstelligen Bereich ins Haus und damit die Quittung für die zweiwöchige Vernachlässigung der elterlichen Aufsichtspflicht in den Sommerferien. Das Lügengerüst brach zusammen, und Silke stand fassungslos vor ihren Männern, die sie nach Strich und Faden verschaukelt hatten.

Jens unterschätzte einen Wesenszug seines Sohnes, den er von sich selbst am besten kannte: Philipp war besessen von der Idee, der Beste zu sein. Nicht in Jens' Disziplin, aber in seiner.

Von nun an lebte er provozierend offen seine Spielwut aus. Tag und Nacht dröhnten Schüsse durchs Haus. Und während sich Silke in ihrer Verzweiflung für das Spiel zu interessieren begann, schaltete Jens auf stur.

Ein einziges Mal rastete er aus, nahm das Modem vom Strom und versteckte es in der Wohnung. Philipp kam schreiend aus seinem Zimmer gerannt, warf mit Geschirr um sich und erhob die Hand gegen seinen Vater, der in diesem Moment spürte, dass seine Kraft nicht mehr ausreichen würde, um den eigenen Sohn zur Vernunft zu bringen. Philipp schlug zu und erschrak vor der Wucht realer Gewalt. Die Stille danach, seine geschockten, aufgerissenen Augen und das Entsetzen über die eigene Tat hielten das Band zwischen Vater und Sohn an einigen Fäden gespannt, aber Vertrauen und Zuneigung gingen an diesem Abend unwiederbringlich verloren. Philipp verwüstete die Wohnung, bis er das Modem gefunden hatte, und Jens erklärte den Kampf um seinen Sohn für beendet.

Als Philipp wenige Wochen später den Sprung zum *Global Elite* schaffte, feierte Silke diese Nachricht wie ein Einser-Abitur, während sich Jens fragte, ob sie genauso triumphieren würde, wenn er von seinem ersten Amoklauf nach Hause kommen und berichten würde, dass er ausnahmslos alle Lehrer seiner Schule abgeknallt hätte.

Tatsächlich war Jens ein paarmal schweißgebadet aus genau diesem Alptraum erwacht.

Berliner Rektorensohn richtet Blutbad in Schule an.

Er konnte die Titelseiten der Gazetten schon vor sich sehen.

Als dann aber vor drei Monaten klarwurde, dass Silke mit Philipp zu *Arschloch* ziehen würde, fühlte Jens, sosehr er sich dafür schämte, in erster Linie Erleichterung. In Holland konnte Philipp erschießen, wen er wollte, das hatte nicht mehr er zu verantworten.

Jens zündete sich eine Zigarette an. Historiker sind immer schlauer. Sie haben Klarsicht durch Abstand. Wenn man sich aber mitten im Strudel befindet, dann ist das Wasser getrübt vom Tanz Tausender Luftblasen.

Nachdem sein Leben über Monate im Strudel der Trennung untergegangen war, konnte Jens nun wieder klarer sehen.

Philipp war ein kluger Junge voller Talente, denen Jens in seiner altmodischen Weltsicht keinen Nutzen attestierte. Dabei hatte der Junge genau das, was ihm so wichtig war: Begeisterungsfähigkeit und Durchhaltevermögen. Wer weiß, vielleicht konnte er Informatik studieren. Junge Menschen mit seinen Fähigkeiten wurden gebraucht in dieser Gesellschaft.

»Counter Strike.«

Jens sang die Worte, als wären sie Text unter der Titelmelodie einer amerikanischen Actionserie.

»Counter Strike.«

Er bemerkte, dass er nicht die geringste Ahnung hatte, worum es in diesem Spiel ging. Irgendwas mit Aufträgen und Terroristen erschießen. Er hätte Philipp längst mal fragen sollen.

»Counter Strike.«

Jens sprang auf und rannte mit erhobenen Armen um die Couch herum. Genauso hatte es Philipp am Tag seines Sprungs in die Elite der Ballermänner gemacht. Er nahm Anlauf und schlitterte in Siegerpose auf den Knien über die Küchenfliesen.

Amüsiert von der eigenen Albernheit ließ er den Blick durch sein Appartement wandern. Vielleicht konnte er ja irgendwo eine Wand einziehen, für eine WG mit Philipp. Wenn es sein größter Wunsch war, bei seinem Vater zu bleiben, dann sollte es auch so sein. Jens hatte verstanden.

5

6. September 2015

»Wach auf, Tschaikowski!«

Ich öffnete die Augen und fand mich in einem meiner Träume wieder. Die aufgehende Sonne schien vergnügt zum Fenster herein, Tai lag auf mir und machte ihr Konkurrenz. Er lächelte. Die Sonne hatte verloren.

»Weißt du eigentlich, wie besonders du bist? Klar, du bist'n Genie, aber da drin …«

Tai klopfte kräftig auf meine Brust, in der es so schnell schlug wie nie zuvor.

» …da drin steckt das größte Herz, das ich jemals gesehen hab.«

Ich spürte sein Gewicht auf meinem Körper. Es war kein Traum. Er nahm mir die Luft zum Atmen, aber nicht, weil er schwer war. Dann legte er seinen Kopf auf meiner Brust ab.

»Drück mich an dich, großer Grizzly!«, sagte er und knetete sein rechtes Knie in meinen Schritt. Ich tat wie befohlen, umarmte ihn und versank in einem Glück, das nach Schlafsack, Socken und Mundgulli roch.

»Ich will mich mit dir verknoten, hörst du? Ich will Zukunft mit dir basteln.«

Da war er. Der Gruß aus der perfekten Welt. So unerwartet, dass man sich nicht darauf vorbereiten konnte. Hätte er nicht warten können, bis wir die Zähne geputzt hatten?

Egal. So, wie er war, war er perfekt. Ich drückte seinen Körper, so fest ich konnte, an meinen und durchschritt Türen, Tore, Pforten, ganze Welten, die mir wenige Minuten zuvor noch Lichtjahre entfernt schienen. Ich wollte eine Fliege sein. Eine Sekunde dauert für eine Fliege zehnmal länger. Oder untergehen. Wenn ich schon irgendwann sterben musste, warum nicht sofort, warum nicht in dieser Umarmung?

»Kannst du mich nie wieder loslassen?«, dachte ich.

»O.k.«, antwortete Tai.

Hatte ich laut gesprochen, oder konnte er Gedanken lesen?

»O.k., Tschaikowski, du musst mich loslassen! Ich krieg keine Luft mehr.«

Er wand sich aus meiner Umarmung und setzte sich schwer atmend auf meinen Unterleib. Unmöglich, dass er nicht spürte, was ihm da gegen den Hosenboden pikte.

»Wie spät ist es?«

»Zehn vor sechs«, antwortete Tai und rieb mit voller Absicht seinen Hintern an meinem Schoß.

»Schon was von Lamprecht gehört?«, versuchte ich den im Raum stehenden Elefanten zu ignorieren.

»Nö. Hast du Hunger?«

Ich schüttelte den Kopf. Dann sprang Tai wie ein Flummi in die Höhe und hüpfte zur Wohnungstür.

»Geh mal deine Morgenlatte auswringen, Alter! Das wird sonst noch gefährlich, wenn du hier so geladen rumrennst. Ich besorg uns was zu kauen.«

Die Wohnungstür fiel ins Schloss, und ich zitterte am ganzen Leib, obwohl ich es nicht wollte. Tai brachte meinen Körper zum Beben. Er konnte auf ihm spielen wie ein Schlagzeugvirtuose. Ich war machtlos dagegen, fühlte mich geteert, gerädert, gevierteilt, mit Honig übergossen und in ein Becken aus Federn geworfen. Zerstückelt lag ich im Saft unserer Umarmung und schmeckte den Worten nach, die er über mir ausgegossen hatte.

»Ich will mich mit dir verknoten. Ich will Zukunft mit dir basteln.«

Das klang so groß und weit, nach einem Versprechen für die Ewigkeit. Ich sah zum Fenster. Der Himmel war rosa. Zwanzig Schwäne flogen über die Stadt, und Jean Sibelius stimmte die Musik dazu an. Das Finalthema seiner *fünften Sinfonie* in strahlendem *Es-Dur*. Die Tonart, in der die Hörner am schönsten klingen. Die Tonart der Helden. Die Tonart dieses Morgens. Ein Chor der Tausend sang in meinem Kopf dazu:

»Ich-will-mich-mit-dir-ver-kno-ten-ver-kno-ten ...«

Ich sprang auf und tanzte durchs leere Appartement. Er hatte mich Tschaikowski genannt und meine Erregung gespürt, mir Zärtlichkeiten eingeflüstert und sich an meine Brust gedrückt. Das war so viel mehr, als ich jemals erwartet hätte. War das nicht ein deutlicher Liebesbeweis? Ich stellte mich vors Fenster und schrie es in die Welt:

»Tai, du verschissenes Drecksloch, ich liebe dich!«

Ich lachte vor Glück. Nun war es raus. Ich hatte es gesagt. Niemand war Zeuge, außer der Welt.

Ich ging ins Bad, um zu duschen und die Shorts auszuwaschen. Eine Armada von Nacktschnecken hatte sich durch meine Unterhose gewühlt.

Tais Handy hing am Ladekabel und lag neben dem Waschbecken. Ich hätte es gar nicht zur Kenntnis genommen, wenn es nicht plötzlich ein blechernes Harfen-Glissando von sich gegeben hätte. Ich nahm es zur Hand und starrte aufs Display. Das Bild eines lächelnden jungen Mädchens war darauf zu sehen, daneben die Erinnerung: *Heute hat Melanie Heise Geburtstag*, mit der Aufforderung: *Schick ihr einen Gruß und zeig ihr, dass du an sie denkst!*

Seltsam. Ich wusste gar nicht, dass Tai Melanie Heise

kannte. Also ihren Namen kannten alle. Schließlich war ihr Selbstmord einige Monate lang Gesprächsthema Nummer eins an der Schule. Aber das Foto von ihr und der Hinweis auf ihren Geburtstag überraschten mich. Die Nachricht kam auch nicht von Facebook, sondern von der Kalender-App. Ihren Geburtstag musste Tai also selbständig eingetragen haben.

Ich hatte mal was von morphogenetischen Feldern gelesen. Dass ich gestern, am Vorabend ihres Geburtstages, an Melanie Heise gedacht hatte und sie mir nun auf Tais Handy zulächelte, war wahrscheinlich genau das, was man darunter verstand: eine mehr oder weniger zufällige, unabhängig voneinander auftretende Anhäufung des gleichen Gedankens.

»28590382«, sagte Tai, und ich erschrak zu Tode. Er stand in der Badezimmertür, und ich wusste nicht, ob ich zuerst sein Handy aus der Hand legen oder mir ein Handtuch über den Schwabbelbauch werfen sollte.

»Was?«

»Der Pincode.«

»Ach so, nein. Ich, es hat nur Geräusche gemacht, und da hab ich …«

»Schon gut, Alter, mach dir nicht ins Hemd«, sagte Tai, hob eine Tüte Brötchen hoch und verschwand in der Küche.

»In Vietnam benutzen wir übrigens diese schwingenden Dinger, die außen am Badezimmer dran sind. Wie heißen die noch mal, ach so Türen.«

»Dann lutsch doch deinem Vadder den Pimmel!«, rief ich Tai hinterher, um die delikate Situation wieder auf unseren normalen Umgangston herunterzubrechen.

»Geht nicht, da hängst du doch schon dran«, erwiderte Tai. Dann frühstückten wir.

*

Es war kurz nach sieben, als Herr Lamprecht seinen Laptop wieder einschaltete. Er war ruhig, gefasst, hatte beinahe gute Laune und lächelte uns direkt in die Kamera.

»Ich weiß jetzt, wer mir gegenübersitzt.«

Tai grinste und tippte unverzüglich eine Antwort.

Und wer?

Herr Lamprecht senkte kurz seinen Kopf, lächelte in sich hinein, dann wieder in die Kamera. Er wirkte richtig sympathisch.

»Männlich, fast schon erwachsen und im Grunde ein von Herzen guter Junge.«

Ich erschrak.

»Kann er uns sehen?«, fragte ich Tai.

»Eigentlich ausgeschlossen. Master-Slave-Prinzip. Ich hab Zugriff, er nicht.«

Tai zuckte mit den Schultern. Herr Lamprecht blickte erwartungsvoll in die Kamera.

»Stimmt's?«

Tai ließ ihn zappeln. Herr Lamprecht sprach weiter.

»So viel hab ich schon gelernt. Immer wenn du schweigst, hab ich ins Schwarze getroffen. Also hör mir mal zu. Wenn du wirklich der bist, von dem ich denke, der du bist, dann solltest du jetzt eigentlich ganz woanders sein, oder?«

Entwarnung. Das galt nicht uns. Wo hätten wir denn bitte sein sollen? Tai antwortete.

Und wo?

Herr Lamprecht schmunzelte wissend in die Kamera.

»Na bei deiner Mutter in Rotterdam.«

Tai und ich sahen uns grübelnd an. Der Anruf! Mir fiel wieder ein, wie Lamprecht Freitagnacht die Mailbox seiner Exfrau mit derben Beleidigungen vollgelallt hatte.

Tai hatte das Telefonat aus einem Gebüsch heraus gefilmt und es mir später mit Hochgenuss präsentiert. In diesem Zusammenhang waren auch die Worte *neuholländische Kapitalistenfotze* und *verzogener Drecksbengel* gefallen. Anscheinend glaubte Herr Lamprecht, seinem Sohn gegenüberzusitzen. Tai schlug wieder in die Tasten.

War es denn so offensichtlich?

Deutlich sichtbar fuhr Herrn Lamprecht die Erleichterung durch den Körper. Er richtete sich auf, als hätte man ihm ein Kreuz vom Rücken genommen, und hielt eine lange und wirklich bewegende Rede an seinen Sohn Philipp.

Er gestand Fehler ein, sprach Entschuldigungen aus und erinnerte sich an gemeinsame Erlebnisse. Er lobte seinen Sohn und bekundete Interesse an den Dingen, die Philipp begeisterten. Offensichtlich war der Sprössling unseres Direktors fett im *Counter Strike*-Geschäft. Dann verzieh er seinem Sohn etliche Fehlleistungen, bei denen mir die Ohren schlackerten.

Ich musste unweigerlich an meinen Vater denken. Der war seit zwei Jahren sportlicher Direktor des Deutschen Schwimmverbandes und fühlte sich seitdem zu jeder Tages- und Nachtzeit als Nabel der Welt. Niemals hätte er solche Worte an mich gerichtet, nicht einmal unter Androhung seines Lebens. Da war ich mir sicher.

Mein Vater wusste überhaupt nicht, wer ich war. Einmal hatte er mir eine Doppel-CD mit Schlagermusik geschenkt, weil das doch meine Lieblingsmusik sei. Er hatte Klassik und Schlager miteinander verwechselt. Ernsthaft, Papa?

Ehrlich gesagt, hatte auch ich keine Ahnung, wer mein Vater war. Ab und zu sahen Mama und ich ihn im Fernsehen. Wenn irgendeine WM oder EM oder Olympia lief, wurde Papa zum desolaten Abschneiden der Schwimmsportler interviewt. Früher, als einfacher Trainer, stand er noch am Beckenrand, heute stand er in der Öffentlichkeit.

Es ist nicht so, dass ich meinen Papa nicht leiden konnte. Als ich klein war, fand ich ihn großartig. Er war der beste Geschichtenerzähler auf der ganzen Welt. Für jede handelnde Figur hatte er eine eigene Stimme. Er erfand die aufregendsten Gutenachtgeschichten einfach aus dem Stegreif, und die waren echt witzig und spannend und traurig und schön. Auch unsere Urlaube waren cool. Einmal waren wir auf den Malediven. Schnorcheln im Indischen Ozean mit Haien und Mantas. Papa hat auch die besten Pizzas gemacht, die ich je gegessen habe, und er hatte immer saugute Witze auf Lager. Nein, er hat schon einen guten Job gemacht, aber eben nur solange er noch da war. Irgendwann hat er sich dann für seine Karriere und gegen Mama und mich entschieden. Seitdem ist er anders.

Herr Lamprecht hatte inzwischen seinen Laptop vom Couchtisch genommen und war damit durchs Appartement gestiefelt. Er erklärte seinem Sohn, wo er Wände für ein zusätzliches Zimmer einziehen lassen wollte. Er lud ihn zu einem Neustart ihrer Vater-Sohn-Beziehung ein. Ein Neustart mit mehr Interesse füreinander, ein Neustart in einer richtigen Männer-WG, ohne Mama zwar, dafür hier in Berlin und nicht in Holland. Ich bekam regelrecht Lust, mit Herrn Lamprecht in eine Männer-WG zu ziehen, so überzeugend war er. Wie schade, dass er diesen großen Monolog an die falsche Adresse sandte.

Herr Lamprecht endete mit den Worten »Und nun komm rüber zu deinem alten Vater und lass dich in den Arm nehmen«.

»Hört, hört!«, rief Tai aus und klatschte dem Direktor Beifall zu.

»Gut gebrüllt, Löwe.«

»Und jetzt?«, fragte ich Tai.

»Jetzt gehen wir noch ein paar Besorgungen machen, und dann lassen wir ihn frei.«

Tai tippte seinem hoffnungsvoll in die Kamera starrenden Gegenüber eine Antwort.

Gibst du mir noch einen Moment Bedenkzeit?

Herr Lamprecht lachte auf und steckte sich eine Zigarette an.

»Klar doch. Aber lass den Moment nicht zu lange werden, ich hab nur noch vier Kippen.«

Tai klappte den Laptop zu und warf sich seinen Rucksack über die Schulter.

»So willst du ihn jetzt zurücklassen?«, fragte ich irritiert. Tai wischte meine Bedenken beiseite.

»Klar. Alles gut. Er wartet auf seinen Sohn, da stellt er keinen Unfug an.«

Dann verließen wir App. 2406. Tai vorneweg und sein treudoof über beide Ohren in ihn verknalltes Hausschaf Jannik Schade hinterher.

*

Auf dem Vorplatz des Dong Xuan Centers war die Hölle los. Ein Rummel war aufgebaut. Kinder lachten. Grillstände und Suppenküchen dampften um die Wette. Die Luft war schwer und satt. Sie trug Zimt, Anis und Basilikum, Duftreis, Essig, Frittierfett und Zucker durch die Gassen zwischen den Markthallen. Dort reicherte sie sich mit dem ätzenden Gestank frischen Plastiks und billiger Kosmetikprodukte an und trug mich weit weg, in eine andere Welt. Ich wollte für diesen Moment ganz und gar in ihr versinken.

Der riesige Parkplatz war bis auf die letzte Lücke besetzt. Alle Vietnamesen Berlins schienen den Sonntag im

Dong Xuan Center zu verbringen. Einige wenige Deutsche in Shorts und Sandalen machten den Urlaubseindruck perfekt.

Wir schlossen unsere Fahrräder an und verschwanden im Gewusel.

»Krass, dass alle Geschäfte geöffnet haben«, wunderte ich mich.

»Wieso?«, fragte Tai und schlängelte sich mit derartigem Geschick durch die Menschenmassen, dass es nahezu unmöglich war, ihm zu folgen.

»Na weil Sonntag ist.«

»Ach so, na das ist so 'n Christending von euch Deutschen. Wir Vietnamesen sind Kommunisten. Wir können immer Geschäfte machen.«

Ich folgte Tai durch die Mittelgasse der Markthalle 3, vorbei an Läden, in denen es immer nur eine Sache gab, dafür aber in tausendfacher Ausführung. In einem gab es nur Strohhüte, in einem anderen nur Wasserspritzpistolen, in einem dritten nur fleischfarbene Hosen. Es gab einen Laden, der nur Winkekatzen führte, einen mit Sonnenbrillen, einen mit Batterien, und in dem größten von allen gab es ausschließlich Plastikblumen, die in jeder nur erdenklichen unnatürlichen Farbe leuchteten. Dazwischen unzählige Friseur- und Kosmetikstudios, Handygeschäfte und Massagesalons.

In der hintersten Ecke der Markthalle war eine kleine Garküche versteckt. Wir betraten den Laden. So klein er war, eine Familie von mindestens dreißig Personen hatte darin Platz gefunden. Sie feierten ein Fest zu Ehren eines kleinen, dicklichen Mädchens, das überschminkt und aufgedonnert in einem viel zu engen Kleid auf einer provisorischen Bühne stand. Ihre Hornbrille hockte streng wie eine kampflustige Kröte auf ihrer Nase. Ein aufgedrehter, übergestikulierender Moderator hüpfte um sie herum und schrie in ein Mikrophon, das er wirklich nicht gebraucht hätte.

Ich fand Erleichterung in dem Gedanken, dass es auch andere Eltern aus ganz anderen Kulturkreisen gab, die es an Sensibilität im Umgang mit ihrem Nachwuchs fehlen ließen. Das arme Mädchen war noch nicht alt genug, um sich gegen ihr Outfit zu wehren. Ich fühlte mit ihr. Dann sah ich erschrocken das Keyboard neben dem Moderator. Mir wurde schlagartig bewusst, was Tai vorhatte. Ich sollte wieder spielen.

»Nein, nein, Tschaikowski. Kein Konzert heut. Ich muss nur kurz 'n paar krumme Dinger drehen und geb dich so lang bei 'ner netten Freundin ab.«

Das beruhigte mich mitnichten. Er wollte mich doch nicht wirklich alleine lassen, nach all den Horrorstorys, die er mir über das Dong Xuan Center schon erzählt hatte?

»Was hast du denn vor? Kann ich nicht mitkommen?«

Tai nahm ein Sesambällchen vom prallgefüllten Buffettisch der feiernden Familie und trat ganz nah an mich heran. Er durchbohrte mich mit seinen schwarzen Rehaugen, die leuchten konnten wie die Pupillen einer Raubkatze, und steckte mir ruchlos lächelnd das Bällchen in den Mund.

»Du kannst alles essen, aber nicht alles wissen, mein Jannik.«

Wie hypnotisiert kaute ich auf dem Bällchen herum, das fantastisch schmeckte und mir einen rauchigen Schleier von Sesam und Karamell an den Gaumen tapezierte.

Ich hatte schon wieder so viele Fragen an Tai.

»Ahhhhh, das Jannik. So viel gehört!!!«, erschallte eine grelle Frauenstimme und ertränkte jede meiner Nachfragen in einem Sturzbach der Gastfreundlichkeit.

»Jannik, das ist Schuleyka. Schuleyka, das ist Jannik.«

»Freude. Freude!«, schrie die hochgewachsene Frau auf ihren Stöckelschuhen, ergriff meine Hände und gab mir zwei Küsschen auf jede Wange. Das war neu für mich. Bislang hatte ich vietnamesische Begrüßungen deutlich weniger körperbetont erlebt. Tai wechselte einige Worte mit Schuleyka, die ich nicht verstand, die aber offensichtlich Anlass zu dreckigem Feixen gaben. Dann verließ er den Laden mit den Worten »Lass es dir schmecken« und verschwand in einem Gebäude, das der Öffentlichkeit nicht zugänglich war.

Ehe ich protestieren konnte, zog mich Schuleyka aus dem Gastraum in die Küche. Sie setzte mich an einen Tisch und baute schüsselweise ein ganzes Buffet vor meiner Nase auf.

»Du, gute Zunge« sagte sie und deutete auf meine Pausbacken und Speckringe.

Am Herd stand eine ältere, unglaublich kleine Frau, hantierte mit riesigen Töpfen und nickte mir freundlich zu.

»Mama Linh best cook«, sagte Schuleyka und setzte sich mir direkt gegenüber an den Tisch.

Ich betrachtete die dampfenden Schüsseln. Es duftete nach Abenteuer. Nichts hatte die vertraute Optik der knusprigen Entengerichte oder Kokosmilchsuppen, die Mama und ich vom Lieferservice kannten. Manches bereitete mir Sorge. Viele Dinge schwammen in Brühe. Nur die wenigsten konnte ich auf den ersten Blick zuordnen. In einer Schüssel lagen Hühnerfüße, von einer rötlich klebrigen Soße umschlossen, in einer anderen drei große gekochte Eier, die Schuleyka »Vitlon« nannte. Ich erkannte Tofu, karpfenähnlichen Fisch, Reisbandnudeln, Teigtaschen mit unbekannter Füllung und lange dünne Pilze, mit ganz kleinen Hüten. Es gab aber auch gebratene Stückchen von Fleisch, die alles hätten sein können, Schlange, Hund oder einfach nur Schwein. Es gab gekochte weiße Fetzen, die mich an Darm erinnerten, und in der Mitte des Tisches einen großen Topf Sud, in dem ich einen kompletten Ziegenkopf identifiziert zu haben befürchtete.

Die erwartungsvollen Blicke der beiden Frauen lasteten schwer auf meiner Entscheidungsfreiheit. Ich nahm zunächst einen Schluck Brühe mit Nudeln und Fisch. Schuleyka und Mama Linh lächelten mich an. Ich lächelte zurück und probierte.

Es schmeckte himmlisch. Der Fisch war buttrig zart und zerging mir auf der Zunge, der Sud schmeckte säuerlich süß nach Tomate, Knoblauch und Weihnachten. Ich muss wohl Geräusche des Wohlgefallens von mir gegeben haben, jedenfalls erstrahlten die Gesichter meiner Gastgeberinnen.

Jawoll! Das war eine Disziplin für mich. Jannik Schade, der unerschrockene Entdecker neuer kulinarischer Welten.

Mutig griff ich nach einem Hühnerfuß und biss herzhaft hinein. Doch der Fuß bestand nur aus Knorpel, nichts als Knorpel. Ich kaute ein paarmal. Es wurde immer mehr im Mund. Übelkeit überkam mich.

Schuleyka und Mama Linh sahen interessiert zu, wie ich mit einem Würgereiz kämpfte. Ich wollte mir die Blöße nicht geben, lächelte und schluckte das Zeug mit all meinem Ekel hinunter.

»Lecker«, log ich. Schuleyka lachte. Sie nahm einen Hühnerfuß, um mir zu zeigen, wie man ihn richtig aß, knabberte Haut und Soße vom Knorpel und gab den Rest in den Abfall. Dann stellte sie mir einen Teller zusammen und deutete warnend auf die Gerichte, von denen ich besser die Finger lassen sollte.

In die Teigtaschen und Soßen, die Brühen, den Tofu und die gegrillten Fleischstückchen hätte ich mich reinlegen können.

Nachdem sie sich versichert hatte, dass ich ihre Speisen mochte, wandte sich Mama Linh wieder ihrer Arbeit zu, richtete neue Platten her und trug sie in den Gastraum, aus dem sie kurze Zeit später mit leeren Tellern zurückkehrte. Dieses Spiel wiederholte sich unzählige Male. Die feiernde Familie schien unstillbaren Hunger zu haben.

Im Gegensatz dazu hatte Schuleyka nichts zu tun. Sie saß

mir gegenüber, beobachtete mich beim Essen und sang vor sich hin.

»De Weg füdi ick mik eschiede hat, scheino wei bid schum Schiel...«

Ich verstand nicht mehr als ein paar Wortfetzen, aber ich glaube, sie sang auf Deutsch.

»Du kennen Trọng Hiếu?«, fragte sie mich, zog dabei ihre rechte Augenbraue hoch und spitzte lasziv den Mund. Ich sah von meiner Suppenschüssel auf.

»Was? Wen?«

»Uhhhhhh. Du mud ihn kennen!«, schwärmte sie.

»Trọng Hiếu is' winner von Vietnam Idol. Is' kleine, geile Scheißer.«

Hatte sie das wirklich gesagt? Ich dachte kurz an die Musiksendung, die Tais Familie bei meinem ersten Besuch im Fernsehen angesehen hatte, und erinnerte mich durchaus an einen jungen Sänger, auf den diese Beschreibung zutraf.

»Trọng Hiếu is' Deutsche von Hannover«, sagte Schuleyka und begann laut, ausdrucksstark, aber vollkommen schief zu singen.

»Jetzeses Scheit, da mein Herz aussieht! Jetzeses Scheit zu sein, wer ick bin!«

Dann brach sie ihren Gesang kichernd ab, strich sich ihr langes Haar verlegen hinters Ohr und blinzelte mir zu.

»Trọng Hiếu schöne Mann, so wie du.«

Jetzt machte sie mich verlegen. Sie war auch eine wunderhübsche Frau, etwas überschminkt vielleicht, aber nicht ohne Noblesse. Wenn ich es nicht für vollkommen absurd gehalten hätte, dass man mich attraktiv finden könnte, hätte ich sicher schon eher gemerkt, dass sie die ganze Zeit versuchte, mich anzubaggern. Plötzlich aber hatte ich ihren rechten Fuß in meinem Schritt, verschluckte mich überrascht an einem Löffel Brühe und rang um Luft.

Mama Linh kam zurück in die Küche und animierte mich wild gestikulierend zum Weiteressen. Schuleyka ließ sich davon nicht beeindrucken.

Ihre Zehen waren mit beachtlicher Beweglichkeit gesegnet und wussten genau, wo sie drücken mussten. Unweigerlich regte sich Leben, wo Beherrschung nötig gewesen wäre, und mein Kopf leuchtete rot wie eine Signalleuchte am Flughafen. Ich sah Schuleyka verschreckt an. Sie schmunzelte mir zu, summte beruhigend ihr Lied und öffnete mit bemerkenswerter Finger- beziehungsweise Fußfertigkeit meinen Reißverschluss.

Mama Linh, die nichts von dem, was sich unter dem Tisch abspielte, mitzukriegen schien, bedeutete mir erneut, Nachschlag zu nehmen, woraufhin ich geschäftig eines der Vitlon-Eier zu pellen begann.

Während sich mein Denkvermögen in die Region zwischen den Beinen verabschiedete, wo Schuleyka mit ihren Zehen in einer Weise zu bürsten und zu striegeln verstand, dass ich mich fragte, was erst ihre Hände vermochten, führten die beiden Frauen ein lockeres Gespräch über Gott und die Welt.

Ich konzentrierte alle verfügbaren Ressourcen meines Verstandes auf das Ei in meinen Händen und legte zu meiner größten Fassungslosigkeit ein halbausgebrütetes Entenküken frei. Vor Schreck ließ ich es aus der Hand fallen. Hals, Kopf, Schnabel und Augen waren schon deutlich ausgebildet, der Rest des Körpers verschmolz mit dem hartgekochten Dottersack. Mama Linh kam belustigt zum Tisch, nahm das Ei, salzte es mit Sojasoße und biss dem Entenkücken den Kopf ab. Jetzt musste ich mich doch übergeben.

Ich schloss meinen Reißverschluss, rannte, mich vielmals entschuldigend, so schnell ich konnte, aus dem Laden und krempelte zwischen der Markthalle und dem Gebäude, in das Tai verschwunden war, den Inhalt meines Magens nach außen.

*

Ein paar Minuten waren vergangen. Ich saß auf einem LKW-Reifen im Schatten der Markthalle und beobachtete, wie sich eine Kleinfamilie Raben die besten Brocken aus meiner Hinterlassenschaft pickte. Mein Handy bimmelte. Mama hatte mir eine Nachricht geschrieben.

Janni-Schatz, hattest du einen schönen Abend?
Ich hol Papa nachher vom Flughafen ab.
Bist du zum Kaffee wieder da? Ich hab Kuchen gebacken.
Kannst deinen Freund auch gerne mitbringen.
Küsschen. Mama

Gerade wollte ich Mama antworten, da erschreckte mich Tai.

»Alter, hier steckst du?«

Er kam aus einer völlig anderen Ecke, als ich erwartet hatte.

»Schuleyka macht sich voll die Platte, weil du plötzlich abgehauen bist.«

Er grinste schelmisch.

»War sie nicht gut zu dir?«

Offensichtlich kannte er ihre Spezialitäten. Ich musste also nicht lange um den heißen Brei herumreden.

»Krasse Scheiße Mann, wie is' die denn drauf? Weißt du, was die mit ihren Füßen kann? Damit muss die im Fernsehen auftreten.«

Tai setzte sich neben mich.

»Die macht das ja auch beruflich.«

»Was?«

»Na *das*.«

Wieder einmal offenbarte sich in Gegenwart von Tai meine unendliche Naivität.

»Sie ist 'ne Prostituierte?«

»Klar.«

Er holte aus seinem Rucksack ein kleines Tütchen Gras und begann sich einen Joint zu drehen.

»Sie meinte, du trägst keine Unterhose, da konnte sie nicht widerstehen.«

»Ja, nee ...«

Ich hatte keine Lust, Tai zu erklären, warum meine Shorts noch im Badezimmer von App. 2406 zum Trocknen hingen.

»Sie ist übrigens 'ne Transe.«

»Was?«

Langsam kam ich mir blöd vor.

»Hat sie's dir nicht gezeigt? Sie hat 'n mördermäßiges Teil unterm Minirock. Eigentlich zeigt sie's jedem, der nicht fragt.«

Ich schüttelte ungläubig meinen Kopf.

»Mama Linh war die ganze Zeit da. Das war ja das Krasse.«

Tai zündete sich den Joint an, nahm einen tiefen Zug und sprach mit angehaltener Luft.

»Mama Linh kennt jeden Zentimeter von Schuleyka.«

»Hä, wieso? Sind die ein Paar, oder was?«

Tai hustete den Rauch aus.

»So ähnlich.«

Warum kannte Tai diese ganzen krassen Menschen? Für mich war Prostitution immer etwas, das in Krimifilme gehörte, nach Hamburg oder an Autohöfe hinter der Grenze, aber doch nicht ins echte Leben, zumindest nicht in meines.

Ehrlich gesagt, hatte ich das über Schwule auch lange gedacht, und dann stellte sich immer klarer heraus, dass ich eventuell selbst nicht in das Leben passte, das ich mir für mich gezeichnet hatte.

»Hast du eigentlich gekriegt, was du wolltest?«

Fragte ich und sah Tai bewundernd dabei zu, wie er den Rauch inhalierte.

»Klar. Hab ich. Und hast du eigentlich schon mal gefickt?«

Hätte ich etwas im Mund gehabt, es wäre mir im Hals stecken geblieben, so überraschend kam die Frage. Ich schüttelte den Kopf und kam mir wie ein kleiner Junge vor.

»Und du?«

Er zuckte mit den Schultern.

Was war denn das bitte für eine Antwort? Hieß das nein? Oder wusste er es nicht? Oder hieß es ja, und es bedeutete ihm nichts? Bevor es zu weiteren Nachfragen kam, wechselte ich schnell das Thema.

»Mama will, dass wir zum Kuchenessen vorbeikommen.«

»Geil, ich liebe Mutterkuchen«, antwortete er und reichte mir den Joint herüber.

Ich stand auf den Geruch von Gras, vor allem, wenn Tai es rauchte. Da war so eine animalische Note von Raubtierkäfig und frischem Männerschweiß, etwas erdig-faulig-lüsternwildes, aber eben nicht unangenehm, sondern wohlig umarmend.

Als Kind kannte ich diesen Duft vom Alfred-Brehm-Haus im Tierpark. Dreißig Meter bevor es hineinging zu den Raubkatzen, roch es am besten.

In der Wasserballzeit musste ich dann immer an einer Brauerei vorbeifahren. Da roch es genauso. Der Hopfenduft quoll aus der Fabrik auf die Straßen und belebte meine Sinne, die vom Chlorwasser ganz betäubt waren.

Und im Chemieunterricht durfte ich meine Nase einmal in eine Flasche mit reinem Erdöl halten. Das war der satteste

Duft, den ich jemals gerochen hatte. Buchstäblich die ganze Welt war darin enthalten, Erdzeitalter, Tiere, Pflanzen, Seelen.

Ich stellte mir vor, wie die Lebensenergie all unserer Vorfahren im Erdöl fortlebte, das Papa als Benzin an der Tankstelle abzapfte, für nur einen Euro fünfzig je Liter, um es in seinem Auto ein für alle Mal in heiße, dreckige Luft zu verwandeln. Bei jedem Tankvorgang hielt ich meine Nase an den Tank und nahm so viele Ahnen wie möglich in mir auf, bevor sie verbrannten.

»Nun nimm schon! Ist das reinste Zeug, das du hier kriegen kannst!«, forderte Tai mich auf.

»Danke, ich glaub, das ist nichts für mich.«

»Is aber 'ne Friedenspfeife. Die darfst du nicht ablehnen.«

Tai robbte an mich heran, wuschelte mir durch die Haare und schob mir den Joint zwischen die Lippen.

»Zieh!«

»Und was machen wir mit Herrn Lamprecht?«, nuschelte ich durch die geschlossenen Lippen.

»Erst mal gehen wir Kuchen essen, den wirst du nämlich gleich brauchen. Und nun zieh, verdammt!«

Ich zog.

»Doller!«

Ich zog doller.

»Und jetzt atmest du erschrocken ein und sagst dabei: *Hhhh, Mama kommt!*«

*

Zuerst dachte ich, es passiert überhaupt nichts. Ich hatte mir die Wirkung von Marihuana irgendwie aufregender vorgestellt. Doch dann begegneten wir am S-Bahnhof Storkower

Straße einem Straßenmusiker, der die *Schöne blaue Donau* von Johann Strauss fiedelte. Ich kannte den Typen. Der stand da öfter. Aber so hatte ich sein Spiel noch nie gehört. Was für ein Ton! So zart und heiser, zerbrechlich und rauh zugleich. Die ganze Wucht des verspielten Orchestersatzes auf die vier Saiten einer einsamen, verletzlichen Geige reduziert. Ich fand das mit einem Mal genial. Das klang gar nicht mehr nach dem oberflächlichen Walzerkönig, für den ich Strauss immer gehalten hatte, das klang nach Brahms.

Wir warfen unsere Fahrräder in die Ecke und begannen zu tanzen. Das heißt, ich tanzte und Tai bewaffnete sich mit seinem Camcorder und tat, was er am liebsten machte.

Nach einigen Umdrehungen nahm ich ihm die Kamera aus der Hand, stellte sie auf einem Briefkasten ab und brachte ihm die Schrittfolge bei.

Eins, zwei, drei. Eins, zwei drei ...

Tai erwies sich als begabter Tänzer, und so flogen wir nach kurzer Übung in Zeitlupe über den Asphalt.

Seine Augen leuchteten glasig im Glanz der träge strahlenden Spätsommersonne und spiegelten mein Glück, das sich in Zeitlupe um unsere Zweisamkeit drehte.

Drei, vier Schaulustige blieben stehen. Sie, der Geiger und die ganze Welt jenseits von Tai verblassten in Unschärfe. Nur er und ich verschmolzen mit der Musik zu einem Tunnel, an dessen Ende ein Zug tutete.

Tai brachte mich wüst zum Stehen. Es war kein Zug. Wir hatten uns, ohne es zu merken, auf die Straße getanzt. Ein schimpfender Autofahrer hatte hupend eine Vollbremsung hingelegt und fluchte uns zurück auf den Gehweg. Dann erst erkannte ich den Fahrer. Es war mein Vater. Ich konnte nicht anders, ich bekam einen Lachflash.

Papa stieg aus dem Auto und begann zu brüllen. Mama rannte ihm nach und versuchte zu schlichten. Leider war ich nicht in der Lage, ihn ernst zu nehmen, und bekam mich erst wieder unter Kontrolle, als ich seine rechte Handfläche auf meiner linken Wange spürte.

*

Das Kaffeetrinken war fürchterlich. Ich konzentrierte mich auf den Kuchen und versuchte im gleichmäßigen Kauen die Beherrschung über mein Bewusstsein wiederzuerlangen.

Tai hatte sich wesentlich besser unter Kontrolle und verwickelte meinen Vater in einen Small Talk über den Weltcup in Rio, von dem er gerade zurückgekehrt war. Sie diskutierten über die Chancen der deutschen Sportler bei den anstehenden Olympischen Spielen und die Übermacht der chinesischen Athleten.

Als ich, ohne mir darüber bewusst zu sein, das dritte Stück von Mamas grandiosem Rübenkuchen mit Buttercreme auf meinen Teller schaufelte, rastete mein Vater erneut aus.

»Du frisst schon wieder wie ein Scheunendrescher!«

Für einen kurzen Moment herrschte erschrockene Stille am Tisch. Dann bat er Tai, der sich in Gefangenschaft seiner Höflichkeit nicht dagegen wehren konnte, sein T-Shirt auszuziehen, und präsentierte mir dessen makellosen Oberkörper als perfektes Vorbild.

Seiner Ansicht nach hätte Tai auch das Zeug zu einem hervorragenden Turmspringer gehabt.

Da stand er nun halbnackt am Kaffeetisch meiner Eltern, der Junge, der in jeder Sekunde meine Gedanken beherrschte. Ich hatte mir viele Situationen ausgemalt, in denen ich ihn in dieser überwältigenden Weise das erste Mal zu Gesicht bekommen wollte. Diese gehörte nicht dazu. Sosehr ich wollte, ich konnte nicht hinsehen vor Scham.

»Schau dir das an! Kein Gramm zu viel«, referierte mein Vater.

»Nicht zu groß, nicht zu klein, wohlproportionierte Muskelverteilung, kleines Sixer am Bauch, gerader Rücken, langer Hals. Noch ein bisschen Krafttraining, und der Junge hat die perfekte Athletenfigur.«

Dann sah mich Papa herausfordernd an.

»So, jetzt zieh du mal dein T-Shirt aus!«

Mama versuchte einzugreifen.

»Micha, jetzt lass!«

Doch Papa hatte keinen Blick für die Ausmaße seiner Demütigung.

»Los, zieh's aus!«, wiederholte er. »Is' ja nix dabei, oder?«

Tai suchte Blickkontakt. Ich fand die Kraft nicht, ihm in die Augen zu sehen. Meine vom Gras geröteten Augen machten plötzlich Sinn.

»Jetzt mach schon!«, wurde Papa laut.

»Du musst das nicht machen«, sagte Mama.

Ich wollte nicht, dass die Situation weiter eskalierte, stand auf und zog mein T-Shirt aus.

»Na bitte«, freute sich Papa.

Er klatschte mir auf dem Bauch herum, der Wellen schlug wie bei einem Sturm auf offener See.

»Wie viel ist da draufgekommen, seitdem du nicht mehr zum Wasserball gehst? Zehn? Zwanzig Kilo?«

Dann riss Mama der Geduldsfaden. Sie stand auf und forderte Papa selbst auf, sein Hemd auszuziehen.

»Und bei dir?«

Papa wehrte sich. »Spinnst du?«

Doch Mama knöpfte schon.

»Wie viele Kilo sind bei dir draufgekommen, seit du dich durch die Tagungsbuffets der Funktionärswelt fressen darfst? Zwanzig? Dreißig?«

Jetzt knöpften beide um die Wette. Mama auf, Papa wieder zu. Tai musste sich zusammenreißen, um nicht loszulachen.

»Mensch, lass das! Ich will doch nur, dass der Junge sich ein Beispiel an seinem Kumpel nimmt.«

»Ach so, und warum nimmst du dir dann kein Beispiel an deiner Frau?«

Nun zog sich auch noch Mama aus, stand im BH vor uns und klatschte auf ihren Bauch.

»Hier! Neun Kilo in vier Monaten! Durch Zumba und eiserne Disziplin. Das ist dir nicht mal aufgefallen, oder?«

Tai konnte sich nicht mehr halten und prustete los. Auch Mama musste lachen. Dann wandte sie sich an uns.

»Jungs, wenn ihr noch was vorhabt heute, dann schießt mal los! Und nehmt euch Kuchen mit. Papa und ich haben noch was zu klären.«

Das ließen wir uns nicht zweimal sagen. Während wir uns anzogen und Mama feixend über den Anblick ihres Mannes einige Kuchenstücke in Servietten wickelte, versuchte Papa die letzten Reste seiner Autorität zu retten.

»Das letzte Wort ist noch nicht gesprochen, Freundchen. Ich will, dass du wieder Sport machst!«

»Das könnt ihr aber auch ein andermal besprechen«, sagte Mama bemüht ernsthaft und gab Tai den Kuchen in die Hand. Ich bedankte mich mit einem Kuss auf ihre Wange.

»Bis heut Abend!«

Dann verschwanden wir im Flur und hörten Papas letzten Satz nur noch in halber Lautstärke.

»Und spätestens 20:00 Uhr bist du wieder zu Hause. Keine Diskussion.«

Die Wohnungstür fiel ins Schloss.

Ich fühlte mich schäbig, schwach und fett.

»Du hast so witzige Eltern«, sagte Tai, biss ein riesiges Stück Kuchen ab und schnaufte erleichtert mit vollem Mund.

»Fuck, is' der geil! Ich hab so 'n Brand! Ich dachte, dein Alter hört nie auf zu labern.«

Er hielt mir auch ein Stück hin, das ich beschämt ablehnte.

»Jetzt nimm schon, du Pimmel! Und hör auf, dich für deine Wampe zu schämen! Ohne die wärst du nicht der Jannik, den ich mag, klar?«

Dann klatschte er mir eine Handvoll Kuchen in die Fresse und rieb ihn mir im Gesicht breit. Natürlich revanchierte ich mich.

*

Wir waren wieder zurück in unserer Kommandozentrale und saßen vor Tais Rechner.

Herr Lamprecht war bei weitem nicht mehr so entspannt wie noch am Morgen, er versuchte sich seine Nervosität nicht anmerken zu lassen, aber er zitterte. Es war 17:23 Uhr. Knapp zehn Stunden waren seit unserem letzten Kontakt vergangen. Die vier Zigaretten schienen nicht ausgereicht zu haben.

Ich hab's mir überlegt, schrieb Tai.

Er wollte Lamprecht wenigstens noch ein Mal so richtig auf die Palme bringen. Danach würden wir das Appartement räumen und einer Tiefenreinigung unterziehen. Tai hatte zu diesem Zweck aus der Reinigungskammer Putzzeug besorgt, auch Handschuhe und Überzieher für die Füße. Dann würden wir von einem Münztelefon aus den Concierge anrufen und Herrn Lamprecht befreien lassen. So war der Plan.

»Was hast du dir denn anders überlegt?«, fragte Lamprecht mit gespenstischer Vorahnung in der Stimme.

Ich lass dich doch nicht frei, schrieb Tai trocken.

Lamprecht verlor die Contenance. Jetzt zeigte er sein wahres Gesicht.

Er brach ein Feuerwerk origineller Beleidigungen gegen seinen Sohn, seine Frau und die Gesamtsituation los. Die schöne Rede, die er noch am Morgen für Philipp gehalten hatte, spiegelte sich nun in einem anderen, heuchlerischen Licht. Man musste sich tatsächlich fragen, was an den Worten überhaupt wahr gewesen war, wenn er einen Atemzug später in dieser Weise über seinen Sohn keifen konnte. Natürlich nahm Tai auch diese Rede auf. Ich sah schon einen wirkungsvollen Videoclip vor mir, in dem ich den lieblich säuselnden Morgenmonolog und den wutentbrannten Abendtanz pointiert gegeneinander schnitt. Vielleicht passte Rossini dazu.

Womit hat dein Sohn einen solchen Vater verdient?, schrieb Tai und brachte damit Herrn Lamprecht zum Verstummen.

Man konnte genau sehen, was in ihm vorging. Sein Pokerface war unter Nikotinentzug lesbar wie ein offenes Buch. All die Hoffnungen, an die er sich den ganzen Tag geklammert hatte, waren mit einem Satz zunichte.

Es war nicht Philipp, der ihm gegenübersaß. Herr Lamprecht war zurück auf null. Das erkannte er nun.

Er näherte sich der Kamera so dicht, dass man glauben konnte, er sähe uns direkt in die Kommandozentrale.

»Wer bis du?«, flüsterte er.

Und als ob Tai die ganze Zeit auf diese Frage gewartet und längst eine passende Antwort gefunden hätte, schrieb er in vier schlichten Großbuchstaben das Wort *GOTT* auf seinen Desktop.

Ein leiser, resignierter Lacher entkam dem Direktor.

»Gott«, wiederholte er. »Na klar. Und was willst du von mir, Gott?«

Tai zögerte einen Moment. Dann schrieb er:

Sag du es mir!

Herr Lamprecht dachte nach, zögerte aber, seinen Gedanken auszusprechen. Und noch bevor er die nächsten schicksalhaften Worte formulierte, begann mein Bauch zu kribbeln, als ob er mir sagen wollte, dass uns mit diesem Mann der Richtige an den Haken gegangen war.

»Es geht um Melanie Heise, richtig?«, sagte Lamprecht, und ein Blitz schoss mir durchs Nervensystem.

Doch Tai ließ die Frage unbeantwortet stehen und schloss das Kamerafenster. Herr Lamprecht verschwand vom Desktop.

»Ich glaube, das reicht. Lassen wir ihn frei«, sagte er.

»Was?«

Ich konnte nicht glauben, was er da tat.

»Warte, warte, nein!«, flehte ich. »Hast du nicht gehört, was er gesagt hat? Vielleicht hat er Schuld am Tod von Melanie Heise?«

Tai zuckte mit den Schultern.

»Lass mal, Tschaikowski! Wenn das stimmt, dann ist das 'ne Nummer zu groß für uns.«

»Was, was, was, wieso?«

Ich war vollkommen aufgekratzt. Auf einmal schien es, als hätte unsere zufällige Entführung etwas Gutes.

»Vielleicht können wir die Wahrheit aus ihm rauskitzeln?«

»Und wenn schon. Ein Geständnis unter Zwang hat keinen Wert. Du sagst doch immer, dass wir in Deutschland leben. Hier gelten Recht und Ordnung.«

Ich glaubte nicht an Zufall. Dann schon eher an morphogenetische Felder. Auf jeden Fall aber an mein Bauchgefühl. Ich hatte nämlich einen großen Bauch, und der sagte mir ganz eindeutig, dass an der Sache mit Melanie Heise etwas faul war und dass Tai und ich die Einzigen waren, die jetzt noch für Gerechtigkeit sorgen konnten.

Ehe ich mich aber auf eine Diskussion einlassen musste, begann die Digitalanzeige zu laufen, die Tai gestern Abend an seinem Rechner installiert hatte.

»Was heißt das da?«, fragte ich ihn.

Wir starrten auf Tais Rechner.

»Das heißt, dass er die Wasserhähne aufdreht.«

»Hä, warum?«

»Manchmal bist du so helle, Kloppi, und dann wieder so brain afk!«

Tai ditschte mir seine Handfläche auf die Stirn.

»Der versucht 'nen Wasserschaden zu verursachen. Ich wusste, dass er das irgendwann macht. Deshalb hab ich ja die Anzeige installiert.«

Ich wurde panisch.

»Und jetzt?«

»Jetzt müssen wir nicht mehr auf die Suche nach 'nem Münztelefon gehen. Lass uns die Bude aufräumen und verschwinden! Spätestens morgen rufen die Nachbarn 'ne Etage tiefer bei Thommy an.«

Ich wollte einfach nicht wahrhaben, dass Tai unseren dämlichen Streich kurzerhand für beendet erklärte. Die ganze Zeit hatte ich mich beschissen gefühlt, wie ein Verbrecher. Mit einem Mal aber gab es berechtigte Gründe für unser Handeln, und nun zog er den Schwanz ein?

»Dann stell ihm das Wasser ab!«, rief ich. »Das kannst du doch, oder?«

»Was?«, fragte Tai erschrocken.

»Sofort!«, bellte ich.

»Ehrlich?«

»Ja, verdammt!«

Und als ob seine ganze Entrüstung Teil einer Darbietung wäre, mit der er sein Publikum, also mich, auf die richtige Seite zu ziehen wusste, blitzten seine Augen kurz auf, und ein Lächeln huschte ihm über den Mundwinkel.

»Na dann aber schnell!«

*

In Windeseile hatte Tai die Situation unter Kontrolle gebracht und Herrn Lamprecht im I-Schacht die Wasserversorgung abgedreht. Auf meinen Wunsch. Ich war so ein Idiot.

Lamprecht hatte impulsiv agiert. Wir hatten dementsprechend reagiert. Nun fiel sein Handeln auf ihn selbst zurück. Das war das dritte Newton'sche Axiom, so viel hatte ich kapiert von Physik.

Aber die Gefangennahme von Herrn Lamprecht war von uns ausgegangen. Welche Reaktion würde sie hervorrufen, und welche Kräfte wirkten auf uns zurück, wenn morgen früh die halbe Schule nach ihrem Direktor suchte?

Ich hatte über den ersten Schritt nicht hinausgedacht. Wir brauchten Zeit, um Lamprecht auszuquetschen, aber genau diese Zeit hatten wir nicht. Morgen waren uns Sonderkommandos und Hundestaffeln auf der Spur.

Und während ich mir vorstellte, wie Tai und ich in Handschellen aussahen, ein Bild, bei dem es sich durchaus lohnte, es für eine spätere romantische Fantasie aufzubewahren, war er bereits um etliche Schritte vorausgeeilt.

»Du wolltest doch wissen, was ich heut Mittag im Dong Xuan Center gemacht habe?«

Ich nickte.

»’n Kumpel von mir vertickt Ice.«

»Ice?«

»Na Hitler-Speed. Crystal. Und einer seiner Kunden ist ein Psychodoktor.«

Tai griff in seinen Rucksack, holte einen Hefter raus und präsentierte mir eine Arbeitsunfähigkeitserklärung, ausgestellt auf den Namen Jens Lamprecht. Diagnose: Burn-out.

Ich starrte apathisch auf die Krankschreibung. Woher hatte er nur diese kriminelle Energie, dieses taktische Geschick und diese Geschwindigkeit?

»Jetzt müssen wir nur noch ein überzeugendes Schreiben des Direktors an seine Kollegen formulieren und Thommy bitten, Lamprechts Unterschrift zu fälschen. Dann sucht morgen garantiert keiner nach ihm.«

Ich bemerkte, dass ich ihm gar nicht mehr zuhörte. Meine Gedanken kreisten noch immer um die Tatsache, dass er so viel weiter gedacht hatte als ich.

»Du wusstest, wie ich reagieren würde?«, fragte ich eingeschüchtert.

Er schüttelte den Kopf. »Ich wollte nur auf alles vorbereitet sein, wenn die Pferde mit dir durchgehen.«

Tai grinste. Ich nickte verlegen und fühlte mich klein und verrucht.

»Du wolltest ihn gar nicht freilassen, oder?«

Er legte seine überhitzte Hand auf meinen abermals zitternden Oberschenkel und brannte mir ein Stigma ins Fleisch.

»Doch. Wenn du es gewollt hättest.«

»Herzlichen Glückwunsch, Frau Schade, es ist ein Gangster geworden«, hörte ich den Gynäkologen zu meiner Mutter sagen. Wer hätte bei meiner Geburt daran gedacht, dass aus mir mal ein Verbrecher werden würde.

Wenn ich bis jetzt, als kleiner, dreckiger Handlanger, als hormonell verwirrter Mitläufer des vietnamesischen Teufels, strafrechtlich mit einem blauen Auge davongekommen wäre, nun war ich genauso schuldig wie Tai.

Ich bekam einen Eindruck, was er gemeint haben konnte, als er am Morgen vom »Verknoten« und »Zukunft basteln« gesprochen hatte.

Seine Augen verrieten mir Genugtuung und Stolz über unsere Fraternisierung, und wenigstens das entlohnte mich. Zumindest für diesen Moment. Ich schob meine Zweifel beiseite und gab ihm die Krankschreibung zurück.

»Und was machen wir jetzt damit?«

*

Das aufregendste Wochenende meines Lebens endete mit einem Einbruch in die Schule.

Wir hatten im Namen Lamprechts einen kurzen Brief formuliert und Thommy, den perversen Comic-Concierge, mittels Zeugnisvergleich die Unterschrift des Direktors fälschen lassen. Tai hatte ihm als Gegenleistung ein lauschiges Stündchen mit Schuleyka versprochen, was sicher seinen Geschmack traf und abenteuerliche Bilder in mir hervorrief.

Tatsächlich lebte Thommy derart in seiner eigenen Welt, dass er sich weder für den Inhalt des Schriftstücks, noch für die Signatur interessierte, die er bemerkenswert sicher imitieren konnte.

Der Einbruch wenig später glich einem Spaziergang. An Lamprechts Schlüsselbund hing der General zu jeder Tür, und so platzierten wir die Krankschreibung und unseren Brief gut sichtbar auf dem Schreibtisch im Büro des Direktors.

Liebe Kollegen,
irgendwann bricht selbst die stabilste Fassade ein, wenn Kräfte in zerstörerischer Absicht auf sie wirken.
Ich brauche eine Auszeit. Ich kann nicht mehr.
Ich weiß, dass eine solche Entscheidung nie zum geeigneten Zeitpunkt kommt. Aber das Schuljahr hat gerade erst begonnen. Also wann, wenn nicht jetzt?
Ich bitte Sie für alle aufkommenden Unannehmlichkeiten um Verzeihung und hoffe auf Ihr Verständnis.
Niemand ist unverzichtbar. Auch ich nicht.
Sie schaffen das!
Seien Sie bitte so gut und nehmen Abstand von Besuchen oder telefonischen und postalischen Anteilnahmen.
Ich werde in den kommenden Monaten nicht erreichbar sein.
Auf bald!

Jens Lamprecht

Der Brief sah echt aus. Vor allem auf dem Schreibtisch, den er zierte. Die Formulierungen hatten Wums und gefielen mir gut in ihrer Deutlichkeit. Vielleicht ein bisschen pathetisch. Aber Herr Lamprecht neigte dazu. Ich erinnerte mich noch gut an die Abschlussrede, die er im Juli bei der Zeugnisausgabe für die Zehntklässler gehalten hatte.

Weiter kam ich in meinem Eigenlob nicht, Tai tippte mir auf die Schulter, riss mich aus meinen Gedanken und zog mich aus dem Schulgebäude.

*

An der Landsberger Allee verabschiedeten wir uns voneinander. Genauso ernst und schweigsam, wie auch der Einbruch abgelaufen war. In den Lücken, die unsere unausgesprochenen Worte hinterließen, machten sich Schuldgefühle breit. Hinter uns verschwand die Sonne im kitschigen Abendhimmel und färbte unsere Gesichter indianerrot.

»Wie Blutsbrüder«, sagte ich und bereute meine Eingebung sofort. Tai hatte ein Taschenmesser dabei.

Er ritzte sich, ohne lange zu fackeln, in den linken Handballen. Es dauerte zwei Sekunden, bis sein Blut aus der Schnittwunde trat.

Einen kurzen Moment musste ich an HIV denken, an Hepatitis und das verdreckte Messer. Aber da hatte er schon meine linke Hand gepackt und schnitt. Ich sah ihm dabei in die Augen. Es tat überhaupt nicht weh.

Wir verhakten unsere Finger ineinander und hielten unsere Hände hoch in den blutroten Abendhimmel. Der Saft unserer Bruderschaft lief die Arme herunter und tränkte unsere T-Shirts mit Erinnerung.

Dann schwang sich Tai auf sein Rad und rollte bergabwärts davon. Ich hatte ihm noch eine ganze Weile nachgesehen und dabei meinen Herzschlag gezählt, der rhythmisch in der Wunde pochte.

Dann war er verschwunden.

*

Nun lag ich im Bett. Offenbar hatten sich meine Eltern wieder vertragen. Von Zeit zu Zeit drang ein Kichern aus ihrem Schlafzimmer. Sie gaben sich Mühe, leise zu sein, aber Mama war kitzlig.

Normalerweise hätte ich das eklig gefunden. Heute war es

mir egal. Meine Gedanken kreisten um Herrn Lamprecht in seinem Verlies. Um die Frage, ob wir ihm unrecht taten oder ob die Moral auf unserer Seite sein würde. Und um Tai und meine Gefühle für ihn. Ich musste ihm meine Zuneigung gestehen, wenn ich nicht wollte, dass mir das Herz zersprang.

Morgen früh würden wir Alltag spielen, zur Schule gehen, vielleicht einen Test schreiben, überrascht auf Gerüchte zum plötzlichen Ausfall des Direktors reagieren.

Würden wir uns in der Hofpause im Musikraum sehen? Würden wir über unser Geheimnis sprechen oder den Anschein von Normalität genießen und unschuldig schweigen wie in den ersten Tagen unseres Zusammenseins?

Ich durchsuchte mein Handy nach der reinsten und heiligsten Musik, die ich finden konnte. Ich fand Bach.

Wohltemperiertes Klavier Teil I.

Präludium und Fuge Nr. 1, C-Dur, BWV 846.

Swjatoslaw Richter brachte mit himmlischer Zärtlichkeit das Klavier zum Singen, und wie bei Eichendorff »spannte meine Seele«, die gepeinigte, »weit ihre Flügel aus und flog durch die stillen Lande, als flöge sie nach Haus«.

6

6. September 2015

Es war 23:52 Uhr. Jens hatte seit zwölf Stunden keine Zigarette mehr geraucht. Jede Faser seines Körpers schrie nach Nikotin. Er konnte sich an keinen vergleichbaren Entzug in den vergangenen sechsunddreißig Jahren erinnern.

Zur Beruhigung hatte er alle fünf Scheiben Toast, das halbe Glas Erdbeerkonfitüre und den Rest Ungarische Salami aufgefressen. Das war nicht klug, und er wusste das, aber es half für einen Moment.

Neben der Nahrungsmittelknappheit und dem Nikotinmangel gab es nun seit knapp fünf Stunden ein neues Problem. Jens hatte kein Wasser mehr.

Er hätte sich ohrfeigen können. Die Idee war brillant, aber die Umsetzung dilettantisch. Jeder normale Mensch hätte zunächst einen Trinkwasservorrat angelegt und dann den Wasserschaden provoziert. Doch Jens konnte nicht mehr denken. Er war fahrig und übermüdet und unterschätzte noch immer seinen Geiselnehmer, wer auch immer das war.

Den Duschschlauch hatte er aus dem Badezimmer direkt in den Flur gelegt, in der Küche hatte er den Brauseschlauch aus der Armatur gezogen und den Wasserstrahl am Waschbecken vorbei zum Boden geleitet. Es sollte schnell gehen.

Als das Wasser plötzlich, nach viel zu kurzer Zeit, verebbte, war fast alles in den Sisalteppich gelaufen, mit dem sein Appartement ausgelegt war.

Dieser elende Teppich. Ein kratziges, ungemütliches Teil. Er hatte ihn angeschafft, um den Boden zu schützen, und weil er eben ein Teppich-Typ war, ein Sockengänger, der seine Schuhe gerne am Eingang auszog, um etwas Flauschiges an den Fußsohlen zu fühlen.

Teppiche waren mit Silke nicht zu machen. Sie galten ihr, wie Gardinen und Tischdecken, als Inbegriff der Spießigkeit. Schon allein deshalb wollte Jens einen Teppich in seinem neuen Appartement.

Ganz so wie er es sich gewünscht hatte, klappte es aber auch diesmal nicht. Es gab nur eine Handvoll Teppiche, die sich mit seiner Fußbodenheizung vertrugen. Am Ende wurde es das bürstige Monster aus Sisal, weil es wärmedurchlässig war und robust. Nun hatte es das Wasser aus der Leitung gefressen und wollte es nicht mehr hergeben. Der Teppich verfügte immerhin über so viel Saugkraft, dass kaum ein Tropfen auf den Boden sickerte, ließ sich aber in seiner Steifheit nicht auswringen.

Nur auf dem kleinen Stück Fliesenboden in der Wohnküche hatte sich eine Pfütze Wasser gesammelt, die Jens mit Handfeger und Müllschippe aufsammeln konnte. Angeekelt stellte er fest, dass er den Boden längst mal hätte wischen sollen.

Er goss die Dreckbrühe durch einen Kaffeefilter und konnte auf diese Weise einen Dreiviertelliter Wasser gewinnen, auch wenn er sich noch nicht vorstellen wollte, dass er es auch trinken würde.

Dann hatte er mal wieder Inventur gemacht. Diesmal ging er alle Flüssigkeiten durch, die im Haushalt anzufinden waren. Das ging schnell. Im Kühlschrank fand er einen Schluck Milch, zweihundert Milliliter Sahne und eine kleine Dose Energy-Drink. Jens hasste das Zeug. Es stank nach Kaugummi und schmeckte wie Kotze mit Zucker. Aber manchmal half es ihm, morgens auf die Beine zu kommen. Deshalb hatte er sich daran gewöhnt. Damit kam er aber noch nicht weit. Wo konnte er noch Wasser finden?

Im Wasserkocher stand ein Viertelliter Restwasser. Immerhin. Das war ein Anfang.

Schade, dass er kein Wasserbett hatte. Oder ein Aquarium. Fisch und Wasser, gleich ’ne ganze Mahlzeit. Das wäre es gewesen. Er hatte die falschen Hobbys.

Beizeiten konnte er den Kühlschrank abtauen. Das ergab vielleicht auch einen Liter. Dann ging er ins Bad und betrachtete den Spülkasten der Toilette. Sosehr es ihn ekelte, da waren bestimmt sechs Liter drin. Gleich daneben stand der Trockner.

Der Kondenswasserbehälter war halb voll. Jens war sich unschlüssig. In der Gebrauchsanleitung stand, dass man es nicht trinken solle, weil es destilliertem, nährstoffarmem Wasser ähnele und Rückstände von Waschmittel enthalte. Zum Bügeln sei es aber geeignet. Jens hielt seine Nase hinein. Es roch nach nichts und sah klar aus. Er nahm einen Schluck. Es schmeckte neutral.

Das war doch ein Plan für den absoluten Notfall: Wenn er den verschissenen, feuchten Sisalteppich in kleine Stücke zerschnitt und in den Trockner gab, konnte er das ganze Wasser retten, das darin versickert war. Aber noch war es zu früh dafür. Jens war noch immer fest davon überzeugt, dass er spätestens am Mittag befreit werden würde.

In zwei Töpfen hatte er seine Wasservorräte zusammengesammelt. In dem kleineren das gute, in dem größeren das Notfallwasser, das sich immerhin zum Waschen oder Kaffeekochen eignete. Beide Töpfe hatte er zur Sicherheit erhitzt, um Keime abzutöten.

Nun stand er vor seinem Weinhumidor.

1999 hatte Jens das erste Mal in seinem Leben einen richtig guten Wein getrunken. In der Bretagne war das, in Saint-Malo, in den Flitterwochen mit Silke.

Die schwerelose Liebe und der saftig-satte Wein, das unbeugsame Meer und die malerische Stadt. Das waren die Ingredienzien einer Erinnerung, die Jens mit einem einzigen Tropfen Bordeaux auf seiner Zunge jederzeit wieder wachküssen konnte. »Des anges qui te pissent dans la bouche«, hatte er damals gelernt. »Als ob dir ein Englein auf die Zunge pinkelt.«

Von diesem Moment an, so hatte er feierlich beschlossen, wollte Jens jede Sekunde seines Lebens genießen und nie wieder einen schlechten Wein trinken. Dafür war das Leben zu kostbar und kurz.

Weil sich mit der Zeit aber auch herausstellte, dass der gemeine Tagesrhythmus mit seinen vierundzwanzig Stunden zu kurz war, um die gleichzeitige Leitung einer Schule und einer Familie unter einen Hut zu bringen, war dem genusstalentierten Direktor und Familienvater über die Jahre nur noch der Wein geblieben, der ihn an den hohen Wert seines Daseins erinnerte und an den er sich klammerte wie an eine heilige Reliquie.

In den Jahren hatte Jens eine kleine, kostbare Sammlung herausragender Weine zusammengetragen, deren Höhepunkt fraglos eine ganze Kiste *1990er Chateau Margaux* bildete. Jede dieser Flaschen war mindestens achthundert Euro wert.

Am Freitag hatte ausgerechnet eine dieser kostbaren Flaschen den Streit mit Philipp ausgelöst. Jens hatte sich ungeschickt ausgedrückt, seinem Sohn »zur Feier des Tages« das Beste bieten wollen, was er im Haus hatte, und die Flasche gegen Philipps Willen geköpft.

»Was willst du denn feiern? Dass du mich endlich los

bist? Dass ich morgen für immer verschwinde und du endlich deine Ruhe hast?«, hatte er geschrien und recht gehabt.

Jens fragte sich, wie es ihm wohl ging. Da jetzt klar war, dass er nicht im Nachbarappartement saß, begann morgen für ihn die Schule in Holland, vor der er sich so fürchtete.

Plötzlich hielt er inne. Abzüglich der vom Freitag hätten noch fünf Flaschen *Chateau Margaux* im Weinhumidor liegen müssen. Es waren aber nur noch vier. Jens trat wütend gegen die Küchenzeile.

»Himmel, Arsch und Zwirn!«

Der Täter hatte ihm eine Flasche Wein geklaut. Er hätte niemals Philipp vermutet, wäre ihm das früher aufgefallen.

Wieder wurde ihm schwindlig. Einige Minuten hatte er nicht ans Rauchen denken müssen. Immerhin. Das war ein Fortschritt. Er stützte sich Halt suchend am Rücken der Couch ab, ließ sich vor seinem Panoramafenster auf den Boden sinken und wartete ab, bis sich der Sturm gelegt hatte, der durch seinen Körper fegte.

Dann stand er trotzig auf und durchwühlte eine seiner unausgepackten Umzugskisten.

Vor einigen Wochen hatte er sich eine Hantel gekauft. Er war schließlich wieder auf dem Markt und musste seinen Körper stählen. Er wollte bei der Wahl einer Partnerin keine Abzüge in der B-Note erhalten.

Wenn er also nichts gegen seine Gefangenschaft unternehmen konnte, dann doch wenigstens etwas für seine Fitness.

Er stellte sich direkt vor dem Laptop auf, so dass der Täter, falls er sich wieder zuschalten würde, ihn bei seinen Übungen beobachten konnte. Kraft wollte er ausstrahlen, Kampfgeist und Männlichkeit. Also machte er den Putin, zog sein Oberteil aus und begann zu pumpen.

Wer auch immer sein Geiselnehmer war, die ganze Aktion war eine Farce. Man lebte in Mitteleuropa unter zivilisierten, vernunftbegabten Menschen. Man sprach die gleiche Sprache und konnte Konflikte mittels Kommunikation lösen. Was also sollte der Quatsch?

Wie konnte der Täter nur so anmaßend sein und davon ausgehen, dass die Gefangennahme eines Schuldirektors länger als ein Wochenende unentdeckt und ohne Konsequenzen bleiben würde?

Jens wechselte den Arm und trainierte nun den linken Bizeps. Mit jedem Hantelzug wuchsen Schneid, Stolz und Zuversicht in seiner Brust.

Er war schließlich nicht irgendjemand, er war eine Respektsperson. Und das Otto-von-Guericke-Kolleg war auch nicht irgendeine Schule, es war sein Lebenswerk.

*

Studiert hatte Jens noch zu DDR-Zeiten an der Humboldt-Universität. Seine Fächer waren Sport und Mathematik. In den Jahren nach der Wende unterrichtete er an verschiedenen staatlichen Schulen im Osten wie auch im Westen der Stadt und machte seine ganz eigenen Erfahrungen mit dem deutschen Bildungssystem.

1993 lernte er an einem Spandauer Gymnasium den jungen Referendar Holger Lehmann kennen.

Keiner der damaligen Lehrerkollegen hatte wegen der damit verbundenen Zusatzbelastungen Interesse an der Betreuung eines jungen Hospitanten, also nahm Jens Holger auf und wurde seine Bezugsperson. Schnell verband die beiden Freundschaft, die beste, die man sich nur vorstellen konnte. Sie waren getrieben von Idealismus und Teamgeist.

Sie wollten nicht weniger, als das bestehende Schulsystem reformieren.

Sie hielten nichts vom Frontalunterricht, von der Einteilung des Schultages in ineffektive 45minütige Unterrichtseinheiten und träumten von kleinen Klassen und praxisorientiertem, fächerübergreifendem Lernen.

Die Leidenschaft, die sie einte, provozierte aber die Bequemlichkeit einiger anderer Kollegen, denen ihr Überengagement ein Dorn im Auge war.

Die Quittung dafür erhielten die beiden am Tag von Holgers zweitem Staatsexamen. Die Kommission ließ den jungen, subversiven Kollegen Holger Lehmann einfach durch die Prüfung rauschen. Ein Schock, den er nie überwand.

Sieben Jahre Ausbildung tröpfelten in den Ausguss und seine Lebensgeister hinterher. Ein Lehrer ohne Staatsexamen fand keine Stelle an einer staatlichen Schule, nicht in Deutschland.

Holger nahm an Gewicht zu, wurde depressiv und musste aus Neid und Selbsthass ein paar Monate Abstand von der Freundschaft nehmen.

Erst nach zwei Jahren kam er, dank psychologischer Betreuung, wieder auf die Beine. Er bewarb sich auf eine freie Stelle als Deutschlehrer an einer Privatschule mit naturwissenschaftlichem Schwerpunkt, dem Otto-von-Guericke-Kolleg und wurde tatsächlich genommen.

Holger war wieder unter den Lebenden, und auch der angetrocknete Kitt zwischen ihm und Jens begann wieder zu kleben.

Holger war im Kollegium und bei den Schülern beliebt. Der damalige Direktor war zu alt dafür, aber das Kollegium, die Elternschaft, der Förderkreis und der Aufsichtsrat waren durchaus offen für einen Reformkurs.

Er hob die alten Ideale aus der Versenkung, sprudelte vor

Ideen, malte sich die Zukunft in blumigen Farben aus und lockte 1999, den Ehrgeiz seines besten Freundes unterschätzend, Jens Lamprecht an die eigene Schule.

Jens hatte damals mit voller Absicht auf die Verbeamtung verzichtet. Er wollte nicht in der lähmenden Umarmung des Staatsapparates einschlafen und wie einige seiner Kollegen ein Lehrerleben lang auf die Pensionierung warten. Er wollte die Dinge in die Hand nehmen, und das Otto-von-Guericke-Kolleg schien der Ort zu sein, an dem sich solche Visionen leben ließen.

Im Sprint überholte er seinen besten Freund Holger und wurde dank seiner Überzeugungskraft, Zuverlässigkeit und seines diplomatischen Geschicks zum Fachbereichsleiter, zum stellvertretenden Direktor und schließlich zum Schulleiter gewählt. Holger machte er zum Stellvertreter und fügte ihm, ohne sich darüber bewusst zu sein, die zweite berufliche Demütigung seines Lebens zu.

Holger schluckte das. Er arbeitete mit einem Psychologen die positiven Aspekte dieser Niederlage heraus und redete sich ein, dass Freundschaft stärker war als verletzte Eitelkeit.

So begannen die beiden, mehr oder weniger zusammen, die Schule umzukrempeln.

Jens' Ziel war eine enge Zusammenarbeit mit den Betrieben in der näheren Region. Die Schüler sollten zweimal im Halbjahr in projektbezogenen Praktika ihr Wissen anwenden müssen. Gleichzeitig würden sie verschiedene Berufe kennenlernen und Kontakte in die Privatwirtschaft knüpfen.

Im Gegensatz zu Holger hielt Jens nichts von waldorfscher Kuschelpädagogik und war Verfechter von Schulnoten und Prüfungen. Aber die Kinder sollten individuell in ihren Talenten gefördert werden und eine realistische Vorstellung von der Arbeitswelt bekommen.

Jens wollte bessere Bildung für alle Schüler. Wer sich Mühe gab, sollte gefördert werden, gleichwohl welchem Elternhaus er oder sie auch entstammte. Dafür initiierte er ein in Berlin einzigartiges Stipendienprogramm, mit dem er gezielt Kinder bildungsferner Schichten, Kinder mit Migrationshintergrund und dank Holgers Initiative auch mit körperlicher und geistiger Beeinträchtigung ansprach.

Als Direktor Jens Lamprecht und die Lehrerschaft des Otto-von-Guericke-Kollegs 2013 als erste Privatschule mit dem Deutschen Schulpreis der Bosch-Stiftung ausgezeichnet wurden, war es für Jens Freude und Genugtuung, aber auch eine längst überfällige Ehrung gewesen.

Auf dem Preisträgerfoto, das sogar im *Spiegel* abgedruckt wurde und zusammen mit der Urkunde gerahmt im Lehrerzimmer hing, war Holger Lehmann leider nicht drauf. Er hatte kurz auf die Toilette gemusst, und Jens hatte es nicht gemerkt. Bis heute nicht.

*

Jens schwitzte. Seine Oberarme brannten, als hätte er sie mit Brennnesseln eingerieben. Er spürte sich und seinen Körper. Das tat gut. Er legte die Hantel beiseite, rieb sich mit einem Handtuch trocken und dachte mitleidig an Holger Lehmann und dessen aufgedunsenen Körper.

Der Arme hatte sich all die Jahre gehenlassen. Was auch immer geschah, so wie Holger wollte Jens nie werden.

Dass sich Melanie Heise ausgerechnet ihn ausgesucht hatte, passte irgendwie zu Holger. Es gab Menschen, an denen klebte Pech. Als er im April dieses Jahres, im Zuge der Ermittlungen im Fall Melanie Heise, sein Amt als stellvertretender Schulleiter zur Verfügung stellen musste, hatte

Holger das Herz geblutet. Er hing sehr an diesem Posten. Jens wusste das. Aber er hatte keine andere Wahl, und der Schule tat die Abwechslung zweifelsohne gut.

»Holger«, sprach Jens den Namen vor sich hin. Letztendlich konnte auch er hinter C80_412 stecken. Er hätte ihm das technische Geschick und die kriminelle Energie nicht unbedingt zugetraut, aber Holger kannte das Haus, das Appartement und Jens' Lebensumstände.

Am Freitagabend war er unpassenderweise in den Streit mit Philipp geplatzt, um ihm die Nachricht zu überbringen, dass Melanies Mutter, Stefanie Heise, sich von ihrem Mann getrennt hatte. Na toll! Was für eine weltbewegende Information. Jens befand sich selbst gerade mitten in der Trennung, was interessierte ihn da das Schicksal von Frau Heise.

Holger aber schien damit nicht klarzukommen. Er hatte geweint wie ein Schlosshund und irgendwas von schwindenden Kräften gewinselt: »Es hört einfach nicht auf, Jens. Was soll ich denn machen? Immer wieder kommt ein neuer Schlag, mitten ins Gesicht. Ich halte das nicht länger aus.«

Er hatte um Hilfe, Beistand, Trost und einen Freund gebeten. Aber Jens hatte ihn auf später vertröstet und mit ein paar Allgemeinplätzen nach Hause geschickt.

»Tu dir was Gutes!«, hatte Jens gesagt. »Lass dir ein Schaumbad ein, hau dir 'n Steak in die Pfanne und mach Musik an. ABBA oder so. Was Positives.«

Holger hatte genickt und war davongetrottet wie ein großer Sack Elend.

Jens knetete sich die Oberarme. Er schüttelte den Kopf.

»Frau Heise hat sich von ihrem Mann getrennt«, flüsterte er. »Der arme Vater.«

Erst jetzt begriff er die Tragweite von Holgers Nachricht.

Ein kalter Schauer kroch ihm über den nassgeschwitzten Rücken. Was für eine Tragödie! Herr Heise hatte erst seine Tochter beerdigt, und nun war ihm auch noch die Frau weggelaufen. Natürlich richtete sich sein Kummer, seine Wut gegen Jens als personifizierten Stellvertreter der Institution Schule, an der seine Tochter so tragisch gescheitert war.

Was also, wenn Melanies Vater Falk Heise im Nachbarappartement saß? Er hatte aus seiner Sicht ein perfektes Motiv.

Jens setzte sich auf seine Couch.

Dann war ihm mit Worten und Vernunft kaum zu helfen. Dann ging es hier um Rache.

Erst am Freitagmorgen war Jens ihm begegnet. Es sollte der beschissene Beginn eines ganz und gar verkorksten Tages werden, der schließlich in der Katastrophe endete, die Jens erst jetzt so langsam zu ermessen schien.

Er legte sich auf seine Couch, hoffte inständig, dass es nicht Falk Heise war, der ihm nach Freiheit und womöglich Leben trachtete, und ging in Gedanken zwei entscheidende Momente des letzten Schultages durch, an denen sich ihre Wege gekreuzt hatten.

*

4. September 2015

Jens betrat das Schulgelände. Herr Heise war schon da. Seit sich Melanie vor viereinhalb Monaten vom Schuldach aus in den Selbstmord gestürzt hatte, stand er mahnend am Zaun des Schulhofes; inmitten der Kränze und Kerzen, dem immer noch beachtlichen Blumenmeer, das die große Schar der Anteilnehmenden in Gedenken an seine Tochter dort ausgebreitet hatte.

Er wartete auf Jens, um ihn mit seinen leeren Augen zu durchbohren. Um ihm all seinen Vorwurf stumm ins Gesicht zu brüllen. Groß und grob war er, von der schweren Last seines nun mehr beschissenen Lebens zu Boden gedrückt.

Melanie war eine verirrte Seele, die gegen den guten Rat ihrer Lehrer und auch Eltern in ein Boot ohne Rettungsring gestiegen und dann im Sturm ihrer Jugend ertrunken war. So sah Jens das. Sie hatte sich in ihren Deutschlehrer verliebt: Holger Lehmann.

Dabei war sie das, was man frühreif nannte. Schon in der siebten Klasse hatte sie sexuell grenzverletzende Verhaltensauffälligkeiten gezeigt. Einmal ließ sie sich von einem Mitschüler nackt auf dem Schulklo filmen, ein anderes Mal verteilte sie Kondome und pornographisches Bildmaterial in der Klasse. Zweimal war sie knapp einem Schulverweis entkommen. Im Frühjahr dann entwickelte sie die detaillierte Phantasterei einer Liebesbeziehung zwischen ihr und ihrem Lehrer. Schwülstige Liebesbriefe kamen ans Licht.

Holger Lehmann stellte mehrfach glaubhaft klar, dass er nie eine Liebesbeziehung zur Schülerin unterhalten hatte. Es war eine pikante Angelegenheit für ihn, aber auch für die Schule, die Eltern und vor allem für Melanie Heise selbst.

Jens und das Kollegium hatten sich nichts vorzuwerfen. Zu jeder Zeit wurde der Fall mit größter Transparenz und Sachlichkeit behandelt. Melanies Eltern warfen der Schulleitung dennoch Fehlverhalten vor und strebten eine Klage an. Sie gaben Direktor Jens Lamprecht, dem Kollegen Holger Lehmann und der Vertrauenslehrerin Claudia Giese Mitschuld am Tod ihrer Tochter.

Erst das Bekenntnis zu seiner Homosexualität brachte Klarheit in die Angelegenheit um den Kollegen Holger Lehmann. Und so kam der vom Aufsichtsrat eingesetzte Untersuchungsausschuss zum gleichen Ergebnis wie der Richter, der die Anklage schließlich fallenließ: Ein pädagogisches Fehlverhalten, das zum Tod der Schülerin führte, konnte zu keinem Zeitpunkt festgestellt werden.

»Hören Sie auf zu hassen, Herr Heise! So schmerzhaft der Verlust auch sein mag, Ihr Leben muss weitergehen.«

Solche oder ähnliche Worte hätte Jens ihm gerne zugerufen, aber er wusste aus buchstäblich schmerzvoller Erfahrung, dass es nicht mehr half, mit Falk Heise zu kommunizieren.

Kurz nach dem Gerichtsprozess hatte Herr Heise vor der Tür seiner alten Wohnung gestanden und ihm ohne ein Wort der Vorwarnung ins Gesicht geschlagen.

Noch immer spürte Jens einen leichten Schmerz beim Schnauben. Er war froh, dass Herr Heise seine neue Adresse nicht kannte.

Entgegen allen Empfehlungen hatte Jens darauf verzichtet, ihn anzuzeigen. Er akzeptierte seinen Hass.

Für diesen Morgen beließ er es bei einem wortlosen Gruß und schritt zügig an Herrn Heise vorbei ins Schulgebäude.

*

»Willkommen zur ersten Gesamtlehrerkonferenz im neuen Schuljahr! Ich hoffe, Sie alle hatten angenehme Sommerferien.«

Jens stand in der Aula vor der versammelten Lehrerschaft und zwei engagierten Elternvertretern.

Außerdem war ein Schüler anwesend. Ein zurückhaltender Vietnamese, von dem Jens nur wusste, dass er damals über das Stipendienprogramm an die Schule gekommen war, und dessen Markenzeichen ein kleiner Camcorder war, der mit seinem rechten Arm verwachsen zu sein schien. Der Junge gab vor, Aufnahmen für die Schülervertretung anzufertigen. Jens konnte sich zwar kaum vorstellen, dass sich auch nur einer seiner Schüler eine solche Konferenz auf Video ansehen würde. Aber bitte. Er hatte nichts zu verbergen.

Neben ihm stand ein Eimer mit drei großen Blumensträußen. Er sah aus dem Fenster. Herr Heise hatte sein Gesicht an die Glasscheibe gedrückt und starrte Jens an.

Jens schloss für einen Moment irritiert die Augen, dann sprach er, während er die Hände zusammenfaltete, seine Daumen aneinanderrieb und seinen Blick in die Ferne wandte, ruhig und sorgsam artikulierend weiter.

»Das Ende des vergangenen Schuljahres und die Sommerferien wurden für uns alle vom noch immer unbegreiflichen Verlust einer geliebten Mitschülerin überschattet. Die Tat selbst, aber auch die Wucht der medialen Berichterstattung hat uns alle unvorbereitet getroffen und in einen Schockzustand versetzt. Die außergewöhnliche Anteilnahme der Schüler- und Elternschaft, aber auch vieler Kollegen, Freunde und Unbekannter, hat uns Kraft gegeben, dieses tiefste Tal in der Geschichte unserer Schule zu durchschreiten.«

Holger Lehmann saß am anderen Ende des Raumes und richtete seinen Blick stoisch in irgendwelche Papiere, die er vor sich ausgebreitet hatte. In den vergangenen vier Monaten hatte er noch mal einige Kilo zugelegt. Aus einem stattlichen Mann war ein kurzatmiger Mops geworden.

Die zierliche Kollegin Claudia Giese saß betroffen an Holgers eigentlichem Platz, neben Jens, am Tisch der Schulleitung.

Jens fuhr fort: »Wie Sie alle wissen, gab es zahlreiche Untersuchungen. Allesamt mit dem Ergebnis, dass uns kein pädagogisches Fehlverhalten vorzuwerfen ist. Das macht die Sache aber nicht besser. Ganz im Gegenteil. Es verdeutlicht die Machtlosigkeit, mit der wir, in unseren vielfältigen Aufgaben als Pädagogen, der unbändigen und rätselhaften Kraft der jugendlichen Psyche und ihrer pubertären Irrwege manchmal gegenüberstehen. Vielleicht würde es sich sogar besser anfühlen, wenn man sich selbst die Schuld für das Unglück geben könnte und nicht mit der Gewissheit leben müsste, dass Ohnmacht ein Stück weit zum Profil unseres Berufes dazugehört.«

Jens sah zu seinem Freund hinüber.

»Holger ...«

Holger löste sich erschrocken von seinen Papieren und fand sich mit den Blicken all seiner Kollegen konfrontiert. Die Scham trieb ihm augenblicklich Röte ins Gesicht.

» ...was du in den letzten Monaten durchlitten hast, muss die Hölle gewesen sein. Wir, und ich spreche im Namen des gesamten Kollegiums, stehen hinter dir und freuen uns von ganzem Herzen, dass wir dich nach deiner Auszeit wieder in unserer Mitte begrüßen dürfen.«

Jens und die Lehrerschaft begannen anerkennend auf die Tischplatten zu klopfen. Frau Giese griff in den Eimer und überreichte Holger einen Strauß mit Sonnenblumen. Der stand kurz auf und verbeugte sich beschwichtigend. Dann versteckte er sich hinter dem gelben Grün. Jens lächelte.

»Mein ganzer Dank gilt natürlich auch Ihnen allen. Ihre Loyalität und Leidenschaft für unsere Schule gibt uns Rückenwind und trägt das Otto-von-Guericke-Kolleg auch über solche Untiefen hinweg! Vielen Dank dafür!«

Jens klatschte in beide Hände. Das Kollegium beklopfte sich gegenseitig.

Herr Heise nahm, angewidert von der Selbstbeweihräucherung, das Gesicht von der Scheibe und schleppte sich vom Schulgelände.

Jens, der das aus dem Augenwinkel beobachtete, atmete leise auf. Dann wurde sein Tonfall sachlicher.

»Melanie ist inzwischen beerdigt. Einige von Ihnen waren auf der sehr bewegenden Trauerfeier. Ich schlage deshalb vor, dass die Gebinde zu ihrem Andenken ab sofort an ihrem Grab abgelegt werden können und wir den Schulhof wieder voll zugänglich machen. Unsere Schule ist schließlich kein Friedhof.«

Jens nahm nun die Hand von Frau Giese.

»So! Und jetzt freue ich mich, Ihnen mitteilen zu können, dass unsere liebe Kollegin Claudia Giese, die in Holgers Auszeit die Aufgaben der stellvertretenden Schulleitung bereits kommissarisch übernommen hat, nun auch offiziell meine Stellvertreterin wird.«

Holger sah wieder auf seine Papiere, ihm war zum Heulen zumute. Jens küsste Claudia auf beide Wangen.

»Liebe Claudia, herzlich willkommen an Bord!«

Erneut klopfte die Lehrerschaft. Claudia Giese sah stolz in die Gesichter ihrer Kollegen. Doch irgendetwas stimmte nicht. Jens hatte den Stimmungswandel noch nicht registriert.

»Darüber hinaus stellt sich Frau Giese, wie sie der Tagesordnung entnehmen konnten, heute als einzige Kandidatin zur Wahl als neue Fachbereichsleiterin II – Sprachen und Gesellschaftswissenschaften.«

Jens nahm einen weiteren Strauß aus dem Eimer und machte sich diesmal persönlich auf den Weg zu seinem Kollegen Frank Bussmann, der dieses Amt in den vergangenen fünf Jahren innehatte.

»Bevor wir darüber zur Abstimmung kommen, gilt es aber ein paar Worte des Dankes auszusprechen. Lieber Frank, für deine jahrelange …«

»Warte mal, Jens!«

Frank Bussmann, ein älterer Kollege mit Schnauzbart und Hornbrille, unterbrach den Monolog des Schulleiters.

»Bevor du weitermachst, würde ich auch gerne noch 'n paar Worte dazu sagen.«

Unruhe verbreitete sich im Kollegium. Frank schwieg, bis er sich der ungeteilten Aufmerksamkeit aller gewiss war.

»Ich hätte mein Amt heute gerne für eine jüngere, engagierte Kollegin zur Verfügung gestellt, wenn ich das Gefühl gehabt hätte, dass es dabei um eine fachliche Entscheidung geht.«

Erneut begann die Lehrerschaft zu tuscheln. Jens sah Frank mit großen Augen an. Das kam überraschend. Noch lange vor den Ferien hatte er mit ihm über die Personalie gesprochen. Frank hatte sich ehrlich über die Entscheidung gefreut, der beliebten Kollegin Giese mehr Verantwortung zu übertragen.

Frau Wulfmann-Fuchs, Französisch und Ethik, einer engen Vertrauten Claudia Gieses, platzte der Kragen.

»Und dieses Gefühl hast du jetzt nicht mehr, oder was?«

Frank schüttelte den Kopf.

»Nein, hab ich nicht. Liebe Claudia, nimm das bitte nicht persönlich! Ich schätze dich als Kollegin außerordentlich. Aber ich kann deine Wahl in diesem Fall nicht unterstützen.«

Claudia Giese versuchte sich ihre Fassungslosigkeit nicht anmerken zu lassen. Frau Wulfmann-Fuchs war außer sich.

»So eine Frechheit! Du hast dich doch selber für Claudia ausgesprochen.«

»Jetzt hör mal auf dazwischenzuquaken, Erika, ich hab meine Gründe.«

Herr Weber, Bio-Chemie, ging dazwischen: »Können wir bitte einen anderen Tonfall anschlagen?«

Jens sorgte für Ruhe: »Bitte, Kollegen. Frank?«

Frank nickte dankend, zog eine vorbereitete Rede aus seiner Hosentasche und begann zu lesen:

»Eine Privatschule ist ein sensibles Geflecht aus gesellschaftlicher Verantwortung und wirtschaftlichen Interessen.«

Ein Raunen ging durch die Lehrerschaft. Frank Bussmann war für seine ausschweifenden Reden bekannt und gefürchtet. Er wurde lauter.

»Unsere Schule hat auch deshalb ihren guten Ruf, weil wir – und ich schließe dich, lieber Jens, an oberster Stelle mit ein – den Verlockungen der Korrumpierbarkeit von Anfang an widerstanden haben.«

»Jawoll«, tönte Dr. Werner, Musik, dazwischen.

Frank fuhr fort: »Weil wir Entscheidungen stets zum Wohl unserer Schüler getroffen haben und nie, weil sie jemandem zum eigenen Vorteil gereichten. Genau diese Integrität sehe ich aber mit der Wahl von Frau Giese gefährdet.«

Frank Bussmann wandte sich an den Schulleiter.

»Die Gründe meines Handelns, lieber Jens, kann ich dir gerne im Vieraugengespräch benennen. Ich bitte dich für diesen Moment nur, meine Entscheidung zu respektieren. Liebe Kollegen, ihr wisst, was ihr an mir habt, ich stelle mich erneut zur Wahl.«

Einige Kollegen unter der Führung Dr. Werners applaudierten. Frank nickte ihnen zu. Jens wurde sauer. So ein hinterfotziges Gesabbel vom alten Bussmann hatte ihm gerade noch gefehlt.

»Geschätzter Kollege Bussmann, du Säulenheiliger und Hüter der hohen Integrität, dann sei doch bitte so gut und verrate uns, was konkret dich bedrückt.«

Frau Wulfmann-Fuchs und zwei, drei weitere Kollegen lachten kurz auf. Der Rest schwieg. Jens wurde unsicher. Frank zog einen weiteren Zettel aus seiner Hosentasche.

»Wenn du es lieber in der großen Runde diskutieren willst, bitte schön.«

Frank übergab Jens den Zettel.

»Das hier hab ich in meinem Briefkasten gefunden.«

Es waren nur vier Worte, die auf dem Zettel standen, aber sie kamen überraschend und aus einer Richtung, die Jens nicht erwartet hatte.

»Lies doch vor, was draufsteht, wenn du nichts zu verbergen hast«, stichelte Frank.

Jens fasste sich und schüttelte den Kopf.

»Aber gerne. Hier steht, aussagekräftig mit dem Computer geschrieben, Achtung, jetzt alle festhalten: VERTRAUENSLEHRERIN GIESE HAT GELOGEN!«

Erika Wulfmann-Fuchs erhob sich wütend.

»Wer hat das geschrieben?«

Frank zuckte mit den Achseln.

»Wo und wann hat sie denn gelogen, lieber Frank?«, wandte sich Jens an den Kollegen.

»Das weiß ich nicht, lieber Jens. Ich kann dir nur sagen, welchen Eindruck es auf mich macht.«

»Und welchen macht es?«

»Nun, wenn stimmt, was auf diesem Zettel steht, sieht es so aus, als ob die Kollegin Giese mit den neuen Ämtern für eine Lüge belohnt werden würde. Wann und warum sie gelogen hat, weiß ich natürlich nicht. Dazu müsste sie uns vielleicht Auskunft geben.«

Spätestens jetzt ging die Sitzung in Zwischenrufen unter.

»Das kann doch jeder geschrieben haben.«

»Endlich sagt's mal jemand!«

»Du klebst ja nur an deinem Amt.«

»Die reinste Diktatur!«

Jens klatschte laut in die Hände, um der Unruhe Herr zu werden, und beendete die Konferenz, ehe sie weiter eskalieren konnte.

»Danke schön, die Privatgespräche können wieder eingestellt werden. Wir vertagen die Abstimmung um die Fachbereichsleitung II auf unsere nächste Sitzung. Lieber Frank, ich danke dir von ganzem Herzen für dein Beweisstück und die konstruktive Stellungnahme.«

Jens hob den Zettel von Frank in die Höhe.

»Wir werden diesem Hinweis nachgehen, und sollte es stimmen, dass Frau Giese irgendwelche Falschaussagen gemacht hat, die Schaden verursacht haben, so wird sie dafür auch die Konsequenzen tragen müssen. Was dich angeht, lieber Frank, so nehme ich deine Kandidatur zur Fachbereichsleitung gern entgegen. Wahlalternativen stärken die Demokratie. In diesem Sinne, Ihnen allen einen geruhsamen Feierabend!«

Jens verschwand aus der Aula, und der junge Vietnamese klappte zufrieden seinen Camcorder zusammen.

*

Jens saß in seinem Büro am Schreibtisch und verfluchte Frank Bussmann. Kaum war eine dünne Schicht Gras über den Fall Melanie Heise gewachsen, kam dieser alte Sack mit seinem Rasenmäher der Eitelkeit und machte das zurückgewonnene Vertrauen nieder, nur weil er seinen Posten als Fachbereichsleiter nicht hergeben wollte.

Claudia Giese hockte Jens gegenüber zusammengekauert auf einem Stuhl und knabberte an ihren Fingernägeln.

Jens betrachtete sie. Ihre Finger waren ein Schlachtfeld, der Pony klebte ihr an der Stirn, ihre Augen waren rot unterlaufen. Sie sah hinreißend aus, wenn sie wütend war. Und das war sie. Wütend auf sich, auf Jens. So wütend, dass sie es nicht fertigbrachte, den Blick vom Schranktürknauf zu wenden, auf den sie starrte.

Eine Lüge stand im Raum. Laut ausgesprochen vor dem gesamten Kollegium.

Endlich brach Claudia Giese ihr Schweigen.

»Konsequenzen?«

»Claudia bitte.«

»Konsequenzen, die ich tragen muss, wenn sich herausstellt, dass ich eine Falschaussage gemacht habe?«

»Na was hätte ich denn sagen sollen?«

»Ich habe keine Falschaussage gemacht! Ich hatte von Anfang an ein beschissenes Gefühl bei der Sache.«

Dann baute sie sich vor Jens auf, hauchte ein leises »'tschuldigung« als Vorwarnung in den Raum und schallerte ihm eine Ohrfeige, dass es laut knallte.

»Hab ich jetzt gebraucht«, sagte sie und verließ das Zimmer. »Bis Montag!«

Jens blieb allein zurück und hielt sich die glühende Wange.

Wie lange kannte er Claudia Giese jetzt? Fast vierzehn Jahre. Stimmte das wirklich? Vierzehn Jahre? Jens sah sich in seinem Büro um. Alles hier kannte er schon vierzehn Jahre. Er war kein junger, leidenschaftlicher Direktor mehr, eher ein alter Hase.

Alt. Vielleicht das erste Mal in seinem Leben, kam Jens sich wirklich alt vor. Er ließ sich in seinen Bürostuhl fallen und ärgerte sich, dass er Claudia Giese nicht schon früher kennengelernt hatte.

Vielleicht wäre ein Leben an ihrer Seite viel glücklicher verlaufen als mit Silke. Aber wer sagte eigentlich, dass der Zug schon abgefahren war? Soweit Jens wusste, gab es keinen festen Mann an ihrer Seite. Er lächelte. Die von Claudia malträtierte Wange begann lustvoll zu kribbeln.

Ein lautes, rhythmisches Hupen holte Jens augenblicklich auf den Boden der Realität zurück. Er sah aus dem Fenster.

Es war Silke. Sie saß in einem riesigen SUV, den *Arschloch* vor dem Schulhof parkte. Natürlich hatte dieser Pimpf 'ne Penisprothese als Auto.

Philipp stand vor dem Fahrzeug und stierte auf sein Handy. Aber was um alles in der Welt war das?

Der Kofferraum stand offen, und sein Weinhumidor ragte aus dem Inneren hervor, zur Hälfte auf der Straße, schutzlos der Umwelt ausgeliefert.

Jens nahm seine Sachen, stürmte aus dem Büro, schoss wutentbrannt die Treppen herunter und trat direkt vor dem Schulgebäude in einen riesigen Haufen Hundescheiße.

»So eine ...«

Dann rannte er an Philipp vorbei zum Kofferraum.

»Wo sind die Flaschen? Der Humidor ist leer!«

Silke blieb im Auto sitzen und ließ die Fensterscheibe runter.

»Die haben wir in Tüten gepackt.«

Jens erblickte auf der Hinterbank ein halbes Dutzend Mülltüten.

»Da drin?«

»Kannste ja zu Hause wieder einsortieren.«

»Mein Gott, die sind ein Vermögen wert! Die kannst du doch nicht einfach ...«

»Seit wann hast du es denn mit Gott?«

»Was soll ich denn hier damit?«

»Philipp hilft dir beim Ausladen.«

Silke schloss ihr Fenster wieder. Jens begann zu fluchen.

»Ich bin doch überhaupt nicht mit dem Auto da! Wie soll ich die denn transportieren? Hey!«

Jens hämmerte gegen die Fensterscheibe. Silke unterhielt sich mit *Arschloch* und ignorierte ihn. Philipp steckte sein Handy in die Hosentasche und stapfte zum Kofferraum.

»Komm, Paps, pack an und ruf 'n Möbeltaxi.«

Jens hörte auf zu klopfen und sah zu seinem Sohn.

»So was gibt's?«

»Glaub schon. Denk dir was Perverses aus und google nach. Es gibt alles.«

Jens und sein Sohn hoben, so vorsichtig es nur ging, Wein und Humidor auf die Straße.

Während sich Philipp von seiner Mutter verabschiedete, wischte Jens die Hundescheiße an der Schondecke im Kofferraum ab.

Dann setzte *Arschloch* seine Bumshummel in Bewegung und entschwand.

*

7. September 2015

Ab dieser Stelle drehte sich Jens im Kreis. Er hatte mit Philipp den Humidor ins Appartement getragen, seine 27 Flaschen einsortiert und sich mit ihm gefetzt. Dann war Holger aufgetaucht und hatte ihm die Ohren vollgeheult, woraufhin Philipp wütend davongezogen war, was nicht einmal mehr der Hunni verhindern konnte, den Jens ihm noch zugesteckt hatte. Während der paar Minuten Streit am Fahrstuhl, hatte sich Holger über den offenen 800-Euro-Wein hergemacht, von dem nur noch ein kläglicher Anstandsrest übriggeblieben war, als Jens zurück ins Appartement kam. Nachdem er seinen besten Freund endlich aus der Wohnung befördert hatte, gab es nur noch ein Ziel. Jens brauchte Schnaps.

Schnaps, um diesen beschissenen Tag zu vergessen.

Schnaps, um sich selbst nicht auch noch zu spüren, nachdem schon so viele andere ihn hatten spüren lassen, was sie spürten.

Er hatte gutgetan, der Schnaps. Nur leider hatte das Fass keinen Boden, Jens aber den festen Willen alles auszutrinken, bis auf den letzten Schluck. Nun war es zu spät, um über Vernunft nachzudenken. Nun saß er fest.

Ihm wurde ganz wirr im Kopf, wenn er daran dachte, wer alles gegen ihn war: Philipp, Holger, Falk Heise, Claudia Giese, der Kollege Bussmann und natürlich Silke und *Arschloch*.

Seltsamerweise hatte Silke am Auto das Wort *Gott* verwendet. »Seit wann hast du es denn mit Gott?«

Am Ende hockte noch sie, gemeinsam mit ihrem verfetteten Paragraphenficker, im Nachbarzimmer und machte sich ein Späßchen daraus, ihren Ex zu foppen, die blöde Schlampe.

Jens explodierte vor Wut, hob die Hantel vom Boden auf und warf sie schreiend gegen das Fenster.

»Ahhhhhhhh!«

Eine kleine Fläche Glas platzte ab, ein Teil der oberen Beschichtung zersplitterte. Die Laminierung trat dahinter zum Vorschein, hart wie Stahl.

»Und wo verdammt noch mal bleiben meine Kippen? Ich hab doch 'ne ganze Stange Kippen bestellt!«, schrie er ins Leere.

»Hörst du mich? Du widerlicher, kleinkrimineller Kackdrecksverbrecherpimmel?!«

Da er sich über das Geschlecht von *Gott* nicht im Klaren war, fügte er noch kleinlaut hinzu:

»Oder Fotze …«

Stille. Es war 02:38 Uhr. Mitten in der Nacht. »Im Herzen Berlins, der pulsierenden Weltstadt, die niemals schläft«, wie es im Exposé für sein Appartement gestanden hatte.

Da lag sie ihm zu Füßen, die Weltstadt, träge wie eine Natter im Regen. Und keiner konnte ihn sehen.

Jens wusste, dass seine Fenster mit Spiegelglas beschichtet waren, von außen blickdicht. Aber galt das auch im Dunkeln? Wie konnte denn das Licht nicht nach außen gelangen, wenn die Nacht finster war, der Innenraum aber hell?

Wie sah denn sein Wohnhaus im Dunkeln aus? Er lebte zwar noch nicht lange hier, aber er musste es doch schon mal bei Nacht gesehen haben? Leuchteten die Fenster, oder stand das Haus mit seiner spiegelglatten Fassade wie ein unheimlicher, ins Vertikale gekippter Gebirgssee bei Nacht mitten in der Stadt? Gab es solche Häuser überhaupt? Wahrscheinlich war es so. Aber jeder noch so kleine Hoffnungsschimmer genügte Jens, um sich daran festzuhalten.

Er hatte eine Fernbedienung für sein Raumlicht, mit der er verschiedene Stimmungen kreieren und abspeichern konnte. Also brachte er sämtliche Leuchtmittel im Appartement zum Glühen, speicherte diese Einstellung unter S-O-S ab, legte sich zurück auf die Couch und begann lustlos das Licht ein- und auszuschalten. Kurz. Kurz. Kurz. Lang. Lang. Lang. Kurz. Kurz. Kurz. Und dann von neuem.

Wenn Jens die Fenster seines Appartements hätte von außen sehen können, er wäre enthusiastischer an die Arbeit gegangen. Er hatte nämlich recht. Bei Nacht funktionierte die Verspiegelung nicht.

Im Dschungel des großstädtischen Häuserwaldes leuchtete die kleine Ecke eines Hochhauses, ganz oben rechts, immer wieder auf: Kurz. Kurz. Kurz. Lang. Lang. Lang. Kurz. Kurz. Kurz.

Doch Jens, der schon in der vergangenen Nacht keine vier Stunden Ruhe gefunden hatte, war bald über dem meditativen Drücken der Fernbedienung eingeschlafen. Und nach: Kurz. Länger. Lang … tat sich schließlich gar nichts mehr.

*

Es war 07:57 Uhr, als Jens erwachte. Für den Bruchteil einer Sekunde glaubte er, verschlafen zu haben. Dann kam die Erinnerung zurück und wenige Sekunden später das Bedürfnis nach Kaffee und Zigarette. Egal. Für Selbstmitleid und persönliche Befindlichkeiten war jetzt keine Zeit. Es war Montagmorgen. Der Tag seiner Befreiung.

»Dann wollen wir mal!«, sprach Jens und schraubte sich voller Tatendrang in die Senkrechte. Er kochte sich eine Tasse Kaffee mit dem Klospülungswasser, die Herkunft erfolgreich ignorierend, wusch sich mit Seife und Kondenswasser den Körper, putzte sich die Zähne mit einem Schluck vom guten Wasser und benutzte das erste Mal den Trockenrasierer, den Silke ihm vor Jahren geschenkt hatte. Er parfümierte und kämmte sich, zog sich ein frisches Hemd, eine enge Jeans und zur Feier des Tages sogar ein Jackett an. Er beseitigte die Spuren seiner kleinen Wutausbrüche und ordnete die Kissen auf der Couch. Nichts sollte den Eindruck von Verlotterung oder Kontrollverlust atmen.

Punkt 08:32 Uhr saß Direktor Jens Lamprecht vor seiner Wohnungstür und wartete auf einen Kollegen, den Concierge oder die Polizei. Erfolglos. Es war auch noch früh.

Von C80_412 hatte er seit gestern Abend nichts mehr gehört, was er als gutes Zeichen wertete. Denn entweder war sein Geiselnehmer berufstätig oder aber, und daran glaubte Jens eher, längst über alle Berge.

Auch 09:14 Uhr war noch nichts passiert.

Er saß hibbelig auf seiner Couch. Seine Beine wippten in rasender Geschwindigkeit auf und ab. Mehrere Bedürfnisse machten sich in ihm breit. Neben dem fast schon schmerzhaften Verlangen nach einer Zigarette hatte Jens Durst, Hunger und einen fürchterlichen Druck im Enddarm, der seinem eisernen Willen, die Kloschüssel sauber zu halten, im Wege stand.

Schon gestern Abend hatte es ihm gedämmert, dass sich etwas im Anmarsch befand. Seit dieser Zeit hatte er aber auch kein Wasser mehr, mit dem er etwaige Ausscheidungen hätte hinfortspülen können. Jens musste eisern bleiben. Er wollte gar nicht erst anfangen mit dem Scheiß. Sein Klo sollte sauber bleiben.

Vielleicht waren die Kollegen ja langsamer, als Jens hoffte. Vielleicht suchten sie erst morgen nach ihm. Vielleicht musste er noch einen weiteren Tag oder gar zwei in seinem Gefängnis ausharren.

Die von flüssigen, bereits getätigten Toilettengängen dunkelgelb gefärbte Restwasserbrühe, die sich im Toilettenbecken befand, begann jetzt schon mit den ausgetrockneten Abwasserrohren in Bad und Küche um die Wette zu duften. Wie sollte es erst riechen, wenn er einen großen … Nein!

Jens schaltete den Fernseher ein, um sich abzulenken, und brühte sich einen weiteren Kaffee. Ein Schuss Sahne wirkte sättigend.

10:35 Uhr hörte er im Wetterbericht der Tagesschau von einer letzten spätsommerlichen Hitzewelle, die im Laufe der Woche die Bundesrepublik erfassen und noch einmal für Temperaturen bis 37 Grad sorgen würde, ehe dann die lange Dürre des Rekordsommers ein Ende haben dürfte.

11:11 Uhr gab Jens dem Drängen seines Körpers nach. Er kleidete die Kloschüssel sorgsam mit Papier aus und setzte ein umfangreiches Geschäft in die Polster, das ihm die nutzlose Erinnerung an einen Dürüm-Döner mit Chili zurückbrachte, den er am Freitagabend während seiner Sauftour zu sich genommen hatte.

Um immerhin ein Bedürfnis erleichtert, hatte Jens nun Raum gewonnen, um stinksauer zu sein. Auf seine Kollegen, die ihn so lange sitzen ließen. Er stellte sich vor, wie sie zwar wiederholt versucht hatten, ihn anzurufen, in ihrer unendlichen Tranigkeit aber nicht auf die Idee gekommen waren, jemanden zu ihm zu schicken, um nach dem Rechten zu sehen. Wenigstens Claudia Giese hätte er ein größeres Maß an Pfiffigkeit zugestanden. Aber augenscheinlich funktionierte mal wieder nichts, sobald er nicht da war.

12:31 Uhr hing Jens sein Jackett in den Schrank zurück.

13:12 Uhr briet er sich ein Ei und eine halbe Zwiebel. Er aß es mit einer Gewürzgurke und löschte seinen Durst mit einem Schluck Gurkenwasser.

13:56 Uhr nahm Jens das Brotmesser und ließ seinen angestauten Frust am Sisalteppich aus.

15:47 Uhr hatte er dem widerspenstigen Teppich nach unzähligen Wutausbrüchen über mangelndes Werkzeug und die Beschaffenheit der Auslegeware ein großes feuchtes Teilstück abgerungen. Er stopfte es in den Trockner und verband seine blutige Hand mit einem Geschirrtuch.

16:04 Uhr geschah es doch noch, Rettung nahte.

Jens stand am Fenster und beobachtete aufgeregt, wie Holger Lehmann auf seinem Elektrobike den Hausvogteiplatz entlangradelte und, geradewegs sein Hochhaus ansteuernd, in die Niederwallstraße einbog.

Euphorie, Glück und Übermut ließen seine Glieder zucken, seine Lunge atmen, sein Herz tanzen. Es konnte nur noch wenige Minuten dauern, dann war Jens befreit.

Sein Retter hatte die unglamouröse Optik eines übergewichtigen Wurzelzwergs mit Doppelkinn und Fahrradhelm.

Er hatte sich wiederholt über Holgers Radleroutfit und sein selbstfahrendes Trainingsgerät lustig gemacht. Aber egal, wahre Helden strahlten von innen, und Holger Lehmann hatte sich Lob und jedwede Belohnung verdient, die er sich wünschte.

Nach fünf Minuten war aber noch immer nichts geschehen. Jens musste davon ausgehen, dass sein Geiselnehmer auch die Klingel auf dem Gewissen hatte.

16:11 Uhr sah er Holger in die Richtung zurückfahren, aus der er gekommen war.

»Nein, nein! NEIN!!!!!!«

Jens schrie, er klopfte gegen die Scheibe, brüllte, stampfte, bettelte. Und als ob es ihn tatsächlich erreicht hätte, blieb Holger noch einmal stehen und sah ein letztes Mal zu dem großen Hochhaus herauf, ehe er sich endgültig auf den Heimweg machte.

Jens nahm die Hantel und schlug die Fensterfront kaputt. Die Oberfläche zersplitterte spinnennetzartig um die weißen Einschlagstellen. Das Fenster aber hielt. Nur die Sicht wurde zerstört.

Nach zwei Dutzend Schlägen brach er zusammen und weinte. Diesmal aber richtig. Es war keine einzelne Träne, die ihm über die Wange kullerte, oder ein feuchtes Auge, es war ein Sturzbach der Verzweiflung. Er japste nach Luft, so sehr übermannte ihn das Gefühl der Machtlosigkeit, und er konnte nichts dagegen tun.

Minutenlang kniete er am Fenster vor dem zerstörten Ausblick auf sein Leben. Als er endlich wieder Luft bekam, quakte der Laptop.

Natürlich hatte C80_412 genau diesen Moment abgepasst, um sich wieder zu melden.

Warum weinst du?, las Jens.

Was für eine dämliche Frage.

»Na warum wohl? Weil du mich eingesperrt hast!«

Wieder wanderte der Curser wie von Zauberhand über das geöffnete Schreibprogramm und löschte den vorangegangenen Satz. Ein neuer entstand.

Und das ist alles?

Tatsächlich erwischte Jens diese Frage kalt. Warum weinte er überhaupt? War es nur die pure egoistische Angst vor dem eigenen Schicksal?

Um Silke und Philipp hatte er so nicht geweint, nicht um den Verlust seiner Eltern, nicht mal um den Tod von Stalin, seinem Hund aus Kindertagen. War Jens denn so egozentrisch, dass ihn nur die Bedrohung der eigenen Gesundheit auf diese Weise bewegen konnte?

Wenn du schweigst, hab ich ins Schwarze getroffen, richtig?

Jens ordnete sich. Es gefiel ihm nicht, in welche Richtung die Konversation lief. Er musste wenigstens rhetorisch die Kontrolle über die Situation zurückgewinnen.

»Jawohl, das waren meine Worte.«

Um den Anschein wiedererlangter Selbstsicherheit zu erwecken, goss sich Jens ein Glas Wasser ein und trank es, in die Kamera lächelnd, in einem Zug leer.

Bist du sicher, dass du so mit deinen Ressourcen haushalten solltest?

Sehr gut, die Provokation funktionierte. Nun führte er die Unterhaltung wieder an.

»Ich habe zwar keine Ahnung, wie du es geschafft hast, dass meine Schule keine weiteren Anstrengungen unternimmt, um nach mir zu suchen, aber Respekt. Meinen herzlichen Glückwunsch, so clever hätte ich dich gar nicht eingeschätzt. Stellt sich mir nur die Frage, wie geht's denn jetzt mit uns weiter?«

Die Antwort kam rasch.

Das hängt davon ab, wie geständig du bist.

Aha! Jens ließ sich seine Erleichterung nicht anmerken, aber das war die erste gute Nachricht an diesem Tag. Es ging um ein Geständnis. Gegen blinde Wut, rohe Gewalt oder süße Rachsucht hätte er kaum etwas ausrichten können. Aber dem Wunsch nach einem Geständnis fühlte er sich intellektuell gewachsen.

Allem Anschein nach ging es um den Fall Melanie Heise. Nachdem Jens gestern ihren Namen erwähnt hatte, war die Unterhaltung schlagartig abgebrochen worden. Die Wahrscheinlichkeit, dass es ihr Vater war, der sich da für *Gott* hielt, wuchs in seinen Augen.

»Du musst mir da schon ein bisschen auf die Sprünge helfen. Ich bin mir nämlich keiner Schuld bewusst«, sagte Jens.

Nach einer ganzen Weile formulierte sein Gegenüber schließlich eine Antwort, die ihm überhaupt nicht gefiel.

Dann sehen wir uns in 24h wieder.

Was war das? Warum diese Flucht vor dem Dialog? Hatte *Gott* Angst? Mit einem Mal wurde es still im Appartement. Nicht, dass es nicht die ganze Zeit schon leise gewesen wäre, aber plötzlich war gar nichts mehr zu hören.

Der Trockner! Er musste durch sein. Sein monotones Rauschen fehlte. Jens ging nachsehen. Er musste sich die Nase zuhalten, als er die Badezimmertür öffnete. Der Gestank seiner eigenen Fäkalien stach ihm in die Komfortzone seiner westeuropäischen Arroganz. Er stutzte. Das Licht ging nicht an. Auch der Trockner war aus. Komplett. Jens ahnte Übles.

Er ging die ganze Wohnung durch. Raumlicht, Fernseher, Herd, Kühlschrank, Weinhumidor. Alles war aus! Auch die Betätigung der Schalter im Sicherungskasten brachte den Saft nicht zurück.

Jens setzte sich vor seinen Laptop, in dessen Menüleiste nun auch ein Batteriesymbol aufleuchtete, daneben die verbleibende Laufzeit: 2:34.

Die kleine rote Lampe an der Laptop-Kamera leuchtete noch immer. Jens war nach wie vor auf Sendung.

»Na gut. Kannst du haben«, sagte er, sich selbst nicht ganz sicher, ob diese Trotzreaktion seinem ehrlichen Willen entsprach. Dann richtete er sich auf und sprach mit fester Stimme:

»In zweieinhalb Stunden wird dieser Computer keinen Saft mehr haben. Ich werde nichts tun, um das zu verhindern. Spätestens dann kann ich hier gestehen, was ich will. Du wirst es nicht mitkriegen.«

Eine Antwort blieb aus. Nur das rote Licht erlosch. Nun war Jens wieder allein. Ohne Strom.

7

7. September 2015

Ich starrte auf Tais Laptop, als wäre Herr Lamprecht noch zu sehen.

»Wie viel Wasser hat er denn noch?«, fragte ich ernst. Tai fingerte an seinem Handy herum und war in Gedanken nur halb bei mir. Meine Fragerei schien ihm auf die Ketten zu gehen.

»Keine Ahnung. Aber er hat ja noch den ganzen Wein«, beruhigte er mich halbherzig.

Ich war nicht beruhigt. Herr Lamprecht hatte Blut an der Hand. Seine Fenster waren zersplittert.

»Hast du die Wohnung gesehen?«, fragte ich.

»Hast du mal libysche Flüchtlingscamps gesehen?«, entgegnete er. »Dagegen hat er es hier richtig gemütlich.«

Ich erinnerte mich an eine Reportage über das Flüchtlingscamp in Misrata. Da starben Menschen. War das der richtige Vergleich? Es ging doch nicht um Leben und Tod.

»Hätten wir nicht wenigstens ein bisschen nachbohren sollen?«, fragte ich. »Nur um auszuschließen, dass er unschuldig ist?«

Tai legte genervt sein Handy beiseite und drehte sich zu mir.

»O.k.. Was hättest du denn gefragt?« frotzelte er.

Klar war er schlauer als ich, aber den Klugscheißer-Tonfall in seiner Stimme konnte er lassen.

»Hä, wie jetzt?«

»Na um herauszufinden ob er sich schuldig gemacht hat. Welche konkrete Frage hättest du gestellt?«

Ich eierte rum.

»Na ja, ich hätte vorne angefangen und mir seine Version der Geschichte angehört, um nach Ungereimtheiten ...«

Tai lachte gehässig auf.

»Und du glaubst, dass du weiter gekommen wärst als der Richter, der ihn freigesprochen hat?«

Punkt für Tai. Selbst wenn Lamprecht Dreck am Stecken hatte, gab es bestimmt eine wasserdichte Geschichte, die er im Schlaf herbeten konnte.

»Gib ihm einfach Zeit. Er ist noch nicht reif«, sagte Tai und fügte mit albern grollender Stimme hinzu: »Wer gesündigt hat, der wird auch beichten. Aus Angst vor Gottes Zorn.«

Dann nahm er wieder sein Handy zur Hand und tippte eine SMS. Ich schüttelte meinen Kopf über sein religiöses Geschwafel.

»Herr Lamprecht ist Ossi. Der glaubt nicht an Gott«, sagte ich bockig und fragte mich, wie weit wir dieses Spiel mit dem Direktor eigentlich treiben würden. Es durfte nur um die Sache gehen und niemals um die Lust an der Qual. Und bei Letzterem war ich mir, was Tai anging, nicht mehr ganz sicher. Wie konnte er so gelassen sein?

Er steckte sein Handy ein. Irgendetwas hatte ihn zum Grinsen gebracht.

»Hör zu!«, packte ich ihn am Arm. »Wenn er bis Sonntag nichts gestanden hat, ist Schluss, o.k.?«

Meine Entschiedenheit überraschte ihn.

»Hey, sachte, Tschaikowski!«

Er befreite sich aus meinem Griff.

»Wir haben die gleiche Mission, Mann. Du wolltest das doch so! Oder etwa nicht?«

Ich nickte. Das war ja das Problem. Ich wollte es. Ich wollte Gerechtigkeit und wusste überhaupt nicht, ob Unrecht geschehen war. Wir sahen uns tief in die Augen.

»Aber wir tun ihm nicht weh, o.k.?«

Tai nickte. Er nahm meine linke Hand und drückte unsere Wunden gegeneinander.

»Nichts, was du nicht willst, kleiner Jannik.«

Dann setzte er sein galaktisches Lächeln auf und schmolz mich zu Boden.

»Hast du eigentlich schon was vor heut Abend?«

Ich schüttelte den Kopf.

»Sehr gut.«

Er klopfte mit der rechten Hand auf die Tasche, in der sein Handy steckte.

»Ich hab nämlich 'ne Überraschung für dich.«

*

In der Schule war kein großer Wind um Lamprechts Abwesenheit gemacht worden. Ganz im Gegenteil. Die alltägliche Anspannung war einer gewissen Leichtigkeit gewichen. Die Sonne schien freundlich. Die Lehrer lächelten. Und wenn ich nicht gewusst hätte, wo der Direktor steckte, sein Fehlen wäre mir glatt entgangen.

In der großen Pause saßen Tai und ich im Musikraum und hatten Zeit, um vom Fenster aus Herrn Lehmann zu beobachten. Er stand auf dem Hof, streckte seine Nase in den Himmel und ließ die Sonnenstrahlen auf seinem bleichen Gesicht tanzen. Später kam Frau Giese dazu. Sie hatte eine Tupperdose mit Obst dabei. Ohne zu reden, knusperten sie Apfelspalten. Das Bild hatte etwas Friedliches.

Die beiden waren beliebt. Ich konnte dazu nichts sagen, ich hatte nie Unterricht bei ihnen gehabt. Aber die Theaterfahrten von Herrn Lehmann waren legendär.

Jedes Jahr im Frühling fuhr er mit Schülern der Zehnten nach Brandenburg, um mit ihnen ein Theaterstück zu erarbeiten. Im März diesen Jahres ging es um *Frühlingserwachen* von Wedekind. Melanie Heise hatte eine der Hauptrollen gespielt. Und sie muss echt unglaublich gut gewesen sein. Das haben zumindest alle gesagt. Später behauptete sie dann, dass Herr Lehmann sie auf der Fahrt entjungfert habe.

Ich weiß nicht, wer in der Sache log, aber dass Herr Lehmann wirklich mit Melanie geschlafen hatte, konnte ich mir einfach nicht vorstellen. Er war fast vierzig Jahre älter, und außerdem hatte ich mal irgendwo das Gerücht aufgeschnappt, er sei schwul. Vielleicht war es ja auch das, was mich für ihn einnahm. Die Vorstellung, nicht der Einzige in der Schule zu sein, spendete mir Trost.

Schade, dass wir nicht ihn eingesperrt hatten, dachte ich. Er kannte schließlich die Wahrheit.

»Glaubst du, Herr Lehmann hat sie wirklich geknallt?«

»Die Giese?«

»Nein, Melanie.«

Tai zuckte mit den Schultern.

»Keine Ahnung.«

»Kanntest du sie eigentlich?«

»Kaum.«

Er ließ mich am Fenster stehen und setzte sich auf einen Stuhl vors Klavier.

»Gibt's heut keine Musik?«

»Doch, klar«, sagte ich und versuchte mich an Chopins *Regentropfen-Prélude*. Die ersten acht Takte gelangen mir noch ganz gut, zwar sehr langsam, aber mit Ausdruck. Tai tauchte ab, schloss die Augen und machte sich auf Gedankenreise.

Was für eine bildhafte Musik. Das sanfte Pochen der Wassertropfen auf die Fensterscheiben und dieses märchenhafte Wiegenlied als Melodie darüber.

Aus Sorge vor der Basslinie der nächsten elf Takte, wiederholte ich den ersten Teil einfach. Dann aber musste es weitergehen, und keine Minute nachdem ich begonnen hatte, riss eine Folge böser falscher Töne meinen Zuhörer aus seinen Träumen.

»Das klang aber schon mal besser«, sagte Tai und grinste diebisch. »Wohl keine Zeit zum Üben gehabt?«

*

Wir radelten die Frankfurter Allee rauf. Tai wollte mir partout nicht verraten, was mich erwartete. Wir waren wohl um 18:00 Uhr in der Schulze-Boysen-Straße verabredet.

Ich hatte in Geschichte mal einen Vortrag über die Widerstandsgruppen der *Roten Kapelle* gehalten. Harro und Libertas Schulze-Boysen, das waren auch zwei, die nur Gerechtigkeit wollten und am Ende mit ihrem Leben dafür bezahlen mussten. Harro hatte kurz vor seiner Hinrichtung im Dezember 1942 einen unglaublichen Abschiedsbrief an seine Eltern geschrieben, der mich sehr bewegte, weil er so klar und logisch klang.

Im Gegensatz dazu hätte ich nie eine sinnvolle Begründung für mein vorzeitiges Ableben gefunden, auch wenn es Jahre mit großer Todessehnsucht gab. Ein Selbstmord wäre einfach nur egoistisch gewesen und hätte meine Mutter und bestimmt auch meinen Vater fertiggemacht.

Hatte Melanie Heise eigentlich nie daran gedacht, was sie ihren Eltern mit dem Sprung vom Dach antat? War sie tatsächlich so egoistisch? Ich kannte ihren Vater nur vom Sehen. Aber für ihn musste sie alles gewesen sein, sonst würde er niemals mit so bewundernswerter Ausdauer trauern.

Kaum waren wir in die Neubausiedlung rund um die Schulze-Boysen-Straße eingebogen, hörte ich Schuleykas quäkende Stimme. Sie stand vor dem Eingang eines Elfgeschossers gleich gegenüber der Kita und schrie vor Begeisterung.

»Ahhhh! Das Jannik!«

Benutzte sie den Artikel eigentlich absichtlich falsch, oder betrachtete sie mich als Spielzeug? Kaum war ich vom Fahrrad gestiegen, herzte und küsste sie mich und kniff mir tatsächlich, wobei sie es wie ein Versehen aussehen ließ, in den Po.

Auch Tai warf sein Fahrrad in die Ecke. Er küsste Schuleyka wie ein Gentleman die Hand.

»Erzähl, wie war's mit Thommy? Hat er dir das Hirn weggeblasen?«, fragte er sie.

»Ahhhhh! Die Thommy. Soooooo suuuaß und lieb!«, schwärmte sie, während Tai ihr fünfzig Euro zusteckte. Ich konnte mir kaum vorstellen, dass wir vom gleichen Thommy sprachen.

»Ick Thommy Hirn gebuumst!«, sagte sie und lachte dreckig. Dann sprachen die beiden auf Vietnamesisch weiter. Ich hörte zweimal meinen Namen und begann mir Sorgen zu machen. Schuleyka knotete sich mit den Worten »Jannik um!« ein Tuch vom Hals.

»Du sollst dich umdrehen!«, übersetzte Tai für mich. »Sie wird dir jetzt die Augen verbinden.«

Ich wurde panisch. Hatte er Schuleyka tatsächlich dafür bezahlt, dass sie mit mir …?

»Nein, nein, nein, Tai!«, rief ich aus. »Als ich gesagt hab, dass ich noch Jungfrau bin, sollte das nicht heißen, dass ich das unbedingt ändern will.«

Tai sah mich mit verwirrtem Blick an.

»Nicht?«

»Nein!«, flehte ich ihn an.

Also, mit dir würde ich schon, aber doch nicht mit Schuleyka, schob ich in Gedanken hinterher.

»Ach so, ich dachte, du wolltest dich mal so richtig durchnudeln lassen?«

Ich schüttelte den Kopf. Dann sprach Tai wieder Vietnamesisch mit Schuleyka, und beide brachen in schallendes Gelächter aus.

Tai klatschte mir seine Handfläche auf die Stirn.

»Augen zu jetzt, du Perversling! Heute wird nicht gefickt.«

»Und wofür der Fuffi?«, fragte ich erleichtert.

»Für Thommy, du Honk!«

Schuleyka und Tai führten mich mit verbundenen Augen ins Treppenhaus. Wir fuhren mit dem Fahrstuhl. Es musste relativ weit oben sein.

Nachdem wir ausgestiegen waren, gingen wir vier Schritte nach links und standen vor einer Wohnungstür, zu der Schuleyka einen Schlüssel zu haben schien.

Es roch muffig, als wir die Wohnung betraten. Nach altem Schweiß, aufgewärmtem Tiefkühlessen und kaltem Zigarettenqualm, nach Staub, Rasierwasser und Desinfektionsmittel. Tai schob mich durch einen kleinen Flur, links in ein Zimmer und stellte mich mittendrin ab.

»Jetzt gucken!«, sagte Schuleyka und knotete mir das Halstuch von den Augen.

Ich stand in einem Musikzimmer. Alles war voll von Schallplatten, CDs und Partituren. Perfekt sortiert und gepflegt. Das musste jemandem gehören, der wirklich Ahnung von klassischer Musik hatte. Hochwertige Stereolautsprecher waren im Raum verteilt und hingen an einer alten japanischen Anlage mit Kassettendeck und Plattenspieler. Meine Augen leuchteten beim Anblick der Sammlung. Ich sah Schuleyka und Tai fragend an. Sie schmunzelte. Er sprach.

»Ja, also, es ist so. Schuleyka hat sich ein-, zweimal die Woche um einen älteren Mann gekümmert.«

Er drehte sich zu Schuleyka.

»Hast du ihn gepflegt, oder …?«

Tai ließ einen anzüglichen Pfiff los. Schuleyka stupste ihm gegen die Schulter.

»Ach, is dock beides gleiches!«, sagte sie süffisant und forderte ihn auf weiterzureden.

»Na ja, und dieser alte Mann, der ist jetzt leider gestorben. Und weil Schuleyka mit dem ganzen Zeug hier nichts anfangen kann, dachte sie …«

Schuleyka warf ihre Arme in die Höhe und schrie:

»Was deine willst du gehören!«

Tai lachte und rief korrigierend: »Was du willst, gehört dir!«

»Echt?«

Ich bekam glasige Augen vor Rührung und Freude. Dann fielen wir uns alle in die Arme.

Das Glück kribbelte mir durch den ganzen Körper. Es mussten an die 1500 CDs und über 2000 Platten sein, und ich wollte jede einzelne. Es waren echte Raritäten dabei. Das zweite und dritte Klavierkonzert von Tschaikowski, in der Aufnahme mit Gilels am Klavier, seine kompletten Orchestersuiten, alle seine Opern. Überhaupt, meine ganzen geliebten Russen: Borodin, Rimski-Korsakow, Glasunow, Prokofjew, Skrjabin und Rachmaninow. Sogar Mussorgskis *Jahrmarkt von Sorotschinzy* in der Aufnahme der Komischen Oper aus der Eröffnungssaison von 1948. Außerdem Werke von DDR-Komponisten wie Matthus, Goldmann, Hohensee, Dittrich oder Ruth Zechlin, von denen ich noch nie eine Note gehört hatte.

Ich hatte mir noch nicht mal ansatzweise einen Überblick verschafft, da fragte mich Tai bereits, wie lange ich noch gucken wolle, es sei immerhin schon eine Dreiviertelstunde vergangen.

»Echt?«, wunderte ich mich.

Auf einer der Platten stand das Rosenkavalier-Zitat »Die Zeit ist ein sonderbar Ding«.

Ich zeigte es Tai amüsiert.

»O.k., Tschaikowski«, sagte er streng und reichte mir eine große blaue Tüte.

»Du packst dir jetzt die Tüte voll. Mehr kriegen wir sowieso nicht weg. Und zwar nur mit CDs. Den Rest schaffen wir in den nächsten Tagen zu dir nach Hause, klar?«

Ich nickte, packte und strahlte heller und schöner, als ein Reaktorblock in Fukushima.

Beim Abschied kniff mir Schuleyka ein weiteres Mal in den Hintern. Ich ließ sie gewähren. Sie hatte sich mit dieser Aktion ein lebenslanges Hinternkneifrecht bei mir erworben. Sie wusste das und ich auch. Dann fuhren wir zu Tai.

*

Wir saßen in seinem Zimmer vor dem Computer und sahen uns die Videoaufnahmen von gestern an. Meine Fresse, waren wir zugedröhnt. Meine Eltern mussten blind gewesen sein, dass sie nicht gemerkt hatten, wie bekifft wir waren.

Unser Getanze hatte von außen betrachtet leider gar nichts Elegantes, kein Fünkchen der Schwerelosigkeit, die ich empfunden hatte. Auch der Geiger, den ich wie einen neuen Paganini abgefeiert hatte, klang wieder so grausig wie immer.

Mein Handy vibrierte. Es war Mama. Sie reagierte auf eine Nachricht, die ich ihr vor 'ner halben Stunde geschrieben hatte.

Hab mit Papa gesprochen.
He is not amused, aber 22 Uhr geht o.k.
Nicht später! Viel Spaß mit deiner Musik
Mama

»Yes!«, stieß ich aus. Tai sah mich fragend an.

»Bis zehn kann ich bleiben.«

Er schüttelte den Kopf.

»Du bist siebzehn, Alter!«

»Ja, aber mein Vater ist nicht so cool wie deiner«, sagte ich und antwortete Mama.

Bist die Beste.
Hdgdl! Janni

Dann sahen wir uns eine Weile die Wutausbrüche von Herrn Lamprecht an, die Wichsszene von Samstagmittag und ein paar Klassiker vom Freitagabend.

Das Material war gar nicht mehr so lustig wie noch am ersten Tag. Es hatte seine Unschuld verloren. Und wenn wir diesmal darüber lachten, dann nur in Erinnerung daran, wie wir uns beim ersten Mal gekrümmt hatten.

Irgendwann bat ich Tai, mir etwas vom April zu zeigen, von seinen ersten Besuchen in unserem Musikraum.

Sämtliches Videomaterial hatte er auf einer einzigen Festplatte. Er klickte sich durch ein paar Ordner, die er nach einem undurchsichtigen System angelegt hatte, das ich nicht verstand, und öffnete eine Datei. Sofort war es die richtige.

Ich sah mich selbst, wie ich verlegen und zittrig das kleine *Andantino* von Chatschaturjan spielte.

Es war kein halbes Jahr her, und trotzdem saß da ein anderer Junge am Klavier als jener, der dieses Video jetzt schaute. Ich wusste noch genau, was mir durch den Kopf gegangen war, als Tai diese Aufnahmen machte. Die Angst, die ich hatte, die Erregung, die ich spürte, die Unsicherheit und die planlose Verliebtheit. Alles war sofort wieder präsent.

Ich sah grauenhaft aus. Melonenrote, speckige Wangen, Doppelkinn und glänzende Stirn, wie ein schwitzendes Schweinchen.

Inzwischen war ich vielleicht nicht hübscher, aber doch wesentlich erwachsener geworden. Und das lag an Tai. Ich sah zu ihm auf und himmelte ihn an.

»O.k., dank dir. Mach das bitte aus! Ist schwer zu ertragen, wenn man sich selber so sieht.«

»Kenn ich«, sagte er und schloss das Videofenster.

»Hast du Melanie Heise auch mal gefilmt?«

Tai schüttelte den Kopf und legte sich aufs Bett.

»Spiel mir was vor! Etwas, das du von Schuleyka mitgenommen hast«, sagte er und versuchte mich damit abzulenken. »Gerne wieder Tschaikowski.«

Ich spürte, dass nicht stimmte, was er über Melanie gesagt hatte. Ich sah die kleine Festplatte blinken, wie eine leuchtende Schatzkiste, die unzählige, längst vergessene Momente von banalem Alltag konservierte, die mit Abstand betrachtet vielleicht eine ganz neue Bedeutung bekamen. Bestimmt hatte er Melanie gefilmt. Er hatte alles und jeden schon einmal gefilmt.

Ich warf die CD mit Tschaikowskis Klavierkonzerten in den Rechner und startete den 2. Satz – *Andante non troppo* seines *2. Klavierkonzertes, G-Dur op. 44.*

»Das zweite Klavierkonzert ist ein Außenseiter«, sagte ich und legte mich neben Tai aufs Bett.

»Es lebt zurückgezogen und unbeachtet im Schatten seines berühmten Bruders, des ersten Klavierkonzerts.«

»Dann passt es zu uns«, erwiderte Tai. »Ich hab es jetzt schon lieber, obwohl ich beide nicht kenne.«

Er drehte sich auf die linke Seite und wandte mir den Rücken zu. Die Musik begann. Nach drei langen Seufzern der Streicher setzte das elegisch singende Klavier ein. Ich spielte mit meinen Fingern auf Tais Rücken den Solopart. Ganz sachte, so wie Emil Gilels in der Aufnahme. Und nach einigen Takten, mitten in eine Pause hinein und bevor Cello und Violine in fließenden Bögen, einem Sonnenaufgang gleich, dem traurigen Tasteninstrument das Licht brachten, zog Tai sein T-Shirt aus.

»Mach weiter!«, hauchte er und brachte fast mein Nervensystem zum Kollabieren.

Sein Nacken duftete nach Leben und Regen und Erfüllung und Erdöl, nach satten Moll-Akkorden und frechen Quinten, nach Sommerwind und Waldboden. Und das alles lag nun entblößt direkt vor meiner Nase.

Ein karamell-oranges Meer aus unzähligen sich nach Berührung sehnenden Poren, verwunschenen Leberfleck-Atollen und winzigen, durchsichtig flimmernden Härchen, lud mich ein, auf ihm zu segeln. Also begann ich ihn zu kraulen. Meine Finger stachen in See und zogen, welche Straßen auch immer sie querten, Bahnen von Gänsehaut hinter sich her.

Tschaikowski ließ, als ob er bei uns wäre und nur für diesen Augenblick komponierte, seine Streicher dazu schmachten, dass ich sie reicher, weicher, matter und satter noch nie gehört hatte.

Dann drehte sich Tai nach einer Weile auf den Rücken,

verschränkte seine Arme hinter dem Kopf und servierte uns seine Vorderseite.

»Mach weiter, das ist herrlich!«, brummte der Märchenprinz aus dem fernen Osten.

Tschaikowski bekam fast einen Schluckauf vor Erregung. Er war da nicht der Einzige. Die Sologeige schnappte einige Male nach Luft, dann atmeten wir beide in einem satten Tutti-Akkord einmal kräftig durch.

Tschaikowski brachte seinen Orchesterapparat wieder unter Kontrolle und ich mit meinen schlittschuhlaufenden Fingerspitzen Tais Oberkörper zum Frösteln. Ich fuhr mit meinen Kufen um die Brustwarzen herum, bis sie zu stolzen Bergkristallen versteinerten, drehte Pirouetten über die granitgehärtete Hügelkette seiner Bauchmuskeln und glitt zum strudelnden Schlund seines Nabels hinab, dem ich, da er mich im Ganzen aufzusaugen drohte, nur knapp und mit aller Beherrschung entkam.

Nachdem Tschaikowski, der sich völlig verausgabt hatte, das Stück mit einigen leisen Klavierarpeggien ausklingen hatte lassen, kam meine Hand auf Tais Brust zu liegen; und in die Stille hinein, abgekoppelt von Verstand und Logik, brachte mein kleines, bebendes Herz plötzlich meine Stimme zum Sprechen: »Ich liebe dich«, sagte sie, laut und vernehmlich, und ich erschrak zu Tode über mich selbst.

In dem Moment klingelte mein Telefon. Wie ein von der Gesamtsituation überforderter Vollpfosten ging ich ran und hatte meine aufgebrachte Mutter am Ohr.

»Jannik, wo bleibst du? Es ist zehn nach zehn! Papa is' auf hundertachtzig!«

»Echt? Schon so spät? Das hab ich gar nicht mitgekriegt.«

Plötzlich rauschte der 3. *Satz* des Klavierkonzertes los. Ein wildes *Presto* von gewaltiger Kraft und ohrenbetäubender Lautstärke. Tai zuckte zusammen. Ich auch.

»Jannik, was machst du denn?«

»Ja wir hören, also ich höre Musik.«

»Ja das hör ich auch. Mach das leiser und komm sofort nach Hause, verstanden?«

Dann legte Mama auf.

Tai sah mich fragend an. Ich wusste nicht, was ich sagen sollte.

»Ich muss los«, stotterte ich, zuppelte meine Sachen zurecht und ließ den halbnackten Märchenprinzen mit seinem somnambul umnachteten Schlafzimmerblick in seinen Gemächern zurück.

»Schade«, sagte Tai.

»'tschuldigung«, erwiderte ich, verließ sein Zimmer mit meiner blauen Tüte voller CDs und hasste mich dafür.

*

Mindestens drei der sechs Nachtstunden, die mir abzüglich Heimweg und Standpauke noch geblieben waren, verbrachte ich mit der Frage, wohin sich dieser Abend noch entwickelt hätte. Dreimal musste ich mir zum Ergebnis meiner Überlegungen die Reben rütteln, ehe sich mein Körper langsam abkühlte. Danach beherrschte die zweite große Frage dieser Nacht meine Gedanken und fraß die übrigen drei Stunden Schlaf: Hatte er mein Liebesgeständnis gehört?

Er musste, er war wach, und ich hatte laut gesprochen. Aber wir hatten ihm kein Fünkchen Reaktionszeit gelassen, meine Eltern, Tschaikowski und ich.

Wenn er es wirklich gehört hatte, was ging dann jetzt in ihm vor? Musste er nicht irgendetwas erwidern? War es nicht an ihm, wenigstens ein kleines Zeichen zu senden? Eine SMS vielleicht? Ich erwartete ja nicht gleich ein *Ich dich auch*. Oder, was mich zweifelsohne umgebracht hätte, ein *Du bist nett, aber ich dich leider nicht*. Aber wenigstens ein winziger Gruß, der mich nicht so im Regen stehen ließ, musste doch drin sein. *War schön, dass du da warst*, oder: *Schlaf gut, tschaikowski*, oder wenigstens: *vergiss nicht, deinem vadder die klöten zu lecken*.

Aber nichts kam. Mein Handy blieb stumm, und mir verlangte es die größte disziplinarische Leistung meines bisherigen Lebens ab, ihm nicht zu schreiben.

*

8. September 2015

Kurz vor sechs klingelte mein Wecker. Und obwohl ich kaum ein Auge zugetan hatte, war ich hellwach.

Wir saßen zu dritt am Frühstückstisch. Die Stimmung meiner Eltern hatte sich gebessert. Das heißt, Papa schwieg und Mama hatte gute Laune. Ich konnte also endlich meiner Begeisterung Luft machen und von dem unglaublichen Geschenk sprechen, das mir … ich geriet ins Stocken.

Meine Beziehung zum großzügigen CD- und Plattenspender war nicht so einfach zu erklären, wenn man die Worte »Prostituierte«, »Freier« und »verstorben« nicht in einen Kontext mit mir und Tai bringen wollte.

»Tais Cousine Schuleyka«, log ich mich um die Fakten herum, »arbeitet als Krankenpflegerin, und nun hat einer ihrer Patienten leider das Zeitliche gesegnet.«

»Aha. Und wie kommt sie dazu, ausgerechnet dir seine CDs zu schenken?«, fragte Mama in ihrer grenzenlosen Naivität.

»Na, weil Schuleyka eigentlich ’ne Transfrau ist, die auf

dicke Jungs steht, was ich daran merke, dass sie mir gerne in den Hintern kneift oder mit den Zehen im Schritt rumspielt. Darf ich jetzt endlich über das Wesentliche sprechen, über die Musik?«

Wenn ich nur den Mut aufbrächte, meinen Eltern in dieser Weise die Wahrheit zu sagen. Vielleicht würden allein ihre Blicke die Konsequenzen schon wert sein. Aber meine Eltern wollten nun mal belogen werden.

»Is doch alles Klassik, Mama. Dafür interessiert sich heute keiner mehr.«

Mein Allgemeinplatz hatte funktioniert. Mama goss sich ohne weitere Nachfragen Rote-Beete-Saft in ihren Frühstücks-Fitness-Qinoa-Pamps und freute sich über mein Glück.

»Papa, ich wollte dich eh fragen, ob du mir mit deinem Auto helfen könntest, die ganzen Sachen zu transportieren.«

Er nickte argwöhnisch und biss in sein Brötchen.

»Wie viel ist das denn?«

»Nur ein paar Kisten, aber da ist so wahnsinnig tolles Zeug dabei, das könnt ihr euch gar nicht vorstellen.«

»Erzähl mal!«, forderte Mama mich auf, und ich legte los. Wahrscheinlich wurde mein Vortrag ein bisschen zu lang. Ich erzählte von der so selten gespielten Mussorgski-Oper und den DDR-Komponisten, ich sprach über Wagner und Strauss, über *Moses und Aron* und die Berlioz'sche Instrumentationslehre, die ich in der Sammlung des alten Herrn gefunden hatte. Jedenfalls endete das Frühstück damit, dass mein Vater aufstand und zu mir sagte: »Zieh dich mal an! Ich fahr dich heut zur Schule. Wir müssen reden.«

Ich sah Mama fragend an. Aber die sagte nur kurzatmig: »Männergespräche, Janni. Da halte ich mich lieber raus.«

Ihr Blick ging leicht säuerlich zu Papa.

»Stimmt's, Micha?«

Der nickte wohlwollend, als ob er einen Kampf gewonnen hätte, und verließ die Stube. Mir wurde flau im Magen.

*

Papa und ich saßen im Auto. Die Sonne knallte. Es schien ein außergewöhnlich heißer Tag zu werden. Ich schwitzte auch so schon.

Papa hielt den Blick stur geradeaus auf die Straße. Wenn es ein peinliches Gespräch werden sollte, dann musste er mir dabei wenigstens nicht in die Augen sehen. Er schien eine Weile über seinen Einstieg zu grübeln. Dann stotterte er los.

»Lass uns die Sache von heute Morgen zum Anlass nehmen …« Er stockte.

Welche Sache meinte er?

»Deine Musik zum Beispiel.«

Gut, ich war etwas ausufernd in meiner Begeisterung.

»Ich habe das Gefühl, dass Dinge in deinem Leben eine große Rolle spielen …«

Er sprach unglaublich langsam und achtete auf jedes Wort.

»… die in deinem Alter eigentlich gar keine so große Rolle spielen sollten. Oder andersherum. Ich habe das Gefühl, dass gewisse Dinge, die in deinem Alter eine große Rolle spielen sollten, eher keine Rolle spielen. Verstehst du, was ich meine?«

Ich befürchtete, dass ich sehr genau verstand. Es ging um Sexualität und Mädchen.

»Nein?«, sagte ich.

»Na ja, guck mal. Deine Musik und so. Das ist ja schön und gut. Aber es gibt ja auch noch andere interessante Dinge im Leben eines Heranwachsenden.«

Papa erwartete irgendeine Reaktion. Ich sagte nichts.

»Mama und ich, wir freuen uns ja sehr, dass du jetzt einen Kumpel hast und endlich ein bisschen Anschluss in der Schule. Aber der Tai, der ist ja, nun ja, der is' ja auch nur ein Junge.«

Es war die Hölle. Auch für Papa.

»Und dann die Sache mit dem Wasserball beziehungsweise mit deinem Übergewicht. Oder auch deine Stimme, weißt du?«

Papa sah kurz zu mir herüber. Ich schenkte ihm nicht den Erfolg eines Blickes, aus dem er irgendetwas hätte ablesen können.

»Die ist ja relativ hoch für einen Jungen in deinem Alter. Und der fehlende Bartwuchs, der kommt ja auch noch dazu. Und dann natürlich der, also dein …« Wieder stockte Papa. Vollkommen zu Recht.

»… also untenrum. Ich hab dich ja jetzt eine Weile nicht nackt gesehen, aber, ich meine, ist er denn gewachsen?«

Ich wollte weg. Ich wollte einfach nur weg.

»Jetzt sag doch mal!«

Wie? Was sollte ich denn darauf sagen?

»Bist du zufrieden mit der Länge, also mit dem Wachstum deines …?«

Ich schüttelte wahrheitsgemäß den Kopf.

»Na siehst du!«, sagte Papa und wuschelte mir mit seiner rechten Hand durch die Haarpracht. »Da kann man doch was machen!«

Jetzt war ich überrascht. Was bitte, sollte man denn da machen können? Wollte er mir eine dieser Penispumpen schenken, für die er zweimal die Woche E-Mail-Werbung bekam, oder was?

»Du musst nämlich wissen, ich hab mir da so meine Gedanken gemacht.«

Papa wurde lockerer.

»Auch mit deiner Mutter. Die sieht die Dinge naturgemäß etwas anders, aber im Grunde sind wir uns einig.«

Jetzt sah ich ihn doch an, und da wir in diesem Moment an einer roten Ampel hielten, er mich auch.

»Was dir fehlt, mein Sohn, sind männliche Hormone.«

Papa präsentierte mir seine Erkenntnis wie einen nobelpreisverdächtigen Durchbruch.

»Nein, Papa, ich bin schwul«, hätte ich sagen können, und dieses schreckliche Gespräch wäre mit großer Wahrscheinlichkeit beendet gewesen. Den Mut dazu fand ich aber nicht. Er hatte ihn ja auch nicht gefunden und lieber die Hormonkeule ausgepackt, statt auf den Punkt zu kommen.

»Und deswegen habe ich für heute Nachmittag einen Termin bei unserem Sportmediziner Dr. Seitzer für dich gemacht. Der kennt sich mit Hormonen aus.«

Die Ampel schaltete auf Grün, und ich sah rot.

»Wann denn heut Nachmittag?«, fragte ich entgeistert.

»Um vier. Ich hol dich von der Schule ab, und dann fahren wir da zusammen hin.«

Nein, nein, nein! 16:00 Uhr waren wir mit Herrn Lamprecht verabredet. Ich hatte keine Zeit für diesen Schwachsinn. Ich wollte auch keine Hormone. Ich wollte Tai und meine Ruhe. Dafür brauchte ich keinen Sportmediziner.

»Können wir das nicht ein andermal machen?«

»Nein! Das machen wir heute. Dr. Seitzer ist total ausgebucht. Wir können froh sein, dass er uns überhaupt so kurzfristig dazwischenschiebt.«

Papa massierte kumpelhaft meine linke Schulter.

»Ich will doch nur dein Bestes«, sagte er und nickte sich anerkennend zu.

*

Die Hofpause verbrachte ich das erste Mal seit April allein im Musikraum. Tai kam nicht. Er hatte den ganzen Schultag schon gefehlt.

Inzwischen hatte ich ihm ein Rudel Kurznachrichten geschrieben.

Kein Bock auf Schule heute?

Fuck! Test beim Bussmann nächste Woche.

Kommst du noch, oder bist du krank?

Hab 16h verschissenen Arzttermin mit Vaddern, wartest du auf mich, bevor du ins Verhör gehst?

Hallo?

Gib mal 'n Piep von dir. Mach mir Sorgen.

Ist was mit L.?

Keine davon hatte er empfangen oder gelesen, was ich an den kleinen grauen Häkchen der App erkennen konnte, die sich beharrlich weigerten, ihre Farbe zu wechseln.

Ich übte am *Regentropfen-Prélude*, damit auch die linke Hand tat, was Chopin sich wünschte. Ich kam aber nicht weit. Meine Gedanken kreisten um Tai und Herrn Lamprecht.

Geil, morgen hitzeverkürzt!, schrieb ich, ohne Hoffnung auf eine Reaktion.

Es war ein brütend heißer Tag, und morgen sollte es noch wärmer werden. Herr Lamprecht hatte keinen Strom. Damit musste auch seine Klimaanlage ausgefallen sein. Nicht, dass er erstickte? Ich kannte mich mit den Belüftungssystemen nicht aus, aber Tai hatte behauptet, dass er auch ohne Strom genug Frischluft über die Lüftungskanäle bekam. Warum nur antwortete er mir nicht?

»Warum verdammte Scheiße antwortest du nicht?«, brüllte ich plötzlich in den Raum und schlug dreimal mit den Fäusten auf die Klaviatur. Die Schnittwunde an meiner linken Hand platzte auf und begann zu bluten. Ich griff erneut nach meinem Handy und tippte.

Hab ich irgendwas falsch gemacht? Wenn ja, sag mir bitte, was. Ich ertrage dein Schweigen nicht. Tschaikowski

Jetzt war ich genau in die Falle getappt, vor der mich in der Nacht noch die eiserne Disziplin bewahrt hatte.

Sollte ich dich irgendwie überrumpelt haben, dann tut es mir leid.

Solche Sätze schrieb man nicht per SMS, schon gar nicht, wenn man die Antworten darauf nicht kannte. Aber ich konnte nicht anders, es musste raus. Ich hatte plötzlich solche Angst, Tai zu verlieren.

Es war die Musik, ich war so durcheinander mit den Gefühlen. Wenn ich gesagt habe, dass ich dich liebe, dann meinte ich das nicht so, wie es vielleicht klang. Also ich liebe dich, aber so wie man seinen großen Blutsbruder liebt.

Ich schrieb mich um Kopf und Kragen.

Antworte doch mal bitte!

Glücklicherweise bewahrte mich die Klingel vor weiteren Dämlichkeiten.

*

Pünktlich 15:35 Uhr stand Papa vor der Schule.

»Tai war da«, sagte er, als ich ins Auto stieg.

»Was? Wo?« Sofort war ich hellwach.

»Zu Hause. Er hat zusammen mit seiner Cousine die ganzen Platten und CDs gebracht.«

»Ehrlich?« Meine Stimme überschlug sich. Ich versuchte sie sofort unter Kontrolle zu bringen und sprach eine Oktave tiefer.

»Wie haben sie die denn transportiert?«, fragte ich.

»Mit so ’nem kleinen Lieferwagen. Zwölf Umzugskartons, mein lieber Scholli. Wann willst du das denn alles hören?«

Dämliche Fragen meines Vaters ließ ich grundsätzlich unbeantwortet stehen.

Wir schwiegen einen Moment. Ich hatte Zeit, Tais Handeln zu überdenken. Wenn er mir die Umzugskisten gebracht, mit Schuleyka sogar noch einen Lieferwagen organisiert hatte, dann war er doch gar nicht sauer auf mich oder vom letzten Abend überrumpelt. Vielleicht hatte er nur sein Handy vergessen, oder der Akku war alle? Ich war so ein Idiot! Warum hatte ich ihm diese ganzen Nachrichten geschrieben?

»Und sag mal, seine Cousine?«, riss mich Papa aus meinen Gedanken und pfiff anerkennend. »Gefällt sie dir?«

Ich schmunzelte über seine Ahnungslosigkeit. Ganz offensichtlich schien sie *ihm* zu gefallen.

»Die muss dich ja ganz schön gern haben, wenn sie dir das alles schenkt?«

Ich zuckte in dieser leicht überheblichen Art, die alles bedeuten kann, mit den Schultern, die ich mir von Tai abgeguckt hatte. Mein Vater explodierte fast vor Begeisterung.

»Du alter Schwerenöter!«

Er boxte mir gegen den Arm.

»Das hätt ich dir ja gar nicht zugetraut.«

Ich sah lächelnd aus dem Auto und freute mich, dass wir uns so gut verstanden.

*

Wir saßen im Wartebereich von Dr. Seitzers Praxis. Schwer zu sagen, wer von uns nervöser war. Papa wippte heftig mit seinen Beinen. Ich versuchte mir die Unruhe nicht anmerken zu lassen.

Dr. Seitzer kam mit großer Würde aus seinem Sprechzimmer geschritten. Der hinterherschwebende weiße Kittel verlieh ihm aristokratische Anmut. Er trug eine große, runde Brille, hatte schütteres Haar und ein freundliches Lächeln. Papa sprang auf und begrüßte ihn.

»Grüß dich, Heiko!«

»Hallo, Micha«, erwiderte der Arzt.

Dann zeigte Papa auf mich.

»So, das isser!«

Dr. Seitzer lächelte mich an und gab mir die Hand.

»Jannik, weißt du eigentlich, dass ich mit deinem Vater zusammensaß, als du geboren wurdest? Wir haben die ganze Nacht auf dein Wohl angestoßen.«

Dr. Seitzer sah zu meinem Vater.

»In Perth war das, weißt du noch?«

Papa nickte stolz.

»WM 98.«

»Genau, und am Ende der Nacht hattest du sämtliche Trainer und Betreuer abgefüllt, nicht nur unsere Mannschaft, auch die Russen, Chinesen und Mexikaner mussten ran. Keiner durfte ins Bett, ohne einen Jannik-Saft getrunken zu haben.«

Dann sah der Doktor wieder zu mir.

»So stolz war dein Vater damals auf dich.«

Es entstand eine unangenehme Pause, die Papa sofort nutzte, um auf den Punkt zu kommen.

»Ja, also, ich hatte ja schon angesprochen, dass Jannik gewisse Schwierigkeiten in manchen Dingen hat. Sein mangelnder Bartwuchs, sein Übergewicht …«

Ich versank im Stuhl vor Scham.

»Die hohe Stimme, und letztendlich ja auch die ganzen Geschichten unten …«

»Is' gut, Micha!«, unterbrach Dr. Seitzer meinen Vater und rettete mich. »Ich glaube, da reden Jannik und ich besser alleine drüber, oder?«

Der Doktor lächelte mich an, und ich konnte gar nicht so viel nicken, wie ich seiner Meinung war. Papa ließ sich aber nicht so schnell abwimmeln.

»Ich wollte ja einfach nur mal, dass du guckst, welche Ursachen dafür in Frage kommen könnten.«

»Micha!«, unterbrach Dr. Seitzer seinen Ehrgeiz abermals. »Wir machen das schon.«

Dann ließ er ihn im Wartebereich sitzen und nahm mich mit ins Sprechzimmer.

»Danke«, sagte ich erleichtert, als der Doktor die Tür hinter uns schloss. Während ich Platz in einer Rattan-Sitzgruppe nahm, goss er Tee in zwei Tassen.

»Zucker?«, fragte er.

Ich nickte. Dann stellte er die beiden Teetassen auf dem kleinen runden Glastisch vor uns ab, setzte sich mir gegenüber und fragte mit der perfekten Mischung aus Offenheit, Ernst, Vertrauenswürdigkeit und natürlicher Autorität: »Wo drückt denn der Schuh, Jannik?«

Obwohl er meinen Vater duzte und ich noch nie mit jemandem darüber gesprochen hatte, fand ich auf einmal die Kraft, ehrlich zu sein.

»Es liegt nicht am Bartwuchs«, sagte ich leise, aber bestimmt. »Die Frage ist eher, was Sie gegen Homosexualität tun können?«

Dr. Seitzer lächelte milde.

»Ist es denn so?«

Ich nickte. »Glaub schon.«

Er nahm einen Schluck Tee.

»Nun, Jannik, das kann man sich nun mal nicht aussuchen. Man wird so geboren, wie man ist.«

»Papa will, dass Sie mir Hormone geben. Er glaubt, dass mir nur ein bisschen Testosteron fehlt.«

Der Doktor schmunzelte in sich hinein und schüttelte unmerklich den Kopf.

»Pass mal auf, Jannik, vielleicht ist es nur eine Phase. Du bist jung, hast dich eventuell verliebt, deine Hormone machen mit dir sowieso schon, was sie wollen. Aber gehen wir mal davon aus, dass dein Eindruck nicht trügt und du schwul bist. Dann solltest du dich niemals fragen, was man *dagegen* tun kann, sondern was man genau *damit* alles Schönes machen kann. Wie alt bist du?«

»Siebzehn.«

»Hey, ich gratuliere! Du bist siebzehn und schwul und lebst in Berlin! Was Besseres kann dir gar nicht passieren. Such dir einen anderen schwulen Jungen und werd glücklich! Oder von mir aus auch mehrere, solange du verhütest.«

Es klang so unfassbar leicht aus seinem Mund. Dabei war alles so viel schwerer.

»Und Hormone helfen gar nicht?«

Dr. Seitzer schüttelte den Kopf.

»Nein, Jannik. Ich könnte dich zur Frau machen. Aber das ist nicht das, was du willst, nehme ich an.«

Ich dachte an Schuleyka und schüttelte vehement den Kopf.

»Gegen Übergewicht hilft Bewegung, und deine Stimme ist, wie sie ist. Du bist halt Tenor und kein Bass.«

Damit konnte ich leben. Die Tenöre hatten immer die schöneren Arien, und Nemorino aus dem *Liebestrank*, Nadir aus den *Perlenfischern* oder Tamino aus der *Zauberflöte* lagen genau auf meinem Tonumfang.

»Bartwuchs setzt bei dem einen früher, bei dem anderen später ein, und falls das wirklich ein Problem für dich sein sollte, auch dein Penis wird länger, wenn dein Bauch schrumpft. Nur als kleiner Anreiz: 1 bis 1,5 Zentimeter auf zehn Kilo.«

»Echt?«

»Echt! Ich geb dir mal ein bisschen Material von der Ernährungsberatung mit.«

Ich war geplättet und rechnete nach. Ich hatte etwa dreißig Kilo zu viel auf den Rippen. Das machte dann um die vier Zentimeter. Meine Fresse! Vier Zentimeter mehr oder weniger, das war ein gewaltiger Unterschied. Warum hatte man mich mit diesem Totschlagargument nicht schon früher gelockt? Der Doktor drückte mir ein paar Broschüren in die Hand und setzte sich wieder.

»Aber können Sie mir vielleicht trotzdem etwas Blut abnehmen? Für Papa?«

»Ist es denn so schlimm?«

Ich zuckte mit den Schultern.

»Ich hab Angst vor ihm.«

Seinen Stolz über die Geburt eines Sohnes hatte ich mein Leben lang mit Füßen getreten. Statt Fußball interessierte mich die Oper, statt Currywurst Vitello Tonnato, statt Schwarzenegger liebte ich Romy Schneider, und meine beiden linken Hände brachten Papa zur Verzweiflung. Ich war einfach nicht der Sohn, den er sich gewünscht hatte, und das trat immer deutlicher zutage, je älter ich wurde.

»Ich will ihn nicht enttäuschen«, sagte ich.

»Aber dein Vater ist auch nicht blind, Jannik.«

»Was mich angeht, schon.«

»Dann ist euer großes Problem vielleicht die Kommunikation.«

Dr. Seitzer stand auf und holte Werkzeug, um mir Blut abzunehmen. Er schnürte mir den Oberarm ab und desinfizierte die Armbeuge.

»Irgendwann werdet ihr drüber sprechen müssen. Und glaub mir, Jannik, danach wird alles besser sein.«

Er nahm mir Blut ab und klebte ein kleines Pflaster auf die Einstichwunde.

»So, den Arm ein paar Minuten gebeugt halten und mit dem Daumen aufs Pflaster drücken. In einer Woche wissen wir, dass dein Hormonhaushalt vollkommen in Ordnung ist.«

Dann zog Dr. Seitzer aus seiner Schreibtischschublade ein halbes Dutzend Kondome hervor und drückte sie mir in die Hand.

»Dein Vater wird schon drüber hinwegkommen. Der hat schon ganz andere Wunder vollbracht. Viel Erfolg, Jannik!«

Ich verstaute die Kondome in meiner Hosentasche und verabschiedete mich dankbar vom Doktor.

Als ich die Tür öffnete, stieß ich sie gegen den Kopf meines Vaters. Er hatte am Schlüsselloch geklebt, um etwas von unserem Gespräch mitzukriegen. Besorgt sah ich zu Dr. Seitzer, der mich mit beschwichtigendem Kopfschütteln beruhigte.

*

Der Rest des Tages verlief nicht ganz so glimpflich wie der Arztbesuch. Zurück im Auto, kramte ich mein Handy hervor und sah, dass Tai alle meine Nachrichten gelesen hatte, ohne sie zu beantworten. Spätestens jetzt musste er mich für einen Vollidioten halten.

Trotz meiner puren Verzweiflung zwang ich mich, keine weitere SMS zu verschicken, und raste, kaum dass wir zu Hause angekommen waren, mit dem Fahrrad zu Lamprechts Hochhaus.

Als ich durch die verschlossene Eingangstür ins Foyer blickte, erkannte mich Thommy und öffnete die Tür. Auch er hatte Tai am heutigen Tag noch nicht zu Gesicht bekommen.

Nachdem ich mir dank seiner neusten Illustrationen ein genaueres Bild von Schuleykas Intimbereich und den Details ihres gestrigen Liebesabenteuers machen hatte dürfen, verabschiedete ich mich reizüberflutet und steuerte gedankenverloren die Fahrstühle an.

Thommy pfiff mich zurück und fragte mich, seiner Aufgabe als Concierge vorbildlich nachkommend, was ich im Haus zu suchen hätte. Ich log irgendwas von einem Ausblick über die Stadt, den ich für ein Fotoprojekt an der Schule suchte, und dass ich deshalb einen Blick aus dem Fenster im 25. Stock werfen wollte. Thommy gab mir fünf Minuten.

Ich stand vor unserer Kommandozentrale, klingelte und klopfte mir die Seele aus dem Leib und wurde mit jedem Schlag hoffnungsloser.

Ich weiß nicht, wie lange es schon dagestanden und mich beobachtet hatte, aber irgendwann erblickte ich ein etwa vierjähriges Mädchen, das sich Gummitiere kauend, hinter einer Ecke im Hausflur versteckte und mich erschüttert aus großen Augen anstarrte. Sie hatte kleine Rasta-Zöpfe im Haar.

»Bist du traurig?«, fragte sie mich.

Ich nickte. Sie reichte mir eines ihrer Gummitiere. Leider tröstete mich diese liebenswürdige Geste gar nicht. Im Gegenteil. Mir schossen die Tränen in die Augen, und ich verschwand, bevor es noch peinlicher wurde.

Bei Tai zu Hause öffneten mir seine Schwestern die Tür. Auch sie hatten ihn nicht mehr gesehen, seit er am Morgen angeblich in die Schule gegangen war. Also fuhr ich ins Dong Xuan Center.

Kurz vor sechs kam ich vollkommen außer Atem in Mama Linhs Garküche an und fiel Schuleyka in die Arme. Sie hatte zwar auch nichts mehr von Tai gehört, seit sie am Vormittag mit ihm die Umzugskartons zu uns nach Hause transportiert hatte, aber sie verfügte über das weibliche Feingefühl, um zu spüren, dass ich Trost brauchte.

Ich wusste nicht mal, ob sie alles verstand, aber ich redete wie ein Wasserfall auf sie ein und berichtete ihr vom gestrigen Abend, von Tschaikowski und Tais Haut und seinem Duft und meinem Liebesgeständnis, dem raschen Aufbruch, der schlaflosen Nacht und seinem Fehlen am nächsten Tag. Ich erzählte ihr von meinen undurchdachten und voreiligen Nachrichten und seinem schrecklichen Schweigen.

Schuleyka drückte mich an ihren Busen und streichelte mich.

»Das Jannik«, sagte sie, »so junges unschuldig.«

Sie gab mir ein Taschentuch und seufzte.

»Tai so schöne Mensch.«

Ich gab ihr recht und nickte.

»Und schöne Mensch gefährlik immer.«

Ich trocknete meine Tränen. Sicher wusste sie alles, was diese Dinge betraf.

»Tai wie Vogel«, sagte sie und gab mir einen Kuss auf die Stirn. Ich wusste, was sie meinte.

Es war wie in Bizets größter aller Opern *Carmen*. Ich war der treudoofe Dorfpolizist Don José, der sich in eine schöne und ruchlose Zigeunerbraut verknallt, und Tai war Carmen, der freiheitsliebende Rebell. *L'amour est un oiseau rebelle.*

Liebe ist wie ein wilder Vogel,
Wer ihn zähmen will, hat's schwer.
Ganz umsonst wirst du nach ihm rufen,
Wenn er nicht will, kommt er nicht her.

Wieder war es eine Geschichte, die blutig endet, und wieder war dem vermeintlichen Liebespaar von vornherein kein Glück beschieden.

Ich begriff, dass nur eine Sache helfen würde, wenn ich nicht in die gleiche Falle tappen wollte wie Don José. Ich musste einen kühlen Kopf bewahren und warten, bis Tai wusste, was er wollte.

Mit viel Beherrschung würde ich die Geduld schon aufbringen. Aber was war mit Herrn Lamprecht?

Ohne Tai kam ich nicht ins App. 2406. Ich konnte ihn weder beschützen, noch kam ich der Wahrheit näher.

Mama Linh servierte mir eine köstliche heiße Nudelsuppe mit zart gegrillten Rindfleischstreifen. Schuleyka kniff mir lustvoll und vollkommen versehentlich in den Schritt. Danach drehte sich meine Welt wieder ein Stück weit in ihren gewohnten Bahnen.

*

Als ich nach Hause kam, stimmte etwas nicht. Ich schloss die Tür zu unserer Wohnung auf und stand einer Wand aus Stille gegenüber. Kein Fernseher, kein Radio, kein »Hallo, Schatz!«.

An den Schuhen aber konnte ich erkennen, dass meine Eltern zu Hause waren. Ich befürchtete also das Schlimmste. Die Polizei hatte Herrn Lamprecht gefunden und Tai gefasst.

Ich legte, so leise es ging, meine Sachen ab, schlich mich vor zur Stube und schlunzte um die Ecke. Papa war nicht zu sehen. Mama saß in der Ecke des Sofas und starrte schweigend ins Leere. Ein beängstigendes Bild. Ich gab mich schüchtern zu erkennen. Sie hob ihren trübsinnigen Blick, kam wortlos auf mich zu und nahm mich in den Arm. Oh Gott, war Herr Lamprecht gestorben? Ich sah Mama fragend an.

»Papa hat's eben erst erfahren«, sagte sie.

Ich verstand gar nichts. Worum ging es denn hier? Um Lamprecht? Oder hatte Dr. Seitzer die Sache mit der ärztlichen Schweigepflicht nicht so ernst genommen? Ging es um meine Blutwerte? Hatte ich Krebs?

»Was denn?«, fragte ich eingeschüchtert.

»Oma ist tot«, sagte Mama. Und obwohl das wirklich keine angemessene Reaktion war, fühlte ich für einen kurzen Augenblick enorme Erleichterung, dass das nicht meine Schuld war.

»Wann ist das denn passiert?«, fragte ich und fand die angemessene Betroffenheit.

»Onkel Martin hat angerufen. Oma hatte gestern 'nen Schlaganfall und ist ganz schlimm gestürzt. Sie konnten ihr nicht mehr helfen. Heute ist sie eingeschlafen.«

Ich mochte Oma gern. Aber ich kannte sie nicht gut. Zweimal hatte ich die Ferien bei ihr verbracht. Sie lebte seit dem Tod ihres Mannes mit Papas jüngerem Bruder und seiner Familie an der Nordsee. Aber eigentlich kam sie aus Thüringen. So wie mein Vater auch.

»Geh mal zu Papa! Der sitzt in seinem Büro«, sagte Mama.

Papa sprach nicht über seine Eltern. Ich wusste eigentlich gar nichts über sie. Außer, dass Opa sehr streng gewesen sein musste.

Ich klopfte an Papas Bürotür. Mit unerschüttert festem Ton sagte er: »Ja?«

Ich öffnete sachte die Tür. Papa saß an seinem Computer über irgendeiner Excel-Tabelle und machte einen beschäftigten Eindruck. Einfühlsam legte ich meine Arme um ihn.

»Es tut mir leid«, sagte ich.

Papa wischte meine Anteilnahme beiseite und meine Arme von seiner Schulter.

»Ja, ja, schon gut. Alles in Ordnung.«

Ohne seinen Blick vom Bildschirm zu nehmen, sprach er sachlich weiter.

»Wir werden dich zwei Tage aus der Schule nehmen. Am Donnerstag fahren wir hoch.«

Ich bekam einen Schock. Das war der Supergau. Mehrere Tage fort? In meiner Lage? Papa drehte sich zu mir und sah meinen entgeisterten Blick. Dann stand er auf und tätschelte mir die Schulter.

»Ich weiß, du hast sie gemocht. Aber der Tod gehört zum Leben dazu, mein Großer. Das ist eine Erfahrung, die wir alle machen müssen.«

*

Inzwischen war es Nacht geworden. Ich lag in meinem Bett und musste mir schleunigst etwas einfallen lassen. Ich wollte Tai ungern mit Lamprecht alleine lassen. Ich vertraute ihm in dieser Sache nicht.

Eine Verletzung konnte vielleicht helfen. Sie musste schlimm genug sein, damit ich zu Hause bleiben durfte, aber nicht so schlimm, dass es eines Krankenhausaufenthalts oder einer Rundumbetreuung bedurfte.

Und während ich gebrochene Arme mit Magen-Darm-Infekten gegeneinander abwog, flatterte die langersehnte Nachricht von Tai auf mein Handy.

Morgen 18h bei meister lampe. Hab ihn so weit.

So knapp und unpersönlich diese Worte auch klingen mochten, sie legten sich wie Balsam über meine geschundene Seele. Und weil ich einen ordentlichen Batzen Schlaf nachzuholen hatte und mir keine neuen besorgniserregenden Fragen darüber stellen wollte, was Tai in der Zwischenzeit mit Lamprecht veranstaltet hatte, begnügte ich mich mit diesem Hoffnungsschimmer, antwortete betont nüchtern: *Geht klar!*, und fand Ruhe für diese Nacht.

8

7. September 2015

Jens redete sich Mut zu. Sein Geiselnehmer war ein Feigling und scheute die direkte Auseinandersetzung. Er musste also Geduld haben und morgen eine andere, einfühlsamere Strategie verfolgen.

Langsam beruhigte sich auch sein Kreislauf vom ungezügelten Ausbruch. So etwas durfte ihm nicht wieder passieren, wenn er überleben wollte.

Die ersten Stunden ohne Strom waren eigentlich keine große Herausforderung. Wenn man seine Situation mit der anderer Geiseln verglich, Erdlöcher, Kellerräume, Fabrikgelände, man kannte ja einige Gruselgeschichten aus dem Fernsehen, dann hatte Jens durchaus Glück gehabt, mit seinem eigenen Appartement. Auch die allgegenwärtige Präsenz des Nikotinmangels hatte allmählich an Aggressivität verloren. Ein paar Bücher wären nun brauchbar gewesen, jetzt, wo der Fernseher nicht mehr ging. Die aber lagerten noch immer in Kisten verpackt im Keller seiner alten Wohnung und warteten auf ihren Abtransport, den Jens längst hatte organisieren wollen. Wein war da. Zur Genüge. Und was für welcher! Also entschied er sich, in Ermangelung an Beschäftigungsalternativen den Frust mit Genuss zu lindern und eine Flasche *Chateau Pontet-Canet* aus dem *Pauillac* zu öffnen, ihn zu näseln, schnüffeln, schlürfen und schmecken.

Der 2009er galt als Jahrhundertjahrgang. Eigentlich war es zu schade, die Flasche jetzt schon zu öffnen, ein paar weitere Jahre Lagerung hätten dem Tropfen gutgetan, aber Jens hatte noch fünf Flaschen und wollte wissen, wohin die Reise ging.

Wenn sich nicht dieses penetrante Parfum menschlicher Ausscheidungen, das sich quälend langsam vom Badezimmer aus ins ganze Appartement vorarbeitete, immer wieder ins Bouquet des Weines verirrt hätte, wäre Jens sicher ausgerastet vor Begeisterung. Die eigenen Fäkalien aber überdeckten die sensationelle, für einen *Pouillac* so unverwechselbare Note von Dörrbanane und ruinierten das ganze Geruchserlebnis. Was so vom guten Tropfen übrigblieb, war nichts als ein kräftiger Gerbstoffgeschmack und ein hässlicher Pelz auf der Zunge. Jens schlang den jungen Wein hinunter, erfreute sich wenigstens am aufsteigenden Schwipps und genehmigte sich eine weitere Flasche, diesmal wieder vom reifen, aber alltagstauglichen 84er *Mouton Cadet*.

Benebelt streckte er sich auf der Couch aus und schloss schon bald, den Schlafmangel in den Knochen spürend, seine Augen.

Ein paar Stunden später erwachte er schwitzend mit dröhnenden Kopfschmerzen. Er wusste nicht, ob er eine, drei oder sechs Stunden geschlafen hatte. Draußen herrschte noch immer tiefste Dunkelheit. In seiner Wohnung fehlte Sauerstoff.

Er schleppte sich ins Badezimmer, urinierte auf den durchsifften Papierberg im Toilettenbecken und suchte halbherzig im Spiegelschrank nach Schmerztabletten. Er ärgerte sich, dass er am Freitag die letzten beiden vernichtet hatte. Wäre eine nicht genug gewesen?

Jens brauchte Wasser. In der Küche stand der kleine Topf, mit dem guten und der große mit dem Klo- und Kondenswasser aus dem Wäschetrockner. Er setzte am großen an und trank gierig, bis er nicht mehr konnte.

Er zog sich nackt aus, rieb sich mit dem Handtuch den Schweiß vom Körper und legte sich wieder hin. Lange hielt er es auf der Couch aber nicht aus. Alles klebte und schwitzte, und je mehr es ihn störte, umso heißer wurde ihm.

Als er das letzte Blatt Toilettenpapier von der Rolle riss, erschrak er über die Tatsache, dass er keinen Nachschub im Badezimmerschrank fand. Er vertagte das Problem und formte kleine U-Boote aus dem Papier, die er gegen die beißenden Gerüche zum Tauchgang in seine Nasenlöcher schob. Dann wickelte er das Handtuch zu einem Kopfkissenknäuel, schwankte in die Küche zurück und ließ sich dort auf das harte, aber wohltuend kühle Keramikbett der Bodenfliesen sinken.

*

8. September 2015

Der nächste Morgen begann mit einer schmerzhaften Blockierung in der Brustwirbelsäule, die ihm die Luft zum Atmen nahm. Jens quälte sich in die Senkrechte. Sein Mund war vom Offenstehen so ausgetrocknet, dass er glaubte, sich beim Gähnen die Haut zu zerreißen. Er nahm die Stöpsel aus der Nase. Der Gestank hatte sich mittlerweile im ganzen Appartement ausgebreitet. Er war so dämlich gewesen und hatte die Badezimmertür offen stehen lassen.

Seine dröhnenden Kopfschmerzen pochten im Rhythmus seines Herzschlags. Erneut nahm Jens einen tiefen Schluck aus dem großen Wassertopf, in dem vielleicht noch drei, vier Liter Flüssigkeit schwappten.

Die Sonne war aufgegangen. Vielleicht war es gegen acht. Spätestens um zehn würde sie um die Ecke feixen und den Rest des Tages durch die zerstörte Fensteroberfläche ins Innere brennen. Das waren die Vorzüge des begehrten Süd-West-Panoramas.

Um die Kopfschmerzen zu bekämpfen, beschloss er, gegen seinen Hunger vorzugehen, und bereitete sich, nachdem er eine halbe Stunde lang mit Brotmesser und Hantel auf die Konserve eingewirkt hatte, mit der halben Fleischtomate, dem Rest Zwiebeln und den verbliebenen zwei Gewürzgurken einen Thunfischsalat, den er mit Salz und Pfeffer schmackhaft würzte und zum Frühstück verzehrte. Nun stank die Küche auch noch nach Fischöl. Genauso wie Jens.

Er warf seinem Weinhumidor einen sorgenvollen Blick zu. Bei Temperaturen über 24 Grad beginnt Rotwein zu oxidieren und nimmt Schaden. Wer konnte sagen, wie lange diese Tortour noch dauern und wie hoch die Temperaturen noch steigen würden? Er tröstete sich mit dem relativierenden Gedanken, dass er selbst unter diesen Bedingungen größeren Schaden nehmen würde als der Wein.

Dann nahm er Platz auf seiner Couch, die ihn inzwischen, wie alles in seinem Appartement, ankotzte in ihrer ungemütlichen Eleganz.

Jens zwang sich, die Schmerzen in der Brust, den Gestank in der Nase, die verklebte Haut, den Durst, die Zigarettennot, den Frust, den Hass, die Angst, all das für einige Momente beiseitezuschieben, und dachte nach.

Es ging um ein Geständnis. Melanie Heises Vater kam ohne Zweifel als Täter in Frage. Aber gab es auch noch andere Spuren? Wer konnte überhaupt ein Geständnis von ihm verlangen? So etwas setzte einen Tatbestand voraus. An welchen Stationen seines Lebens hatte Jens verbrannte Erde hinterlassen, sich falsch verhalten?

Gut, er war Lehrer. Es gab eventuell den ein oder anderen Schüler, der sich wegen schlechter Noten oder eines Schulverweises, an ihm rächen wollte. Wer weiß! Die Sommerferien waren gerade erst vorüber, die Enttäuschung über einen Blauen Brief noch frisch. Jens ging die Jahrgänge durch. Wen hatte er sitzenlassen?

Plötzlich fiel ihm Sanne ein. Susanne Mühlisch. Die hatte er tatsächlich sitzenlassen. Aber nicht im vergangenen Schuljahr, sondern 1987. Unglaublich, wie lang das her war. Jens hatte seit Jahren nicht an sie gedacht. Mit Sanne hatte er das erste Mal das, was man eine Beziehung nennen konnte. Drei Monate waren sie zusammen, dann wurde Sanne schwanger. Sie hatte gerade erst die Zulassung zum Studium der Zahnmedizin erhalten. Das war wie ein Sechser im Lotto. Ihre Eltern platzten vor Stolz. Jens wiederum studierte an der Humboldt-Uni auf Lehramt. Ein Kind hätte keinem der beiden gutgetan. Er musste sich damals mit Sannes Eltern solidarisieren, um sie von einer Abtreibung zu überzeugen. Am Ende half dann, in Absprache mit ihrem Vater, nur eine einzige Sache: Er verschwand aus Lust an der Freiheit und Angst vor der Vaterschaft von heut auf morgen aus ihrem Leben.

Ein paar Wochen musste er ihr aus dem Weg gehen, dann aber gab sie Ruhe. Ob sie das Kind zur Welt gebracht hatte oder nicht, hatte er nie erfahren. Aber da auch keine Zahlungsforderungen an ihn gestellt wurden, ging er immer davon aus, dass Sannes Vater die Sache in die richtigen Bahnen gelenkt hatte.

Was machte Sanne heute? Jens konnte sich kaum vorstellen, dass sie nach all den Jahren Vergeltung üben wollte, für etwas, das sie in erster Linie mit ihren Eltern auszumachen hatte.

Dann schon eher Wolfgang Pißneck. Auweia! Jens schämte sich noch immer für die Dinge, die er seinem armen Mitschüler angetan hatte.

Pissnelke, wie er von allen Kindern nur genannt wurde, wäre mit seinem Namen schon gestraft genug gewesen. Aber der arme Kerl war auch noch kleiner als alle anderen, dümmer als alle anderen, und er machte noch mit zwölf ins Bett. Damit war Wolfgang vogelfrei.

Jede Hackordnung braucht einen, der unten steht, und das war in den frühen Siebzigern in Hütterode im Südharz nun mal Pissnelke. An ihm konnte man all die Dinge ausprobieren, die man sich selbst nicht traute. Giftpilze essen oder Vogelbeeren, vom Dach des Bahnhofs springen oder an den elektrischen Weidezaun pissen.

Jens erinnerte sich noch gut, wie Pissnelke einfach umfiel, wie tot, als ihm der elektrische Schlag durch den Urinstrahl, über seinen Zipfel in den Körper jagte und sein kleines Herz von null auf jetzt zum Stehen brachte.

Oder an ein anderes Mal, als er und ein paar Jungs ihn für eine ganze Nacht im alten Bielsteintunnel zum stillgelegten Erzbergwerk angekettet hatten, um herauszufinden, ob es dort tatsächlich spukte. Pissnelke lag danach für Monate mit einer Lungenentzündung im Bett.

Das alles war freilich gar nichts gegen die großen Jungs, die mit vierzehn, fünfzehn Jahren systematisch an ihm übten, wie sie ihre Schwänze gebrauchen mussten, aber es reichte, um Jens noch heute einen Schauer schlechten Gewissens über den Rücken laufen zu lassen.

Eins musste man Pissnelke lassen, niemals, so qualvoll die Foltermethoden auch waren, hatte er einen der Jungs bei den Erwachsenen verpfiffen. Der Kleine hatte mehr Mut in den Knochen als alle anderen im Dorf zusammen. Dafür musste auch er an jemandem, der in der Hackordnung noch unter ihm stand, seinen Frust auslassen: Stalin.

Jens wusste, dass Wolfgang seinen Hund misshandelte. Aber er ließ ihn gewähren.

Stalin war ein alter und herzensguter, aber inkontinenter und strunzdummer Spaniel-Mix, der Jens regelmäßig ins Bett pinkelte und jedem Fremden begeistert nachhumpelte. Sosehr er ihn mochte, Stalin stank, sabberte und hatte in seiner bedingungslosen Unterwürfigkeit gar nichts anderes verdient, als von Pissnelke gefoltert zu werden. Die beiden waren Brüder im Geiste. Bis Wolfgang es eines Tages übertrieb.

Als Jens' Eltern Stalins leblosen Körper im Garten aufsammelten, wusste er genau, wer daran schuld war. Aber er schwieg. So wie es Pissnelke getan hätte.

Jens schüttelte seinen Kopf. Er tat ihm sicher unrecht, wenn er Wolfgang Pißneck die komplexen technischen Vorgänge dieser Geiselnahme nicht zutraute. Aber selbst wenn er über das Know-how verfügte, Pissnelke hatte sich mit Stalins Tod bereits an Jens gerächt. Wann immer die beiden Jungs sich damals in die Augen sahen, wusste der eine genau, was der andere getan hatte.

Blieb die Möglichkeit einer Entführung. Jens wusste ja nicht, was sich außerhalb seiner vier Wände abspielte. Vielleicht wurde Silke um eine Lösegeldzahlung erpresst, weil der Täter dem Irrglauben erlag, dass Jens wohlhabend war. In diesem Falle sah er schwarz. Denn Silke, da war er sich sicher, hätte gern den Kopf ihres Ex rollen sehen, um ihre Kröten dafür zu retten.

Für einen Abi-Gag war nicht die richtige Jahreszeit und an ein neues Reality-Format von RTL II glaubte er nicht ernsthaft genug, um es in Gedanken weiterzuspinnen.

Eine Sache gab es aber doch, die Jens seit Ende des letzten Jahres wie ein zu spät entdeckter Zeckenbiss verfolgte, von dem er nicht wusste, ob er ihn krank oder nur verrückt machte. Im Grunde eine echte Lappalie, ein Fliegenschiss, von dem er aber ahnte, dass er ihn Amt und Ansehen kosten könnte, wenn jemand es verstand, daraus einen Elefantenhaufen zu machen.

Nach dem feuchtfröhlichen Weihnachtsfest im Kreise der Kollegen, war Jens in beeindruckend alkoholisiertem Zustand zu faul für die Öffentlichen gewesen.

Prenzlauer Ecke Danziger war es dann passiert, Jens übersah beim Linksabbiegen ein von rechts kommendes Auto, knallte bei hoher Geschwindigkeit mit seinem Heck gegen die linke Vorderseite des Fahrzeugs und verursachte einen erheblichen Blechschaden.

Für den Bruchteil einer Sekunde gingen ihm die Polizei, die Demütigungen des Alkoholtests, die Punkte, das Fahrverbot, die Haftungsbeschränkungen seiner Versicherung, die damit verbundenen Kosten und die peinlichen Erklärungen vor dem Aufsichtsrat seiner Schule durch den Kopf, und wie fremdbestimmt und durch den bösen Alkoholgeist im Hirn dazu ermutigt, gab Direktor Jens Lamprecht Gas, zog durch und beging eine Fahrerflucht, wie sie im Lehrbuch stand.

Den fluchenden Fahrer des beschädigten Autos hatte er noch im Rückspiegel erst wild gestikulieren, dann geistesgegenwärtig ein Handyfoto schießen sehen. Dann war Jens durch unzählige Nebenstraßen geirrt, bis er einen sicheren Platz gefunden hatte, um zu verschnaufen. Sein Herz pochte, sein Adrenalinspiegel glich dem eines Klippenspringers vor dem Sprung, und der Verstand sagte ihm, dass es das jetzt gewesen war mit der schönen Zeit als Schulleiter.

Seitdem hatte Jens gewartet. Tagein, Tagaus, ohne sich jemandem anzuvertrauen. Doch nichts war passiert, tagelang, wochenlang, monatelang. Was den Schaden anging, hatte er Silke ein Lügenmärchen erzählt und die Karre ohne

Rechnung von einem kurdischen Kfz-Schrauber reparieren und umlackieren lassen. Nach einem Vierteljahr dann, als andere Probleme seine Aufmerksamkeit forderten, hatte er den Vorfall im gedanklichen Hinterstübchen ad acta gelegt.

Was, wenn der Geschädigte ein Irrer war, ein Freund der Selbstjustiz, der nun im Nachbarappartement hockte und geifernd darauf wartete, was Jens noch alles auszupacken hatte?

Diese Geschichte konnte er auf keinen Fall gestehen. Bei Fahrerflucht hörte der Spaß auf. Jens selbst hätte jeden anderen in einer solchen Situation moralisch verurteilt und Konsequenzen gefordert.

Diese Straftat war der einzige Aussetzer in seinem Leben, für den er sich wirklich schämte und den er von ganzem Herzen bereute, weil einzig und allein sein Fehlverhalten dazu geführt hatte.

*

Inzwischen hatte die Spätsommersonne ihre grelle Fratze hoch in den Zenit geschoben und dickte die eh schon übersättigte Luft zu einer Suppe an, die Jens beinahe schmecken konnte. Da durchdrang ein Geräusch die Lüftungsschächte. Jens erschrak. Was war das? Wo genau kam es her? Welche Perversion hatte sich sein Geiselnehmer für ihn ausgedacht? Es dauerte eine Weile, bis er verstand, dass ihm etwas vorgespielt wurde. Er erkannte menschliches Stimmengewirr, dumpfes Mikrofon-Ploppen, übersteuertes Rauschen von Wind. Dann vernahm er in der Ferne seine eigene, erregte Stimme und hörte sich Sätze sagen wie »Melanie, es gibt nichts, das wir nicht auch in Gesprächen lösen könnten. Komm da bitte runter! Denk an deine Eltern!«.

Endlich begriff er. Dies war ein Tondokument von Melanies Selbstmord. Er hatte nicht gewusst, dass so etwas existierte.

Tatsächlich konnte er sich an den Moment des Sprunges überhaupt nicht erinnern, obwohl nun deutlich zu hören war, dass er aktiv beteiligt gewesen sein musste. Sein Gehirn hatte ihm den Gefallen getan und dieses unangenehme Erlebnis von der Festplatte gelöscht. Sein Geiselnehmer tat ihm nun den Gefallen und schloss die Erinnerungslücke wieder.

»Ich will jetzt endlich mit Holger sprechen!«, schrie Melanie vom Dach der Schule.

»Holger kommt! Er wird gleich da sein, Melanie«, antwortete Vertrauenslehrerin Claudia Giese der lebensmüden Schülerin mit liebevoller Stimme. Aus der Ferne näherte sich der Gesang der Feuerwehr und schürte Melanies Ungeduld.

»Ich zähle bis drei. Wenn er dann nicht da ist, springe ich.«

»Nein, nein. Nicht! Er kommt. Herr Lehmann kommt!«, versuchte Claudia ein letztes Mal Zeit zu schinden. Aber Melanie hatte keine Zeit mehr, länger zu leben.

»Eins. Zwei. Drei.«

Ein Aufschrei, ein unscheinbarer Schlag und die dämonische Stille danach. So klang der Tod einer Schülerin.

Jens wurde übel. Mit aller Kraft unterdrückte er einen Würgereiz und schickte wieder hinunter, was kurz vor seinem Gaumen stand. Er stieß ein säuerliches Bäuerchen in die Luft und erfüllte den Raum mit dem Duft von halbverdautem Thunfischsalat. Dank eines Schlucks Wasser wurde er wieder Herr seiner Magensäfte.

Es ging also um Melanie. Jens hatte von Anfang an richtiggelegen. Wo hatte Herr Heise diese Aufzeichnung her? Er musste sie erst seit kurzem besitzen, sonst wäre sie sicher schon als Beweismaterial im Umlauf gewesen.

In den kommenden zwei Stunden durfte er die Aufnahme immer wieder hören. Etwa hundertmal schallte sie über den Zuluftkanal in sein Appartement, bis sie ihre Wirkung verlor und nur noch nervte.

Jens hatte den Wink verstanden. Auf eine ähnliche Weise hatte Fassbinder in *Lili Marleen* schon gefoltert. Hoffentlich hatte Herr Heise den Film nicht gesehen, denn da schallte das gleichnamige Lied Tag und Nacht durch die Lautsprecher und machte den Gefangenen ganz mürbe.

Als der Strom zurückkam war es 13:30 Uhr. Gut zweieinhalb Stunden vor der verabredeten Zeit. Jens begrüßte diesen Umstand, ließ er doch Rückschlüsse auf die Ungeduld seines Geiselnehmers zu.

Er brachte den Wäschetrockner wieder in Gang, schaltete die Klimaanlage auf maximale Power und den Temperaturregler auf 16 Grad. Er stellte sich in den Zug und genoss den kalten Wind auf seinem Rücken, fast wie eine Dusche, nach der er sich so sehnte.

Das Ladekabel am Laptop leuchtete grün. Er wollte ihn aber nicht sofort wieder einschalten. Erst sollte der Wäschetrockner durchgelaufen und die Temperatur im Appartement auf ein Normalmaß heruntergekühlt sein. Ein Spiel mit dem Feuer. Denn der nervöse Herr Heise konnte ihm den Saft jederzeit wieder abdrehen, wenn ihm der Geduldsfaden riss. Jens ließ ihn fünfzig Minuten warten, dann wurde ihm die Sache zu heiß.

Er wusste, was sein Gegenüber sehen wollte: einen kraftlosen, reumütigen Sünder. Er stellte sich, nicht ahnend, dass er dort sehr genau beobachtet werden konnte, vor den Badezimmerspiegel und präparierte sich. Etwas mehr Schwitzwasser aufs Hemd, einen gebrochenen Blick ins Gesicht und die blutige Seite des Handverbands nach oben.

Tatsächlich fiel es ihm leicht, sich in den Zustand völliger Zerstörung hineinzuversetzen. Er brauchte nur seinen Schmerzen in Brust und Kopf den Raum zu überlassen, den sie schon den ganzen Tag eingefordert hatten.

Als sich Jens 14:20 Uhr vor den Laptop schleppte, leuchtete das Licht an der Kamera rot.

»Bitte lassen Sie mich frei«, sagte er gequält und war nicht versehentlich zum *Sie* zurückgekehrt. Herr Heise sollte ruhig ein bisschen Oberwasser bekommen. Wer sich gebauchpinselt fühlt, beißt nicht. Noch blieb eine Reaktion aus. Er musste deutlicher werden.

»Ich habe einen schrecklichen Fehler gemacht«, sagte Jens leise, beinahe weinerlich.

Dieser Satz zeigte Wirkung.

Die Worte *Möchtest du beichten?* tippten sich auf das Weiß des geöffneten Word-Dokuments. Jens sah schuldbeladen zu Boden und nickte.

»Geben Sie mir Zeit, die Geschichte von vorne zu erzählen?«, flehte er die Kamera an.

Bitte!, antwortete Herr Heise.

Jens ließ sich die Erleichterung nicht anmerken, aber nun war seine Chance gekommen. Bußfertig, aber ruhig begann er zu erzählen.

»Ich weiß ja nicht, wer Sie sind«, log er, »aber vermutlich werden Sie wissen, dass mein Kollege Holger Lehmann jedes Jahr vor den Osterferien mit einigen ausgewählten Schülern eine Theaterfahrt nach Flecken-Zechlin unternimmt. In diesem Jahr war auch Melanie Heise dabei. Damit hat alles angefangen.«

*

27. März 2015

Es war einer der Höhepunkte im Veranstaltungskalender des Otto-von-Guericke-Kollegs, ein großer Tag im Leben einiger Schüler und Eltern und ein dankbarer Termin für Jens, der ihn dafür nutzen konnte, um bei den Sponsoren der Schule, die Klinken zu putzen. In der altehrwürdigen Kirche zu Dorf Zechlin wurde Premiere gefeiert.

Deutschlehrer Holger Lehmann hatte wieder eine Theaterinszenierung auf die Beine gestellt, diesmal frei nach Wedekinds Pubertätstragödie *Frühlingserwachen*.

Bühnenbild, Kostüme, Lichttechnik, das alles lag in den Händen der Schüler. Eine stilvoll gestaltete Fotoausstellung im ehemaligen Refektorium bot stimmungsvolle und amüsante Einblicke in den Kreativprozess der Arbeit. Shuttle-Busse fuhren zwischen Dorf Zechlin und Berlin hin und her, vor der Kirche waren Zelte aufgestellt, es gab kalte Häppchen, einen Sektempfang und natürlich Grußworte des örtlichen Bürgermeisters, der Vertreter aller wichtigen Schulorgane und als Höhepunkt des Vorprogramms die traditionell unterhaltsame Eröffnungsrede von Jens.

Er versäumte weder, ausführlich den Sponsoren zu danken, noch, in pointierter Weise die Leistungen der Schule im Allgemeinen und die des grandiosen Kollegen Lehmann im Besonderen zu würdigen.

»Und du, lieber Holger bist, so wie viele der hier Anwesenden, das Salz in der Suppe. Der Suppe, die unsere Institution spätestens seit dem Schulpreis im letzten Jahr in den auserwählten Kreis der absoluten Sterne-Restaurants dieses Landes katapultiert hat. Bei uns wird auf ganz hohem Niveau Zukunft gekocht, meine Damen und Herren!«

Im Anschluss ging es in die farbenprächtig ausgeleuchtete Kirche, und die Aufführung begann.

Die Inszenierung geriet zur Sensation und die überragende Hauptdarstellerin Melanie Heise zum Star des Abends.

Die Intensität ihres Spiels und die erschütternde Natürlichkeit, mit der sie in den vielen schwierigen und hoch emotionalen Szenen überzeugte, raubte vielen Zuschauern, nicht zuletzt ihren vor Stolz gerührten Eltern, den Atem. Nicht wenige erkannten in Melanies Darstellung der unaufgeklärten, frühreifen und zu einem gewissen Masochismus neigenden Wendla Bergmann einen Spiegel ihrer selbst. Und so lösten die Szenen, in denen Wendla auf ihren eigenen Wunsch vom etwa gleichaltrigen Melchior Gabor verprügelt und kurze Zeit später im Heu entjungfert wird, ein derartiges Mitgefühl im Publikum aus, dass einem Großteil der Zuschauer die Tränen in den Augen standen.

Der nicht enden wollende Applaus wurde zum Höhepunkt ihres jungen Lebens, und selbst Jens konnte nur begeistert und beinahe sprachlos anerkennen, dass sich die größten Talente immer wieder auch in den jungen Menschen versteckt hielten, denen man es durch die Brille des Schulalltages betrachtet am wenigsten zugetraut hätte.

Dass Jens keine drei Wochen später von Melanies Eltern die Quittung für den Erfolg dieses Abends überreicht bekommen würde, hatte er nicht ahnen können, als er großspurig, unter jubelnden Sponsoren, mit Sekt in der Hand, Holger Lehmann zur größten pädagogischen Kapazität seiner Schule erklärte.

*

14. April 2015

Jens saß in seinem Büro. Die Osterferien waren gerade vorüber. Es war Dienstag. Viele Abiturienten befanden sich in der Prüfungsphase. Wie in jedem Jahr herrschte zu dieser Zeit eine aufgeladene Stimmung an der Schule. Jens hatte alle Hände voll zu tun. Privat bewegte er sich am Rande seiner Belastbarkeit.

Am Sonntag erst hatte er Silke vom Flughafen abgeholt, die ihre Osterferien mit *Arschloch* auf der Kinderbuchmesse in Bologna verbracht hatte und es sich nicht verkneifen konnte, der Schwabbelbacke einen Abschiedskuss zu geben. Mit Zunge. Direkt vor Jens' Augen. Wie ein rücksichtsloses, pubertierendes Rotzgör.

Auf der Heimfahrt im Auto hatte sich Jens dann gerächt und sie nach Größe und Beschaffenheit des konkurrierenden Liebeswerkzeugs befragt, nach Kondition und Libido ihres verfetteten Lovers und entsprechenden Sexualpraktiken bei Übergewicht. Silke hatte sich nichts anmerken lassen, ruhig und detailliert geantwortet, um ihrerseits Jens auf die Palme zu bringen, aber in Wirklichkeit, das wusste er, brodelte es in ihr. Sie waren lang genug zusammen, um genau zu wissen, wie man einander die größtmöglichen Verletzungen zufügen konnte.

Zu Hause angekommen, sorgte Silke schließlich mit der endgültigen Trennung für den krönenden Abschluss einer vollkommen missratenen Ferienwoche, von der Jens blauäugig geglaubt hatte, dass sie nach der handgreiflichen Auseinandersetzung mit seinem Sohn, nicht hätte schlimmer werden können.

Gott sei Dank waren am nächsten Tag die Ferien vorbei, und Jens konnte tun, was er am besten beherrschte, er flüchtete sich in Arbeit.

In stressigen Schulsituationen fühlte er sich wie ein Fisch im Wasser. Die Erfahrung hatte ihn zum perfekten Krisenmanager geformt, und als dieser war er nun mit größter Selbstsicherheit in ein Elterngespräch geschlittert, von dem er alles Mögliche erwartet hatte, aber nicht, dass es ihn in dieser Weise aufs Glatteis führen würde.

Jens hielt ein Schriftstück in den Händen. Es war der Entwurf eines Briefes, eines Liebesbriefes.

Er überflog die Zeilen unter den nervösen Blicken der besorgten Eltern, die das Stück Papier am Morgen aus dem Müll ihrer Tochter gefischt hatten.

Es waren Stefanie und Falk Heise, die Eltern von Melanie. Sie saßen Jens gegenüber und registrierten wie Seismographen jede noch so kleine Erschütterung im Gesicht des Direktors. Jens spürte die Blicke auf sich lasten. Nicht die kleinste Regung ließ er zu, auch wenn der Inhalt des Briefes ihn tatsächlich bewegte. Er war an Holger Lehmann adressiert, genauer genommen:

An meinen geliebten Holger,
den Entdecker meiner Gaben
und Erwecker meiner Sinnlichkeit,
Liebster, du, wie schwer muss ein Tag dir erscheinen,
Ein Tag wie heut, an dem ich Luft sein muss für dich.
Die Luft, die dich bald zum Ersticken bringt,
Zum Zerreißen, so heiß, wenn du in meiner Nähe bist.
Ich bin die verbotene Frucht für dich.
Doch du hast mich gesät, und nun bin ich reif
Und warte auf das Klingelzeichen,
Welches dich in meine Arme treibt,
Ich bin bereit. Nun pflücke mich!

Jens legte den Brief beiseite und nickte.

»Mein lieber Scholli, da hat sich ihre Tochter aber in den Kollegen verguckt.«

Melanies Mutter war zutiefst in Sorge.

»Was heißt denn Erwecker meiner Sinnlichkeit?«

Jens erhob sich und kratzte sich am Hinterkopf. Der Teufel ist ein Eichhörnchen, dachte er. Solche Gespräche gehörten zum Heikelsten, was der Beruf des Lehrers mit sich brachte. Jedes Wort musste sitzen.

»Nun«, sprach Jens mit fester Stimme. »Das heißt, dass der Herr Lehmann Melanies Fantasie beflügelt hat.«

»Wie das?«

Frau Heise hatte sich in einem Taschentuch verkrallt, um sich zu beherrschen. In ihrer Stimme schwelte bereits ein hysterischer Unterton. Jens musste sie unbedingt schnell beruhigen.

»Herr Lehmann ist Deutschlehrer. Die Fantasie seiner Schüler zu beflügeln gehört quasi in seinen Kompetenzbereich.«

Jens war zufrieden mit seinen ersten Ausführungen, der zweite Teil aber misslang.

»Und da Herr Lehmann ein exzellenter Lehrer ist, passiert das auch gar nicht so selten.«

Die Eltern sahen sich entsetzt an.

»Was?«

Er setzte eilig nach.

»Na das Beflügeln der Fantasie! Das ist doch etwas Gutes. Sie erinnern sich sicher noch lebhaft an die sensationelle schauspielerische Leistung Ihrer Tochter auf der Theaterfahrt vor den Ferien?«

Herr und Frau Heise nickten.

»Sehen Sie! Uns alle hat doch überrascht, was Herr Lehmann aus Ihrer Tochter herausgekitzelt hat, oder?«

»Gekitzelt?«, fragte Frau Heise quäkend.

Es lief nicht gut.

»Na ja, er hat ihre Tochter inspiriert. Das hängt sicher auch mit der Wahl der literarischen Vorlage zusammen.

Frühlingserwachen ist ein intensives Werk. Und das alles arbeitet dann im adoleszenten Hirn einer werdenden jungen Frau. In welche Richtung die Gedankenprozesse allerdings ausschlagen, liegt weniger im Einflussbereich der Lehrkraft.«

»Sondern?« Gleich explodierte Frau Heise. Jens konnte es schon vor sich sehen.

»Wissen Sie, es gibt so viele Faktoren. Die Pubertät schlägt manchmal wilde Haken. Glauben Sie mir, kaum jemand kann das so gut beurteilen wie wir. Dass sich eine Schülerin in dieser, nun sagen wir, auch sexuellen Weise von einem Lehrkörper angezogen fühlt, ist nicht unbedingt normal, aber auch nicht außergewöhnlich.«

Dann stand Jens auf, ging um seinen Tisch, nahm die zittrige Hand von Frau Heise und nickte ihr einfühlsam zu.

»Ich bitte Sie jedenfalls, machen Sie sich keine Sorgen. Ich danke Ihnen von ganzem Herzen, dass Sie uns dieses Schriftstück mitgebracht haben. Das Beste ist immer, wenn Eltern und Lehrer eng miteinander zusammenarbeiten.«

Herr Heise nickte. Jens ließ die Hand von Frau Heise wieder los.

»Ich versichere Ihnen, wir können mit solchen Fällen umgehen.«

Dann sah er demonstrativ auf die Uhr.

»So, und nun entschuldigen Sie mich bitte …«

»Hat es denn mit Herrn Lehmann schon mal ähnliche Probleme gegeben?«, unterbrach ihn Frau Heise. So leicht wie ihr Mann ließ sie sich nicht beruhigen.

»Ich bitte Sie, Herr Lehmann ist einer der fähigsten Kollegen unserer Schule. Ich selbst kenne ihn seit über zwanzig Jahren und kann meine Hand für ihn ins Feuer legen. Da müssen Sie sich wirklich keine Sorgen machen. Aber ich werde mir den Kollegen persönlich zur Brust nehmen und ihn nach dieser Geschichte befragen. Vielleicht hat ja auch er eine Idee, was diese starken Gefühle in Melanie ausgelöst haben könnte. Wir bleiben in jedem Fall miteinander in Kontakt.«

Dank der einfühlsamen Zuwendung ihres Mannes explodierte Frau Heise nicht. Diesmal.

Kaum hatte er die Tür hinter Melanies Eltern geschlossen, nahm er sich ein weiteres Mal den Brief zur Hand, Wort für Wort, aufmerksam zwischen den Zeilen lesend.

»... wie schwer muss ein Tag dir erscheinen, (...) an dem ich Luft sein muss für dich.«

Worauf bezog sich Melanie da? Konnte es wirklich sein, dass Holger etwas mit einer Minderjährigen hatte? Jens dachte an die vielen Jahre, die er ihn nun schon kannte.

»Erwecker meiner Sinnlichkeit«, wiederholte er und musste unweigerlich schmunzeln. Nein. Also wirklich. Die Idee, dass ausgerechnet Holger was mit einer Schülerin hatte, war abenteuerlich. Weiblichkeit wirkte eher bedrohlich auf ihn. Angebliche Frauengeschichten in seinem Leben waren so selten und unglaubwürdig, dass Jens immer schon vermutet hatte, Holger sei eventuell asexuell, wahrscheinlich eher schwul. Er und der adrette Junge, der den Melchior Gabor gespielt hatte, das hätte Jens sich noch vorstellen können. Aber Melanie Heise war von derart barocker Weiblichkeit, dass Holger sicher schreiend davongerannt wäre.

Alle Vermutung half nichts. Auch wenn sein Freund jedweder Unterhaltung mit sexuellem Inhalt immer aus dem Weg gegangen war, diesmal mussten sie darüber sprechen. Das war er Melanies Eltern schuldig.

*

Es war Hofpause. Holger Lehmann betrat niesend das Büro seines besten Freundes. Er hatte sich über die Ostertage leicht erkältet.

»Wohlsein!«, sagte Jens und machte ihm am Tonfall sofort deutlich, dass er sich ausnahmsweise nicht in Gegenwart seines Kumpels, sondern im Büro des Schulleiters befand. Ohne Umschweife knallte er Holger Melanies Brief auf den Tisch.

»Sag mal, das ist doch nicht der erste.«

Jens studierte die Reaktion seines Freundes. Die Überraschung war ihm gelungen. Holger sah ertappt, mit einem Taschentuch die Nase tupfend, zwischen Brief und Jens hin und her.

»Woher hast du den?«

»Ihre Eltern waren da.«

Holger atmete schwer ein und setzte sich müde nickend auf den Stuhl, der Jens gegenüberstand.

»Ich hab gehofft, dass du da nicht mit reingezogen wirst«, sagte er betreten.

Jens war zufrieden. Diese Überfallprüfung hatte Holger bestanden. Er sah nicht aus wie ein Mädchenficker, sondern wie ein Lehrer mit Problem. Um ihn nicht zu früh in Sicherheit zu wiegen, hielt Jens am strengen Tonfall fest.

»Wie lange kriegst du die schon?«

Die Art und Weise, wie Jens mit ihm sprach, gefiel Holger nicht. Er zuckte bockig mit den Achseln.

»Seit ein, zwei Wochen. Seit der Theaterfahrt. Über die Ferien kamen ein paar.«

Jens musste noch einmal Stärke demonstrieren, knallte mit der flachen Hand auf den Tisch und sprang auf.

»Mensch, da muss man doch sofort reagieren!«

Holger zuckte erschrocken zusammen. Jens wurde deutlich.

»Das ist mir wirklich unangenehm, aber ich muss dich

das jetzt fragen. Gibt es da irgendwas, das ich wissen muss? Hattest du was mit dem Mädel?«

Holger schüttelte vehement den Kopf.

»Und wie kann ich dir das glauben?«, setzte Jens nach, und Deutschlehrer Holger Lehmann begann hilflos im Meer der Worte zu treiben, auf der Suche nach einer rettenden Formulierung.

»Mensch, Jens … du kennst mich doch …«

Er schnaufte.

»Frauen …«

Holger sah zur Decke, als ob er Beistand von oben erhoffte.

»Also, ich bin doch da nicht so … Ich meine, mit Frauen, das ist wirklich schwierig, wie soll ich sagen …«

Jens schmunzelte innerlich, hatte er es doch all die Jahre geahnt. Er ersparte seinem Freund weitere Peinlichkeiten, ging zu ihm hinüber und unterbrach sein Stottern mit einem kameradschaftlichen Klaps auf die Schulter.

»Na dann is' doch alles gut«, sagte er. Holger atmete erleichtert auf.

Für einen kurzen Moment bereute Jens aus persönlicher Neugier, dass er ihn nicht zum endgültigen Coming-Out gezwungen hatte, irgendwann musste der Freund ja schließlich dazu stehen, dann aber beschloss er, dass eine Hofpause nicht der richtige Zeitpunkt dafür war, und lachte dreckig auf.

»Also, nee! Hättest du gedacht, dass wir alten Runzelköppe uns noch für die erotischen Fantasien der jungen Dinger eignen?«

Holger lächelte beschämt. »Nee. Wirklich nicht.«

Jens setzte sich an seinen Platz zurück und wurde sachlich.

»Also, wir müssen da jetzt klare Kante zeigen. Wann hast du denn wieder Unterricht mit ihr?«

Holger musste nicht nachdenken, er hatte den ganzen Tag schon Angst davor.

»Jetzt gleich. Fünfte, sechste Stunde.«

Jens nickte.

»Gut. Dann komm ich zum Anfang der sechsten dazu, und wir klären das schnell.«

*

Die Stunde hatte gerade begonnen. Jens klopfte kurz, aber kräftig und betrat, ohne auf ein »Herein!« zu warten, mit Schwung und Autorität den Raum. Sofort fuhr Haltung in die Klasse, was Jens wohlwollend registrierte. Er blinzelte Holger zu, der ihm mit verkniffenem Lächeln den Platz vor der Tafel räumte.

Am Fenster in der zweiten Reihe saß Melanie Heise. Jens bemühte sich, ihr keine Aufmerksamkeit zu schenken, und doch suchte sie in intuitiver Vorahnung sofort den Blickkontakt zu ihrem Lehrer Holger Lehmann. Der versuchte so unbeteiligt wie möglich zu wirken, entdeckte in seiner Scham das Fenster für sich und begann den Schulhof zu studieren. Jens baute sich vor der Klasse auf und kam direkt zum Punkt.

»Sie sind jetzt in einem Alter, in dem die ganz großen Gefühle ausbrechen. Ich spreche da von Liebe.«

Für den Bruchteil einer Sekunde streifte sein Blick den von Melanie, die sofort wusste, dass dieser Vortrag ihr gewidmet war. Was Jens nicht ahnen konnte, sie hatte regelrecht darauf gewartet. Sie hatte ihren Eltern mit voller Absicht einen Hinweis im Papierkorb hinterlassen. Ihr Plan war offensichtlich aufgegangen. Die ganze Welt sollte jetzt wissen, dass sie Holger liebte. Jens fuhr fort.

»Wir fühlen uns immer geschmeichelt, wenn Sie uns Lehrer mögen. Manchmal aber geht dieses *Mögen* zu weit.«

Er fummelte Melanies Brief aus der Hosentasche. »Folgendes Beispiel, ich nenne ganz bewusst keine Namen.«

Er klappte ihn auseinander und las nüchtern: »Ich bin die verbotene Frucht für dich. Nun bin ich reif und warte auf das Klingelzeichen, welches dich in meine Arme treibt. Ich bin bereit. Nun pflücke mich!«

Den Rest der Klasse musternd, steckte er den Brief wieder ein. Ein weiterer Blickkontakt mit Melanie musste um jeden Preis vermieden werden. Er wollte sie nicht verraten. Einige Schüler begannen zu lachen. Andere sahen sich im Raum um. Nur Melanie senkte verräterisch hüstelnd ihren Blick und sah verstohlen zu Boden. Jens ärgerte sich über ihr auffälliges Verhalten.

»Dieser Brief ist zum Beispiel an Herrn Lehmann adressiert.«

Jens sah zu Holger. Doch der war in Gedanken beim zarten Grün der Bäume und ließ, unfähig, die richtige Reaktion zu zeigen, Jens mit seinem Vortrag allein.

»Herr Lehmann und ich, wir verbitten uns diese Art von Schreiben.«

Melanie räusperte sich laut. Sie starrte Holger an, als könnte sie ihn hypnotisieren. Er ignorierte sie mit aller Kraft.

Jens überkam das unbehagliche Gefühl, dass ihm die Dinge außer Kontrolle gerieten, dass er dieses Gespräch besser unter sechs Augen hätte führen sollen statt vor der ganzen Klasse, aber nun war es zu spät. Also sprach er weiter.

»Nicht jede Liebe wird erwidert. Das werden sie alle im Laufe Ihres Lebens erfahren müssen. Die sehr spezielle Form der Liebe eines Schülers oder einer Schülerin zu einer Lehrkraft ist ein vollkommen hoffnungsloses Unterfangen.«

Jens brauchte dringend Bestätigung und wandte sich an seinen Kollegen.

»Da bist du doch meiner Meinung, Holger?«

In dem Moment drehte sich Holger entschlossen um und sprach mit fester Stimme.

»Ja! Absolut. Solch eine Liebe ist hoffnungslos.«

Das war der Moment, auf den Melanie gewartet hatte.

»Du musst nicht lügen, Holger!«, rief sie. »Alle hier wissen, dass wir uns lieben.«

Jetzt endlich nahm er Notiz von ihr.

»Hör endlich auf damit, Melanie!«, wurde Holger laut. »Du weißt genau, dass das Quatsch ist!«

»Melanie, bitte!«, versuchte Jens zu schlichten. »Am besten, du kommst jetzt mal mit mir. Wir sollten das nicht vor der ganzen Klasse diskutieren.«

Melanie aber war anderer Meinung und begann Holger anzuschreien.

»Du sollst ihnen sagen, dass du mich liebst!«

»Und du sollst damit aufhören, verdammt!«, entgegnete ihr Holger in gleicher Lautstärke. »Warum redest du dir das ein?«

Wie geschickt Melanie Tränen produzieren konnte, hatte sie schon auf der Bühne bewiesen, jetzt tat sie es von neuem und warf sich theatralisch ins Zeug.

»Aber ich! Ich liebe dich, Holger! Auch wenn du nicht mehr wahrhaben willst, was zwischen uns gewesen ist.«

Dann sprang sie auf und rannte bitterlich weinend aus dem Klassenraum. Jens, der noch versuchte, das Mädchen am Gehen zu hindern, wurde von ihr so kraftvoll gegen die Tafel geschupst, dass es laut krachte. Als die Tür ins Schloss fiel, herrschte Totenstille. Es brauchte einen kurzen Moment, ehe Jens Contenance und die richtigen Worte wiederfand. Er hatte die Hälfte des Tafelbildes am Rücken und weiße Hände. Dann sprach er leise: »Bitte keine Häme! So etwas kann jedem von uns passieren. Unerfüllte Liebe ist eine Naturgewalt. Seien Sie rücksichtsvoll!«

Schließlich fand er seine Stimme wieder und klopfte sich die Kreide vom Ärmel. »Gut. Vielen Dank!«

Er nickte aufmunternd in die Reihen der Schüler und setzte ein Lächeln auf.

»Holger, kommst du noch mal kurz mit raus?«

Dann verließen die beiden den Raum.

*

»Ich frag's noch mal. Ist da irgendwas dran an ihren Behauptungen?«

»Nein, verdammt!«, zischte Holger, sichtbar am Ende seiner Kräfte.

Jens klopfte seinem Kumpel tröstend auf die Schulter. Die Schläge hallten im Treppenhaus nach.

»Alter Schwede! Das Mädel hat ja 'ne Macke! Hör mal, ich habe den Eltern versprochen, dass wir in der Sache sauber reagieren. Ich würde da jetzt mal die Giese drauf ansetzen. Bist du damit einverstanden?«

Holger nickte.

»Hast du denn noch Unterricht nach der Stunde?«

Er schüttelte den Kopf.

»O.k.. Dann sollen die sich da drin jetzt noch ein paar Minuten beruhigen, und dann schickst du sie nach Hause, klar? Und wenn irgendwas ist, meldest du dich!«

Wie ein Boxtrainer massierte Jens die Schultern seines k.o. geschlagenen Schützlings.

»Kopf hoch, Großer! Das wird alles wieder.«

Dann schob er Holger in den Klassenraum und kehrte zurück an seinen Schreibtisch.

*

Am Nachmittag explodierte Frau Heise dann doch noch. Jens hatte ein unangenehmes Telefonat mit ihr führen müssen, in dem sie ihm taub vor Wut nicht hatte zuhören wollen. Erst als sie das Telefon an ihren Mann abgab, dem das Verhalten seiner Frau genauso peinlich war wie das seiner Tochter, war ein vernünftiger Austausch möglich.

Jens erfuhr, dass sich Melanie nach ihrer Rückkehr aus der Schule in ihrem Zimmer eingeschlossen und alle Kontaktversuche ihrer Eltern abgeblockt hatte.

Erst als Vertrauenslehrerin Claudia Giese am Abend im Hause Heise aufgetaucht war, hatte Melanie die Tür geöffnet und sich mit ihr auf ein vertrauliches Gespräch verabredet. Am nächsten Tag an einem neutralen Ort ihrer Wahl.

Jens hatte Claudia gebeten, ihn sofort nach diesem Treffen in seinem Büro aufzusuchen, um ihn über die Ergebnisse in Kenntnis zu setzen.

*

15. April 2015

Nun saß Claudia Jens gegenüber, vollkommen ratlos, was sie von dem Treffen mit Melanie halten sollte.

Jens war unruhig. Er hatte sein Urteil längst gefällt und wollte die Sache so schnell wie möglich vom Tisch haben. Claudia sollte einfach bestätigen, dass das Mädel eine Macke hatte. Dann konnte man den Eltern gegenüber geschlossen auftreten. Doch Claudia schüttelte ihren Kopf hin und her, fast unmerklich, aber ohne Unterlass.

»Was hat sie denn gesagt?«, fragte Jens ungeduldig.

»Dass sie nichts sagen wird, was Holger schaden könnte.«

Jens wurde sauer.

»Was soll das denn? Glaubt sie den Stuss, den sie von sich gibt?«

Wieder schüttelte Claudia ihren Kopf. Jens musste an einen Wackeldackel denken.

»Was hast du denn darauf geantwortet?«

»Dass es mir nicht um Holger geht, sondern um sie.«

»Und dann?«

»Dann hat sie geweint und gesagt, dass er und sie …« Claudia stockte für einen Moment. »Also dass sie zusammen sind.«

Jens konnte diesen ganzen Dünnschiss nicht mehr hören. Es stand vollkommen außer Frage, dass Holger ein Opfer von Melanies Spielchen geworden war. Das musste Claudia doch sehen. Aber ehe er einhaken konnte, redete sie hastig weiter.

»Also hab ich sie gefragt, was sie denn darunter versteht, unter Zusammensein. Und dann hat sie gesagt, dass sie mit Holger zusammen ist, so wie Mann und Frau nun mal miteinander zusammen sind. *Man liebt sich, wenn man küsst*. Das waren ihre Worte.«

Jens schlug seine Hände über dem Kopf zusammen.

»*Frühlingserwachen*. Das war ihr Text auf der Bühne. Mann, die spielt uns allen doch was vor.«

Claudia hielt inne.

»Und was ist, wenn es stimmt?«

Nun mutierte Jens zum Wackeldackel.

»Ja sag mal, glaubst du den Mist denn?«

Er mochte Claudia unglaublich gern, gerade für ihre Sensibilität. Aber jetzt war ein klarer Kopf vonnöten und keine Gefühlsduselei.

»Ich weiß es doch nicht! Aber ich kann sie nicht von vornherein als Lügnerin abstempeln«, sagte Claudia.

Jens stand auf, tigerte hinter seinem Schreibtisch umher

und ließ sie reden, während er in Gedanken schon viel weiter war.

»Versteh doch, Jens! Sie hat gesagt, dass Holger sie zur Frau gemacht hat, dass sie miteinander geschlafen haben, dass sie sich geküsst haben. Natürlich kokettiert sie damit. Wenn ihr die Tränen über die Wange laufen, weiß ich auch nicht, ob sie spielt oder nicht. Aber ich kann doch nicht ausschließen, dass es die Wahrheit ist. Was sagt denn Holger dazu? Können wir ihm wirklich glauben?«

Jens schwieg einen Moment und spielte mit dem Gedanken, Claudia einfach die Wahrheit über Holger zu sagen, um das Thema zu beenden.

»Du kennst ihn, Claudia.«

Sie knabberte an ihren Fingernägeln.

»Ich weiß nicht, ob ich ihn kenne.«

Wie kann man denn so stur sein?, dachte Jens.

»Aber ich! Ich kenne ihn.«

Er blieb stehen und sah seine Kollegin verbissen an. Nein, er konnte Holger nicht einfach hinter seinem Rücken outen. Das gehörte sich nicht.

»Gut, ich hab auch erst mal gestaunt, dass sich das Mädel ausgerechnet ihn ausgesucht hat«, sagte Jens. »Aber das ist nun mal so. Wir sind Vorbilder, Claudia. Das passiert, wenn die zu uns aufschauen. Früher hab auch ich mal 'nen Liebesbrief gekriegt. So sind die Mäuse. Guck sie dir doch an!«

Er nahm wieder Platz und wurde sachlich.

»Mein Problem ist ganz einfach folgendes: Wenn wir jetzt auch nur so tun, als ob es die Möglichkeit gäbe, dass da was sein könnte, ja? Dann haben wir hier einen Fall. Willst du das? Willst du jetzt einen großen Fall?«

Claudia fand zu ihrem Kopfwackeln zurück, während Jens ihr ins Gewissen redete.

»Ich sag dir was. Ich will das nicht. Heute Abend hab ich

Sponsorentreffen. Wir kriegen ein neues Computer-Kabinett. 150 Tablets, Claudia! Whiteboards in jedem Klassenraum. Guck mal, wo unsere Schule steht. Denkst du, das lass ich mir kaputtmachen von einer verwirrten Göre? Wenn Holger sagt, dass er nichts mit dem Mädel hatte, dann vertrau ich ihm zu hundert Prozent. Und das kannst du auch, Frau Vertrauenslehrerin.«

Beide sahen sich schweigend an. Dann flüsterte Claudia ganz leise: »Ich find das nicht richtig, Jens.«

Also gut. Es ging um etwas Größeres, und Claudia brauchte einen Beweis.

»Kannst du ein Geheimnis für dich behalten?«, fragte Jens.

Claudia nickte. Er ließ die Katze aus dem Sack.

»Holger ist schwul.«

Ihr klappte der Unterkiefer runter, und überrascht gicksend kam ihr nichts anderes über die Lippen als:

»Was?«

»Ja. Der hat null Komma nix Interesse an Mädels«, konkretisierte Jens und genoss den Anblick aufkeimender Verlegenheit, der Claudias blassen Teint rosig erblühen ließ.

»Und, und woher weißt du das?«, stotterte sie.

Jens nahm ihre Hand und streichelte sie sanft mit seinem Daumen.

»Claudia, ich kenne ihn seit zweiundzwanzig Jahren. Ich weiß das seit, pfff …« Er wischte die unzähligen Jahre mit einer Handbewegung in den Restmüll der Belanglosigkeiten. »… Ewigkeiten. Er hat es mir selbst gesagt.«

Plötzlich war Claudia die Sache mehr als peinlich. Sie flüsterte so leise, dass Jens fast nicht hören konnte, was sie sagte: »Aber das wusste ich doch nicht.«

Er tat es ihr amüsiert gleich und erwiderte fast unhörbar: »Deswegen ist es ja auch ein Geheimnis.«

Dann nickte sie einsichtig, stand auf und ging zur Tür.

»Claudia!«, hielt Jens sie auf. »Ich red trotzdem noch mal mit ihm. Versprochen.«

Das erste Mal an diesem Tag huschte ein Lächeln über ihr Gesicht.

»Gut«, sagte sie und verschwand.

Dieser Moment war es, in dem Jens beschlossen hatte, einen Strich unter die jahrelange Zusammenarbeit mit Holger zu ziehen. Wenn sie ehrlich zueinander gewesen wären, hätten sie zugeben müssen, dass ihre Freundschaft längst nur noch Verpflichtung war. Holger kam Jens wie eine hässliche Zimmerpflanze vor, die man aus Gewohnheit goss. Er war der kleine, dicke Junge im Sportunterricht, der bei der Mannschaftsauslosung als Letzter auf der Bank sitzen blieb. Jens hatte ihn aus schlechtem Gewissen in seinem Team. Aber nicht, weil man sich mit ihm die Bälle hin und her werfen konnte. So jemand war Claudia Giese.

Vielleicht kam Holgers Krise mit Melanie ja sogar im richtigen Moment? Die Zeit war jedenfalls reif für Veränderung.

*

Was den »Fall« anging, den es zu verhindern galt: Den hatte Jens bereits. Der Eklat im Klassenzimmer hatte sich flächenbrandartig von den Schülern über die Eltern zu den Geldgebern herumgesprochen und entzündete das Sponsorentreffen am Abend in der Aula.

Untersuchungen wurden verlangt, Bedenken geäußert, Konsequenzen gefordert, schließlich stand mit Holger Lehmann der stellvertretende Schulleiter in der Schusslinie.

Jens hatte sich erklärt, beschwichtigt und verteidigt, sein Verhalten gerechtfertigt und den Kollegen Lehmann, so gut er konnte, in Schutz genommen. Am Ende war es ihm aber nur dadurch gelungen, die aufgeladene Diskussion zu beruhigen, indem er versprach, Holger Lehmann von seinen Schulämtern zu befreien, bis die Verdachtsmomente gegen ihn aus der Welt geräumt waren. Auch wenn, und damit demonstrierte er Kollegialität und Führungsstärke, es keinerlei Grund für ihn gab, nicht an der Unschuldsvermutung festzuhalten und Holger Lehmann sein Vertrauen auszusprechen.

»Meine Damen und Herren, machen Sie sich doch bitte keine Sorgen. Ich schätze nichts so sehr wie eine leidenschaftliche Streitkultur. Wir dürfen aber nie aus den Augen verlieren, worüber wir eigentlich streiten: Da hat sich eine Schülerin in einen Lehrer verliebt. Punkt. Mehr nicht. Nennen Sie mir bitte eine Schule, an der das noch nicht vorgekommen ist.«

*

8. September 2015

Wolltest du nicht beichten?, unterbrach ein Kommentar Jens' Redefluss. Bald eine halbe Stunde hatte er nun schon gesprochen, ohne ein Schuldeingeständnis zu formulieren. Herr Heise wurde ungeduldig. Jens musste zum Punkt kommen.

»Ich habe den Zustand des Mädchens unterschätzt«, sagte er und nickte.

»Ich allein habe ihren Selbstmord zu verantworten, weil ich nicht feinfühlig genug mit ihr umgegangen bin. Ich bin ganz ehrlich: Ihr Verhalten hat mich genervt und provoziert. Sie hat Unfrieden in die Schule gebracht. Einmal kam sie ohne Unterwäsche. In einem Minirock! Da war sie fünfzehn! Und dann diese fürchterlichen sexuellen Phantastereien, mit denen sie ihre Mitschüler verrückt gemacht hat, die schlussendlich in der eingebildeten Beziehung zu Herrn Lehmann gipfelten. Das alles waren Schreie der Verzweiflung. Ich weiß!«

Jens redete sich in Rage, um das Herz seines Geiselnehmers zu erweichen. Tränen wären sehr wirkungsvoll gewesen. Leider verfügte er nicht über Melanies Talente.

»Ich hätte ihr helfen müssen, statt mir Sorgen um die Schule und den Kollegen zu machen. Ich hätte auch nicht zulassen dürfen, dass sie an der Theaterfahrt teilnimmt. *Frühlingserwachen*. Die Identifikation mit ihrer Rolle. Der Applaus für ihr extrovertiertes Wesen. Das alles hat nur Öl in ihr Feuer gegossen. Ich hätte ihre Verliebtheit nicht verharmlosen, ihren Wahn nicht herunterspielen dürfen. Egal welche Gerichtbarkeiten mich in diesem Fall von der Verantwortung befreit haben, ich weiß, dass ich sie trage.«

Jetzt war es Zeit, den persönlichen Draht zu knüpfen.

»Ich habe mich schuldig gemacht, Herr Heise. Sie sind es doch, der mir gegenübersitzt. Ich weiß das längst. Und ich entschuldige mich aufrichtig dafür, wie ich mit Ihnen und Ihrer Familie umgegangen bin. Erinnern Sie sich noch an unser letztes Gespräch vor Melanies Tod? Sie waren so verständnisvoll, aber ich habe sie alleingelassen mit ihrer armen, verwirrten Tochter. Es tut mir unendlich leid.«

*

16. April 2015

Jens saß, geflankt von Holger Lehmann und Claudia Giese, am Schreibtisch in seinem Büro. Er war fest davon überzeugt, auf der richtigen Seite des Rechts zu stehen und fühlte sich durch die Anwesenheit seiner beiden Kollegen gestärkt. Als gehörten sie der Jury einer Casting-Show an, ruhten ihre Blicke auf dem Ehepaar Heise, das ratlos und aufgewühlt ihnen gegenüber Platz genommen hatte.

Herrn Heise war die Anwesenheit von Holger Lehmann sichtlich unangenehm. Mindestens genauso wie Holger selbst, der alles darum gegeben hätte, dieser Begegnung aus dem Weg zu gehen. Frau Heise aber hatte darum gebeten, sie wollte dem Mann in die Augen schauen, der ihrer Tochter den Verstand raubte, und Jens hielt die Konfrontation für ein probates Deeskalationswerkzeug im Umgang mit Melanies hysterischer Mutter.

Er ergriff das Wort, langsam, leise und genau artikulierend, wie ein Chirurg, der Angehörigen eine Todesnachricht übermitteln muss.

»Der Fall ist schwerer, als wir ursprünglich gedacht haben«, sagte er und holte sich ein bestätigendes Nicken von Claudia Giese ab.

»Ihre Tochter ist überzeugt, dass der Kollege Lehmann ihr Mann fürs Leben ist. Davon ist sie nicht abzubringen. Sie bildet sich sogar ein, mit dem Kollegen zusammen zu sein. Das Problem ist nur, dass Herr Lehmann davon gar nichts weiß.«

Jens sah Holger an. Wie einstudiert lachten beide kurz auf. Nicht zu ernst, aber auch nicht pietätlos.

Herr Heise rutschte ein Stück in sich zusammen, als wollte er im Stuhl versinken. Frau Heise durchbohrte Holger Lehmann mit glasigen, vorwurfsvollen Augen und machte es ihm unmöglich, diesen Blick zu ertragen.

»Das ist alles nicht schlimm«, fuhr Jens fort. »Nicht für Ihre Tochter. Das ist nur schlimm für den Kollegen Lehmann und unsere Schule. Melanie schreibt ihm Briefe, sie drängt sich ihm auf. Und sie wird davon auch nicht abzubringen sein. Das Fachwort dafür lautet Stalking. Ich muss das einmal so deutlich sagen.«

Jens ließ die Worte einige Sekunden wirken, bis sich ihre Schwere auf den Schultern der Eltern verteilt hatte. Ehe Falk Heise unter dem Gewicht zusammenzubrechen drohte, formulierte er weiter.

»Wir sehen uns daher nicht in der Lage, Ihre Tochter vor der Häme ihrer Klassenkameraden zu beschützen, und empfehlen Ihnen und Ihrer Tochter einen Neustart an einer anderen Schule.«

Frau Heise brach jetzt endgültig in Tränen aus.

»Aber das kann doch nicht sein. Da muss doch mehr sein!«, griff Holger sie direkt an.

»Was haben Sie mit meiner Tochter gemacht? Sagen Sie sofort, was Sie mit ihr gemacht haben!«

Holger fand keine sinnvolle Antwort, er brauchte all seine Kraft, um das Zittern zu verbergen, das seinen ganzen Körper erschütterte. Herr Heise hatte Mühe, seine Frau zu beruhigen.

»Steffi, is' gut. Wir wissen doch auch nicht mehr.«

Claudia Giese reichte ihr zum Trost ein Taschentuch und sprach mit einfühlsamer Stimme.

»Frau Heise, Herr Lehmann weiß nicht mehr, ich weiß nicht mehr, keiner weiß mehr. Es bleibt uns nichts anderes übrig, als davon auszugehen, dass Melanies Geschichten, nun ja, aus dem Reich der Fantasie stammen.«

Jens hatte sich so sehr gewünscht, dass Holger genug Arsch in der Hose gehabt hätte, um den Eltern von Melanie klar und deutlich zu sagen, dass ihre Tochter nicht in sein Beuteschema passte, solange ihr kein Pimmelchen unterm Rock gewachsen war. Aber leider hatte er wie immer kein Format.

Stattdessen brachte Herr Heise die unangenehme Sprechstunde wie ein Mann zu Ende, bedankte sich für all die Mühe, entschuldigte sich für die unkontrollierten Emotionen seiner Frau und führte die schluchzende Frau Heise wie ein tapsiger Gentleman aus dem Zimmer.

*

8. September 2015

»Bitte verzeihen Sie mir, Herr Heise, dass ich den Ernst der Lage nicht erkannt habe. Ich hätte für Sie und Ihre Familie da sein müssen.«

Mit diesen Worten beendete Jens die seiner Einschätzung nach überzeugende Rede und wartete auf eine Reaktion. Die lange Pause wertete er als positives Zeichen. Herr Heise dachte offensichtlich nach. Er gehörte zu den Menschen, die immer etwas länger brauchten, das hatte Jens schon mitbekommen. Soweit er wusste, war Herr Heise Fernfahrer. Im LKW hatte man sicher viel Zeit zum Denken.

Das Stipendienprogramm für Schüler aus bildungsferneren Schichten hatte auch Melanie ans Otto-von-Guericke-Kolleg gebracht. Im Vorstellungsgespräch, erinnerte sich Jens, machte sie einen pfiffigen Eindruck. Sie war auch sicher nicht dumm. Ganz im Gegenteil. Aber leider wird nicht aus jedem aussichtsreichen Stipendiaten automatisch ein guter Schüler, so wie der nette Vietnamese mit der Kamera, dessen Name Jens nicht einfiel. Manchmal war eben auch eine faule Pflaume dabei.

Es tat sich etwas am Bildschirm. Herr Heise hatte zu Ende gedacht. Die Resultate seiner Überlegungen entstanden langsam, Buchstabe für Buchstabe, mit einem gewissen Gespür für Spannung. Jens las:

1. *Du bist nicht aufrichtig.*
2. *Ich bin nicht Herr Heise.*
3. *Für deine Lügen wirst du in der Hölle schmoren.*

Da sein Gegenüber diesen Worten nichts hinzuzufügen hatte, verschwand das rote Licht neben der Kamera, und der Strom erlosch ein weiteres Mal. Der Laptop schaltete auf Batteriebetrieb, die Klimaanlage entschlummerte mit einem letzten sanften Rattern, das monoton vor sich hin eiernde Surren des Wäschetrockners versickerte in der unüberhörbaren Stille, die das Appartement nun wieder ganz einnahm.

Jens saß ratlos vor seinem Rechner.

»Gehe zurück auf LOS!«, hörte er sich leise sagen, in Erinnerung an ein Spiel, für das er seit Jahrzehnten keine Zeit mehr hatte.

Wieder war Jens am Anfang. Er wusste genauso wenig wie am ersten Tag, wer auf der anderen Seite saß und mit ihm spielte. Er war im Kopf jede Möglichkeit durchgegangen, hatte Namen und Erinnerungen gewälzt und die einzig plausible Antwort auf die Frage nach seinem Geiselnehmer gefunden: Falk Heise.

Wer, wenn nicht er, steckte hinter C80_412?

»Plausibel«, flüsterte Jens leise.

Was, wenn das alles nicht plausibel war? Was, wenn die Frage nach der Identität seines Gegenübers gar nicht der Schlüssel zum Ausgang war?

Der Geiselnehmer hatte keinen Hinweis darauf gegeben, wann mit einer erneuten Kontaktaufnahme zu rechnen war. Wenn er die Worte ernst nahm, die noch immer auf seinem Desktop standen, dann hatte er allen Grund zur Sorge.

Welche Absichten verfolgte er? Oder sie? Woher wollte Gott wissen, ob Jens aufrichtig war oder nicht? Und was um alles in der Welt verstand er unter *in der Hölle schmoren*?

Sich selbst beruhigend, verharmloste Jens die Worte als Metapher und kümmerte sich um die praktischen Dinge. Der Trockner hatte dem Sisalteppich etwa drei Liter Wasser abgerungen. Das war ein Erfolg, den Jens mit einer Katzenwäsche feierte. Er tröpfelte Wasser auf ein Handtuch, rieb Seife hinein und wusch sich Blut und Schweiß von der Haut. Ein frisches Hemd und saubere Unterhosen gaben ihm das wohltuende Gefühl von Zivilisiertheit zurück.

Der Effekt angenehmer Kühle war allerdings schon wenige Minuten nach dem Ausfall der Klimaanlage wieder verflogen. Um gegen weitere Temperaturanstiege zu kämpfen, versuchte Jens mit Bettlaken die noch immer kraftprotzende Sonne am Hereinstrahlen zu hindern, was angesichts fehlender Befestigungshilfsmittel zum hoffnungslosen Unterfangen geriet und Jens' dünnes Nervenkostüm ein weiteres Mal zum Zerreißen brachte.

»Kann denn hier mal jemand helfen, verfluchte Scheiße?«, schrie er und trat die Laken zu einem Wutknäuel zusammen.

»Ich kann doch nicht immer alles alleine machen! Holger, du verblödeter Saftsack. Wo bist du? Einmal im Leben brauch ich dich, und schon verpisst du dich sonst wohin.«

Jens ließ sich in die Laken fallen. Jetzt führte er schon Selbstgespräche. War das der berühmte Moment, in dem der Wahnsinn begann?

Erst registrierte er es gar nicht. Aber schon seit einigen Minuten hatte ein ganz leises Rauschen den Boden zum Klingen gebracht. Nach und nach plätscherte es in die Stille seiner Gedanken hinein. Er musste sich schwer konzentrieren, um sicherzugehen, dass es auch wirklich da war. Dann aber hörte er es ganz deutlich, und es tünchte ihm Panik ins Gesicht. Er kannte das Geräusch, vornehmlich aus kalten Wintertagen. In seinem neuen Heim hatte er es noch nie zuvor vernommen. Es war der Klang heißen Wassers, wie es in die Heizungsrohre strömte.

Jens tastete seinen Boden ab. Im ganzen Appartement lag Fußbodenheizung aus. Vier Heizkreise, wenn er sich recht erinnerte.

War der Boden schon wärmer geworden, oder bildete er sich das nur ein? Durch den Sisalteppich konnte er nichts spüren. Er robbte zum Küchenboden vor, legte die Hand auf die Fliesen und schrie seine Verzweiflung in die Luft.

»Nein! Nein, nein, nein, nein, NEIN!!!«

Die Küchenfliesen waren bereits mollig warm. Jens stürzte ins Bad. Dort hatten sie sogar schon eine Temperatur erreicht, die man auf Dauer nicht aushalten konnte. Wie warm mochten sie sein? 45, vielleicht 50 Grad?

Jens drückte verzweifelt am Temperaturregler im Badezimmer herum. Aber ohne Strom blieb das Display grau. Dasselbe im Wohnzimmer. Er hatte keine Kontrolle über seine Heizung, und sein Geiselnehmer wollte ihn garen. Nun war vollkommen klar, was mit *in der Hölle schmoren* gemeint gewesen war.

Jens wusste nicht, ob er genug Kraft hatte, um die nahende Tortur zu überstehen. Schon die Zeit ohne Strom war eine Zerreißprobe gewesen. Wie sollte er jetzt auch noch mit Hitze umgehen?

Unvorstellbare Wut schoss ihm durch die Adern. Wut, wie er sie nie zuvor gespürt hatte. Wut auf sich und seinen Geiselnehmer, aber vor allem Wut auf Holger Lehmann, dieses Rindvieh. Ihm hatte er die Folter zu verdanken, Holger allein hatte ihn durch sein unverantwortliches Fehlverhalten in diese Situation gebracht. Nicht Jens hätte hier hocken sollen, sondern er.

Wie leidenschaftlich gern hätte Jens ihn jetzt ans Messer geliefert, diesen unfähigen und nichtsnutzigen »Freund«.

Wenn nicht die Zukunft der ganzen Schule und der eigene Arsch daran gehangen hätten, wäre er längst dazu bereit gewesen.

Und während Jens sein vor Entrüstung kochendes Blut in ganzen Sturzbächen wohltuender Rachegedanken kühlte, stand sie plötzlich da, die Lösung all seiner Probleme, direkt vor seinem geistigen Auge.

Der Geiselnehmer wollte die Wahrheit hören. Ein umfassendes Geständnis aber hatte Jens bislang nicht ablegen wollen, weil es auf ihn selbst zurückgefallen wäre und nicht weniger als die Vernichtung seines Lebenswerkes bedeutet hätte. Offensichtlich wusste *Gott* das.

Aber was sprach eigentlich dagegen? Was sprach gegen die Wahrheit? Jens stand nicht mehr vor Gericht. Die Gefangenschaft schenkte ihm Narrenfreiheit. Er musste Holger nicht mehr verteidigen. Er konnte ihn schlicht und ergreifend verraten, wenn es half, dieser Hölle zu entkommen. Mit einem Geständnis von Jens konnte der Geiselnehmer vor Gericht kein Land gewinnen. Was auch immer er beichtete, mit dem Hinweis auf Folter konnte er alles nachträglich wieder bestreiten, selbst die Wahrheit.

Der Gedanke beflügelte Jens. Sogar die Fahrerflucht hätte er gestehen können, ohne rechtliche Konsequenzen zu befürchten. Er malte sich aus, wie wohltuend es sich anfühlen würde, die Wahrheit zu sagen. Nichts als die Wahrheit.

Holger jedenfalls hatte das verdient. Vielleicht würde *Gott* sogar ihn gefangen nehmen und Jens im Gegenzug dafür freilassen, sobald die Tatsachen erst einmal auf dem Tisch lagen.

Für den Bruchteil einer Sekunde staunte Jens über die Bosheit seiner Gedanken. Dann aber dachte er an das erbärmliche Verhalten Holgers am Tag von Melanies Selbstmord und fand jede Schmähung angemessen.

Während sie auf dem Dach stand, nach Holger verlangte und mit dem Sprung in den Tod drohte, war Jens auf der Suche nach ihm durch die ganze Schule geirrt. Schließlich hatte er ihn auf der Toilette gefunden, wo er sich versteckt hielt, wie ein Karnickel vor dem Fuchs.

*

20. April 2015

»Jetzt komm verdammt noch mal da raus und red mit ihr, die springt sonst!«, schrie Jens und hämmerte mit voller Kraft gegen die Klotür.

»Fünf Minuten, Holger, dann ist die Feuerwehr da. Ich brauche nur fünf Minuten.« Doch jedwedes Betteln hatte keinen Zweck.

»Geh weg! Ich kann das nicht«, kläffte Holger aus dem Inneren.

»Dann tret ich die Tür ein!«, entgegnete Jens und begann von drei abwärtszuzählen. Holger öffnete vertränt und leichenblass die Tür und winselte mit flacher Stimme:

»Ich hab mit ihr geschlafen, Jens.«

Hundert Millionen Volt fuhren ihm in den Körper. So musste sich ein Blitzschlag anfühlen. Seine Brust zog sich zusammen und schnürte ihm die Luft ab, sein Herz schlug wie eine Trommel des Todes, in deren unheilvollem Rhythmus Zeit und Raum in Gleichgültigkeit versanken.

Er hätte etwas sagen sollen oder wenigstens etwas denken müssen, etwas Kluges am besten, etwas, das die Situation retten konnte, aber in Jens' Kopf herrschte Leere. Nichts als ein flaues Lüftchen wehte säuselnd durch die Windungen seines Gehirns. Und während Holger auf irgendeine

Reaktion wartete, schloss er für einen kurzen, unendlichen Moment die Augen und roch den Duft der Bretagne.

»Hast du gehört, ich hab mit ihr geschlafen«, wiederholte Holger, unsicher, ob die Botschaft angekommen war.

»Ja doch«, erwiderte Jens mit dem Tonfall eines schlaftrunkenen Jugendlichen, der auf die nervige Aufforderung seiner Mutter, endlich aufzustehen, den Eindruck von Wachheit erwecken will.

Dann öffnete er seine Augen und sah Holger kühl und unverwandt an.

»Dann bist du gar nicht schwul?«

Holger verstand nicht im Ansatz, wo Jens diese Frage plötzlich hernahm, und antwortete ratlos kopfschüttelnd:

»Nein?«

»Ach so«, sagte Jens, »ich dachte.« Und ließ Holger kommentarlos stehen.

Wenige Minuten später war Melanie gesprungen. Claudia Giese hatte ihr bis zum Schluss versprochen, dass Holger jeden Augenblick kommen würde, doch als das Martinshorn erklang, zählte Melanie die letzten Sekunden ihres Lebens herunter.

Jens, der diese Vorgänge zwar aktiv, aber ohne Beteiligung seines Bewusstseins miterlebt hatte, kam erst wieder zu sich, als die Feuerwehr das Schulgelände stürmte. Die eingeleitete Rettungskette funktionierte zuverlässig wie ein mathematischer Algorithmus, und so funktionierte auch Jens in den kommenden Stunden wie ein aufgeladener Duracell-Hase. Er managte die Ankunft von Krankenwagen, Leichenwagen und Polizei, organisierte die Räumung des Schulgebäudes über den Hinterausgang, hielt den vom modrigen Sensationsduft einer frischen Leiche angezogenen Schwarm regionaler Pressevertreter in Schach und gab Interviews zwischen großer Betroffenheit und sachlicher Verteidigung der eigenen Fachkräfte.

Holger musste im Durcheinander der Ereignisse aus dem Schulgebäude geflohen sein. Niemand wusste, wo er sich aufhielt und wann er gegangen war. Auch über sein Handy war er nicht zu erreichen.

Er hatte eine Bombe hochgehen lassen und sich aus dem Staub gemacht, er hatte Jens die Beseitigung der Trümmer überlassen, aber vor allem hatte er Melanie Heise auf dem Gewissen. Holger wusste das, und Jens wusste das nun auch. Doch diejenige, die sich dafür die meiste Schuld gab, war Claudia Giese, die einem Nervenzusammenbruch nahe in Jens' Büro saß, weinte und erst nach langem Gutzureden bereit war, sich vom Taxifahrer nach Hause bringen zu lassen.

*

Am Abend stand Jens vor Holgers Haustür und klingelte. Doch nichts geschah.

Holger lebte in einer abgelegenen Siedlung in Karlshorst, am Rande der Wuhlheide. So abgelegen, dass man, wenn man ihn mit den Öffentlichen besuchen wollte, einen zehnminütigen Waldspaziergang einplanen musste, egal von welcher Seite man kam.

Holger hatte sich das Haus um die Jahrtausendwende gekauft. Vorsorglich, wie er damals sagte. Irgendwann, so behauptete er, würde es sich mit Frau und Kindern füllen. Dann aber starb sein Vater, und das Haus füllte sich mit seiner Mutter. Zwölf lange Jahre.

Da Holger mit zwei linken Händen gesegnet war, verkam die sanierungsbedürftige Doppelhaushälfte von Jahr zu Jahr. Inzwischen war es das einzige Haus in der Straße, das noch immer in grauen DDR-Kratzputz gekleidet war, während links und rechts daneben weiße, rosfarbene und gelbe Häuser mit blauen und roten Giebeln strahlten.

Jens klingelte erneut. In einem der Nachbargärten bellte ein Hund. Er sah auf die kleine Treppe hinab und erinnerte sich, wie beeindruckt er sie damals zum ersten Mal erklommen hatte. Die Treppe zu einem eigenen Heim, das war schon etwas Besonderes.

Holger war voller Pläne gewesen, wie er die Immobilie ausbauen und umgestalten würd, und Jens ließ sich von dieser Lust am Eigenheim so nachhaltig infizieren, dass er in den kommenden zwei Jahren ein echtes Suchtverhalten entwickelte, was das Studium von Immobilienanzeigen betraf.

Irgendwann entdeckte er dann das Traumschloss seines Lebens und zog mit Silke und seinem kleinen Philipp in die Prenzelberger Dachgeschosswohnung, die er jetzt wieder aufgeben sollte, weil Silke in einem kindischen Anflug von klimakterischem Narzissmus die Sicherungen durchgebrannt waren.

Jens klingelte ein weiteres Mal. Wieder geschah nichts. Wenn er einen anderen Platz gekannt hätte, an dem er Holger vermuten konnte, wäre er sicher nicht so unnachgiebig geblieben, aber der einzige Ort, den sein Freund aufsuchte, wenn ihm die Decke auf den Kopf fiel, war die Wohnung von Jens. Und dort war Holger nicht aufgetaucht.

Jens hatte ein ungutes Gefühl. Er klingelte Sturm. Eine ganze Minute. Eine zweite. Eine dritte. Doch nichts geschah. Er hämmerte gegen die Tür. Er schrie: »Holger! Ich bin's. Lass mich rein!« Nichts geschah.

Auf der Hinterseite des Hauses lag ein kleiner Garten, von dem aus man in die Wohnstube schauen konnte.

Jens kletterte über den Palisadenzaun, der ihm bis zur Brust reichte. Als er mit seinem Fuß in einer Lücke der gekreuzten Planken Halt suchte, brach er durch das morsche Holz und stürzte, gefolgt vom Rest des Zaunes, unsanft zu Boden. Mit Schulter und rechter Gesichtshälfte landete er im Restmatsch einer halbverdunsteten Pfütze. Er fluchte, ignorierte einen schmerzhaften Stich im Oberarm, rappelte sich auf und lief zur Terrasse weiter. Er sah ins Innere des Hauses.

Licht brannte nicht. Offenbar war Holger wirklich nicht zu Hause. Er drückte seine Nase an die Scheibe. Alles hatte seinen Platz. Holger war ein ordentlicher Mensch. Über den Tausenden von Büchern und Schallplatten seiner kostbaren Sammlung, die sorgfältig einsortiert in den Schränken standen, wachten seine Musikinstrumente. Ein Klavier, ein Akkordeon, verschiedene Gitarren, Banjo, Ukulele, eine Klarinette. In der hinteren Ecke des Zimmers befand sich der Esstisch, und darauf ... Jens bekam einen Schreck.

Holger stand im Dunkeln auf seinem Esstisch und sah ihm mit großen, starren Augen direkt ins Gesicht. Um seinen Hals hatte er eine Schlinge gelegt, sie war anstelle des Lampenschirms mit einem Haken an der Decke befestigt.

So etwas Ähnliches hatte Jens schon befürchtet. Er war sogar von der Möglichkeit ausgegangen, einen Leichenwagen bestellen zu müssen.

Er betrachtete Holger und fragte sich, wie lange er da wohl schon stand. Warum sprang er eigentlich nicht? War er auch dafür zu feige? Er musste nur vom Tisch hopsen und ein paar quälende Sekunden überstehen, dann wäre alles vorbei gewesen. Jens ertappte sich bei dem Gedanken, dass ein Selbstmord von Holger vielleicht die beste aller Lösungen war.

Holger verstand. In dem Blick seines Freundes fand er Bestätigung für die Vermutung, dass es niemanden mehr gab, der ihn in diesem Leben vermissen würde. Also schloss er die Augen und sprang. Der Esstisch flog zur Seite. Die Konstruktion aber hielt. Seine Füße zappelten in der Luft. Reflexartig schnellten seine Hände an die Schlinge, die sich erbarmungslos um die Gurgel legte.

Jens übermannten menschliche Reflexe. Er trat die Fenster ein, hob eine der Glasscherben auf, rannte in die Wohnstube und schnitt, einen Stuhl besteigend, den alten Freund im letzten Moment von der Decke.

Holger plumpste wie ein nasser Sack zu Boden. Jens nahm ihm das Seil vom Hals. Dann blieben beide liegen, Holger röchelnd und Jens voller Blut. Er hatte sich an der Hand verletzt.

Es vergingen mehr als zwanzig Minuten, ehe Jens etwas sagen konnte. Das Gedankenkarussell hatte ihn auf der Suche nach den richtigen Worten und der Frage nach der eigenen Schuld erbarmungslos durch die letzten Wochen gewirbelt und immer wieder an der gleichen Stelle aus der Bahn geworfen. Warum, um alles in der Welt, hatte Holger gelogen? Jetzt, da sich sein Atem endlich beruhigt hatte, sah Jens zu ihm herüber.

»Warum hast du nichts gesagt?«

Holger liefen dicke Tränen über die vom Blutstau noch rosig leuchtenden Wangen. Er hatte keine Antwort auf die Frage, die so leicht war und doch tonnenschwer, nur ein Mantra, das er die kommenden Minuten vor sich hin brabbelte: »Ich werde alles auf mich nehmen. Ich werde alles auf mich nehmen. Ich werde alles auf mich nehmen.«

Jens konnte sich nicht länger beherrschen, er packte Holger an den Schultern und rüttelte ihn so heftig, dass sein Kopf immer wieder gegen den Teppichboden knallte.

»Was willst du denn noch auf dich nehmen, du widerliches Stück Scheiße, hä? Wir können dichtmachen! Welcher Sponsor wird denn morgen noch da sein? Das ganze Lehrerkollegium hat versagt, wenn das rauskommt. Wir können geschlossen zurücktreten. Was willst du denn da noch auf dich nehmen?«

Jens ließ ab und rollte sich wieder auf die Seite.

Sein Handy klingelte. Er sah aufs Display, atmete tief durch und nahm das Gespräch so gesammelt wie möglich entgegen. Es war Claudia Giese, die ihn aufforderte, die Abendschau anzusehen. Er versprach, sich später bei ihr zu melden, und schaltete Holgers Fernseher ein.

Falk Heise saß neben seiner Frau im eigenen Wohnzimmer und wurde live von einem Reporter interviewt. Er nannte die Namen von Jens Lamprecht, Holger Lehmann und Claudia Giese, gab ihnen unmissverständlich die alleinige Schuld am Tod seiner Tochter und kündigte rechtliche Konsequenzen an.

Direkt dagegengeschnitten wirkte Jens' Kommentar »Unsere Lehrkräfte haben sich in jedem Moment vorbildlich und sauber verhalten« wie eine arrogante und unglaubhafte Plattitüde.

»Scheiße!«, sagte Jens und schaltete den Fernseher wieder aus.

»Ich werd zur Polizei gehen und alles gestehen«, sagte Holger.

»Nein!«, schrie Jens ihn an. »Soll ich etwa morgen vor die Kameras treten und das Gegenteil von dem behaupten, was ich da grade gesagt habe? Willst du, dass ich auch noch den letzten Rest Integrität im Klo runterspüle, den unsere Schule noch hat?«

Holger flüchtete sich zurück in sein Mantra.

»Aber ich muss doch alles auf mich nehmen. Ich werde alles auf mich nehmen.«

»Nein, verdammt!«

Jens scheuerte Holger eine.

»Dein Zeitfenster ist zu! Das Mädel ist tot. Der Moment

wäre gestern gewesen. Deine großartige Hilfe kommt zu spät, lasse stecken!«

Wieder begann Holger zu weinen. »Aber ich kann das nicht.« Wieder drosch Jens auf ihn ein.

»Wie, du kannst das nicht? Wenn du das Mädel schon nicht retten konntest, dann rette wenigstens uns den Arsch! Rette unsere Schule!«

Endlich beendete Holger sein selbstmitleidiges Geschwafel und lenkte eingeschüchtert ein. Jens ließ ihn los und brachte seine Erregung unter Kontrolle. Es galt jetzt einen Schlachtplan auszuarbeiten.

Er stand auf, richtete den Esstisch wieder auf, setzte sich und fragte trocken: »Also, du hast sie gefickt, ja?«

Holger sah Jens mit den traurigen Augen eines geschlagenen Kettenhundes an und gestand seine Untat noch mal.

»Einmal, oder mehrfach?«

»Nur einmal«, wimmerte er.

»Ist das die Wahrheit?«

Holger nickte.

»Wann und wo?«

»Im Auto. Am Waldrand. In Flecken-Zechlin.«

»Hat euch jemand dabei gesehen?«

»Nein.«

Gut. Das war ein Anfang. Jens nickte bedächtig.

»Dann existiert also nur deine Variante der Geschichte. Hast du eigentlich Schnaps?«

Nun stand auch Holger auf, kramte eine Flasche Cognac und zwei Gläser hervor und setzte sich zu Jens.

»Also, falls die ganze Sache wirklich vor Gericht kommen sollte«, fuhr Jens fort, »dann haben wir die besten Karten, wenn wir mit deiner Homosexualität argumentieren.«

Es war nicht an Holger Fragen zu stellen, aber wovon sprach Jens da?

»Ich bin nicht schwul«, entgegnete er zaghaft.

»Von jetzt an schon«, postulierte Jens, hob sein Cognac-Glas und stieß einen Toast aus. »Auf alle Schwanzlutscher von hier bis nach Mexiko!«

Beide tranken. Jens goss sofort nach.

»Du nimmst ab morgen Urlaub. Fahr irgendwohin, an die Ostsee oder so, wo dich keiner findet! Ich übernehme deine Klasse. Am Wochenende komm ich nach, und dann klären wir das weitere Vorgehen.«

Während die beiden Männer die Flasche Cognac leerten, fand Holger wieder zu sich, gab dem Drängen von Jens nach und begann die ganze Geschichte zu erzählen, in all ihren Details.

Er sprach von Melanies Reizen, der aufgeladenen Probenarbeit und der freizügigen Stimmung auf der Theaterfahrt, von den sexuellen Nöten eines einsamen Mannes, seiner angeborenen Unfähigkeit im Umgang mit dem anderen Geschlecht und der Ohnmacht gegenüber einer jungen Frau, die es ihm so einfach machte wie keine andere jemals zuvor.

Und je länger Holger sprach und der Alkohol seine wut- und schmerzbenebelnde Wirkung entfaltete, desto mehr Mitleid und Verständnis wuchs in Jens für die so verachtenswerte Tat seines alten Freundes.

Als er Holgers Haus verließ, war er zum Betrüger geworden. Was er ein Leben lang abgelehnt hatte, musste er sich nun vorwerfen: Er handelte korrupt und gewissenlos.

Allein die feste Überzeugung, mit seinem Verhalten Schaden von vielen anderen abzuwenden, half ihm, sein Gewissen zu erleichtern und sein Handeln mit den eigenen Ansprüchen ins Reine zu bringen.

*

Die Geschehnisse jenes Abends waren ein Geheimnis zwischen den beiden Männern geblieben.

Holger befand sich als willenloser Spielball mal wieder in den Händen von Jens, der von nun an keine Gelegenheit ausließ, ihn vor dem Kollegium, dem Ehepaar Heise oder dem Untersuchungsausschuss als schwul zu outen.

Holger selbst, so einigten sich die beiden, war zum Zeitpunkt des Unglücks, gar nicht im Schulgebäude. Er hätte also auch nicht helfen können. Ein Einkaufsbon mit der richtigen Uhrzeit, den Jens am Tag nach Melanies Selbstmord aus dem Papiermüll einer nahe gelegenen Kaufhalle fischte, hatte dies vor Gericht dann auch belegen können.

Überhaupt waren Jens und Holger mit derart wasserdichten Wahrheitsalternativen in den Rechtsstreit gezogen, dass sie dem schulinternen Untersuchungsausschuss und den nachgiebigen Ermittlungen der Staatsanwaltschaft problemlos gewachsen waren.

Dem Anwalt der Schule schließlich gelang es, Herrn und Frau Heise den muffigen Beigeschmack eines überforderten Elternpaares anzuheften, das ihrer etwas verwahrlosten und frühreifen Tochter nicht gewachsen war, während Melanie selbst dank der berührenden und glaubhaften Aussagen von Vertrauenslehrerin Claudia Giese posthum für psychisch labil erklärt werden konnte.

Natürlich fühlte Jens sich schlecht. Selbstverständlich tat ihm das Schicksal von Melanies Eltern leid. Aber sie war nun mal tot. An dieser Tatsache konnte niemand etwas ändern. Und allein deshalb handelte er in einer größeren Angelegenheit.

Dass der Verlust ihrer Tochter und die mit dem verlorenen Rechtsstreit einhergehenden Demütigungen die Ehe von Stefanie und Falk Heise zerstörte, hatte Jens wirklich nicht gewollt. Die Schuld daran lag aber auch ganz sicher nicht bei ihm. Eine Ehe, so viel wusste er mittlerweile aus eigener Erfahrung, starb langsam und über viele Jahre hinweg.

*

8. September 2015

Jens stand vor seinem Laptop, der noch eine gute Stunde Saft hatte, und auch die Zeit für ein saftiges Geständnis war seiner Meinung nach reif.

Das kleine Lämpchen der Kamera war ausgeschaltet, was aber nicht unbedingt bedeuten musste, dass sein Geiselnehmer abwesend war. Im Gegenteil. Wenn Jens an seiner Stelle gewesen wäre und dessen perfide Lust an der Peinigung geteilt hätte, dann würde er sich das angezettelte Schauspiel auf keinen Fall entgehen lassen.

»Hören Sie mich?«, fragte Jens.

Er hatte es eilig. Inzwischen war die Raumtemperatur im Appartement merklich gestiegen. Bald schon würde es unangenehm werden.

»Ich werde Ihnen die Wahrheit sagen. Ich werde alles gestehen. Jedes noch so kleine Detail.«

Der Geiselnehmer schwieg.

Vielleicht saß Gott gerade auf dem Pott, dachte Jens, oder er hielt ein Nickerchen, während ihm der kühle Wind aus der Klimaanlage neckisch in den Nacken blies. Jens beschloss, Krach zu machen, um Aufmerksamkeit zu erregen, und so sang er, so laut und überdreht er konnte, ein Lied aus seiner Kindheit. Immer und immer wieder.

Wir sind die Pumpa von Scheiße Extra.
Wir pumpen Scheiße für den Export.

Der mit der Jacke, der pumpt die Kacke,
Und sein Kolleesche, der pumpt die Seesche.
Der kleine Dicke, der fischt die Stücke,
Der große Lange rührt mit der Stange.
Dass wir die Pumpa sind, das riecht ein jedes Kind,
Denn Gott sei Dank gibt's den Gestank …

Doch auch nach der 41. Wiederholung war dem Computer kein Anzeichen von Leben zu entlocken. Jens gab auf und klappte den Laptop zu, um die Batterie zu schonen. Wenn er jetzt doch nur eine Zigarette gehabt hätte.

*

Die Sonne ging unter und tauchte den wolkenlosen Himmel über Berlin in märchenhaftes Licht. Der Wind ging durch die Bäume und erfrischte Gemäuer wie Gemüter. Nur Jens bekam von alldem nichts mit. Er lag nackt in seinem eigenen Saft auf der Ledercouch und schwitzte. Die Raumtemperatur war auf über 40 Grad gestiegen. Mit den Ausdünstungen seines Körpers, die in einem dünnen Rinnsal den Fuß der Couch hinab in den Sisalteppich sickerten, verlor Jens nun auch seinen Verstand, Tropfen für Tropfen.

Vor etwa drei Stunden war ihm der Thunfischsalat entkommen. Unhaltbar. Er hatte sich durch sämtliche Körperöffnungen gezwängt. Unten wie oben, sogar durch die Nase. Da ihm Papier fehlte, um sich zu reinigen, musste er ein Handtuch missbrauchen. Alles stank. Er, das Bad, die Couch, sein Leben.

Er hatte versucht, den Flüssigkeitshaushalt wieder auszugleichen, und mehrere Liter Kondenswasser getrunken, ohne es jedoch halten zu können. Nun ekelte er sich vor dem Wasser, schien es doch Keim aller Übelkeit zu sein. Aber egal. Es war eh kaum noch was da.

Er drehte sich ächzend zur Seite. Die Blockierung in der Brust stach mit heißen Stricknadeln Löcher in das weiche Fleisch seiner Lungenflügel. Sein Kopf drohte unter der Last der eigenen Größe zu explodieren, es fühlte sich an, als wäre er in den vergangenen Stunden um das Doppelte gewachsen. Sein Herz pochte langsam, aber laut in den Wunden an der rechten Hand und brachte von dort aus den ganzen Körper zum Vibrieren.

Auf diese Weise wollte Jens nicht mehr sein.

Betäuben. Jede Pore dieses elendig schmerzenden Fleischsacks zum Schweigen bringen. Das war, wonach er sich sehnte.

Also sammelte er seine Kräfte ein weiteres Mal, um mit ihnen den Gang zum Rotwein zu bezahlen. Ohne Genuss und Geschmack, sogar ohne einen Gedanken an ihren Wert zu verschwenden, einfach um der narkotisierenden Wirkung willen, quälte er sich in einem fort den Inhalt zweier Flaschen hinunter.

Was Jens sich wünschte, wurde ihm erfüllt. Diesmal hielten seine Rohre dicht, und so gelang ihm der Eintritt in die Schwerelosigkeit seiner Träume.

*

Mitten in der Nacht erwachte Jens. Noch immer lag er auf der Couch. Die Luft aber war klar und frisch.

Er schaute sich im Appartement um und erblickte die Möbel aus seiner alten Wohnung. Dann sah er an sich herab und erschrak. Arme und Beine waren ihm mit Stricken am Körper festgebunden worden.

Was war geschehen, während er schlief? Wie viel Zeit war vergangen? Was hatte er verpasst?

Was als Nächstes geschah, machte keinen Sinn. Die Wohnungstür öffnete sich einen Spaltbreit, und Stalin kam schwanzwedelnd und fiepend vor Begeisterung in die Wohnung gehechelt. Er sprang Jens auf die blanke Brust und begann ihm durchs Gesicht zu schlecken. Jens hatte keine Handhabe, um sich zu wehren. Er prustete und hustete, um den sabbernden Hund loszuwerden. Von der ekelerregenden Schlabberei hatte er noch nie etwas gehalten. Dann bellte Stalin und rannte zur Wohnungstür zurück.

Offensichtlich war die Überraschung mit dem Hund nicht die einzige, denn im Hausflur begann sich Stimmengewirr zu einem Chor zu formieren. Wie bei einer Geburtstagsparty betraten laut und lustig singend, begleitet von Holger an der Ukulele, Silke, Philipp und *Arschloch*, Falk Heise, Claudia Giese, Frank Bussmann und sogar Susanne Mühlisch und Wolfgang Pißneck das Wohnzimmer. Jeder trug, anstelle eines Geschenkes, ein angsteinflößendes Werkzeug in den Händen, und ehe Jens vollends begriff, was da vor sich ging, war es auch schon zu spät.

Während die Gruppe in Feierlaune unaufhörlich *Wir sind die Pumpa von Scheiße Extra* sang, wurde Jens fachmännisch von Claudia Giese geknebelt und von Frank Bussmann in die Couch gedrückt.

Susanne öffnete eine riesige Gartenschere und legte sie Jens um Hodensack und Zauberflöte, Pissnelke positionierte sich mit zwei Elektroschockern an seinen Ohrläppchen und Stalin mit seiner Zunge an den Fußsohlen. Alle warteten auf das Kommando von Silke, die eine Trillerpfeife in der Hand hielt und den Countdown einzählte.

»Auf die Plätze ...«

Vollkommen unbeteiligt telefonierte *Arschloch* mit der

Bank und organisierte die Zwangsversteigerung des Appartements, während Holger den Weinhumidor plünderte und Philipp mit großer Lust und noch größerem Vorschlaghammer den Fernseher zerlegte.

»Fertig …«, sagte Silke und führte die Trillerpfeife zum Mund, bereit, das ultimative Signal zu blasen. Jens sah panisch zwischen ihr und der Gartenschere hin und her. Doch statt Erbarmen zu haben, grinste ihm seine Exfrau ein letztes Mal satt und mit Genugtuung entgegen, schob mit spitzem Mund einen vergifteten Luftkuss hinterher und blies mit aller Kraft in die Tröte.

*

»NEEEEEIN!!!«, schrie Jens und erwachte ein weiteres Mal auf seiner Couch.

Er zitterte am ganzen Leib. Aber nicht des Alptraums wegen. Die Kälte war es, die ihn zum Beben brachte.

Seine Hände schlotterten heftiger als die von Muhammad Ali, seine Zähne klapperten wie ein Gerippe aus dem Kinderfernsehen, seine Zunge verkrampfte und hinderte ihn am Luftholen.

Schmerz spielte keine Rolle mehr, Jens drohte zu erfrieren.

Er rollte sich von der Couch auf die Küchenfliesen. Sie glühten noch immer wie die Terrassenplatten einer spanischen Finka. Die Luft stand vor Hitze. An der Raumtemperatur hatte sich nichts geändert. Doch Jens fror wie ein chinesischer Nackthund im Winter.

Er schleppte sich bibbernd mit einer Decke ins Bad, schmiegte sich an die aufgeheizte Keramik der Badewanne und überließ alles Weitere den Überlebensinstinkten seines Körpers.

Dieser handelte unverzüglich, nahm Jens das Bewusstsein, fuhr Herzschlag, Stoffwechsel und Atmung auf ein Minimum herunter und schickte den Gebeutelten in einen Dornröschenschlaf, ohne Träume und Schmerzen, ohne schlechtes Gewissen und die Angst vor dem eigenen Ende.

9

9. September 2015

Ich bog auf meinem Fahrrad in die Kleine Leipziger ein. Bedrohlich baute sich zur Musik aus Mozarts *Requiem* Lamprechts Hochhaus vor mir auf. Das *Lacrimosa* hatte gerade begonnen. Die Geigen fiepten zaghaft und unsicher, als wollten sie den Gang nicht mit mir gehen. Dabei hatte ich selber Angst vor dem, was ich nicht wusste.

Ich wusste nicht, wie es Herrn Lamprecht ging und in welcher Stimmung Tai mich empfangen würde. Ich wusste nicht einmal, wie ich mich selber fühlte. Ob ich mich freute oder nicht.

Der Chor setzte ein und sang mir und den Geigen sanft, aber mit unerschütterlichem Schritt die Stufen der Tonleiter erklimmend, ein paar wenig tröstende Worte aus der Bibel zu:

Lacrimosa dies illa,
Qua resurget ex favilla.
Ludicandus homo reus;
Huic ergo parce Deus.

Tag der Tränen, Tag der Wehen,
Da vom Grabe wird erstehen
Zum Gericht der Mensch voll Sünden;
Lass ihn, Gott, Erbarmen finden.

Tatsächlich hatte ich mal an einem gelangweilten Wochenende den liturgischen Text der Totenmesse auswendig gelernt, auf Deutsch und in Latein.

Die meisten meiner Komponistenfreunde hatten in ihren Werken damit gearbeitet, und um zu verstehen, wie und was sie da vertonten, empfand ich das als Pflicht. Allerdings wusste ich auch, dass ich damit, zu einem unerwarteten Zeitpunkt an der richtigen Stelle vorgetragen, meine atheistischen Eltern zu Tode erschrecken konnte.

Ich hielt ja genauso wenig von dem Gesülze wie sie, aber wenn jemand wie Mozart mit dem Wort Gottes hantierte, konnte selbst ich dem etwas abgewinnen.

Es gab so vieles, das sich Mozart und seine Kollegen noch nicht erklären konnten. Schließlich steckte die Astrophysik zu seiner Zeit noch in den Kinderschuhen. Das konnte ich ihm ja schwer zum Vorwurf machen. Ganz nach dem Motto »Wer nichts weiß, muss alles glauben«.

Diesen netten Spruch von Marie von Ebner-Eschenbach hatte uns Herr Bussmann beigebracht, mein Deutschlehrer, die alte Laberbacke, der seit heute im Büro von Herrn Lamprecht sitzen und Direktor spielen durfte. Das hatte ich während der Hofpause, bei einem neugierigen Besuch im Sekretariat herausgefunden, da mir ohne Tai die Zeit im Musikraum zu langweilig wurde.

Tai war wieder nicht erschienen. Ich hatte es auch nicht erwartet. Aber gehofft. Alles andere wäre eine Lüge.

Ich wollte so dringend seinen Gesichtsausdruck sehen, in seinen Augen lesen, ob sich in unserer Beziehung etwas verändert hatte, seitdem ich ihm so tolpatschig meine Liebe gestanden, sofort danach das Weite gesucht und ihn dann mit dämlichen Nachrichten bombardiert hatte.

Die Gewissheit, ihn am Abend zu treffen, half mir, die gegenseitige Funkstille zu ertragen.

Ich schloss mein Fahrrad an einer Laterne neben dem Seiteneingang an und sah auf die Uhr. Es war fünf vor sechs. Gleich würde die unerträgliche Wartezeit ein Ende haben.

Mozart schenkte mir ein kleines Klarinettensolo, das wie eine Insel der Hoffnung aus dem Meer der Traurigkeit ragte und einen glücklichen Ausgang des Tages versprach. Ich schloss die Augen und fühlte, wie sich der verkuschelte Klang des Holzblasinstruments um meinen Körper schmiegte, während die Sonnenstrahlen einen rötlich schimmernden Schleiertanz auf meinen Lidern vollführten.

Eigentlich hatte ich das Requiem nur aufgelegt, um mich auf Omas Beerdigung einzugrooven. Zu Hause war nämlich an nichts anderes mehr zu denken. Das lag weniger an Oma und ihrer Beisetzung als an Mutter und ihrer Reisephobie.

Jede Reise machte Mama nervös. Selbst ein Wochenendausflug in den Spreewald. Und Papa, der von Berufs wegen ständig reisen musste, war auch nervös. Wegen Mama.

Die beiden hatten sich auf eine absurde Abfahrtszeit geeinigt. Vier Uhr in der Früh sollte es losgehen, weil Mama um jeden Preis dem Berufsverkehr entkommen wollte.

Nun waren alle Koffer gepackt, Schnitten geschmiert und, das Einzige, was ich an Autofahrten ohne Mama wirklich vermissen würde, ein ganzes Dutzend ihrer leckeren Putenschnitzelchen gebraten.

Die Aussicht auf eine lange Strecke mit seiner Frau als Beifahrerin machte meinen Vater latent aggressiv. Kein Wunder also, dass er total angepisst reagierte, als ich ankündigte, das Haus noch einmal verlassen zu wollen.

Nachdem ich Grund und Ziel meines abendlichen Streifzugs glaubhaft erlogen hatte, irgendwas mit Schule, bat mich Papa beinahe flehentlich, um Mamas Nerven zu schonen und um des lieben Familiensegens wegen, nicht später als acht Uhr wieder zu Hause zu sein. Das wird knapp, dachte ich und versprach es hoch und heilig.

»Amen«, sang der Chor, und Tai trat aus dem Haus. Weil er mich nicht gleich erblickte, sah er ungeduldig auf seine Armbanduhr und fuhr sich dabei wie ein Fotomodell durch die struppigen Haare.

Mein Gott, was für ein Anblick! Zu jeder Tages- und Nachtzeit hatte ich sein Bild vor Augen, aber kaum stand er leibhaftig vor mir, verblasste jede Erinnerung wie eine Lüge vor seiner wirklichen Anmut. Meine Fingerspitzen begannen zu kribbeln. Sie hatten Sehnsucht nach seiner Gänsehaut. Mein Puls schlug in die Höhe. Ich spürte ihn in unserer Blutsbruderwunde. Dann erblickte er mich.

Als ob wir uns eben erst in der Schule gesehen hätten, kam er lässig auf mich zu und hob seine Rechte zum Handshake. Ich schlug vor lauter Aufregung völlig daneben, was er mit den Worten »Hast 'n Klaus gefrühstückt?« kommentierte.

Es waren die schönsten Worte, die ich seit zwei Tagen gehört hatte, wiegten sie mich doch in der Sicherheit, dass alles so war wie immer. Das war es aber nicht. Das spürte ich genau. Auch wenn er nichts zu den Vorkommnissen der letzten achtundvierzig Stunden sagte, auch wenn er versuchte, so gelassen und normal wie möglich zu wirken, hinter seiner Coolness blitzte Hysterie hervor.

»Wo warst du?«, fragte ich. »Ich hab wie blöde versucht dich zu erreichen.«

»Akku war alle«, log Tai, ließ keinen Zweifel daran, dass er nicht darüber sprechen wollte und zog mich durch den Hintereingang zum Fahrstuhl.

»Komm schon, Lamprecht wartet.«

*

»Ist er tot?«, fragte ich schockiert und hatte unsere sofortige Inhaftierung vor Augen.

»Nein, nein, er schläft nur«, antwortete Tai. Ein leicht überdrehtes Zittern in seiner Stimme ließ mich ahnen, dass er sich da selbst nicht so ganz sicher war.

Wir standen mit dem Monitor im I-Schacht und starrten auf das Bild, das uns die Teleskopkamera aus dem Badezimmer sandte. Herr Lamprecht lag bewegungslos in der Wanne, halb in eine Decke gewickelt. Er sah nicht gerade lebendig aus. Mein Herz raste.

»Was hast du mit ihm gemacht?«, flüsterte ich vorwurfsvoll.

»Nichts.«

»Aber warum liegt er dann regungslos in der Wanne?«

»Er wollte heute mal woanders schlafen«, entgegnete Tai und wusste selber, was für eine dämliche Antwort das war.

»Warum schläft er denn überhaupt noch? Es ist nach 18 Uhr«, bohrte ich besorgt nach.

»Jetzt mach schon und dreh das Ventil auf!«, überging Tai meine Frage ungeduldig. »Wenn er sich da schon so bereitwillig hinlegt, dann wollen wir ihm den Wunsch auch erfüllen.«

»Das da?«, fragte ich und zeigte auf einen Drehgriff.

Er nickte. Ich drehte.

Wasser lief aus dem Hahn in Lamprechts Badewanne. Gebannt starrten wir auf den Monitor in Tais Händen. Die Decke saugte sich voll, eine ihrer Ecken verstopfte den Abfluss. Herr Lamprecht aber blieb regungslos liegen, während das Wasser um ihn stieg.

»Nicht, dass er ertrinkt«, sagte ich.

»Psssst!«, zischte Tai. »Wir müssen leise sein. Sonst hört er uns.«

Also schwieg ich und hielt meinen Blick bittend auf die Badewanne.

»Bitte mach, dass er noch lebt! Bitte mach, dass er noch lebt! Bitte mach, dass er noch lebt!«

Plötzlich hielt ich inne. Was war das denn? Erwischte ich mich da plötzlich beim Beten? Sofort ärgerte ich mich. Wer bitte sollte das denn machen? Gott? Nur weil ich nicht wusste, ob der Direktor noch lebte, suchte ich instinktiv Trost bei Gott, oder was?

Wenn es einen Gott gab, dann war das Tai. Zumindest für Herrn Lamprecht, und in gewisser Weise auch für mich. Also formulierte ich meine Worte um und wünschte mir:

»Bitte habe ihn nicht getötet, lieber Tai! Bitte habe ihn nicht getötet, lieber Tai! Bitte habe ihn nicht getötet, lieber Tai!«

Damit konnte ich leben. Das hoffte ich wirklich. Von ganzem Herzen.

Und während sich der Wasserstand unaufhörlich Lamprechts Nasenlöchern näherte, klang das *Confutatis* aus dem Requiem in mir nach. Die Höllenflammen imitierenden Läufe der Streicher passten perfekt zum bedrohlichen Anstieg des Wassers.

Confutatis maledictis
Flammis acribus addictis …

Den Verdammten zur Belohnung
Wird die Hölle ohne Schonung …

Immer wenn ich diese Passage hörte, sah ich Mozart vor mir, wie er todkrank im Bett liegt und Antonio Salieri die Noten diktiert. Salieri aber versteht sie nicht gleich, weil Mozart die Akzente, Kontrapunkte und Rhythmen so gewagt setzt, wie nur er es kann. Dabei hat Salieri nichts anderes im Sinn, als dieses Requiem, dessen anonymer Auftraggeber er selbst ist, als das eigene auszugeben, um es nach dessen Tod wiederum Mozart zu widmen. Ein Plan, der aus Rache erwächst. Aus Rache an Gott, für die ungerechte Verteilung von Talent.

Egal, wie wenig diese Begebenheit historisch verbürgt ist, für mich war diese Filmszene aus *Amadeus* die genialste, die jemals gedreht wurde, und irgendwie stand sie Pate für die Situation, in der ich jetzt steckte.

Salieri, Mozart und Gott standen mir, Tai und Herrn Lamprecht gegenüber. Blieb nur die Frage, wer wen spielte? Salieri war definitiv der Depp in der Geschichte. Also stand meine Rolle schon mal fest.

Plötzlich prustete Herr Lamprecht los und erwachte zum Leben. Was für ein Glück. Selbst Tai stieß einen leisen, unkontrollierten Seufzer der Erleichterung aus, und ich bekam eine Idee davon, wie brenzlig die Lage um unseren Direktor wirklich gewesen war.

Die kommende Dreiviertelstunde war Herr Lamprecht damit beschäftigt die Kontrolle über seine geistige Verfassung wieder zu erlangen. Nachdem er sich, dem ersten Reflex folgend, satt getrunken hatte, drehte Tai ihm das Wasser wieder ab, ehe er auf die Idee kommen konnte, einen Vorrat anzulegen. Es war ein Trauerspiel, wie Herr Lamprecht verzweifelt, aber noch völlig tranig und kraftlos nach einem Stöpsel suchte, während das Wasser in den Abfluss rann.

Danach war er auf eine merkwürdige Weise über die Badezimmerfliesen gerobbt und hatte jeder einzelnen die Hand aufgelegt.

»Was macht er da?«, fragte ich.

»Er spielt Papst«, kicherte Tai befreit und schien wieder ganz der Alte zu sein.

Schließlich hatte Herr Lamprecht das Badezimmer verlassen und zwanzig Minuten später seinen Laptop eingeschaltet.

*

Als wir in unsere Kommandozentrale zurückgekehrt waren, staunte ich nicht schlecht. Es war offensichtlich, dass Tai in den vergangenen zwei Tagen hier gehaust hatte. Eine ordentliche Matratze lag auf dem Boden, Decken und ein paar Kissen. Getränke und Lebensmittel standen in der Küche, im Bad gab es Zahnputzzeug und Shampoo.

»Warst du die ganze Zeit hier?«, fragte ich und sah mich um. Das Appartement hatte an Atmosphäre gewonnen, und es roch verheißungsvoll nach Tai. Gleichzeitig vermittelte es zweifelsfrei den Eindruck, dass er beabsichtigte, noch länger zu bleiben.

»Manchmal muss man Prioritäten setzen, kleiner Jannik«, sagte Tai und fummelte an seinem Laptop herum.

»Und warst du auch da, als ich gestern geklingelt hab? Und mir nach dir die Seele aus dem Leib geschrien und geheult hab wie ein Schlosshund?«, fügte ich in Gedanken an.

»Hab kein Klingeln gehört«, sagte Tai lapidar. Dann öffnete sich das Kamerafenster auf seinem Rechner, und Herr Lamprecht war auf Sendung.

Er wuchtete sich vor den Laptop und blickte dumpf und duselig in die Kamera. Er sah mitgenommen aus. Blass und ausgezehrt, abgekämpft und kränklich. Die zwei Tage ohne Wasser hatten ihn altern lassen. Er tat mir leid. So durfte ein Mensch nicht leiden, selbst unser Schulleiter nicht.

»Egal was er sagt, wir müssen ihn freilassen«, flüsterte ich. »Wir tun ihm weh.«

Tai nickte und ließ offen, welchem Teil meiner Feststellung er zustimmte. Dann lenkte er meine Konzentration auf Herrn Lamprecht, der sich räusperte und zu sprechen begann. Tai drückte auf Record und zeichnete seine Worte auf.

»Danke für das Wasser«, sagte er stimmlos, so dass man ihn kaum verstand.

Gern geschehen, antwortete Tai, indem seine Finger über die Tastatur flitzten.

»Darf ich jetzt beichten?«, bat Herr Lamprecht, seiner Souveränität beraubt.

Bitte, ermunterte ihn Tai.

Wie um alles in der Welt hatte er unseren eloquenten Schulleiter in ein solches Schaf verwandelt? Ich sah Tai fragend an. Seine Augen funkelten, als ob er jedes der folgenden Worte vorausahnte. Herr Lamprecht holte Luft.

»Melanie Heise hatte keine Psychose.«

Tai strahlte über beide Ohren. Er nickte Herrn Lamprecht Mut zu, der weitersprach, als ob er ihn sehen könnte.

»Dies war eine bewusste Fehleinschätzung, die durch mich initiiert wurde, um die Schule zu schützen und den Vorgang zu vertuschen, dass Herr Lehmann sexuellen Kontak zu Melanie Heise hatte.«

Rums! Ein Hochhaus brach in sich zusammen. Herr Lamprecht schlug mit einer tonnenschweren Abrissbirne das monumentale Lügengebäude ein, in dem er sich monatelang eingerichtet hatte. Mir klappte der Unterkiefer runter. Tai ließ seine Fäuste scheppernd auf die Tischplatte sausen und jauchzte vor Glück. Der Direktor fuhr fort:

»Melanie Heise wurde ohne Grund als psychisch labil und als notorische Lügnerin dargestellt. Infolgedessen sprang sie vom Schulgebäude in den Tod. Danach wurden die zum Suizid führenden Vorgänge nicht aufgedeckt, sondern wissentlich von mir und Holger Lehmann vertuscht.«

Herrn Lamprecht wurde schwindlig. Er schwankte auf seiner Couch und kämpfte mit dem Bewusstsein.

Das hast du sehr gut gemacht, lobte Tai seine Geisel.

»Reicht das jetzt?« murmelte Herr Lamprecht.

Eine Sache noch, schrieb Tai, *nenn mich bitte beim Namen, wenn du zukünftig mit mir sprichst!*

Herr Lamprecht schloss seine Augen vor lauter Kraftlosigkeit.

»Aber ... aber den kenn ich doch nicht.«

Eine einzelne Träne rann ihm unter dem rechten Augenlid hervor.

Doch mein Freund. Den kennst du seit dem ersten Tag.

»Meinst du Gott?«, erriet Herr Lamprecht, kaum noch anwesend.

Jepp!, antwortete Tai keck.

Doch Herr Lamprecht verlor nach dem fast unverständlich gebrabbelten Buchstabensalat »Unwspassierdjetzt mitmir, Gott?« sein Bewusstsein und sank mit feucht-klebrigem Klatschen auf seine Couch nieder.

Das war's. Ich war außer mir vor Erregung. Unsere ganze Aktion hatte sich nun doch gelohnt. Wir hatten Gerechtigkeit geschaffen. Wir hatten den Beweis erbracht, der Melanies Eltern vor Gericht gefehlt hatte. Zwischen Melanie und Herrn Lehmann war wirklich was gelaufen, und Herr Lamprecht hatte seine Lügen gestanden. Jetzt mussten wir schnell handeln.

»Geil, geil, geil!«, jubelte ich. »Hast du alles drauf?«

»Klar«, sagte Tai, beendete die Aufnahme und hielt mir erneut seine Rechte entgegen. Diesmal gelang der Handshake. Es klatschte laut und saftig.

»Dann rufen wir jetzt den Notarzt und gehen mit dem Material zur Polizei, oder wie willst du vorgehen?«

Tai lächelte mich an, keckernd wie ein Affe, und ahmte meinen überdrehten Tonfall nach.

»Hey supi, genauso machen wir das. Ich ruf schon mal den Notarzt, und du erzählst derweil der Polizei, dass wir unseren Direktor entführt und gefoltert haben, um das Geständnis aus ihm rauszukitzeln, oder wie hast du dir das vorgestellt?«

Einen Moment fühlte ich mich wie überfahren. Tai hatte recht, das alles würde strafrechtliche Folgen für uns haben. Aber egal. Die Moral war doch auf unserer Seite. Jeder würde das sehen.

»Ja, na klar, das ist 'ne blöde Geschichte, aber jetzt ist es doch unsere Pflicht, die ganze Sache hier zu beenden und …«

Tai legte mir seinen Zeigefinger auf den Mund und brachte mich zum Schweigen. Er senkte verheißungsvoll seine Stimme.

»Mein kleiner Jannik. Jetzt geht der Spaß doch erst richtig los.«

Tais Lächeln machte mir Angst. Welcher Spaß denn? Was an unserer Situation war jetzt noch spaßig?

»Nein! Jetzt ist Schluss«, versuchte ich zu erwidern.

»Wir müssen zur Polizei gehen, die werden uns ja nicht gleich ins Gefängnis …« Doch sein Zeigefinger unterbrach meinen Wortschwall abermals.

»Die Polizei, Tschaikowski, kann uns nicht helfen.« Er flüsterte voller Zärtlichkeit, als hätte er etwas unglaublich Romantisches gesagt. »Die Polizei sind wir selber.«

Dann näherten sich seine Lippen dem Ort, an dem noch immer sein Finger weilte, und all meine Gedanken zum Thema Jens Lamprecht verschwammen zu einem Brei, den die Übermacht meiner Sinne im Eifer des Gefechtes ins Klo kippte, um Platz für die Erfüllung all meiner Sehnsüchte zu schaffen.

Tai nahm seinen Finger von meinem Mund, schloss die Augen und landete seine butterweichen Lippen auf den meinen. Weil er aus dieser ungewohnten Perspektive wie ein kubistischer Zyklop aussah, schloss auch ich meine Augen und gab mich dem Flirren des Glücks hin, das jede meiner Körperzellen augenblicklich zum Sambatanzen brachte.

»Und, kann er gut küssen?« Das war so ein Satz, den ich aus dem Fernsehen kannte, aber nie verstand. Wie küsst man denn gut?

Ich dachte lange, man küsst oder man küsst nicht, und darin besteht der grundlegende Unterschied. Dann wurde ich auf Klassenfahrt in der siebten als Zimmergenosse meines frühreifen Mitschülers Sven Hartwich unfreiwilliger Zeuge wirklich ekelhafter Küsse zwischen ihm und der zahnbespangten Antonia Siebert.

Sven war ein schlichtes Gemüt mit dem Selbstbewusstsein eines Berggorillas. Er hatte nicht mal eine einzige Zwei auf dem Zeugnis, roch unter den Achseln nach Döner und trug ganzjährig dieselbe versiffte Trainingshose, aber er wusste, was er wollte, und hatte unter seiner dauererigierten Messlatte, genügend Platz für jedes Mädchen. Er knutschte so feucht, dass er seine Klamotten danach hätte auswringen können. Jede Nacht kam Antonia in unser Zimmer. Dann fiel er grunzend über sie her. Ich tat so, als ob ich schliefe, lauschte aber angewidert fasziniert dem Sabberkonzert wie einem Kriminalhörspiel. Sven rührte ihr den Gaumen wund, biss ihr die Lippen blutig und zutschte die Spucke aus den hintersten Ecken ihrer Zahnspange. Jedenfalls klang es so. Es klang nach Arbeit. Schwerer körperlicher Arbeit. Ihr Mund musste danach total taub und ausgetrocknet sein. Ich weiß nicht, wie sie das empfand, aber ich wusste plötzlich klar wie Kloßbrühe, dass das kein guter Kuss war.

Danach verfolgte ich die Theorie, dass die Qualität eines Kusses mit der Intensität der Liebe zu tun haben musste. Aber was sagte das dann über meine Eltern aus? Selbst mit zwei zugedrückten Augen konnte man ihre halbherzigen Bussis kaum als Kuss bezeichnen. Wie war es dann um ihre Liebe bestellt?

Auf einschlägigen Internetseiten, die ich im Browser-Verlauf am Computer meines Vaters entdeckte, lernte ich, wie sich Pornodarsteller küssen. Stürmisch, mechanisch und kurz. Meistens vergeuden sie, ähnlich wie meine Eltern, wenig Zeit auf das Spiel mit den Lippen. Stattdessen kommen sie gleich zur Sache.

Während Tai mit seiner Zungenspitze über meine geschlossenen Lippen strich, um sie einen Spaltbreit zu öffnen, und sich dabei so zärtlich und geschickt anstellte, dass außer Frage stand, dass er ein guter Küsser war, stellte ich mir plötzlich meine Eltern beim Liebesspiel vor. Im schönsten Moment meines Lebens keuchte Papa wie eine Schildkröte auf dem Rücken von Mama, die mir mahnend zuzwinkerte.

»Mach nicht zu lange, mein Janni. Wir müssen morgen früh raus.«

Erschrocken löste ich mich von Tais Lippen.

»Alles gut?«, fragte er und öffnete seine Augen. Ich nickte und sah benommen in die endlose Weite seiner Pupillen.

»Wie spät ist es?«, flüsterte ich.

»Egal«, hauchte er mir ins Ohr und begann meine Wange zu küssen. »Wir haben die ganze Nacht vor uns.«

Niagarafallartig sauste mir die Lust in die Hose. Sein Atem kitzelte an meinem Nacken entlang und verwandelte meine Haut in ein Ebenbild des von Tausenden Vulkanen übersäten pazifischen Feuerrings. Jede meiner Poren drohte augenblicklich zu explodieren.

Hören, Riechen, Sehen, Schmecken. All das kannte ich gut. Doch dass die Haut ein Sinnesorgan war, hatte ich bis zu diesem Zeitpunkt höchstens im Schmerz erfahren.

Tai öffnete seine Lippen und fuhr mir mit der Zungenspitze über die Gänsehaut. Mein Verstand verabschiedete sich im Rausch der neuen Empfindungen. Dann stockte er kurz, blies einen zarten Hauch kalte Luft auf die feuchte Spur, die er gezogen hatte, und biss mir beherzt in den Hals. Mein Nervensystem kollabierte. Unkontrolliert schrie ich auf.

»Ich kann nicht.«

Tai lachte.

»Was kannst du nicht?«

Endlich fand ich einen Blick auf die Uhr. Es war kurz vor acht.

»Dableiben. Es geht nicht. Entschuldigung. Ich muss in zehn Minuten zu Hause sein. Ich hab es meinem Vater versprochen.«

Tai sah mich an wie einer dieser Velociraptoren in *Jurassic Park*, kurz bevor sie zubeißen. Den Kopf etwas schräg, ein bittersüßes Lächeln auf den Lippen, stoßweiße Luft durch die Nüstern blasend.

»Nicht dein Ernst, oder?«

Ich nickte verlegen.

»Doch. Meine Oma ist gestorben. Wir müssen zu ihrer Beerdigung.«

Dann zog er mich urplötzlich an sich heran.

»Dann kannst du ihr jetzt auch nicht mehr helfen. Scheiß auf Oma!«

Er drückte mir mit Nachdruck seine Lippen ins Gesicht und begann mit seinem rechten Knie meine gehärteten Weichteile durchzukneten. Die Vehemenz, mit der er plötzlich vorging, erinnerte mich an Sven Hartwichs Knutschattacken.

»Tai. Tai …!«, versuchte ich den wildgewordenen Drachenjungen zu bändigen, der gerade meine Gürtelschnalle zu öffnen begann.

»Tai … bitte hör auf!«

Er biss mir in die Lippen und vergrub seine Hand in meiner Unterhose. Es tat weh.

»Tai! Ich will das nicht! Lass mich! Ich muss los.«

»Fick deinen Vater …«, stöhnte er wie ein Tier und riss wie besessen meine Vorhaut hin und her, bis sie brannte. »Fick Lamprecht! Fick alle Autoritäten!«

Ich kann nicht mehr genau sagen, woher ich die plötzliche Kraft nahm, aber ich hatte fürchterliche Angst vor dem, was da passierte, ich musste dringend nach Hause, und im Nachbarappartement hockte Herr Lamprecht und brauchte Hilfe. Das war alles zu viel für mich. Also stieß ich Tai von mir. Ohne Vorwarnung. Mit aller Gewalt.

»Du sollst mich in Ruhe lassen!«

Er war so leicht. Flog wie in Zeitlupe quer durch den Raum, stolperte über seine Matratze und stieß, rückwärts zu Boden taumelnd, mit dem Kopf gegen einen Küchenschrank. Der laute Knall ging mir durch Mark und Bein.

Einen fürchterlich langen Moment herrschte Stille. Geschockt stand ich da. Mit halb heruntergelassener Hose und Blut an den Lippen. Ich starrte auf Tai, der bewegungslos am Boden lag.

In Filmen waren das die Momente, in denen aus einfachen Jungs wie mir Mörder wurden. Dann aber bewegte sich Tai. Er sah mich schwer atmend mit weit aufgerissenen Augen an, wie ein verletztes Reh, in das mit einem Mal der Hass gekrochen war.

»O.k., Fetti …«, sagte er leise und in einer beleidigenden Weise, wie ich sie nie zuvor aus seinem Mund vernommen hatte »... aber dann kannst du das alles hier vergessen. Verschwinde! Hau ab! Verpiss dich!«

Ich hörte seine Worte. Aber ich verstand sie nicht. Sie durchpflügten meinen Schädel und rammten Haken in die weiche Masse Hirn, mit der ich nichts mehr anzufangen wusste. Kein sinnvolles Wort kam mir über die Lippen. Keine angemessene Reaktion stand zum Abruf bereit.

»Los, geh schon!«, begann Tai zu schreien. »Geh zu Vati und Mutti und erzähl ihnen, wie böse der Ausländer ist! Geh zur Polizei und sag ihnen, was der Fidschi mit dem Direx gemacht hat. Los, verpfeif mich, du Schwanzlutscher! Wissen deine Eltern eigentlich, was du für 'ne feige Schwuchtel bist?«

Ein Notstromaggregat schaltete sich irgendwo in meinen Frontallappen ein und jagte ohne mein geistiges Dazutun die Worte »Aber Tai ...« durch die Synapsen. Doch ehe mein Mund sie formulieren konnte, setzte er nach:

»Zieh Leine, du Memme!«

Er stand auf und kam auf mich zu.

»Geh zu Papa und lass dir den Arsch versohlen.«

Er stellte sich vor mir auf und brüllte mir ins Gesicht.

»Geh verdammt! Du machst doch sonst immer, was man dir sagt. Geh!«

Endlich reagierte mein Körper und brachte leise ein Wort hervor.

»'tschuldigung?«

Es war das falsche. Er rotzte mir eine volle Ladung Spucke ins Gesicht. Dann klingelte mein Handy. Es war Papa. Ich ließ ihn bimmeln. Während mir Sabber von der Nase tropfte, sah ich Tai in die Augen und suchte vergebens nach dem Jungen, den ich liebte.

»Was hab ich denn falsch gemacht?«, flüsterte ich, nachdem das Handy endlich verstummt war.

»Gar nichts …«, antwortete er, »das ist es ja.«
Dann verließ ich ihn.

*

Wie besessen raste ich auf meinem Fahrrad durch die vom Dämmerlicht in Blut getränkte Stadt, bis mir die Waden brannten und jeder Atemzug stach.

Mozart dröhnte mir durch den Kopf.

Er klang härter, lauter und erbarmungsloser als jeder Technobeat.

Dies irae, dies illa
Solvet saeclum in favilla:
Teste David cum Sibylla.

Tag der Rache, Tag der Sünden,
Wird das Weltall sich entzünden,
Wie Sybill und David künden.

Während mir die tosenden Streicher die kochenden Winde des Höllenfeuers ins Gesicht peitschten, sang ich mir die Kehle aus dem Hals.

Quatus tremor est futurus,
Quando judex est venturus,
Cuncta stricte discussurus!

Welch ein Graus wird sein und Zagen,
Wenn der Richter kommt, mit Fragen
Streng zu prüfen alle Klagen!

Ich wollte taub sein. Taub am ganzen Körper. Jede einzelne der Berührungen vergessen machen, die mir Tai für immer in die Erinnerung tätowiert hatte und die jetzt schmerzten, wie offene Wunden in einer Lauge aus Salz. Ich wollte wieder unschuldig sein, verliebt und dumm. Stattdessen wirbelten Tais Worte wie Furien um mich herum und bissen und schrien mir in hysterischen Koloraturen ins Gewissen, dass mir die Brust zersprang: »Schwanzlutscher! Fetti! Geh zu Papa! Geh zur Polizei! Du machst doch sonst immer, was man dir sagt. Wissen deine Eltern was du für 'ne feige Schwuchtel bist?«

Als Mozart mit einem geisterhaft leeren Streicherakkord auf den irdischen Boden des Grundtons zurückkehrte, hielt ich erschöpft mein Fahrrad an, sank zu Boden und starrte auf die Spree. Ich weiß nicht mehr wie lang. Zehn Minuten, vielleicht zwanzig. So lange bis die Tränen trockneten, die mir hart und schwer, wie Salzkristalle aus den Augen fielen.

Irgendwann fuhr ein mit chinesischen Touristen vollgestopftes Boot der *Stern und Kreis Schifffahrt* an mir vorüber und holte mich zurück in die Realität. Die Chinesen winkten freundlich. Ich zeigte ihnen meinen ausgestreckten Mittelfinger und wurde entrüstet fotografiert. Plötzlich musste ich schmunzeln. In China war ich nun ein Rebell. Tai hätte sich darüber kaputtgelacht. Tai ...

Ich hatte nicht verstanden, was geschehen war, wie er zu diesem Ungeheuer mutieren konnte, welchen Anteil ich daran hatte, wie ernst er seine Worte meinte und wie ich damit weiterleben sollte. Ich wusste nur, dass es nicht helfen würde, mit diesen Gedanken Karussell zu fahren. Ich würde mich immer wieder im Kreise drehen und dabei wahnsinnig werden, dabei hatte ich ein ganz anderes handfestes Problem: Herrn Lamprecht.

Er war ein mieser, rückgratloser Lügner, aber in den Händen des vietnamesischen Racheengels war unser Direktor nicht mehr lange sicher. Ich konnte mir zwar nicht vorstellen, dass Tai absichtlich nach seinem Leben trachtete, aber es ging Herrn Lamprecht wirklich nicht gut, und ich wusste weder, wie lange er die Gefangenschaft noch durchhalten würde, noch, ob Tai im Eifer des Gefechts einen Blick für seine Gesundheit hatte.

Zur Polizei konnte ich nicht gehen. Ich selbst war der Täter. Außerdem hätte ich Tai nicht verraten, was auch immer er mir angetan hatte.

Ich musste selbst eine Lösung finden und Herrn Lamprecht befreien. Allerdings musste er dafür noch ein paar Tage durchhalten.

Mit einem Mal wurde mir die Rollenverteilung klar, die ich zwei Stunden zuvor noch nicht überblickt hatte. Nicht ich war Salieri, sondern Tai. Und Herr Lamprecht war Mozart. Es ging ihm um die Zerschlagung dessen, was ihn kaputtmachte. Und in Tais Fall war das keine Frage ungerecht verteilten Talentes, es ging ihm offensichtlich um die ungerechte Verteilung von Macht.

»Fick Lamprecht!«, hatte Tai ausgerufen. »Fick alle Autoritäten!«, und: »Die Polizei sind wir selber.«

Tais Lust, Gott zu spielen, war kein Spaß, sondern Vorsatz. Es war ihm von Anfang an darum gegangen, den Direktor zu erniedrigen. Das wurde mir immer klarer. Aber wenn das stimmte, was Tai sagte, wenn stimmte, dass wir selbst die Polizei waren, dann musste ich jetzt zum Ermittler werden. Dann lag das Schicksal des Direktors in meinen Händen. Dann war aber, um beim *Amadeus*-Vergleich zu bleiben, in unserer Dreierkonstellation auf einmal ich Gott.

*

Ohne einem durchdachten Plan zu folgen, fuhr ich zu Tais Wohnung und klingelte seine Schwestern vor dem Fernseher hervor. Wieso öffneten die eigentlich immer im Doppelpack die Tür? Schelmisch grinsend, ließen sie mich eintreten.

Mit der Ausrede, etwas für eine gemeinsame Projektarbeit in Deutsch zu benötigen, stürmte ich Tais Zimmer und zog die Festplatte vom Computer, auf der all seine Filmaufnahmen gespeichert waren. Gott brauchte einen Überblick, denn im Moment war er alles andere als allwissend.

Dass Tai in Bezug auf Melanie Heise gelogen hatte und mehr wusste, als er zugeben wollte, war so sicher, wie das Amen in der Kirche. Ob er tatsächlich Filmmaterial von ihr hatte, stand auf einem anderen Blatt.

Aber egal, ob es Erfolg versprach oder nicht, der Diebstahl wirkte wie Balsam auf meinen Wunden. Ein kleines Stück Rache für die Schmerzen an meiner Seele.

Als ich wieder aus Tais Zimmer trat, stand plötzlich die ganze Familie vor mir. Oma, Vater, Mutter, zwei Männer, die ich nicht kannte, und die vietnamesische Variante des doppelten Lottchens. Ich erschrak zu Tode. Was war los? Wussten sie von Tai bereits, was geschehen war? Oder war Tai seit Tagen nicht zu Hause gewesen? Machten sie sich Sorgen? Wollten sie mich zur Rede stellen?

Dann nuschelte Tais Vater mit seinem zungenlosen Golfball-Akzent etwas von Beethoven, und ich begriff, worum es ging. Ich sollte wieder spielen.

Boah, Leute, ich hatte keine Zeit, ich musste nach Hause, ich musste weg. Vor allem raus aus der Wohnung des Jungen, der vor nicht einmal zwanzig Minuten mein Herz in Konfettistücke gerissen hatte.

Aber ich hatte keine Wahl. In Windeseile wurde das Keyboard im Wohnzimmer aufgebaut, und mein kunstsinniges

Publikum nahm Platz auf seinen Kissen. Also spielte ich. Die *Mondscheinsonate*. Mal wieder. Doch diesmal war es anders. Diesmal kriegte Beethoven sogar mich.

Es ist ein reiner, stinknormaler cis-Moll-Akkord, mit dem das Stück beginnt. Aber schon im zweiten Takt, wenn die Linke Hand vom *cis* aufs *h* herunterrutscht, während die Rechte noch immer ihrem Dreiklang nachhängt, verschiebt sich der Weltenpol um die entscheidenden Zentimeter, die einem unmissverständlich klarmachen, dass von nun an nichts mehr so sein wird, wie es einmal war. Man macht sich auf eine Reise, fraglich, ob man jemals wieder zur Unschuld des ersten Taktes zurückkehren wird, und je weiter man kommt, desto schwerer wiegt die Erkenntnis: nein.

Das tausendmal gehörte Stück stand aus heiterem Himmel in einem neuen Gewand vor mir und offenbarte sich als die traurige Geschichte eines langsamen, schmerzhaften Erwachsenwerdens. Niemals zuvor spielte ich es, ohne dabei an die Noten denken zu müssen. Diesmal aber wussten meine Finger von selbst, wo sie hinschweben, wo sie landen mussten, und gaben mir die Zeit, um all die Bitterkeit darin zu begreifen und mit leisen und unmerklichen Tränen zu würdigen.

*

Mit einer kaum vertretbaren Verspätung von siebzig Minuten kam ich zu Hause an, spielte die coole Socke, ließ den Ärger über mich ergehen, ohne mir den emotionalen Supergau der vergangenen Stunden anmerken zu lassen, und organisierte für die vermeintliche Projektarbeit in Deutsch, die ich auch schon Tais Schwestern vorgegaukelt hatte, die Mitnahme von Papas Laptop. Ich hatte schließlich Hunderte Stunden Filmmaterial zu sichten.

Dann schloss ich mich in meinem Zimmer ein, bestieg nun doch das Karussell und brach erneut in Tränen aus. Tränen, die weder von Tschaikowski oder Bach noch von Beethoven oder Rachmaninoff zum Versiegen gebracht werden konnten. Nicht einmal Mozart half in dieser dunkelsten Stunde meines Lebens. Ich war allein.

10

9.–11. September 2015

Die letzten zwanzig oder vierzig Stunden, ihm war das Zeitgefühl längst abhandengekommen, hatte Jens nur durchgestanden, weil er sich fest an den Gedanken klammerte, dass sich seine Situation nach dem Geständnis verbessern würde. Was für eine fundamentale Fehleinschätzung.

Jetzt, da er fast alles zugegeben hatte, was es zu beichten gab, da er alle Fluchtversuche unternommen hatte, die ihm eingefallen waren, da er mit Zuversicht und Redegewandtheit, mit guten Argumenten, mit List wie auch Entgegenkommen keinen Erfolg erzielen konnte, war er mit seinem Latein am Ende.

Gar nichts hatte geholfen, nichts hatte sich verbessert. Ganz im Gegenteil. Die Bodenfliesen waren wieder heiß. Die Tonaufzeichnung von Melanies Selbstmord schallte seit Stunden in Dauerschleife aus dem Badezimmer und verklebte Jens die Gedanken. Die Wasservorräte waren aufgebraucht.

Er musste sich mit dem Umstand abfinden, dass seine Freilassung nie zum Konzept des Geiselnehmers gehört hatte. Von Beginn an musste das Ergebnis festgestanden haben: sein Tod. Nur der Weg dorthin schien von Interesse gewesen zu sein. Jens konnte das aus mathematischer Sicht durchaus nachvollziehen. Seine Geiselnahme war wie eine Gleichung mit Unbekannten. Das Resultat war bekannt, aber x und y machten die Aufgabe reizvoll.

Vielleicht war er ja unfreiwilliger Proband eines psychologischen Experiments geworden? Vielleicht saßen Wissenschaftler, feministische Geheimagentinnen oder Außerirdische im Nachbarappartement und studierten jede seiner Regungen, um die Spezies Mensch, Macho oder Mathelehrer zu erforschen?

Vielleicht war Jens aber auch schon längst gestorben, in der Nacht von Freitag auf Samstag von einem Fahrzeug erfasst oder von einem gewalttätigen Concierge ausgeraubt und niedergestochen worden. Vielleicht war er auch ganz profan an einer Alkoholvergiftung krepiert und lag in Wirklichkeit stinkend hinter einer Supermarktmülltonne. Dann wäre das, was er seit Tagen durchlebte, nichts anderes als sein personalisiertes Verfahren vor dem Jüngsten Gericht gewesen. Und die Frage nach den Gewichten von Gut und Böse war es, die den Richter des Todes interessierte. In welche Richtung würde Jens' Seelenwaage ausschlagen, in die des Paradieses oder die der ewigen Verdammnis?

In diesem Fall, so dämmerte es Jens, würde der Ausgang der Verhandlung kein glückliches Ende nehmen. Er hatte sein Leben vergeigt. Er hatte gelogen, ausgenutzt, intrigiert und misstraut, das war ihm in den letzten Tagen mehr als deutlich geworden. Er war ein moralisches Wrack, ein Arschloch und Zyniker ohne Familie, Freunde und die rechte Lust am Leben. Wofür, wenn nicht dafür, kam man in die Hölle?

Aber mehr noch als das, hatte Jens eine ganze Familie auf dem Gewissen.

So deutlich wie an diesem Tag hatte er seine Schuld am Tod von Melanie Heise noch nie formuliert.

Seine Unschuld musste er so oft beteuern, dass ihm die Wahrheit fast schon wie eine Lüge erschienen war. Nun aber stand die Wahrheit im Raum, weil *Gott* sie einforderte. Und mehr noch als *Gott* beeindruckte sie Jens selbst, der sie im Grunde seines Herzens nie in Frage gestellt hatte.

Vielleicht war es Notwehr, die ihn zur Einsicht brachte, oder eine unterbewusste Überlebensstrategie, jedenfalls lernte Jens die von *Gott* gesandten Qualen ab dem Moment zu ertragen, an dem er sie als Strafen für seine eigenen Verfehlungen akzeptieren konnte.

Und es waren Qualen, die Jens zu erleiden hatte:

Mal sandte *Gott* ihm Hitze. Dann wieder Kälte. Mal schickte er stundenlang ohrenbetäubend lauten Metal durch die Belüftungsschächte und dann wieder fünfhundertmal das gleiche Lied von Helene Fischer.

Wenn Jens Zuflucht in der Badewanne suchte, spielte *Gott* mit beeindruckender Ausdauer am Badezimmerlicht herum. AN-AUS-AN-AUS-AN-AUS-AN-AUS.

Wenn er sich in Ruhe wähnte, erwachte er in einem Meer aus Maden und Larven, die ihm aus der Belüftungsklappe in die Badewanne rieselten.

Stechmücken schwirrten alsbald durchs Appartement und raubten ihm den letzten Zufluchtsort, den er sich mit 800 Euro teurem Rotwein zu erkämpfen versuchte: den Schlaf.

Wann immer er sich der süßen Bewusstlosigkeit näherte, holte ihn das Surren einer Mücke in die Realität zurück. Stiche übersäten mit der Zeit seinen Körper, und jeder einzelne hielt seinen Verstand bei Laune, auch wenn dieser immer tiefer in eine Welt abtauchte, die zwischen Traum und Wirklichkeit kreiste.

»Es sind die Affen, die die Stechmücken begatten«, begann Jens leise, aber unaufhörlich in sich hineinzubrabbeln. »Deswegen vermehren sie sich auch so schnell. Sie stinken nach Benzol, die Affen, und halten sich an ihren Schwänzen fest. Wie in einem Kreis. Ein Kreis aus Affen. Das ist es doch. Das ist es! Die Kohlenstoffatome sind kreisförmig angeordnet, nicht in einer Kette. Scheiß Kette! Hörst du? Lieber eine Rosette aus Affen zum Begaffen als eine Kette aus Yogurette.«

Jens kicherte. Dann wurden ihm die Gedanken schwer.

»Solange sollen wir Affen gaffen, bis wir alle sterben werden.«

Er hielt inne.

»Wollen wir denn sterben? Haben wir denn überhaupt noch einen eigenen Willen? Nein? Keinen Willen mehr? Ich will aber nicht sterben. Auf Särgen sterben Verben. Ich will auf null zurück. Einfach nur auf null zurück. Was? Was hast du gesagt? Zu spät? Wir sind zu spät? Aber was, lieber Gott, machen wir denn dann, wenn wir alle sterben sollen? Wir können das nicht ohne dich. Wir haben unsere sieben Leben noch nicht verbraucht.«

Jens kratzte sich. Er konnte seinen Arm kaum noch heben. Allmählich verließ die Kraft seinen Körper. Sein Blick verschwamm.

Gott musste inzwischen müde geworden sein. Jedenfalls ruhten Musik, Licht und Hitze, und nur die Emsigkeit der Insekten verursachte fortlaufend ihren grausam unrhythmischen Brummteppich.

»Summ, summ, summ, Bienchen summt herum.«

Jens begann zu singen, krächzend und schwach, aber mit Lust am Unsinn. Für Logik und Klarheit hatte sein Prozessor keinen Speicherplatz mehr übrig.

»Muss auch Gott mal schlafen gehen oder andre Kinder quälen. Summsi summsi summ, Gott mag keinen Rum.«

Dann beschloss er zu gehen.

»Es reicht jetzt. Ich muss mir das nicht länger gefallen lassen. Ich gehe. Hast du gehört? Ich gehe. Mach's gut! Ich verschwinde wie die Wurscht im Spinde. Auf, lasst uns brechen, Freunde! Die Zeit des Abschieds ist gekommen. Wir haben unseren Aufenthalt hier sehr genossen, aber irgendwann ist Schluss. Man soll ja aufhören, wenn's am Schönsten ist. Wer zahlt denn eigentlich die Rechnung? Ich? Schon wieder ich? Aber das Essen war vorzüglich, das muss man schon sagen. Philipp, komm, wir gehen! Das lassen wir uns nicht länger bieten. Quizfrage: Wen würden Sie mitnehmen auf eine einsame Insel?«

Jens dachte nach. Diese Frage kam etwas überraschend für ihn.

»Um welche Insel handelt es sich denn?«

Wie aus wabernden Farben in der Unschärfe eines bewegten Wasserspiegels erschien vor seinem geistigen Auge ein Bild von Böcklin. Ein geisterhafter Fährmann steuerte sein schmales Holzboot über den Fluss Lethe zu einer pinienbewachsenen Felseninsel.

»Ah, die Toteninsel. Ja, wen nehme ich mit auf die Toteninsel? Das ist eine interessante Frage. Vielleicht meinen Sohn? Wissen Sie, er braucht seinen Vater. Er hatte es etwas schwer in letzter Zeit, und da will ich ihn ungern alleine lassen. Kinder sind ja unsere Zukunft. Und gerade im Moment des nahenden Todes sollte man doch an seine Kinder denken, meinen sie nicht auch?«

Jens wurde leiser.

»Der Staffelstab am Urnengrab. Den müssen wir doch weitergeben.«

Die Worte gingen ihm immer schwerer und langsamer von den Lippen.

»An die nächste Generation. Die müssen doch alles besser machen. Besser als wir, nicht wahr?«

Er fühlte sich müde.

»Aber jetzt entschuldigen Sie mich bitte, ich muss ein

Schläfchen machen. Fünfzehn Minuten. Wie die Japaner. Kurz die Akkus laden und im Traumland baden.«

Dann sah Jens Philipp vor sich. Er sah in die offenen, lachenden Augen seines Sohnes und entschlief.

11

10. September 2015

»Will vielleicht jemand ein Schnitzelchen?«, fragte Mama.

»Nein«, sagte Papa.

»Danke«, sagte ich.

Dann schwiegen wir wieder.

Klaus & Klaus sorgten derweil für Stimmung. Papa hatte mit seinem musikalischen Feingefühl ins Schwarze getroffen und passend zum Reiseziel ein Album ihrer größten Hits in den CD-Wechsler geworfen. Gerade kam der *Eiermann*. Mal wieder muss man sagen. Die CD war bereits in die dritte Runde gegangen. Was außer mir niemanden störte.

Da ich meinen Seelenzustand nicht preisgeben wollte, musste ich irgendwann ein Schnitzelchen essen. Mama guckte schon ganz besorgt. Mir war aber einfach nicht nach Essen zumute. Den ganzen Morgen schon nicht.

Die Nacht über hatte ich wach gelegen und jede Minute des gestrigen Abends rekapituliert. Ich hatte geweint, gewichst und wieder geweint. Ich hatte so viele Fragen zu meinem und zu Tais Verhalten. Aber ich wurde sie nicht los.

So nah mir meine Eltern waren, sie lebten auf einem anderen Stern, und aus Angst, sie könnten nicht in friedlicher Absicht kommen, verhinderte ich jeden ihrer Versuche, sich meinem zu nähern.

Tai hatte recht. Ich war eine Memme. Ich scheute jede Form von Konflikt, log mir lieber selbst in die Tasche, als zu mir und meinen Neigungen zu stehen, und machte brav, was man mir sagte, nur um nicht aufzufallen.

Auch Dr. Seitzer hatte die richtigen Schlüsse gezogen: Es gab ein gewaltiges Problem mit mir und der Kommunikation. Ich hatte unerträglich viele Geheimnisse, aber niemanden, mit dem ich sie teilen konnte, nein, teilen wollte.

Papa starrte regungslos auf die Straße, Klaus & Klaus besangen nun die Nordseeküste, und mir wurde klar, woher ich das hatte. Auch Papa behielt sein Innerstes für sich. Niemand konnte sagen, was er dachte und wie er sich fühlte.

Trauer, Wut, Erleichterung, Angst? Welche Gefühle hatte der Tod seiner Mutter in ihm ausgelöst? Nur ein dumpfes, abweisendes Grummeln gelangte aus seinem Inneren an die Oberfläche und breitete sich im Auto aus. Das gleiche dumpfe Grummeln wie auch bei mir. Und Mama hatte das nun auszuhalten.

Aber wer war eigentlich Mama? Was steckte hinter der Frau, die ich ein Leben lang als warmherzige Kümmerin und Managerin kannte? Welche Sorgen gingen ihr durch den Kopf?

War sie auch nur einen Deut besser als Papa und ich? Verbarg sie ihre Sorgen und Geheimnisse nicht sogar noch viel geschickter als wir, weil sie mit ihrer liebevollen Sanftmut den Anschein von Offenheit erweckte, obwohl sie nie über ihre eigenen Probleme sprach? An wessen Schulter weinte sie sich aus? An Papas?

»Ich nehme doch ein Schnitzelchen«, sagte ich, um meiner Mutter erfolgreich ein Lächeln auf die Lippen zu zaubern. Dann erst merkte ich, dass ich es schon wieder getan hatte. Ich hatte gegen meinen Willen gehandelt, um es meinen Eltern recht zu machen. Wann war ich eigentlich zu einem solchen Muttersöhnchen geworden?

Ich will mich nicht rausreden oder die Sache verniedlichen, aber wenn man lange keine Freunde hat, dann will man es sich mit den eigenen Eltern nicht verscherzen. Daran ist schließlich nichts Verwerfliches. Aber wenn man seine eigenen Bedürfnisse verrät, nur um des lieben Friedens willen, dann legt man sich selbst die Ketten an, die auf Dauer den Stillstand bedeuten.

»Können wir bitte die CD wechseln? Wenn ich noch ’n viertes Mal den Eiermann höre, muss ich kotzen!«, rief ich nach vorne und übte den Aufstand im Kleinen.

»Kannst ja aussteigen und laufen«, erstickte Papa meinen Revolutionseifer im Keim.

Ich musste dringend an mir arbeiten. Dringend!

*

Wenigstens eine Reaktion hatte ich erwartet. Eine wütende SMS vielleicht. Einen Anruf. Einen vergifteten Spruch auf der Mailbox. Aber Tai hatte den Diebstahl seiner Festplatte entweder noch nicht bemerkt, oder strafte ihn mit Ignoranz, was nicht gerade für die Brisanz ihres Inhaltes sprach.

Nun saß ich am Laptop meines Vaters, steckte Datenträger und Rechner aneinander und begriff augenblicklich Tais Gelassenheit. Er hatte seine Festplatte mit einem Passwort geschützt. Ich war ein solches Rindvieh, dass ich auf diesen Gedanken nicht selbst gekommen war. Hundertpro handelte es sich um ein vietnamesisches Passwort, irgendwas Unaussprechliches mit vielen Konsonanten.

Lustlos versuchte ich Tais eigenen Namen, ich probierte *schuleyka*, *mama_linh* und *dong_xuan*. Ich versuchte *beethoven*, *tschaikoswki*, *kotzfickescheißkack*, *nasenpimmel* und *schleckdeinenschwesterndiemumusaus*.

Dann gab ich auf. Das alles hatte keinen Sinn. Ich warf mich frustriert auf meine Matratze und dachte nach.

An der Decke über mir hingen Ringe. Turnringe! Sie gehörten Jasper, meinem Cousin, in dessen Zimmer ich übernachten durfte.

Jaspar war auf den Monat so alt wie ich, sprach neben Deutsch auch fließend Dänisch, Spanisch und Englisch und ging irgendwo an der dänischen Grenze aufs Internat, wo er eine internationale Artistenschule besuchte.

Er hatte Muskeln, rosige Wangen, eine drollige Freundin, und wenn ich die Kondompackung in seinem Nachttisch-Schränkchen mit der Aufschrift *durex XL Power* richtig deutete, einen riesigen Penis und, was ich noch viel krasser fand, regelmäßigen Geschlechtsverkehr. Natürlich mit Wissen und im Einvernehmen mit seinen offenen und coolen Eltern, die ihm die Gummis vermutlich auch noch kauften.

Mein Onkel Martin, seine Frau und ihre beiden Kinder waren die perfekteste Familie auf der Welt. Es gab nichts, das nicht stimmte, und genau das war zum Würgen. Keiner sprach das aus, aber ich wusste, dass es meinen Eltern, zumindest meinem Vater, ganz genauso ging.

Onkel Martin war vier Jahre jünger als Papa, hatte aber schon vor ihm sein Studium abgeschlossen. Papa hatte nach einigen Umwegen auf Lehramt studiert und Martin Jura. Papa wurde Schwimmtrainer und Martin Menschenrechtsanwalt. Klar, mit welchem ihrer Söhne Papas Eltern besser angeben konnten.

Als wir heute Vormittag zum Frühstück in Husum ankamen, mussten wir Bio-Champagner trinken, weil die Dänische Organisation, für die Onkel Martin arbeitete, gerade mit dem alternativen Nobelpreis ausgezeichnet worden war.

Martins dänische Frau Tine arbeitete als Professorin für

Umweltplanung an der Uni in Esbjerg, und ihre Tochter, meine fünfzehnjährige Cousine Alma, legte gerade eine steile Karriere als Hockey-Talent in der U16-Nationalmannschaft hin. Drunter ging's freilich nicht.

Natürlich hatten Martin und Tine neben ihren anspruchsvollen Berufen immer die Zeit gefunden, um sich rührend um Oma zu kümmern, und natürlich machte keiner der beiden Papa, Mama oder mir einen Vorwurf daraus, dass wir uns so selten hatten blicken lassen.

Vom Garten her klang Lachen ins Zimmer. Martin und Papa spielten mit Jasper und Alma Fußball. Ein Anblick wie achtzig Arschtritte auf einmal. Das waren Kinder, wie Papa sie auch gern gehabt hätte. Sportlich, kernig, hetero, und was den Sohnemann anging, auch noch gut bestückt. Mir war schon wieder zum Heulen zumute.

Ich stand auf und sah mich im Zimmer um. Auf einem Foto an der Wand war Jasper im Kreise seiner Artisten-Mitschüler zu sehen. Fast nur Jungs. Und was für Gestalten! Neben all meinen Minderwertigkeitskomplexen, die im Angesicht dieses Gruppenfotos offen zutage traten, fand ich etwas Trost in der Tatsache, dass es das Schicksal wohl hart mit Jasper meinte, weil er Tag und Nacht inmitten derart attraktiver Mitschüler auf Mädchen stehen musste. Im Gegensatz zu den Jungs sah seine Freundin, nun ja, nicht unbedingt sexy aus, aber immerhin putzig. Was ja im Grunde für beide sprach. Und sie konnte zeichnen. Eine Bleistiftzeichnung hing an der Wand, die sie von Jasper angefertigt hatte. Sie zeigte ihn oberkörperfrei bei einer artistischen Handstand-Nummer. Wie filigran sie seine Muskelpartien herausgearbeitet hatte, beeindruckte mich sehr.

In Liebe, deine Melanie … stand unter der Zeichnung. Witzig, sie hieß genauso wie … Plötzlich kam mir eine Idee.

Ich setzte mich wieder an Papas Laptop, gab als Passwort *melanie* ein und hatte plötzlich Zugang zu Tais Festplatte. YES!

Für einen kurzen Moment fühlte ich mich wie ein Hacker-Genie, dann erst begriff ich die Ausmaße meiner Entdeckung. Tais Festplatten-Kennwort lautete *melanie,* mein eigenes E-Mail-Kennwort lautete *tai4ever.*

Ihre Geburtstagsmitteilung in Tais Kalender kam mir wieder in den Sinn, ihr Bild in seinem Handy und die Vehemenz, mit der er Lamprecht das Geständnis aus der Nase gezogen hatte.

Gab es zwischen Tai und Melanie Heise etwa eine tiefere Verbindung? Eine ..., ich stockte bei dem Gedanken daran, eine Art Liebesbeziehung?

Meine Lungenflügel zogen sich zusammen und drückten mir die Luft weg.

War denn wirklich alles Lüge, was sich zwischen ihm und mir ereignet hatte? Mir wurde schwindlig.

Um mich abzulenken, klickte ich mich wahllos durch die Festplatte und suchte nach einer Struktur. Jeder Ordner hatte einen vietnamesischen Namen. Darin verbargen sich Unterordner mit Hunderten von Filmaufnahmen.

Ich tippte die vietnamesischen Worte nacheinander ins Internet ein und wurde fündig. Die Übersetzungsseite verstand unter Thiên Nhiên das Wort Natur, unter tru'ò'ng học das Wort Schule und unter chính trị den Begriff Politik. Anscheinend hatte er seine Aufnahmen thematisch beziehungsweise nach emotionalen Kriterien geordnet, denn ich fand weitere Ordner mit den Rubriken *Schönheit*, *Hass*, *Lust*, *Trauer*, *Musik*, Witz und *Liebe*.

Ich stockte. Was für Aufnahmen verbargen sich wohl im Ordner *Liebe*? Wollte ich es wirklich wissen?

Ich musste.

Der erste Clip war etwa fünf Minuten lang und zeigte, natürlich, Melanie. Sie saß in der Hofpause, abseits all ihrer Mitschüler, auf einer Mauer und sang, mit Ohrhörern und geschlossenen Augen vom Rest der Welt abgekoppelt, ganz für sich allein ein Lied von Adele – *Someone Like You*.

Tatsächlich traf sie nicht nur jeden Ton, sie sang auch noch mit so viel Gefühl und Freude, dass selbst ich vergaß, wie eifersüchtig ich gerade noch auf sie gewesen war. Sie berührte mich, schien sie doch mit jeder Zeile genau zu wissen, was sie da sang.

Gänsehaut überzog meine Arme. Das war tatsächlich ein Bild, das die Überschrift *Liebe* verdiente. Melanies Lied hatte eine solche Wucht und eine so bezaubernde Botschaft: Was auch immer zwischen uns war, wie auch immer wir uns trennten, niemals wieder wird es jemanden wie dich für mich geben. Deshalb wünsche ich dir nicht weniger als das Beste auf deinen Wegen.

Melanies Stimme überschlug sich vor Leidenschaft und Überzeugung. Sie lachte beim Singen, und die Sonne schien lustvoll von hinten auf ihr Haar.

Schon nach den ersten Sekunden war klar, was für ein besonderes, wunderbares Mädchen sie gewesen sein musste, welche Größe und Schönheit sie gehabt hatte, was für eine Entdeckung sie gewesen war, in der hintersten Ecke unseres Schulhofes.

Kein Jahr später war Melanie tot.

Ich sah mir die weiteren Clips an. Melanie beim Zeichnen, beim Lachen, beim Rauchen, beim Essen, beim Tanzen. Sie war so anders, als ich sie mir vorgestellt hatte. In jeder Aufnahme hatte sie etwas entlarvend Unmittelbares, Liebenswürdiges, sonnig Warmes.

Wieder liefen mir ein paar Tränen über die Wange, wie so oft in diesen Tagen. Aber diesmal nicht aus Liebeskummer,

Eifersucht oder gekränkter Eitelkeit, sondern weil ich in Tais kleinen Filmen ein Mädchen entdeckte, das ich mochte, sehr sogar. Mit dem ich eine ganze Menge gemeinsam hatte. Eine Freundin vielleicht? Und gleichzeitig begriff ich, dass ich sie nie würde kennenlernen können, weil es sie nicht mehr gab, weil man sie aus ihrem eigenen Leben vergrault hatte. Das war so unfair, so unendlich ungerecht und falsch.

Ich beschloss, Melanie zu Ehren die Klavierbegleitung von *Someone Like You* einzustudieren, sobald ich wieder zu Hause war.

Als ich den nächsten Clip öffnete, blieb mir fast die Spucke weg. Jetzt langsam erklärte sich alles.

Melanie und einige andere Schüler waren bei einer Theaterübung auf der grünen Wiese zu sehen. Im Hintergrund ein See. In der Mitte Herr Lehmann. Die Aufnahme war auf den 22.03.2015 datiert. Das mussten zweifelsohne Bilder von der berüchtigten Theaterfahrt nach Flecken-Zechlin sein. Filmmaterial, das Tai selbst gedreht hatte. Er war also dabei. Tai war dabei gewesen!

Was für eine Nachricht. Warum hatte er nie ein Wort darüber verloren? Warum hatten wir nie einen Blick in seine Aufnahmen geworfen? Dabei musste er doch Zeuge dessen gewesen sein, was sich in diesen Tagen zwischen Herrn Lehmann und Melanie entwickelt hatte. Ich war sprachlos.

Eine der nächsten Aufnahmen zeigte Melanie am Steg. Sie saß in der Sonne, die Füße im Wasser, und las in einem kleinen Reclam-Heftchen. Trotz des warmen Tages, musste der See noch sehr kalt sein. Die Kamera näherte sich Melanie vom Wasser aus, dann sah sie plötzlich überrascht hinein.

»Ah! Was machst du denn da? Bist du verrückt? Das ist doch arschkalt!«

Tai schwenkte verwackelt auf seine Badehose und lachte. »Stimmt. Drei Zentimeter kalt.«

Melanie lachte mit. Dann spritze sie ihm mit ihren Fußspitzen Wasser gegen die Linse.

»Hör auf!«, sagte Tai, halb besorgt, halb im Scherz.

»Was krieg ich, wenn ich aufhöre?«, erwiderte Melanie und blinzelte verführerisch in die Kamera. Ihr Blick blieb einige Sekunden unbeantwortet stehen, dann brach der Clip ab.

Ein Standbild ihres süffisanten Lächelns erfüllte Papas Laptop. Ich betrachtete sie skeptisch.

Tai war in sie verliebt. Bis über beide Ohren. Das stand fest. Aber war sie es auch in ihn?

Wohl kaum. Sonst wäre sie nicht gesprungen.

Mit dieser Aufnahme endeten die Clips, die sich im Ordner *Liebe* befanden. Das heißt nein, einen weiteren Unterordner gab es noch, der keinen eigenen Namen trug. Er hieß schlicht *Neuer Ordner*. Ich hätte ihn beinahe unbeachtet gelassen, weil ich vermutete, er sei nur versehentlich angelegt worden und sicherlich leer. Das war er aber nicht. Auch hierin fanden sich unzählige Filmaufnahmen. Alle von nur einer einzigen Person. Und diese Person war ich.

Beinahe wäre ich gestorben. Mich traf der Schlag. Ein Blitz, ein Grollen. Der Tag wurde Nacht, die Nacht wurde hell. Ich taumelte, baumelte, glitschte durch ein Wurmloch aus Schlamm und spuckte mich selbst wieder vor Papas Laptop aus. Der *Neue Ordner*, den Tai unter *Liebe* gespeichert hatte, war gefüllt von *mir*.

Tai hatte mich vom ersten Tag an beobachtet. Meine Lieblings-CD hätte ich dafür verwettet, dass ich mich in den ersten Wochen an der neuen Schule so unauffällig verhalten hatte, dass niemand mich wahrnahm. Ich hätte sie verloren.

Tais Blick für einsame und besondere Seelen war an mir

nicht vorübergegangen. Er filmte mich, wie ich Pause für Pause den Schulhof abschritt, wie ich Komponisten-Biographien las, Musik hörte und dazu dirigierte, mich vor der Hofpause drückte und schließlich meinen Platz im Musikzimmer fand.

Als er mich das erste Mal am Klavier besuchte, hatte er mich schon wochenlang studiert. Mehr noch. Irgendwann musste er die Entscheidung getroffen haben, dass ich in den Ordner gehörte, in dem ich mich nun fand.

Erstellt am 07.09.2015 um 23:04 Uhr stand kleingeschrieben darunter. Das war vor drei Tagen. Der Abend, an dem ich ihn so unbeholfen und überstürzt verlassen hatte. Warum auch immer, aber an diesem Abend war ich bis in sein Herz vorgedrungen.

Warum musste eigentlich immer erst alles kompliziert werden, wenn es doch so einfach hätte sein können?

Drei kurze, kräftige Klopfer an die Tür, und schon stand Jasper in meinem, äh ... seinem Zimmer.

»Wir wollen mit den Lenkdrachen nach Nordstrand fahren. Kommst du mit?«, sagte er quirlig vor seinen Kleiderschrank springend, während er sich die nassgeschwitzten Klamotten vom Leib riss.

Ich brachte meine Blicke gar nicht so schnell unter Kontrolle, wie er seinen griechischen Musterhintern vor mir entblößte, während sein Kopf im Schrank verschwand.

»Ähm. Ja. Äh. Klar«, stotterte ich und schielte hypnotisiert wie ein Karnickel vor dem tanzenden Wiesel auf den Schatten, der zwischen seinen Beinen baumelte. War da wirklich ein riesiger Penis, oder waren die XL-Gummis nur Show? Dann drehte er sich um.

»Cool. Wir treffen uns in zehn Minuten an Papas Auto. Ich geh noch fix duschen.«

Nein! Doch, ja! Das war ein riesiger Penis. Definitiv der

größte, den ich je in natura gesehen hatte. Da konnte selbst Schuleyka nicht mithalten. Ich brauchte keine Zehntelsekunde, um das zu erfassen. Dann sah ich dämlich grinsend in Jaspers Gesicht.

Was hatte er gesagt?

Egal. Ich suchte nach einer Antwort, die immer passt, und fand: »Prima.«

»Gut, dann bis gleich«, erwiderte der Artist und verschwand mit einem Handtuch im Bad. Ich knallte meinen Kopf gegen seine Schreibtischplatte und musste tief, tief durchatmen. Wieder mal hatte ich mich wie ein echter Klaus benommen.

Mein inneres Akkordeon begann zu spielen, Klaus & Klaus holten Luft, und schon sang ich, als Übersprungsreaktion, aus Übermut oder weil mir für einen Moment die Sonne aus dem Arsch schien, laut und ausgelassen mit: »An der Nordseeküste ...« Ich klatschte viermal laut auf den Tisch.

12

11. September 2015

Der Übergang ins Jenseits war mit vielen Tönen verbunden, die wie durch eine Glocke zu Jens vordrangen. Im Moment klang der nahende Tod nach einem Staubsauger.

Jens fehlte die Kraft, um seine Augen zu öffnen. Vielleicht hatte er ja gar keine Augen mehr? Er kannte sich mit dem Jenseits nicht so gut aus.

Obwohl er nichts sah, spürte er deutlich, wie Licht seinen Körper durchflutete. Irgendwo köchelte Flüssigkeit in einem Topf und brachte den Deckel zum Tanzen. Leise surrten zwei Mücken um seine Ohren. Wo waren all die anderen Mücken hin? Waren sie in der Hölle? Und wenn ja, war Jens dann im Himmel?

Ab und zu hörte er eine weibliche Stimme schimpfen.

»Scheiße Mosquito Scheiße!«

Dann fluchte sie in einer fremden Sprache vor sich hin. Wer war das? Wen oder was beleidigte sie? Jens verstand sie nicht, aber ihr Klang war ihm vertraut. Sie hatte etwas Beruhigendes, Mütterliches.

Er musste an seine Jugend denken. Faule Samstage daheim klangen genauso. Seine Mutter kochte Mittag, putzte und schoss mit dem Staubsauger durchs Haus, ab und zu fluchte sie über irgendetwas, während sein Vater unbekümmert Zeitung las oder sich leise pfeifend aus Birkenhaarwasser und Franzbranntwein sein eigenes Rasierwasser mischte. Jens lag im Bett, stellte sich, solange es ging, tot, ließ die Sonnenstrahlen auf der Nasenspitze tanzen und genoss die Geräuschkulisse, die für ihn der Inbegriff von Frieden war.

Er ging ganz auf in der Erinnerung an seine unbeschwerten Jugendtage. Deshalb erschrak er auch, als plötzlich ein feuchter Schwamm seine Lippen benetzte und ihn aus den Träumen riss.

Intuitiv saugte er an dem weichen Stoff und fühlte, wie mit den Wassertropfen Leben in seinen Körper rann.

Leben. Wollte er das denn noch?

Eine weibliche Stimme summte leise eine Melodie, die Jens nicht kannte. Er fühlte, wie ein warmer, feuchter Lappen über seinen Körper glitt. Dann begann die Stimme zu singen. War das Deutsch?

»De Weg füdi ick mik eschiede hat, scheino wei bid schum Schiel…«

Jens wurde gereinigt. Sanft, aber gründlich an jeder Stelle seines Körpers gewaschen und anschließend mit einer sirupartigen Flüssigkeit beträufelt. Kräftige Hände kneteten Jens die Taubheit aus dem Gewebe. Düfte erreichten seine Nase, die ihn an Teebaumöl erinnerten, an Zitronengras und Melisse. Das Öl wirkte belebend und erfrischte die ausgetrocknete Haut.

Die weibliche Stimme sang leidenschaftlich schief dazu: »Jetzeses Scheit, da mein Herz aussieht! Jetzeses Scheit zu sein, wer ick bin!«

Lag er noch immer in seinem Appartement? Konnte es sein, dass er noch immer am Leben war?

Jens strengte sich so sehr an, die verklebten Augen wenigstens ein Stück weit zu öffnen, dass ihm ein schwammiger, schmaler Blick auf seine Umwelt gelang. Ihm gefiel, was er sah. Sehr sogar. Schlauer aber machte es ihn nicht.

Eine junge asiatische Frau von übernatürlicher Schönheit

hockte in einem gelb gepunkteten Sommerkleid vor ihm und massierte leise singend seine Oberschenkel. Ihre vorgebeugte Haltung ließ Jens einen tiefen Einblick in ihren großzügigen Ausschnitt gewähren. Lippen und Nase der göttlichen Erscheinung waren hinter einem Mundschutz verborgen. Ihre tiefbraunen Kulleraugen leuchteten freundlich. Im Hintergrund erkannte Jens seine eigene Küche. Er musste sich also auf der Couch in seinem Appartement befinden. Undenkbar.

Er schloss die Augenschlitze wieder und versuchte das Gesehene zu verarbeiten. Es stimmte mit keiner denkbaren Variante von Wirklichkeit überein, die er sich vorstellen konnte. Er musste also träumen.

Der Gesang der Traumgestalt wirkte beruhigend. Jens schlummerte wieder ein.

*

Es mussten Stunden vergangen sein, als Jens erwachte. Sein seliger Traum von der asiatischen Venus geisterte ihm noch immer durch die Erinnerung.

Diesmal stand außer Frage, dass er am Leben war.

Die Geräuschkulisse um ihn herum hatte den vertrauten Klang seiner Wohnung. Der Wäschetrockner lief, und die Klimaanlage rauschte leise. Ein Laken bedeckte seinen Körper. Er musste es sich aus dem Schrank geholt haben, bevor er eingeschlafen war. Vielleicht zum Schutz vor den Mücken?

Jens fühlte seinen eigenen Körper. Nicht ohne Schmerzen, aber doch voller neuer Lebensenergie. Ob die Kraft schon ausreichte, um seinen Arm zu heben? Vorsichtig streckte er zunächst Finger und Zehen aus. Es gelang. Dann beugte er sachte seinen rechten Arm und beförderte die Finger in die Luft.

Der Körper gehorchte ihm wieder, wenn auch unter größter Anstrengung. Was für eine Erleichterung!

Als Nächstes waren die Augen an der Reihe. Jens wollte sehen, ob er seinem Gehör trauen konnte.

Die Lider waren mit seinen Wimpern verklebt und fühlten sich an wie zugenäht. Es kostete ihn etwas Überwindung, sie so kraftvoll aufzureißen, dass der Kleister brach. Nachdem sich der kurze Schmerz und der Schleier auf seiner Linse verklärt hatten, erkannte er sein Appartement. Oder auch nicht. Alles sah anders aus, als er es in Erinnerung hatte. Sauberer. Aufgeräumter. Der Gestank war verflogen, und wie schon in seinem Traum war ein Großteil der Mücken und Fliegen verschwunden. Einige erkannte Jens als schwarze Punkte an der Decke. Aber was war mit der regelrechten Ungezieferplage, an die er sich dunkel erinnern konnte? Hatte es sie je gegeben? Welche seiner trüben Erinnerungsschnipsel waren Realität und welche nicht?

Als er seine Hand nach Spuren der Blutsauger absuchen wollte, lachte ihm ein Venenkatheter entgegen, der professionell in seinem Handrücken steckte. Ein Infusionsbeutel mit durchsichtiger Flüssigkeit baumelte von der Stehlampe neben der Couch. Was war darin? Kochsalzlösung oder Gift?

Sofort schossen Jens unzählige Fragen durch den Kopf. Wer war das? Was war geschehen? Welcher Tag war heute? Wie lange war er bewusstlos? Hatte ihm sein Geiselnehmer einen Besuch abgestattet? Warum ließ er ihn am Leben? Warum räumte er seine Wohnung auf?

Ohne dass er Zeit hatte, sich auch nur einer dieser Fragen intensiver zu widmen, öffnete sich, als wäre es das Natürlichste der Welt, die hartnäckig verschlossene Wohnungstür, und die asiatische Schönheit aus Jens' Träumen betrat singend das Appartement. Sie hatte einen Stapel Briefe in der Hand, den sie beiläufig, als wohnte auch sie hier, auf den Couchtisch klatschen ließ. Dann sprach sie mit Jens, während sie aus einem großen Topf in der Küche drei Kellen Suppe in eine Schüssel schöpfte.

Jens verstand nichts. Er versuchte zu antworten und erhielt auf der Stelle Sprechverbot.

»Psssst!«, zischte die Schönheit streng durch ihren Mundschutz und setzte sich mit Suppe und Löffel bewaffnet neben Jens auf die Couch.

»Mở miệng ra!«, sagte sie, und unwillkürlich öffnete er seinen Mund. Das Schlucken schmerzte, aber die Brühe schmeckte köstlich. Sie hatte die perfekte Temperatur und den kräftigen Geschmack von Wurzelgemüse, Fleisch und Gewürzen.

Während sie ihm die Suppe geschickt, Löffel für Löffel, ohne auch nur einen Tropfen zu verschütten, einflößte, summte sie wieder die Melodie, die Jens schon aus dem Traum kannte, der ja nun ganz offensichtlich doch keiner gewesen war.

»Wer bist du?«, flüsterte er stimmlos und wurde sogleich wieder mit einem strengen »Psssst!« gemaßregelt.

»Bist du *Gott*?«, setzte er ungehorsam nach und erhielt augenblicklich eine schlimmere Bestrafung. Beherzt griff sie unter die Decke, schnappte sich seine Testikel und drehte sie, begleitet von einem spitzen, ordinären Lachen, 360 Grad im Kreis. Jens jaulte auf. Dann ließ sie wieder ab, tätschelte auf seinem Glied herum und sagte kopfnickend mit bedauerndem Unterton: »Leida noch müde sein.«

Auch Jens nickte, bleich vor Schreck. »Ja, sehr müde.«

Tatsächlich war sein Schwanz das Letzte, was ihn momentan interessierte.

»Du aba Suppe essen!«, befahl sie pantomimisch durch die Luft löffelnd. »Dann bald wieder hart.«

Jens lächelte gehemmt; durchaus besorgt, dass sie sich so viele Gedanken um sein Stehvermögen machte.

Nachdem er auch den letzten Löffel der Suppe verzehrt hatte, Widerspruch traute er sich aufgrund der aktuellen körperlichen Unterlegenheit noch nicht zu, zog sie ihm mit drei geübten Handgriffen den Katheter aus dem Handrücken, klebte ein Pflaster auf die Einstichwunde, baute den improvisierten Tropf ab und verschwand, nicht ohne ihm noch einen Abschiedskuss auf die Stirn zu drücken, so überraschend, wie sie gekommen war.

»Nein!«, schrie Jens ihr krächzend hinterher. Doch vollkommen außerstande, sich aus eigener Kraft zu bewegen, musste er bestürzt dabei zusehen, wie die Stahltür ins Schloss glitt.

Danach geschah wieder das, was Jens schon kannte. Das Licht erlosch, Trockner und Klimaanlage verstummten, und die stromlose Stille brach über ihn und das Appartement herein.

Jens sackte in sich zusammen. Wieder war er allein. Ob die verrückte Schöne noch mal zurückkehren würde? Ob sie die Geiselnehmerin war? Oder einfach eine gute Seele? Egal. Ihr Auftauchen war vor allem eins: ein deutliches Zeichen dafür, dass *Gott* ihn nicht hinrichten wollte. Jens sollte wieder zu Kräften kommen. Er sollte leben. Vielleicht hatte er ja noch Großes mit ihm vor.

Und als ob an diesem Tag nicht schon genug Zeichen und Wunder geschehen wären, begann es nun auch noch zu donnern, zu blitzen und in Strömen zu regnen. Also schloss Jens seine Augen, freute sich das erste Mal seit seiner Gefangenschaft darüber, nicht im Freien sein zu müssen, und sank mit dem Grollen zurück in seine Träume.

13

11. September 2015

Am Morgen war geschehen, was durch Papas schlechte Laune schon seit Tagen in der Luft lag. Beim gemeinsamen Frühstück geriet er mit seinem Bruder aneinander, Funken flogen, und Papa explodierte.

Onkel Martin hatte für Oma eine Seebestattung organisiert und dies als Überraschung verschwiegen. Ich fand das ja wahnsinnig romantisch. Papa aber hielt es für eine totale Schnapsidee. »Wie bitte?«

Papa verschluckte sich an einem Stück Brötchen. Für einen Moment bekam er keine Luft und lief rot an. Mama musste ihm kräftig auf den Rücken klopfen. Dann flog das Stückchen schräg über den Tisch und landete auf Almas Teller, die links neben ihm saß.

»Na eine Seebestattung!«, wiederholte Onkel Martin begeistert, fest überzeugt von seiner Idee.

»Sag mal, dir geht's wohl nich' mehr ganz gut«, fragte Papa fassungslos und vergaß mit der Stimme hochzugehen, um es auch wie eine Frage klingen zu lassen.

Während Alma angeekelt mit Serviette und Gabel in den Kampf gegen den angesabberten Brotkrumen zog, begann Mama als geübte Bombenentschärferin sofort mit den Friedensverhandlungen.

»Ist doch eine tolle Idee!«, sagte sie enthusiastisch. Da hatte sie sich vertan. Papa wurde laut.

»Meine Mutter konnte nicht mal schwimmen, verdammt! Ihr wurde beim Ruderbootfahren schlecht. Sie trank auch kein Wasser. Das war für sie höchstens zum Waschen da.«

Punkt für Papa.

»Sie hat es sich selber gewünscht«, sagte Onkel Martin.

»Wo steht das?,« erwiderte Papa blitzschnell. Er saß am rechten Kopfende, Onkel Martin gegenüber. Der Ball lag bei ihm. Alle Köpfe gingen nach links.

»Ist doch egal, wo das geschrieben steht, sie hat es sich gewünscht.«

Dann wieder nach rechts.

»Wo das geschrieben steht, will ich wissen!«

Zurück nach links.

»Sie hat es mir gesagt.«

Plötzlich mischte Tine sich ein.

»Sie hat das Meer geliebt. Es war ihre Heimat.«

Papas Stimme begann zu zittern.

»Neihhhn! Ihre Heimat war Thüringen. Die Berge. Nicht das Meer. Sie hat das Meer gehasst.«

»So ein Quatsch!«

Tine wurde unsachlich und Martin pampig.

»Du tust ja gerade so, als ob wir sie vergewaltigt hätten, weil sie hier mit uns an der See leben durfte.«

Mama versuchte zu vermitteln.

»Nein, nein, das hat Micha so nicht gemeint.«

»Danke, ich weiß sehr gut, wie er das gemeint hat.«

Mama ließ nicht locker.

»Was er gemeint hat, ist …«

Dann stand Papa auf und schoss in die eigenen Reihen.

»Hör bitte endlich auf, für mich zu sprechen, ja? Ständig bevormundest du mich. Ich bin nicht Jannik. Das ist zum Kotzen.«

Nun begann Mama mit den Tränen zu kämpfen, während Papa wieder Onkel Martin bombardierte.

»Vergewaltigt trifft es ganz gut. Ihr habt Mama das Leben hier aufgezwungen. Sie hatte ja gar keine andere Wahl, als zu euch zu ziehen.«

Nun stand auch Onkel Martin auf.

»Weil ihr sie nicht haben wolltet!«

»Weil du mich nie gefragt hast!«

»Weil ich das nicht musste. Du hättest sie doch in ein Heim gesteckt.«

»Pah!« Papa musste tief Luft holen und Kräfte sammeln.

Streit kam anscheinend nicht so oft vor in der perfekten Familie. Jasper saß kreidebleich neben mir. Seinen ausgeglichenen Vater hatte er wohl noch nie so erregt gesehen.

»Du hast ihr immer nur Ärger gemacht«, setzte Onkel Martin nach.

Papa ging augenblicklich unter die Gürtellinie. »Ja, weil du das Weichei warst. Ich hab gekämpft, und du hast nur gekuscht. Muttersöhnchen!«

Das saß.

»Mama kommt unter die Erde!«

»Nein! Mama kommt ins Meer!«

Papa verließ seinen Platz und ging bedrohlich auf Onkel Martin zu.

»Dann kipp sie doch gleich ins Klo!«

»Ja, das hättest du wohl am liebsten, was?«

Papa überschritt Onkel Martins Intimdistanz und senkte seine Stimme wie ein Westernheld.

»Willst du dir eine fangen?«

»Mach doch! Wenn du das Echo verträgst.«

Jetzt sprang Tine auf.

»Martin, hör sofort auf mit diesen reaktionären Machismen! Das ist nicht unser Niveau.«

Das schließlich war der Punkt, an dem auch für Mama die rote Linie überschritten wurde.

»Ach so? Was ist denn euer Niveau, Frau Professor?«

Plötzlich eskalierte der Streit an einer ganz anderen Stelle als erwartet. Tine wandte sich Mama zu.

»Ich will nicht, dass dein Mann in diesem Bademeisterslang mit meinem redet.«

»Schwimmtrainer!«

»Was?«

»Er ist Schwimmtrainer. Der oberste Schwimmtrainer von Deutschland. Aber das zählt ja nix bei euch Wohlstands-Öko-Yuppies.«

»Egal, was er ist, er klingt wie der billigste Bademeister von Ostdeutschland.«

»Hey, hey, hey, Tine!«

In seiner Not begann Martin Dänisch zu sprechen.

»Roen ned! Venligst! Ikke før børnene!«

Dann bezeichnete Papa Tine einen Tick zu deutlich als »Ziege«, und schon hatte er die Faust seines Bruders im Gesicht. Mama ging auf Tine los, Papa warf Onkel Martin zu Boden, und wir drei Teenies senkten beschämt den Blick.

*

Nun standen wir klitschnass mit Omas Urne auf dem Achterdeck eines Kutters, der auf den Namen *M.S. Harmony* getauft war, irgendwo zwischen Nordstrand und Helgoland, mitten auf der Nordsee. Es regnete in Strömen. In der Ferne grollte ein aufziehendes Gewitter. Die Wellen peitschten gegen das Schiff. Verzweifelt hielten wir uns an der Reling fest. Der Kapitän nannte das verniedlichend »grobe See«. Ich hätte es eher als Weltuntergang bezeichnet. Jasper hing über dem Geländer und reiherte ins Meer. Er hatte ganz offensichtlich die Gene von Oma.

Papa und Onkel Martin trugen neben den Blumen für Oma zwei hübsche Veilchen unter ihren Augen. Mama und Tine würdigten sich keines Blickes, und Alma stand mit dem Camcorder am Bug und filmte die feierliche Zeremonie.

Der Kapitän, ein alter Rauschebart mit gegerbter Seefahrerhaut, begann nun mit seiner Ansprache *in Seemannsbrauch*, wie es im Programm-Flyer des Bestattungsunternehmens angekündigt war.

Er sprach von den liebenden Söhnen, die ihrer Mutter, in trauter Eintracht mit sich und dem Meere, die letzte Ehre erweisen. Er sprach von Omas besonderer Beziehung zum nassen Element und nannte sie eine Tochter der See, die nach einem bewegten Leben nun in den ebenso bewegten Wellen des Meeres eine ihr angemessene Ruhestätte fand.

Das war dann jetzt doch zu viel.

»O.k., gut. Stopp, stopp, stopp! Ich hab's verstanden«, unterbrach Onkel Martin den Kapitän, griff couragiert nach der Urne und rettete Oma aus den Fängen des Seebären.

»Tut mir leid. Es war ein Fehler. Oma gehört nicht ins Meer.«

Der Kapitän sah verdutzt in die Runde. Keiner erklärte ihm, aus Angst, in ein Fettnäpfchen zu treten und den Streit neu aufzuwärmen, was genau vorgefallen war. Dafür war Mama die Erste, die zu kichern begann

Papa, Martin, Tine, Alma und ich taten es ihr gleich, machten den ganzen angestauten Aggressionen Luft und lachten ausgelassen los. Jasper, der offensichtlich noch harmoniebedürftiger war als ich, atmete erleichtert durch, ehe ihn der nächste Würgereiz erfasste.

*

Während Papa und Onkel Martin mit dem Bestattungsunternehmen eine Urnen-Notfallbeisetzung für Oma organisierten, saß ich mit Kopfhörern in Jaspers Zimmer am Schreibtisch und widmete mich Tais Festplatte. Leider war Jasper, der sich noch immer nicht vom Seegang erholt hatte, auch da und rekelte sich halbnackt in seinem Bett. Ich fühlte mich beobachtet.

Vergangene Nacht hatte ich in den Ordnern *Trauer* und *Hass* ein paar Aufnahmen gefunden, die mich völlig fertigmachten.

Tai hatte Melanies Selbstmord gefilmt. Ich wollte es nicht sehen, und doch starrte ich wie paralysiert auf den Bildschirm und fand die Leertaste nicht, um die Aufnahme zu stoppen.

Warum filmte Tai das, statt ihr zu helfen? Warum stand er so kalt und regungslos da und hielt wie ein hirnloser Spanner voll drauf, wo er das Mädel doch liebte?

War es ihm peinlich? War genau das der Grund, warum er seine Festplatte mit einem Passwort schützte? War Tai im Moment des Unglücks genauso paralysiert wie ich beim Betrachten, oder fand er es einfach geil und krass und dachte an einen sensationellen YouTube-Hit? Nein. Ich tat ihm unrecht. Die Kamera gehörte zu ihm. Er filmte einfach alles, das war seine Natur. Und höchstwahrscheinlich wusste er sehr genau, dass seine Hilfe nicht die rettende gewesen wäre.

Über diese Macht hätte einzig und allein Herr Lehmann verfügt. Nach ihm hatte sie in ihren letzten Minuten gerufen. Er hätte als Einziger gewusst, wie man sie vor dem Sturz bewahrt.

Noch am Abend vor ihrem Selbstmord war Melanie bei ihm gewesen. Das wusste ich inzwischen aus einem anderen Filmclip. Tai hatte sie bis vor Lehmanns Haustür verfolgt und dann aus sicherem Abstand gefilmt.

Herr Lehmann öffnete die Tür erst nach minutenlangem Sturmklingeln und weigerte sich dann, sie hereinzulassen. Auch ihre hysterischen Versuche, ihn zu umarmen und zu küssen, scheiterten an seinem Widerstand. Nicht alles war zu verstehen, was die beiden miteinander besprachen, doch nach einigem Hin und Her begann sie so laut zu schreien, dass nicht nur Tais Kamera, sondern auch die ganze Nachbarschaft hatte hören können, dass Melanie plante, sich das Leben zu nehmen, wenn Holger, wie sie ihn nannte, nicht endgültig zu ihrer Liebe stehe. Hektisch, um Ruhe besorgt, ließ er sie schließlich doch in sein Haus, aus dem sie eine halbe Stunde später weinend wieder herausgerannt kam.

Ich erkannte das singende Mädchen vom Schulhof in diesen Aufnahmen kaum wieder. Was hatte sie so verändert? Konnte Liebeskummer uns Menschen tatsächlich eine solch hässliche Fratze der Verzweiflung aufsetzen? Konnte das auch mir passieren? War es schon passiert?

Seit dem Geständnis von Herrn Lamprecht fühlte ich eine heftige Abneigung gegen Herrn Lehmann. Wenn es wirklich stimmte, dass er mit Melanie geschlafen hatte, dann waren all meine Sympathien für ihn dahin. Lange fragte ich mich, wie sich dieses wunderbare Mädchen nur in ein solches Walross verlieben konnte. Stück für Stück aber fand ich die Lösung in Tais Aufnahmen. So trivial es klang, Herr Lehmann war einfach toll.

Es gab während der Theaterfahrt einen Abend am Lagerfeuer. Herr Lehmann spielte Gitarre und sang. Sein freundlich brummiger Bass klang so einnehmend und wohltuend, dass man sich allein in seine Stimme verlieben konnte. Er sang Lieder von Paul Robeson und den Beatles. Er hatte aber auch ein paar richtig gute Arrangements von Schumann-

Liedern und Mozart-Arien drauf und zu jedem Lied eine unterhaltsame Geschichte parat. Das beeindruckte mich mindestens genauso, wie es auf Melanie gewirkt haben musste, die ihn deutlich sichtbar anschmachtete.

Auch in der Probenarbeit war Herr Lehmann geistreich und witzig. Er sprühte vor Ideen und wirkte ansteckend auf alle Schüler. Ganz besonders aber auf Melanie, deren Talent auch ihn augenscheinlich begeisterte.

Vielleicht war er der Erste, der Melanie nicht als frühreifes, ungezogenes, störendes Subjekt wahrnahm, sondern als sensible und einzigartige Persönlichkeit.

Nein. Der Erste war er nicht. Der Erste, der sie so wahrgenommen hatte, das war Tai.

Aber nicht ihm hatte sie die Liebesbriefe geschrieben, sondern Herrn Lehmann, dem Mann, der sie zur Künstlerin machte und dem sie so dankbar war, weil er sie auf ein Treppchen stellte, auf dem sie mit Applaus überschüttet wurde. Vielleicht hatte sie ihre Dankbarkeit mit Liebe verwechselt?

Ich hatte mir die Aufnahmen der Theaterpremiere angesehen. Melanie spielte so unglaublich berührend und echt, dass außer Frage stand, was für eine große Schauspielerin in ihr steckte.

Immer wieder sah es so aus, als ob sie während des Spiels die Blicke ihres Lehrers suchte, als ob sie für niemand anders spielte als ihn.

Und immer wieder hielt Tai auf das Gesicht von Herrn Lehmann, der voller Anspannung hinter seinem Regiepult saß und die intimen Szenen kaum aushielt, die er selbst inszeniert hatte.

Alles, was ich in Tais Aufnahmen fand, untermauerte Lamprechts Geständnis. Zwischen Herrn Lehmann und Melanie war etwas am Laufen, das weit über die Beziehung eines Lehrers zu seiner Schülerin hinausging. Aber als Beweis reichte all das nicht.

»Ist das dein Mädchen?«, fragte Jasper.

Es ging ihm wohl besser. Nun wollte er plaudern.

Ich war über ein Video in Gedanken versunken, das Melanie zeigte. Sie hatte geweint. Es musste an ihrem letzten Schultag entstanden sein. Sie kam gerade aus dem Klassenraum gerannt und versuchte sich noch die Tränen aus den Augen zu wischen, als sie Tai mit seiner Kamera erblickte. Sie sah direkt in die Linse, woraufhin er ertappt die Aufnahme stoppte. Das letzte Standbild zeigte sie mit einem unglaublichen Blick, der einfach alles bedeuten konnte. Trauer war darin genauso zu lesen wie Sinnlichkeit und Freude. Ein Blick wie ihn daVinci in der *Mona Lisa* eingefangen hatte. Ein Blick wie der von Romy Schneider, wenn sie in *Das wilde Schaf* mit einer Träne im Gesicht ihrem Liebhaber sagt, dass ihr alter Ehemann noch ein Kind von ihr will. Es war ein Blick für die Ewigkeit, an dem ich hängengeblieben war.

»Hey, hallo!«, wiederholte Jasper seinen Versuch einer Kontaktaufnahme. Ich setzte die Kopfhörer ab und drehte mich zu ihm um.

»Ist das da dein Mädchen?«, fragte er noch einmal.

Ich zuckte vieldeutig mit den Achseln, wie ich es von Tai gelernt hatte. Jasper grinste.

»Sie sieht toll aus.«

Ich nickte.

»Ja, sie ist auch toll.«

»Seid wann seid ihr zusammen?«

Oh Mann, in welche Richtung steuerte dieses Gespräch? Ich wiederholte mein Zucken und fügte wie nebensächlich ein »schon länger« hinzu. Jasper ließ nicht locker.

»Macht ihr's miteinander?«

Er schien von der direkten Sorte zu sein.

»Mh ...«, brummte ich abweisend.

»Und worauf steht sie so? Hat sie bestimmte Vorlieben?«

Er ließ nicht locker.

»Sie mag Pistazien-Eis und kocht gute Pasta«, erwiderte ich und hoffte auf ein augenblickliches Ende der Konversation, die mit rasender Geschwindigkeit gegen eine Mauer sauste.

»Nein, ich meinte ...« Jasper senkte seine Stimme ab, als würde er etwas Verbotenes sagen. » ...wenn ihr's miteinander treibt.«

»Oh Mann, ich weiß, was du gemeint hast, du Honk«, dachte ich. »Aber ich werd mich jetzt sicher nicht mit dir über meine sexuellen Präferenzen unterhalten.«

Plötzlich hatte ich wieder Tai und Dr. Seitzer im Ohr. Warum eigentlich nicht? Ich wollte doch an meiner Kommunikation arbeiten, aufhören, mich selbst zu verleugnen.

Ich sah Jasper an. Er schien ein anständiger Kerl zu sein. Irgendwas sagte mir, dass er mich nicht in die Pfanne hauen würde. Also gut.

»Hör mal ...«, sagte ich, »kannst du ein Geheimnis für dich behalten?«

»Klar«, horchte Jasper auf und setzte sich aufrecht in sein Bett.

»Das Mädel da ist nicht meine Freundin.«

Ich nahm all meinen Mut zusammen.

»Ich bin schwul.«

Jetzt war's raus. Ich suchte in Jaspers Gesicht nach irgendeiner Form der Verwunderung, des Schreckens oder Ekels. Doch was er sagte, war:

»Cool! Ich bin auch 'n bisschen bi.«

Ich sah ihn mit großen Augen an.

What?

»Wie ist das so in Berlin? Muss doch die geilste Stadt der Welt sein, wenn man schwul ist. ’n paar Kumpels und ich haben uns schon verabredet, dass wir nächstes Jahr ’nen Trip dahin machen, sobald wir achtzehn sind. Haben die krasse Einlasskontrollen, im Berghain und so? Warst du schon mal in ’nem Darkroom?«

Halt, halt, halt, das ging mir alles viel zu schnell. Warum wusste ich nicht, wovon er sprach? Was sagte seine Freundin dazu? Was genau war ein Darkroom? Und mit welcher Frage sollte ich beginnen?

»Ähm, ach so. Ja, nee. Cool. Einlass, ja, pff … geht so«, stotterte ich unwissend.

»Und mit Melanie? Weiß die, dass du …?«

»Ach, Mel und ich, wir haben ’ne offene Beziehung«, sagte Jasper, »sie hat auch schon mit Mädels geknutscht. Wir sind beide o.k. damit.«

Ich drehte mich kurz zum Laptop um und blinzelte mir den geschockten Gesichtsausdruck aus der Fresse. Jasper war siebzehn und sprach von offenen Beziehungen, und bei uns in Berlin hielten alle Melanie Heise für frühreif. Also echt. Da kommt man aus der Hauptstadt in die Provinz gefahren, und dann das.

Was schockierte mich an der ganzen Sache eigentlich mehr? Seine lustvolle Offenheit oder meine unfassbare Verklemmtheit?

»Alles gut bei dir?«, fragte Jasper besorgt.

»Ja, ja«, log ich und drehte mich wieder zu ihm.

»Warst du denn schon mal in so einem Darkroom?«, fragte ich vorsichtig, ohne meine Dummheit zu exponieren.

»Nee. Ich hab ehrlich gesagt noch nicht so viel Erfahrung mit Analverkehr. Und du?«

»Ich?«

Ups! Es ging um Analverkehr. Das war ein Eigentor. Es

wäre albern gewesen, jetzt noch zu lügen, wo ich doch schon mit der Wahrheit angefangen hatte. Also zog ich's durch.

»Nee. Ich hatte noch gar keinen Sex.«

»Warum, wolltest du nicht?«

Sag mal, in welcher Welt lebte der denn? Lag der Sex in Husum auf der Straße rum, oder wie? Was soll man denn darauf sagen?

»Ich hab noch niemanden gefunden, so richtig, mit dem das irgendwie gepasst hätte«, eierte ich herum und dachte an Tai. Stimmte denn überhaupt, was ich da sagte?

»Vielleicht bin ich auch zu dick«, fügte ich noch schnell hinzu.

»Na so'n Quatsch!«, bügelte Jasper mein Argument aus der Welt.

»'n Mitschüler von mir, der Nilas, steht total auf so 'n Wikinger wie dich.«

»Echt?«

Instinktiv rutschte mein Blick auf das Foto von Jasper und seinen Mitschülern.

»Der Zweite von rechts, is' in der Clowns-Klasse«, kommentierte er, als ob er Gedanken lesen könnte.

»Kannst ja in den nächsten Ferien mal zu Besuch kommen. Wenn Bedarf besteht, organisiere ich was.«

Er schnalzte mit seiner Zunge und grinste mich breit an. »Kein Scheiß. Ich mein das ernst, Kumpel.«

Dann sah er wieder auf das Standbild an Papas Laptop.

»Und die da?«

Ich betrachtete Melanie eine Weile wortlos und schüttelte dann meinen Kopf.

»Die ist im April gestorben.«

Jasper schluckte. Damit hatte er nicht gerechnet. Er sah mich fragend an.

»Und wie? Wie ist sie gestorben?«

»Vom Schuldach gehopst.«

»Fuck«, japste er.

»Jepp«, sagte ich und schwieg.

Mehr wollte ich jetzt wirklich nicht preisgeben. Aber fürs erste Mal Authentisch-Bleiben, lief die Sache doch ziemlich erfolgreich. Ich war zufrieden mit mir.

Nachdem Jasper das Zimmer verlassen hatte, um seiner Mutter beim Tischdecken zu helfen, unterzog ich das Gruppenfoto mit Nilas einer sehr genauen Studie. Ein Clown also. Aha! Ein hübscher Clown. Das musste ich schon sagen. Glücklicherweise ungeschminkt auf dem Foto.

Danach googelte ich *Darkroom*, staunte nicht schlecht und sah mich augenblicklich mit der Frage konfrontiert, wie ich diese Suchanfrage wieder aus Papas Browser-Verlauf löschen konnte, ohne dass er es mitbekam, ich Trottel.

*

Es war mitten in der Nacht, als mich ein lautes Rumpeln aus dem Schlaf riss. Jasper lag in seinem Bett, atmete tief und gleichmäßig, er schlief. Leise erhob ich mich, schlich in den Flur und folgte den Geräuschen, die aus der Wohnküche drangen. Je näher ich kam, desto deutlicher erkannte ich die Stimme meines Vaters. Er klang heiser, etwas lallend, beinahe verheult. Nein, nicht beinahe. Papa weinte.

Noch nie hatte ich meinen Vater weinen hören.

Ich riskierte einen flüchtigen Blick ins Wohnzimmer und sah ihn mit Onkel Martin auf dem Sofa sitzen. Vor ihnen auf dem Tisch thronte die Urne von Oma. Korn und Gläser standen links und rechts daneben. Ihre Köpfe lehnten aneinander. Beide tätschelten sich tröstend die Schultern und weinten.

»Pssst, Janni!«, flüsterte eine Stimme. Ich drehte mich um und erblickte versteckt, hinter der Treppe sitzend, Mama, Tine und Alma.

»Komm hierher!«

Auf leisen Socken balancierte ich die Treppe herauf und setzte mich zu ihnen.

»Seid ihr schon lange hier?«, fragte ich flüsternd. Alle drei nickten kichernd.

»Sind sie nicht süß?«, sagte Mama und imitierte die spitze Schnapsschnute, mit der Papa sprach.

»Was ist denn passiert?«, fragte ich.

»Sie arbeiten ihre Kindheit auf«, erwiderte Tine.

Plötzlich schallerte Papa seinem Bruder eine. Ich erschrak kurz.

»Los, jetzt bist du wieder dran!«, sagte er.

»Ja, ja, isa gut«, lallte Onkel Martin und kniete sich, die Hände faltend, vor die Urne.

»Liebe Mama …«

Er kniff kurz seine Augen zusammen, um sich zu konzentrieren.

» …Un erinnersdu dich auch noch daran, wie du aus Oleg und Bolek Karniggelragout gemacht hast? Und wie du mich gesswungen hasd, alles, alles aufsuessen, obwohl ich die nich' essen wollde? Un wie ich gekotzt hab danach und wie ich geweint hab?«

Onkel Martin schrie die Urne an.

»Ich hab die geliebt, verdammte Scheisssse! Das warn meine Hasen! Die waren nicht zum Fressen da!«

Er schlug mit der Faust auf den Tisch, während ihm ein neuer Schwall Tränen über die Wange lief.

»Schuschuschuschu! Is guuuut«, machte Papa mit spitzem Mund, nahm sein Brüderchen tröstend zu sich aufs Sofa und goss zwei Schnäpse nach.

»Auf Mama!«, sagte Papa.

»Auf Mama!«, sagte Onkel Martin.

Dann tranken sie auf ex und ruhten kurz ihre Köpfe aneinander aus, bis sich Papa eine Ohrfeige fing.

»Du bist wieder dran!«, sagte Onkel Martin, und ich hatte das Spiel verstanden.

Jetzt kniete sich Papa vor die Urne, faltete seine Hände und brummte: »Liebe, liebe Mama, un erinnerst du dich auch noch daran, wie mir der Papa midm Gürtel inner Hand hinderhergerannt is? Immer umdn Tisch herum. Rum und rum und nomal rum. Und wie der Martin da gelacht hat? Und wie der Paba mich dann verdroschen had und wie du nix gesagd hast, weil du selba noch voller blaue Flecke warsd?«

»Auf Mama!«

»Warde, ich bin noch nich feddig«, unterbrach Papa Onkel Martin, der die Gläser schon wieder gefüllt hatte.

»Un erinnerst du dich auch noch, wie ich dann irgendwann zurückgeschlagen hab? Und wie der Paba dann gesagt hat, dass ich mich verpissen soll und nie wiederkommen soll, ja? Und weisd du noch, was du da gesagt hast, liebe Mama?«

Papa und Onkel Martin nickten sich zu und schrien dann gemeinsam aus voller Kehle im Chor die Urne an:

»Nixxxxxxxx!!!!!«

Onkel Martin lachte und verteilte die Gläser.

»Nix hast du gesagt«, wiederholte Papa leise und gebrochen.

Auf der Treppe hatte das Kichern nun ein Ende. Ich sah ihn erschrocken an. Nie hatte er davon erzählt. Ich wusste, dass Opa streng war. Aber das? In seinen traurigen Augen war deutlich zu erkennen, wie er noch heute darunter litt. Er tat mir plötzlich schrecklich leid. Seltsam eigentlich. Da ärgert man sich den ganzen Tag über die eigenen Eltern und übersieht vollkommen, dass auch die nur Kinder ihrer Eltern sind.

»Auf Mama!«, sagte Onkel Martin.

»Auf Mama!«, sagte Papa.

Dann versanken die beiden Männer wieder schnaufend und winselnd in ihrer Ruheposition.

Jasper, der nun als Letzter auch noch wach geworden war, kam barfuß den Flur entlanggetapst und wurde sofort von Tine in unser Versteck gelockt. Jetzt saßen wir zu fünft auf der Treppe und wurden Zeuge, wie Onkel Martin die Urne öffnete. Beinahe wäre Tine aufgesprungen, wenn Mama sie nicht daran gehindert hätte.

»Lass sie! Die brauchen das«, sagte Mama.

»Ich hab nur Angst, dass wir die Oma gleich im Teppich haben«, erwiderte Tine und sah besorgt ins Wohnzimmer hinüber.

Gerade hielt Onkel Martin sein Ohr in die Urne.

»Hör mal, Micha! Hörst du das? Mama sagt was.«

Papa horchte auf.

»Echt? Was sagtse denn?«

Er hielt Papa die Urne ans Ohr, während er mit verstellter Stimme seufzte.

»Michael, Martin! Ich bin's, Mama. Es tut mir sooooo unendlich leid! Ich wollte nur sagen: Ich liebe euch. Alle beide.«

Dann brachen die beiden Brüder wieder in schallendes Gelächter aus.

»Warde mal!«, sagte Onkel Martin.

Papa war gerade dabei, eine neue Runde Korn zu verteilen, als sein Bruder in die Küche torkelte und mit einem Teelöffel wiederkam.

»In Brasilien gibsn Volk, das den Verstorbenen Resbekt sssollt, indem sie ihre Asche essn.«

»Nnnneee!«, schüttelte Papa angewidert den Kopf.

»Doch!«, sagte Onkel Martin, ging mit dem Teelöffel in die Urne und verteile eine Portion Asche auf die beiden Schnapsgläser.

»Auf Mama!«, sagte er und hob sein Glas mit der trübschwarzen Brühe.

»Auf Mama!«, schüttelte sich Papa und stieß mit seinem Bruder an.

Dann exten die beiden ihre Gläser mit leidenschaftlichem Ekel, während Tine und Mama ihre Contenance verloren und unkontrolliert laut aufjauchzen mussten.

»Klappe da hinden auf den billigen Plätzen!«, kommentierte Papa das Geräusch von der Treppe, und Onkel Martin fügte in unsere Richtung hinzu: »Glaubd janich, dass wir euch nich', schon lange gesehen ham!«

Ertappt gickerten wir los.

»Ihr seid ja so was von widerlich«, rief Alma unseren Vätern entgegen.

»Ach Alma, meine Maus, kommdomal her und gib deim Daddy ein' Kuss!«, erwiderte Onkel Martin und provozierte ein lautes »Bäh!« seiner Tochter.

»Janni, Janni, bist du auch dabei?«, rief Papa nach mir. Also gab ich mich zu erkennen.

»Komma her, mein Großer! Und seid ma alle stille jetze!«

Papa stellte sich hinter mich, legte mir seine Pranken auf die Schulten und sprach in die Runde.

»Der Janni hier, der is' mein Sohn. Den ich sehr, sehr lieb.«

Er gab mir einen heftig duftenden Kuss auf den Hinterkopf, während sich mir die Nackenhaare aufstellten. Ich war sehr gerührt, dass er das sagte, aber auch nicht ohne Sorge, weil ich keine Ahnung hatte, welche Haken seine Ansprache noch schlagen würde.

»Der Janni is aba nich' nur mein wunderbarer Sohneman, sondern auch das grösde Musikgenie, was gibd aufer Weld!«

Damit hatte ich jetzt wirklich nicht gerechnet.

»Hoihoihoi!«, grölte Onkel Martin animierend.

»Hoihoihoi!«, grölten alle anderen nach.

Papa sah mich lächelnd an.

»Bisde doch, oder?«

Ich wurde rot.

»Un deshalb, bittet der stolze Paba sein' wunderbaren Sohn jetz gans offissiell, bis morgen die beste Musik raussssusuchen, die es gibt, für die Besetzung von der Omma. Beisetzung, mein ich. Machse das, mein Großer?«

Papa sah mich fragend an.

»Hoihoihoi!«, grölte die ganze Runde erneut, und ich platzte vor Stolz und nickte.

*

12. September 2015

Obwohl Papa und Onkel Martin einen fetten, pelzigen und schnurrenden Kater hatten, unter dem insbesondere Onkel Martin litt, da er seltener in die Verlegenheit kam, so große Mengen Alkohol zu trinken, wie Papa und seine Trainerkollegen, wurde der zweite Anlauf von Omas Beisetzung ein voller Erfolg.

Die beiden hatten einen romantisch verwunschenen Friedwald gefunden, in dem Oma nun zwischen den Wurzeln eines großen Ahornbaumes ihre letzte Ruhestätte fand.

Der Spätsommer schenkte uns einen seiner letzten schönen Tage, und während die Sonnenstrahlen durch das sanft vom Wind umspielte Blätterdach freundlich tanzende Lichtkleckse auf unsere Gesichter zauberten, standen wir sieben im Kreis um die Grube, in die Omas Urne hinabgelassen worden war, hielten einander an den Händen und lauschten der ersten Musik, die ich hatte auswählen dürfen. Johann Sebastian Bachs *Klavierkonzert Nr. 5 f-Moll, BWV 1056, 2.Satz – Largo.*

Glenn Gould tupfte so behutsam wie der Maler, der um uns herum bereits begonnen hatte, den Herbst auf die Blätter zu klecksen, Bachs Noten auf die Klaviatur, dass man glauben konnte, jeden einzelnen seiner Anschläge als leichten Druck auf der Haut zu spüren.

Es war nur ein kurzer Satz von nicht mal drei Minuten, eine schlichte kleine Melodie, behutsam geformt in der rechten Hand des Pianisten, zurückhaltend vom Pizzicato der Streicher und Generalbassinstrumente begleitet und doch so voller Wärme, Weisheit und Vergebung. Ein hoffnungsvolles Stück in Moll. Die Geschichte eines schönen Lebens, das um seine Tiefpunkte weiß.

Ich hielt links und rechts die Hände meiner Eltern. Beide kraulten mir unabhängig voneinander zärtlich mit ihren Daumen den Handrücken. Beide gingen in der Musik auf und atmeten erfüllt durch, als diese mit drei sanften Seufzern der Streicher ausklang.

Onkel Martin ergriff nun das Wort.

»Liebe Mama, wir beide hatten in den vergangenen zwanzig Jahren die Gelegenheit zusammenzuwachsen. Wir haben uns lieben, respektieren und bewundern gelernt. Wir haben gemeinsam gelacht, geweint und gelebt. Du warst eine wunderbare Großmutter und Schwiegermutter.«

Martin sah Papa an.

»Dass du nicht immer eine glanzvolle Mutter warst, hab ich dir verzeihen können. Dass ich nicht immer ein glanzvoller Sohn war, hast du mir verziehen. Wir beide gehen also in Frieden auseinander und nehmen nur das Beste voneinander mit.«

Nun übernahm Papa. Da ihm die Worte aber ungleich

schwerer fielen, hatte er sie auf einem kleinen Zettel skizziert, an den er sich klammerte.

»Leider aber bist du zu früh von uns gegangen, liebe Mama, dass auch wir beide einander verzeihen konnten. Deshalb stehe ich jetzt hier mit einem ganz schön schweren Päckchen auf meinem Rücken. Dem gleichen Päckchen, das sicherlich auch du mit dir herumträgst. Ich weiß nicht, ob ich etwas tun kann, um dir und mir dieses Päckchen jetzt noch zu erleichtern, aber ich will es wenigstens versuchen, indem ich mich heute bei dir entschuldige. Für meine Eitelkeit, mein Nachtragen, meine Unaufrichtigkeit und meinen Stolz. Im Gegenzug will auch ich dir verzeihen ...«

Papas Stimme begann zu zittern.

» ...was ich dir vorher nie verzeihen wollte. Es tut mir so leid.«

Wieder weinte mein Papa. Diesmal sogar ohne Alkohol.

»Es tut mir so leid, dass ich das nicht schon früher getan hab.«

Er drückte fest meine Hand. Fest drückte ich zurück, um ihn spüren zu lassen, dass er nicht alleine war.

»Und noch was, Mama. Ich will dir auch danken. Denn ohne dich wären die sieben Menschen, die hier miteinander um dich trauern, niemals zusammengekommen.«

Wieder musste Papa eine kurze Pause einlegen, ehe er zu Ende sprechen konnte.

»Aber ebendiese sieben Menschen hier, sind das Schönste und Wichtigste, was mir jemals passiert ist. Und das ist allein dein Verdienst, Mama. Danke!«

Gerührt sah ich in die Gesichter meiner Eltern und hatte mit einem Mal ein furchtbar schlechtes Gewissen. Mir ging es so gut. Ich hatte eine Idee davon bekommen, was Papa und Onkel Martin in ihrer Kindheit durchstehen mussten. Verglichen damit war meine Jugend ein Paradies.

Mein zweites Musikstück begann. Es war explizit für Papa bestimmt. Die vielleicht liebevollste Vertonung eines liturgischen Textes, die je ein Komponist angefertigt hatte. Das *Pie Jesu* aus Andrew Lloyd Webbers *Requiem*. Er hatte es wiederum seinem lieben Papa gewidmet und damit allen lieben Vätern dieser Welt, also auch meinem.

Butterweiche Flöten und das zarte Zupfen einer Harfe auf dem friedlichen Teppich der Geigen erfüllten den Wald, der mit dem sanften Rauschen seines Laubes antwortete. Dann setzte die glockenhelle Stimme eines Knabensoprans ein und brachte uns alle sieben zum Heulen.

Vielleicht klingt das naiv und kitschig, aber ich spürte, wie sich die Wärme der ganzen Familie in unserer Mitte zu einem Heizkissen verband, auf dem es sich Oma so richtig gemütlich machen konnte. Ich wusste, dass sie Heizkissen mochte. Ich bildete mir auch ein, so was wie ihr Lächeln und ihre Dankbarkeit in meinem Bauch zu fühlen. Denn da kribbelte irgendwas, und das kam nicht von mir, sondern aus einer anderen Welt. Und dann spürte ich noch etwas. Ich spürte, dass auch sie meinem Papa verzieh.

Nachdem die Musik im Duett zweier Soprane auf dem höchsten Punkt, im Himmel also, verklungen war, lösten wir die Hände voneinander und nahmen uns erleichtert in die Arme.

Papa hielt mich, so fest er konnte, und flüsterte mir ins Ohr.

»Jannik, mein Großer, lass niemals etwas zwischen uns kommen, hörst du? Wenn der Schlusspunkt kommt, bevor man sich das Wesentliche gesagt hat, wird man sich das nie verzeihen. Deshalb, immer raus mit der Sprache, o.k.? Ich kann einiges vertragen. Dafür lieb ich dich zu sehr.«

Wow! Hatte mein Vater das wirklich gesagt? Wusste er mehr, als ich dachte? Spürte er mein schlechtes Gewissen?

Ahnte er etwas von meinen vielen Geheimnissen? Ich sah ihm tief in die Augen und nickte. Dann wuschelte mir Papa zufrieden durch die Haare, stand auf, klatschte in die Hände und sagte:

»Wer hat Lust, baden zu gehen?«

*

Leider ging der Badeausflug direkt an den FKK-Strand. Ich hatte doch auch keine Lust, mich andauernd mit meinen körperlichen Mangelerscheinungen auseinanderzusetzen. Aber welche Wahl blieb mir denn schon, wenn ich ständig darauf zurückgeworfen wurde? Also analysierte ich die physiognomischen Differenzen in unserer Familie. Ich konnte nicht anders.

Onkel Martin spielte mit seiner Familie Beachvolleyball. Er und Jasper auf der einen Seite gegen Tine und Alma auf der anderen. Alles wackelte und wirbelte im lustigen Auf und Ab mit der Erdanziehungskraft durch die Luft.

Mama, Papa und ich saßen am Feldrand und sahen zu. Ich war der Einzige, der sich ein Handtuch um die Hüften gewickelt hatte.

Papa gab den Punktrichter und gierte schon nach Einwechslung. Auch ich ahnte bereits, was da jeden Moment auf mich zukommen würde und präparierte mich vorsorglich in Gedanken.

Dass ich die überschaubaren Ausmaße meiner Männlichkeit zu einem Großteil von meinem Vater geerbt hatte, das wusste ich. Dass sich Jaspers beträchtliche Mehrbestückung wiederum auf seinen Vater zurückführen ließ, machte auch Sinn. Wie aber konnte es sein, dass zwischen zwei Brüdern, wie Onkel Martin und meinem Papa, ein so eklatanter Unterschied bestand? Untenrum.

Ich wollte wirklich nicht über den Penis meines Großvaters nachdenken, aber die Frage lag angesichts des genetischen Anschauungsmaterials offen auf dem Tisch. Hatte er den Kolben meines Onkels, den Zipfel meines Vaters oder irgendwas dazwischen gehabt?

Dann war das Match vorbei. Tine und Alma hatten es für sich entschieden, und mein Vater sprang, angestachelt durch die Niederlage seines Bruders, auf und verlangte ein Vater-Sohn-Duell.

»Los, Jannik, die beiden rauchen wir in der Pfeife!«

Niemals hätte ich in der Vergangenheit einen derartigen Wunsch meines Vaters ausschlagen können. Einen solchen Zorn hätte ich heraufbeschworen, dass er mindestens zwei Tage nicht mit mir geredet hätte. Diese Zeiten waren nun aber ein für alle Mal vorbei. Ab jetzt stand ich zu dem, was ich fühlte, und seit Omas Beisetzung hatte ich sogar noch Argumente aus seinem Munde. Die wollte ich jetzt ausprobieren.

»Nee danke, Papa. Ich mag nicht.«

Mama sah mich verblüfft an und warf sich für mich ins Feuer.

»Dann spiel ich mit dir«, sagte sie.

»Nee, nee, lass mal«, erwiderte Papa und baute sich vor mir auf.

»Du stehst jetzt auf und spielst mit deinem Vater im Team!«

»Lass doch! Wenn er nicht will«, rief Onkel Martin.

»Das ist keine Frage des Wollens«, sagte Papa.

»Sondern?«, fragte ich.

»Eine Frage der Ehre!«, sagte Papa heroisch.

»Jepp, und genau dieser Ehre ist mehr gedient, wenn ich nicht mit dir spiele.«

Jetzt stand ich auf, stellte mich direkt vor ihn und begann mit dem Plädoyer, das ich schon in Gedanken ausgearbeitet hatte.

»Vergleich dich mal bitte mit deinem Bruder, Papa!«, sagte ich und zeigte auf Onkel Martin, der wie ein Sonnyboy den Volleyball in den Händen hielt. »Und danach vergleich mal bitte mich mit meinem lieben Cousin!«

»Aber das ist doch egal, wie wir aussehen«, wandte Jasper freundlich ein.

»Ja, das mag sein«, gab ich ihm recht.

»Aber wie WIR aussehen, das ist nicht egal. Jedenfalls nicht mir.«

Ich fühlte mich wie ein Fernsehanwalt.

»Papa, die beiden da sind in Topform. Glaubst du, es tut unserer Ehre auch nur ansatzweise gut, wenn wir zwei Schwabbelbacken unsere Bäuche und Pimmelzipfelchen hier in aller Öffentlichkeit durch die Gegend schwingen und dabei haushoch in einem Spiel verlieren, das dein Sohn nicht beherrscht?«

Mama lachte laut auf.

»Ich bin siebzehn, Papa! Das ist ein kompliziertes Alter.«

Sie kriegte sich gar nicht wieder ein und steckte Tine, Alma und Jasper an.

»Gerade für die Ehre!«

Dann klopfte ich keck auf Papas Bäuchlein und brachte auch noch Onkel Martin zum Feixen.

»Wenn du also mit deinen parundvierzig Lenzen dein Schamgefühl schon überwunden hast, dann bitte geh und spiel! Aber lass mich aus der Nummer raus, klar? Ich habe andere Talente. Gut aussehen beim Volleyballspielen gehört einfach nicht dazu. Schon gar nicht nackt. Find dich damit ab!«

Papa sah sich verärgert um. Keiner war auf seiner Seite.

»Und denk dran, was du mir vorhin gesagt hast. *Ich kann einiges vertragen*. Das waren deine Worte, richtig?«

Onkel Martin begann beeindruckt zu klatschen.

»Großartig! Absolut schlüssige Beweisführung«, rief er. »Endlich mal jemand in dieser Familie, der auch das Zeug zum Anwalt hat.«

»Was soll das denn heißen?«, wandte Alma ein.

»Na, alles, was euch interessiert, ist doch immer nur Sport, Sport, Sport. Der Mann da hat rhetorisches Talent!«

Ich setzte mich wieder in den Sand, nicht ohne Stolz über Onkel Martins Urteil. Papa war auf hundertachtzig. Er wollte was erwidern, wusste aber weder was, noch kam er dazu.

»Wenn Jannik nicht spielt, will ich auch nicht«, sagte Jasper und kam zu mir gerannt.

»Sieh's einfach ein, Brüderchen, du hättest gegen mich eh keine Chance!«

Mama häkelte sich von hinten in Papas Arme, die er männlich in seine Hüften gestemmt hatte, und sagte in Richtung Onkel Martin: »Wollen wir dem Großmaul da hinten mal so richtig einheizen?«

Dann schnaufte Papa seinen Frust aus, nahm den Blick von mir und wandte sich zu Mama.

»Da kannste aber einen drauflassen!«

»Angriff!«, schrie Mama und rannte aufs Spielfeld.

»Angriff!«, schrie Papa und rannte hinterher.

»Halt, halt, halt, nicht ohne mich!«, schrie Tine.

»Wohlstands-Öko-Yuppies gegen Bademeister-Proleten!«, skandierte meine Mama, und die Kuh war vom Eis.

»Ich mach Schiri ...«, sagte Alma und stockte, weil sich unsere Eltern erst mal abschlabbern mussten, bevor das Spiel begann. »Also, wenn ihr fertig seid«, brachte sie den Satz zu Ende und wandte angewidert ihren Kopf ab.

Ich war ja tendenziell erleichtert zu sehen, dass sich meine Eltern auch noch richtig küssen konnten. Aber musste das ausgerechnet in aller Öffentlichkeit geschehen und vor meinen Augen?

»Du, Jannik?«, sprach mich Jasper von der Seite an und zog mit seinem rechten Fuß Kreise in den Sand.

»Sag mal, mit deiner Musik und so ...«

»Ja?«

»Schreibst du auch selber welche?«

»Ja. Klar. Manchmal schon.«

»Echt? Hammer!«

Jasper kniff verlegen lächelnd seine Augen zusammen. Ihm schien die Sonne ins Gesicht.

»Und könntest du dir auch vorstellen, mir mal 'ne Musik zu schreiben? Für meine Choreo?«

Wow! Ein Kompositionsauftrag. Darum hatte mich noch nie jemand gebeten.

»Klar!«, sagte ich und versuchte mir meine kindliche Begeisterung nicht allzu deutlich anmerken zu lassen. »Warum nicht!«

»Du bist echt ein cooler Typ«, sagte Jasper und grinste. Ich ließ mich rücklings in den Sand fallen, sah erleichtert hinauf zu den Schäfchenwolken und zuckte mit den Achseln.

»Die einen sagen so, die anderen so.«

*

Am Abend vor unserer Abreise saß ich wieder über Tais Festplatte.

Langweilige Schulveranstaltungen, überdrehte vietnamesische Musikfeste, Fressorgien, Familienfeiern, Karaoke-Abende, Naturaufnahmen, zahlreiches Material von der

Theaterfahrt, Aufnahmen von Melanie, mir und Jens Lamprecht in Gefangenschaft, Momente des Alltags, Straßenverkehr, Stadtleben, Sonnenauf- und Sonnenuntergänge, unbekannte Paare in Schlafzimmersituationen, verwirrte, emotionale, gewalt- und hilfsbereite Menschen, Hunde, Katzen, Vögel, Ratten, Kinder, Kühe, Kot ... Das alles hatte ich gesichtet und ansatzweise katalogisiert. Der einzige Ordner, der mir jetzt noch fehlte, war der, um den ich aufgrund seines langweiligen Namens die ganze Zeit einen Bogen gemacht hatte: *Politik*.

Und ausgerechnet hier wurde ich fündig. Und wie!

Der Filmclip, der sofort meine Aufmerksamkeit erregte, war stolze 1,2 GB groß, hatte eine Länge von 56:42 min und war auf den 26.03.2015 datiert, erstellt um 21:27 Uhr. Also am Abend vor der Theaterpremiere in Flecken-Zechlin. Ich startete den Film.

Das Bild rauschte. Es hatte bereits zu dämmern begonnen. Tai lief, von der Bildungsstätte in Flecken-Zechlin aus, schnaufend und schnellen Schrittes, eine enge Zufahrtsstraße hinauf. Dann bog er in einen Feldweg ein, der ihn nach etwa sieben Minuten an den Rand eines Waldes führte. Dort stand vereinsamt ein Auto. Offensichtlich wollte er den genauen Weg zur Parkposition des Fahrzeugs dokumentieren.

Er schlich in gebührendem Abstand um das Auto herum, bis er sich so positioniert hatte, dass man es von vorne sehen konnte. Dabei versteckte er sich zwischen den Bäumen des beginnenden Waldes.

Die ganze Szenerie umgab eine gespenstische Atmosphäre. Motor und Scheinwerfer des Autos waren ausgeschaltet. Aber das Beifahrerlicht brannte. Erst als Tai den Zoom maximal ausgefahren und auf die Windschutzscheibe des Fahrzeugs gerichtet hatte, erkannte ich die Insassen.

Melanie Heise saß auf dem Beifahrersitz. Sie hielt ein Blatt Papier in den Händen. Ihre Lippen bewegten sich. Auf dem Fahrersitz saß Herr Lehmann mit einem Mikrofon und nahm den Text auf, den sie vorlas.

Im Mitschnitt der Theateraufführung hatte ich einen Offtext gehört, der die einzelnen Szenen miteinander verband. Diesen Text nahmen sie wohl gerade auf.

Ein paar Minuten war die Sache einigermaßen unauffällig vonstattengegangen, als Melanie wie aus Versehen ihre Hand vom Textblatt sinken ließ und Herr Lehmann darauf peinlich erregt zusammenzuckte. Sie musste ihn irgendwo im Intimbereich berührt haben. Man sah nur, wie er eilig ihre Hand ergriff, zurück ans Textblatt beförderte und Melanie freundlich, aber bestimmt ermahnte, sich zu konzentrieren. Ihr gefiel sein Widerstand. Sie antwortete mit einem lasziven Nicken.

Keine zwei Minuten später wiederholte sich der Vorgang. Keine drei Minuten später geschah es ein drittes und viertes Mal. Mit jedem ihrer Versuche wurde der Widerstand geringer, den Herr Lehmann leistete. Schließlich sank sein Mikrofon zu Boden, und er ließ sie gewähren.

Herr Lehmann rutschte mit seinem Sitz nach hinten und kurbelte die Lehne zurück, während Melanie ihm auf den Schoß kletterte, um ihn zu küssen. Sekunde um Sekunde beschlugen die Scheiben und vernebelten den Blick auf das Geschehen im Wagen. Die einzigen Geräusche verursachte Tais leidender Atem, der mich erschaudern ließ, weil er dem entflammten so sehr glich, den er am Mittwochabend in meinen Nacken geblasen hatte.

Dann ging alles furchtbar schnell. Herrn Lehmann mussten die Sicherungen durchgebrannt sein. Melanie begann ruckweise zu schreien, Herr Lehmann angsteinflößend zu stöhnen und das Auto rhythmisch zu wackeln.

Nach furchtbar langen zwölf Minuten, in denen Melanie immer leiser und Herr Lehmann immer lauter geworden war, kehrte wieder Ruhe ein im Wald. Die hereinbrechende Nacht hatte ihr dunkelblaues Gewand über der Stille ausgebreitet. Ein paar Äste knackten unter Tais Gewicht. Ein Kauz kicherte gehässig in der Ferne.

Was musste wohl in Tai vorgehen? Wie konnte er sich das alles nur antun? Sein gleichmäßiger, schwerer Atem erfüllte fünf lange Minuten die Stille, bis sich endlich die Türen des Wagens öffneten. Dampfende Schwaden menschlichen Schweißes flohen aus dem Inneren. Wenig später folgten ihm zwei sichtbar unglückliche Menschen. Der eine, weil er augenblicklich das Ausmaß seiner Untat erkannte. Die andere, weil ihre Idee von Zärtlichkeit so viel romantischer und schmerzfreier ausgesehen hatte. Ein dritter unglücklicher Mensch stand starr im Wald und filmte.

Plötzlich begann Melanie zu lächeln. Sie wischte sich die Tränen aus den Augen, humpelte gespenstisch glücklich zu Holger Lehmann und gab ihm einen Kuss auf die Stirn.

»Danke«, sagte sie, strich ihm übers Haar und verschwand dann in der Dunkelheit der Nacht.

Holger Lehmann blieb wortlos zurück und rieb sich die Feuchtigkeit aus den Augen. Er sah aus, als hätte er einen Mord begangen.

Jasper klopfte kräftig, aber kurz an die Tür und trat in sein Zimmer. Einem Reflex folgend, klappte ich den Laptop zu. Grinsend kam er zu mir an den Schreibtisch.

»Hast 'n Porno geguckt?

Ich schüttelte angespannt den Kopf.

»Schick mir den Link, wenn er gut is'!«, sagte er und legte mir einen Zettel vor die Nase.

»Hier, für dich, du Freak!«

Ich faltete den Zettel auseinander und fand eine Telefonnummer.

»Ich hab ihm mal 'n bisschen von dir erzählt, und er würde dich echt gerne kennenlernen.«

Ich sah Jasper fragend an. Meine Gedanken hingen noch ganz bei Melanie, Herrn Lehmann und Tai.

»Na Nilas, mein Mitschüler, der Clown! Schick ihm mal 'ne Simse oder so! Der will dich treffen.«

Ich nickte etwas überrumpelt und starrte auf die Nummer.

»Danke«, sagte ich leise.

»Nicht dafür«, sagte er und scannte meinen Hosenschlitz ab.

»Na dann wichs mal schön weiter!«

Er klopfte mir kameradschaftlich auf die Schulter und ließ mich wieder allein. Ich steckte die Nummer in die Hosentasche und fühlte die Kondome, die ich nicht ausgepackt hatte, seit Dr. Seitzer sie mir vor einigen Tagen geschenkt hatte. Bei ihnen war Nilas doch in guter Gesellschaft.

Nachdenklich ließ ich mich auf meine Matratze fallen. Warum war Tai mit diesem handfesten Beweisstück nie an die Öffentlichkeit gegangen, zur Polizei, zu Herrn Heise oder zu Frau Giese, unserer Vertrauenslehrerin?

Es war genau das Puzzlestück, das fehlte. Schämte er sich? Hatte er den Zeitpunkt verpasst? Traute er sich nicht? Oder steckte hinter seinem Verhalten ein größerer Plan?

Geschah Lamprechts Gefangennahme am Ende gar nicht aus Zufall, wie ich immer dachte, sondern aus voller Absicht? Und wenn ja, wie hatte er Lamprecht da hingelockt, wo er ihn haben wollte? Und vor allem, welche Rolle spielte ich dann in seinen Plänen?

Er hatte doch alles organisiert. Ich stand immer nur

dumm an seiner Seite und staunte über jeden seiner Schritte. Brauchte er mich als dreckigen Handlanger, als treudoofen Mitwisser oder als Strohfutter, falls etwas schiefging? Wollte er etwa die ganze Geschichte am Ende mir in die Schuhe schieben?

Mit einem Mal fühlte ich mich schrecklich benutzt und missbraucht.

Tai war klug. Viel klüger als ich. Und er verfügte über ein gerüttelt Maß an krimineller Energie. Aber war er tatsächlich so hinterlistig, dass er meine Gutmütigkeit von Anfang an ausgenutzt hatte, um mich am Ende in die Pfanne zu hauen?

14

13. September 2015

Das Badezimmer war so sauber wie seit seinem Einzug nicht mehr. Eine Spur von Chlor lag in der Luft und rief in Jens das angenehme Gefühl von Hygiene hervor, das er so schmerzlich vermisste.

Die asiatische Schönheit hatte sogar Toilettenpapier besorgt, einen Eimer neben das Klo gestellt und die Badewanne eingelassen. Um Trink- und Spülwasser musste sich Jens also keinen Kopf mehr machen. Was für eine Steigerung seiner Lebensqualität.

Jens schüttelte bestürzt den Kopf. So ein Wahnsinn! Ein paar Tage ohne Wasser, Strom und Hygieneartikel, und aus dem modernen Menschen wird eine stinkende, urzeitliche Kreatur, zurückgeworfen auf ihre niederen Instinkte, alles andere als überlebensfähig.

Wie viele Menschen gab es auf der Welt, die weder Wasser noch Klopapier hatten? Und wie viele Menschen gab es, die Wasser und Klopapier nicht zu schätzen wussten? Jens gehörte seit heute zu den wenigen, die das wussten, und versprach sich, diesen demütigen Moment für immer in Erinnerung zu behalten.

Er verstand die halbvolle Badewanne durchaus als Vertrauensbeweis. Gott wusste schließlich, was Jens mit 150 Litern Wasser alles anrichten konnte.

Da Jens aber dankbar und gottesfürchtig geworden war,

nicht zuletzt, weil er selbst erfahren durfte, was Gott imstande war, mit ihm anzurichten, nahm er sich fest vor, das gewonnene Vertrauen nicht mehr zu verspielen.

Er zog die saubere Wäsche aus dem Trockner und ging ins Wohnzimmer, um sie zusammenzulegen. Was für ein herrlicher Umstand. Saubere Wäsche auf sauberer Haut in einer sauberen Wohnung. Jens strahlte vor Glück, als er in Socken, Schlüpfer, Hose und Hemd glitt.

Auf dem Herd stand noch immer die Suppe der asiatischen Schönheit. Gestern Mittag hatte er das erste Mal wieder auf zwei Beinen gestanden. Anfangs noch wacklig, mit jeder Schüssel ihres Zaubertranks aber ein Stückchen kraftvoller. Seit heut morgen fühlte er wieder Blut und Sauerstoff durch seinen Körper fließen und Knochen, Gelenke und Muskeln aufatmen.

Noch waren knapp drei Mahlzeiten im Topf. Der Boden aber ließ sich durch die klare Brühe hindurch schon erkennen.

Und trotzdem sorgte sich Jens nicht mehr um sein Leben. Ein eigenartiges Grundvertrauen in die Macht des Schicksals, die nicht mehr in seinen eigenen Händen lag, erleichterte sein Gewissen. Jens fühlte sich in all der Abhängigkeit angenehm frei.

Die einzigen sichtbaren Zeugnisse seiner früheren Verzweiflung waren die zersplitterte Beschichtung seines Panoramafensters und der zerschnittene Rest des Sisalteppichs. Ansonsten lag die Wohnung aufgeräumt im Licht der freundlichen Morgensonne, die voller Enthusiasmus über der Stadt aufgegangen war, fest entschlossen, alle Berliner aus ihren Federn zu kitzeln.

Jens sah durch ein unzersplittertes Eckchen aus seinem Fenster auf die gähnende Leere der Weltstadtstraßen. Da hatte die Sonne noch einige Überzeugungsarbeit zu leisten. So, wie es aussah, musste Sonntag sein.

Er dachte an seinen ersten Sonntag in Gefangenschaft zurück. Das war erst eine Woche her, aber es kam ihm vor wie eine Episode aus einem früheren Leben.

Was war wohl inzwischen geschehen in der Welt? Wie ging es Philipp und Silke? Hatten sie sich in ihrer neuen Heimat eingewöhnt? Kam Philipp mit der Schule zurecht? Mit seinen neuen Mitschülern?

Erheitert stellte Jens fest, dass ihn Neuigkeiten aus seiner eigenen Schule nicht wirklich interessierten. Aber eine Zeitung, die hätte er jetzt gern gelesen, zu einer guten Tasse Kaffee und angenehmer Hintergrundmusik. Etwas, das zur Sonne passte. Antônio Carlos Jobim vielleicht oder Bobby McFerrin.

Jens dachte an *Don't Worry Be Happy* und musste schmunzeln. Das passte gut. Er schnipste mit den Fingern, begann zu pfeifen, sich im Schein der Sonne zu drehen und schließlich singend durch die Wohnung zu tänzeln.

Mensch, die Post lag doch ungeöffnet auf dem Wohnzimmertisch, mitgebracht von der asiatischen Schönheit. Jens schlenderte pfeifend zu seiner Couch und nahm sich den Stapel zur Hand. Etwas von der Bank, etwas vom Finanzamt, ein Schreiben der Krankenversicherung, ein Spendenaufruf des Malteser Hilfsdienstes und Werbung für ein preisreduziertes Brillengestell. Dann ein Umschlag aus der Schule, ein Brief von Holger und einer aus Holland. Heißa! Der letzte konnte nur Ärger bedeuten.

Jens beendete sein ausgelassenes Pfeifkonzert und öffnete den Umschlag aus der Schule. Allerhand Kleinzeug befand sich darin. Er kippte den Inhalt aus: ein Beutel Beruhigungstee, ein Päckchen Entspannungsbad, Taschentücher, Gummitiere und eine Karte mit einem Teddybären. Der lag im Krankenbett, trug ein Pflaster auf der Stirn, darunter die

Worte: *Gute Besserung – du schaffst das schon!* Jens klappte die Karte auf und las. Die Handschrift von Claudia Giese war deutlich zu erkennen.

Lieber Jens,
wir wissen, du hast dir Ruhe gewünscht und keine Post. Aber du kennst deine lieben Kollegen. Ganz ohne geht es nicht.
Wir wollten nur sagen, dass wir in Gedanken bei dir sind, und wünschen dir von Herzen Kraft und Erfolg, Sonnenschein und eine rasche Genesung, damit wir dich bald wieder in unserer Mitte begrüßen können.
Wir vermissen dich.
Fühl dich umärmelt von deinem Kollegium und mach dir keine Sorgen. Wir lassen die Schule schon stehen.
PS: Wenn wir irgendetwas für dich tun können, lass es uns wissen.

Die Karte war auf Dienstag, den 8. September datiert und von allen Kollegen unterzeichnet worden.

Jens war also offiziell krankgeschrieben. Das erklärte natürlich, warum sich keiner der Kollegen ernsthafte Gedanken um ihn machte. Vermutlich hatte Gott eine Krankschreibung geschickt. Was hatte er ihm wohl angedichtet? Krebs? Magen-Darm? Hexenschuss?

Jens nahm sich den nächsten Umschlag vor. Ein knapper Gruß vom Donnerstag, auf die Rückseite eines Internetausdrucks gekritzelt. Holgers Sauklaue war schwer zu entziffern.

Lieber Jens,
ich mach mir große Sorgen.
Wie verkraftest du den Verlust?

Ein Lebenszeichen wäre toll.
Meld dich bitte mal!
Holger

Welcher Verlust? Hatte er irgendetwas nicht mitbekommen?

Jens betrachtete noch einmal die Vorderseite des Blattes. Holger hatte einen Onlineartikel ausgedruckt und mit einem Marker die Worte *Sag bitte, dass das ein dummer Zufall ist!* danebengeschrieben.

Jens las:

LKW rast auf Schulhof
Unfall in Rotterdam – kein Terror!
Ein LKW ist in Rotterdam auf einen Schulhof gerast. Sechs Menschen wurden leicht verletzt. Ein Schüler starb noch am Unfallort. Es handle sich aller Wahrscheinlichkeit nicht um eine Terrorattacke, teilte die örtliche Polizei mit.
Rettungskräfte kümmerten sich um die Verletzten. Nach deren Angaben handle es sich bei dem toten Schüler Philipp L. um einen Deutschen.
Die genauen Umstände sind noch unklar. Die Ermittlungen laufen. Der 42jährige Fahrer des LKWs Falk H. wurde festgenommen. Es handle sich um einen deutschen Fernfahrer aus Berlin, der im Auftrag einer belgischen Speditionsfirma zwischen Berlin und Rotterdam unterwegs war, so der Polizeisprecher.

Nein. Nein! Nein!!! Das musste ein Irrtum sein. Jens' Puls überschlug sich. Augenblicklich wurde ihm schwarz vor Augen. Er presste die Lider fest aufeinander und atmete tief durch. *Falk H.?* Melanies Vater Falk Heise war Fernfahrer. Das war doch ein Witz. Ein böser, schlechter Witz.

Dann nahm er den Umschlag aus Holland zur Hand und riss ihn auf. Er trug den Absender eines holländischen Kinderbuchverlags. Drei kurze Zeilen, mit dem Computer geschrieben. Jens las:

Lieber Jens,
wir erreichen dich nicht.
Es ist etwas Schreckliches passiert.
Bitte melde dich!
Achim

Jens glitt der Brief aus den Händen. Er sank zu Boden und schrie.

»Neeeeeeeeeeeeein!«

Er schrie so laut, dass seine Stimme noch Sekunden danach zwischen den Wänden des Appartements umherirrte, ziellos, verzweifelt, verwirrt, ehe sie irgendwo zwischen Decke und Teppich erstickte. Genauso wie Jens, der keine Luft mehr bekam, der sich vor Schmerzen krümmte, weil ihm die Brust zerprang, weil ihm in seinem ganzen Leben, selbst in den qualvollsten Momenten der vergangenen Woche, noch nie ein solches Leid angetan worden war. Ein Leid, das er selbst zu verantworten hatte, das er niemandem anlasten konnte außer sich selbst.

Gekrümmt und in Kieferstarre verkrampft, wie von der Tollwut befallen, speichelte und tränte er seinen Sisalteppich voll, nicht mehr in der Lage, Worte zu sprechen, geschweige denn zu denken, die einen Sinn ergeben hätten.

Nichts. Absolut nichts hatte jetzt noch einen Wert.

15

13. September 2015

Wie besessen stürmte ich auf das Hochhaus zu, warf mein Fahrrad in die Ecke und drückte den Klingelknopf von App. 2406. Eigentlich erwartete ich keine Reaktion. Aber ich hatte Tai auf seinem Handy nicht erreicht und musste irgendwie an Thommy vorbei ins Haus gelangen, der am Concierge-Tresen saß und wie immer in seine Zeichnungen vertieft war. Plötzlich rauschte die Gegensprechanlage, und eine leise Stimme erklang.

»Ja?«

»Tai, bist du das?«

Stille.

»Ich bin's, Jannik. Mach auf!«

Stille.

»Tai, ich weiß alles! Ich hab deine Festplatte geknackt. Lass mich rein!«

Dann surrte die Tür, und ich war drin.

Ich schlich mich geräuschlos, so geschickt ich konnte, auf den Fliesen kriechend, unter Thommys Sichtfeld, vorbei zu den Fahrstühlen, überstand die gefühlt längste Fahrstuhlfahrt meines Lebens, rannte durch den Hausflur, um die beiden Ecken zu App. 2406 und lief Tai direkt in die Arme, der bereits in der offenen Tür auf mich wartete.

»Warum hast du mich in die ganze Sache reingezogen?«, schrie ich flüsternd, ohne eine Sekunde Zeit zu verlieren.

»Ich … wollte … ich weiß nicht«, eierte Tai stimmlos und gebrochen. Er war leichenblass.

»Ich wollte, dass du mich bremst, bevor ich Scheiße baue.«

Dann fiel er mir in die Arme und drückte mich schluchzend an sich.

»Warum hast du mich alleingelassen?«

Ich packte ihn bei den Schultern. Wir hatten jetzt keine Zeit für Sentimentalitäten.

»Wie geht's Lamprecht?«, fragte ich fordernd.

»Du hättest mich nicht alleinlassen sollen«, wimmerte er und schüttelte seinen Kopf.

»Was heißt das? Was meinst du, verdammt?«

Ich wurde lauter.

»Was ist mit Lamprecht? Hast du Scheiße gebaut?«

Tai nickte schuldbewusst wie ein kleiner Junge, der den Diebstahl einer Gummibär-Tüte gestand.

»Es tut mir leid«, jammerte er.

»Fuck!«

Ich ließ ihn in der Tür stehen und rannte ins Appartement. Die Kommandozentrale existierte nicht mehr. Er hatte alles abgebaut, aufgeräumt und seine Klamotten verschwinden lassen. Nur noch sein Laptop stand auf dem Boden, neben dem Monitor, der mit der Teleskopkamera im Lüftungskanal verbunden war. Ich starrte auf das Bild, das die Kamera aus Lamprechts Badezimmer sandte, und erschauderte. Der Direktor lag leblos mit aufgeschnittenen Venen in seiner blutrot gefärbten Badewanne. Ich rang um Fassung.

»Scheiße, Scheiße, Scheiße, Tai, was hast du gemacht?«

Meine Stimme überschlug sich. Ich sah zur Tür. Doch Tai war fort. Wo er gestanden hatte, lag nur noch Lamprechts Schlüsselbund mit dem Transponder.

»Tai?«

Ich nahm das Teil und rannte durch den Hausflur zu den

Fahrstühlen. Nichts. Er war einfach verschwunden. Verzweifelt trat ich gegen die Fahrstuhltür, verursachte einen fürchterlich lauten Knall und erschrak selbst davor.

Oh, wie ich Tai verfluchte in diesem Moment! Ich hatte es geahnt. Der verschissene Dreckspisser machte sich einfach aus dem Staub, und ich musste seinen Haufen wegwischen.

Ich rannte durch den Hausflur zurück und öffnete mit dem Transponder Lamprechts Appartement. Es klappte. Immerhin etwas. Ich stürmte ins Bad, sah den Direktor in seinem Blut liegen und fühlte, heftig gegen einen Würgereiz ankämpfend, den Puls an seiner Halsschlagader. Noch lebte er. Bei Bewusstsein aber war er nicht. Ich griff in die Wanne und zog den Stöpsel. Das Wasser war kalt und roch nach Melisse. Auf dem Klodeckel lagen seine Sachen, ordentlich zusammengelegt. Da er noch immer stark blutete, griff ich seine Socken und band ihm damit, so fest ich konnte, die Schlagadern ab, die er sich längs, den Unterarm entlang, mit einem Brotmesser, eher aufgerissen als geschnitten hatte.

Dann stürzte ich instinktiv zur Gegensprechanlage und atmete erleichtert auf. Sie funktionierte. Tai hatte offensichtlich Strom, Wasser und Elektrik wiederhergestellt, bevor er abgehauen war. Was für ein Glück! Ich drückte die Concierge-Taste. Es tutete einmal, zweimal, dreimal …

»Komm, Thommy, geh ran!«, flehte ich, als ob er mich hören konnte. Viermal, fünfmal …

»Ja bitte?«

Sehr gut, Thommy. Super Zeit! dachte ich und verstellte meine Stimme. Ich sprach tief und schwer röchelnd, den Klang von Herrn Lamprecht nachahmend.

»Hilfe! Ich hab mir die Pulsadern aufgeschnitten. Aber jetzt will ich nicht mehr sterben. Hilfe. Schnell!«

Thommy geriet in Panik.

»In welchem Appartement sind Sie denn?«

»2405«, stöhnte ich, »kommen Sie bitte schnell!«

Theatralisch ließ ich den Hörer fallen. Nun war Thommy unterwegs.

Ich sah verzweifelt zu Boden und raufte mir die Haare. Das konnte alles nicht funktionieren. Die Fliesen waren vollkommen sauber. Wie sollte Herr Lamprecht zum Hörer und wieder zurückgekommen sein, ohne alles vollzubluten?

Also stürmte ich zur Wanne, hievte den Direktor hastig und mit ungeahnten Bärenkräften, die das Adrenalin in meinem Körper freisetzte, aus der Wanne, schleifte ihn heftig tropfend über den Fliesenboden und legte ihn unter der Gegensprechanlage ab.

Dann zog ich mich nackt aus, knüllte meine Klamotten zu einer Kugel zusammen, tapste, penibel darauf achtend, dass ich keine Blutspuren hinterließ, ins App. 2406 rüber und zog im letzten Moment, ehe Thommy aus dem Fahrstuhl stieg, die Tür hinter mir zu.

Da hockte ich nun, vollkommen außer Atem, restlos neben mir stehend, mit weitaufgerissenen Augen, vom eigenen Herzschlag erschüttert, der ohrenbetäubend laut gegen meinen Unterkiefer wummerte, und fühlte mich wie ein Mörder nach der Tat.

Ich robbte leise, auch wenn ich genau wusste, dass man mich drüben nicht hören konnte, zum Monitor, verfolgte das Geschehen in Lamprechts Wohnung und hoffte inständig, dass keine Spur zu mir herüberführte.

Zehn Minuten nach Thommys Eintreffen waren die Rettungskräfte da. Zehn unendlich lange Minuten, in denen es ein Leichtes gewesen wäre, mich zu erwischen. Thommy aber, der von der ganzen Geschichte genauso mitgenommen schien wie ich, hatte keinen kriminalistischen Blick für etwaige Ungereimtheiten in Lamprechts Appartement. Für ihn sah es nach einem klassischen Selbstmordversuch aus.

War es das denn? Oder hatte Tai nachgeholfen? Ich wusste es doch selbst nicht.

Nach einigen Minuten des Schockzustands hatte Thommy begonnen erste Hilfe zu leisten. Er hatte sogar mit dem Gedanken gespielt, ihn zu beatmen, es aber im letzten Moment, bevor seine Lippen auf die des unbekannten Mannes trafen, doch unterlassen.

Nachdem die Rettungskräfte dann eingetroffen waren, ging alles ganz schnell. Herr Lamprecht wurde abtransportiert, und Thommy verschloss die Tür zum Appartement.

Es kehrte Ruhe ein in Etage 24. Ein paar Minuten saß ich noch regungslos auf dem Boden und starrte ins Leere, bis ich mich zu weiteren Schritten aufraffen konnte. Ich ließ eine Badewanne ein, um meine blutigen Klamotten in kaltem Wasser einzuweichen. Dann schlich ich in den Hausflur und öffnete mit dem Transponder den I-Schacht, um die Teleskopkamera aus dem Lüftungskanal zu bergen. Danach betrat ich noch einmal Lamprechts Appartement, um ihm den Schlüsselbund zurück in die Hose zu stecken, die noch immer zusammengelegt auf dem Klodeckel lag. Dann ließ ich die Tür hinter mir ins Schloss fallen.

Zurück in der Kommandozentrale, sah ich mich um. Ich hatte keinen blassen Schimmer, welche Spuren ich verwischen musste. Es war das reinste Himmelfahrtskommando. Überall klebten unsere Fingerabdrücke, lagen Haare, Hautschuppen, Speichel, Blut, was weiß ich noch alles.

Dann fiel mir Lamprechts Laptop ein. Dort waren Hunderte von Daten gespeichert, die man erfolgreich auswerten konnte. Aber ich Rindvieh hatte mir nun den Zugang zu seinem Appartement versperrt.

Außerdem hatte Tai unzählige Manipulationen am technischen System des Hauses vorgenommen. Was konnten Fachleute daran ablesen?

Ich kochte vor Wut. Nichts, einfach nichts konnte ich ohne ihn tun, um diese offensichtlichen Hinweise auf unsere Täterschaft zu verwischen. Ich rief ihn erfolglos an. Aber die blöde Computerstimme am anderen Ende sagte nur: *The person you have called is temporarily not available.*

Wahrscheinlich hatte er sein Telefon längst in die Spree geworfen. Aussichtslos schrieb ich ihm ein paar Nachrichten:

Wo bist du?
Sie haben ihn jetzt abgeholt.
Was soll ich mit deinem Rechner machen?
Melde dich, verdammt!

Keine der Nachrichten erreichte ihren Empfänger.

Ich schrubbte wie besessen an meinen Klamotten herum. Das Wasser trübte sich rosarot vom ganzen Blut. Mein T-Shirt, mein Hemd, meine Hosen hatten sich gierig vollgesaugt, und obwohl ich rieb wie ein Bekloppter, ließ sich die dunkle Suppe nicht rückstandfrei aus den Fasern entfernen. Die Sachen mussten verschwinden. Aber nicht hier. Morgen war Montag. Da kam die Müllabfuhr. Wenn ich sie bei uns in den Müllschlucker warf, waren sie in den nächsten vierzehn Stunden mit Sicherheit weg.

Also wrang ich sie aus, zwang mich in die nassen Klamotten, spülte die Blutreste aus der Badewanne, wischte und putzte, so gut ich konnte, den Boden, alle Armaturen und Türklinken im Appartement, packte Tais Laptop, die Kamera und den Monitor in meinen Rucksack, ließ die Tür zu App. 2406 unwiederbringlich ins Schloss fallen und machte mich über den Hinterausgang neben dem Müllraum auf den schnellstmöglichen und unauffälligsten Weg nach Hause, fest entschlossen, dieses Gebäude für den Rest meines Lebens nie wieder zu betreten.

*

Natürlich lag mein Fahrrad nicht mehr in den Büschen vor dem Haus, sondern hatte längst seinen Besitzer gewechselt. Ich hätte heulen können. Mir wurden ständig die Fahrräder geklaut. Ich sah schon das brüllende Gesicht meines Vaters vor mir. Er hatte mir das neue erst vor drei Monaten gekauft.

Ich lief zum Alex hoch und stieg in die Straßenbahn. Jeder, einfach jeder starrte mich an, den Jungen in den nassen, tropfenden, blutverschmierten Klamotten. Nach nicht einmal drei Stationen stiegen dann noch Fahrkartenkontrolleure ein und machten meinen unauffälligen Heimweg perfekt. Ich hatte keinen Fahrschein, kein Geld, kein Portemonnaie, um mich auszuweisen. Ich hatte nur meine großen braunen Augen zur Verfügung, literweise Tränenflüssigkeit auf Abruf, deren Ausbruch ich mir eh schon die ganze Zeit verkneifen musste, und einen herzerweichenden Hundeblick. Ich setzte alles ein. Zwecklos. Die kaugummikauende Kontrolleurin wartete ungeduldig auf das Ende meiner tragischen Geschichte vom gestohlenen Fahrrad und dem strengen Vater und sagte dann:

»Biste endleh feddich?«

Ich nickte.

»Jut, dann aussteijen, Keule!«

Während wir Landsberger Ecke Petersburger die Straßenbahn verließen, rief sie die Polizei und forderte Unterstützung durch einen Beamten an.

»Jo, Verweigerung der Personalien«, sagte sie.

Da brannten bei mir die Sicherungen durch, und ich rannte los. Sie hinterher. Aber ich kurvte bei Rot über die Kreuzung, entkam gerade so den anfahrenden Autos und zwang sie, auf der anderen Seite stehen zu bleiben.

»Du kleener Pisser, ick krieje dir, und wennet dit Letzte is', wat ick tu!«, brüllte sie mir hinterher, so dass jeder auf der Straße seine Blicke nach mir wandte. Dann verschwand ich zwischen zwei Neubaublocks im Wohngebiet und schnaufte durch.

*

Geistesgegenwärtig durchsuchte ich noch einmal die Taschen meiner Hose nach Hinweisen, die auf mich hätten deuten können, bevor ich sie in den Müllschlucker warf. Was ich fand, waren die Kondome von Dr. Seitzer und die Telefonnummer von Nilas, durchgeweicht und unscharf, aber gerade noch lesbar.

Dann warf ich meine Klamotten in den schwarzen Schlund im Treppenhaus und kramte meinen Wohnungsschlüssel aus dem Rucksack. Nun stand ich, ein halbes Dutzend Gummis in der Hand, mit nichts als einer nassen Unterhose und meinem Rucksack bekleidet, im Hausflur vor unserer Wohnungstür.

Ich musste nur noch geräuschlos in die Wohnung kommen, zum Kleiderschrank schleichen und mir neue Klamotten anziehen, dann war dieser Alptraum von einem Nachmittag hoffentlich endlich beendet, und ich konnte in mein Bett sinken, die Decke über den Kopf ziehen und mich in aller Ruhe ausheulen.

Papas Auto hatte nicht auf seinem angestammten Platz gestanden. Er musste also noch mal irgendwohin gefahren sein. Mama hielt sich in der Regel im Wohnzimmer auf. Dort konnte sie das Türschloss nicht hören, wenn ich mich geschickt anstellte.

So sanft und leise ich konnte, schob ich den Schlüssel ins Schloss und drehte ihn zeitlupenartig, gegen den ersten Widerstand, nach rechts. Es klackte. Viel zu laut für meinen Geschmack. Ich wartete ein paar Sekunden und drehte weiter, bis sich die Tür einen winzigen Spaltbreit öffnete. Im Flur brannte Licht. So ein Mist!

Ganz langsam und vorsichtig schob ich die Tür auf und sah direkt in die Gesichter meiner Eltern, die offensichtlich gerade gehen wollten und mit großer Spannung meinen Versuch beobachtet hatten, unbemerkt in die Wohnung zu gelangen.

»Janni?«

Mama sah perplex auf meine Kostümierung. Papa starrte auf die Kondome, dann auf meinen nackten Bauch.

»Wo kommst du denn her?«, fragte er sichtbar irritiert.

»Na von Tai«, antwortete ich ungeschickt.

»Und warum bist du nackt?«, fragte Mama.

»Und was soll das da?«, fügte Papa hinzu und deutete auf die Gummis.

»Die hab ich von Dr. Seitzer«, erwiderte ich und wusste, dass auch diese Antwort sie nicht befriedigen würde. Dann gab ich mir einen Ruck.

»Papa, Mama, mir wurde mein Fahrrad geklaut. Dann bin ich beim Schwarzfahren erwischt worden und vor der Polizei weggerannt, und außerdem …«

Ich schob die Brust raus, nahm Haltung an und lächelte meinem Vater ins Gesicht.

»… außerdem bin ich schwul.«

Ich hob Zettel und Gummis in die Höhe.

»Und das hier ist die Nummer von ’nem ziemlich süßen Typen, mit dem ich mich jetzt dringend verabreden muss.

Darf ich mal?«, bat ich höflich und drückte meine sprachlosen Eltern zur Seite, um an ihnen vorüber durch den Flur zu schreiten. Dann bog ich rechts in mein Zimmer ab, knallte die Tür hinter mir zu und hörte nur noch, mit einigen Sekunden Verzögerung, meinen Vater rufen:

»Dir wurde das Fahrrad geklaut?«

*

Ich weiß nicht, wie Mama ihn beruhigen konnte, Papa musste schnauben vor Wut, aber er ließ es nicht an mir aus. Ich hatte Ruhe. Auch vor Mama. Keiner der beiden platzte in mein Zimmer und stellte mich zur Rede. Vielleicht trauten sie sich nicht. Oder sie hatten Respekt, oder sie hielten es für angebracht, mich in Ruhe zu lassen. Oder sie selbst brauchten Zeit, um das alles zu verarbeiten. Dabei hatten sie bei weitem nicht so viel zu verarbeiten wie ich.

Bald die ganze Nacht lag ich wach. Immer hin- und hergerissen zwischen der Angst vor der Kriminalpolizei, die jede Sekunde an der Tür klingeln konnte, der Sorge um das Leben von Herrn Lamprecht, der Frage, ob mir meine Eltern noch ins Gesicht sehen würden, wenn ich mich am nächsten Morgen an den Frühstückstisch setzte, und meiner Wut auf Tai, der mich einfach im Stich gelassen hatte.

Ich verstand sein Verhalten nicht. Ich verstand nicht, was zwischen uns war.

Ich liebte ihn. Noch immer. Im Grunde genauso wie vor zehn Tagen, als die Welt noch so viel einfacher war. Aber wenn er mich auch liebte, wovon ich seit den Entdeckungen auf seiner Festplatte ausging, warum benahm er sich dann nicht so? Warum rannte er weg? Warum ließ er mich hängen? Warum erklärte er sich nicht?

Vielleicht hatte ich mich mal wieder geirrt. Vielleicht waren die Aufnahmen von mir nur aus Versehen im Ordner *Liebe* gelandet. Vielleicht war sein Finger eine Millisekunde zu früh von der Maus gehopst, und die Filmchen von *Fetti* waren auf dem Weg zum Ordner *Schule* über der *Liebe* abgestürzt. Ein Unfall. Mehr nicht. Jannik Schade, der Unfall vom Dienst, ein tragischer kleiner Freak, gutmütig, leichtgläubig, naiv und furchtbar verliebt.

Wahrscheinlich saß Tai irgendwo in Sicherheit, lachte sich ins Fäustchen, dass alle Tathinweise nun auf direktem Weg zu mir liefen, und wusste genau, dass ich ihn niemals verpfeifen würde, weil meine Liebe so viel stärker war als die Angst vor der Jugendstrafanstalt.

Hoffentlich irrte er sich da nicht.

Ich betrachtete die Telefonnummer von Nilas, die ich mir neben den Schreibtisch geklebt hatte, und schüttelte den Kopf.

Es ist seltsam. Manchmal passiert jahrelang gar nichts, und dann, urplötzlich, kommt alles auf einmal.

16

15. September 2015

Wieder erwachte Jens, obwohl er bereits mit dem Leben abgeschlossen hatte.

Ein Apparat piepte im Raum. Von weit her klangen Stimmen durch Flure. Jens war noch nicht vollständig bei Sinnen. Aber eines konnte er mit Bestimmtheit sagen: Er war nicht mehr zu Hause. Augenblicklich fühlte er Erleichterung.

»Papa?«

Wie durch einen Hammerschlag ins Gesicht kam ihm die Erinnerung an den Grund seines gezielten Ablebens wieder in den Sinn: Philipp. Er war tot. Melanies Vater hatte ihn mit dem LKW überfahren. Noch immer hörte er die Stimme seines Sohnes in Gedanken.

»Papa?«

Sie geisterte so real durch seinen Kopf, dass er fast glauben konnte, ihn vor sich stehen zu sehen, sobald er seine Augen öffnete.

»Mama, ich glaube, Papa wird wach«, sagte Philipp. Schritte näherten sich.

»Ehrlich?«

Jetzt hörte er auch noch die Stimme seiner Ex. Was sie sagten, klang gar nicht wie im Traum.

»Los, Papa, du schaffst das, wach auf!«

»Komm, du alter Arsch, gib dir ’nen Ruck!«

»Alter Arsch«, das hatte Silke ewig nicht zu ihm gesagt.

Früher nannte sie ihn öfter so, immer dann, wenn sie ihn gerade besonders liebhatte.

»Er lächelt«, sagte Philipp.

Nein, nein, nein. Das fühlte sich nicht unwirklich genug an, um ein Traum zu sein. War Philipp am Leben?

Jens öffnete langsam seine Augen und wurde vom Sonnenlicht geblendet, das durch die Fenster ins Krankenzimmer schien. Eine Silhouette schälte sich aus dem Gegenlicht. Ja. Jaa. Jaaa! Er erkannte die schlaksige, aber elegante Gestalt seines Sohnes.

»Philipp?«, ächzte er angestrengt.

»Ja, Papa, du bist wach!«, rief Philipp, warf sich auf seinen Vater und drückte ihn voller Überschwang, so vorsichtig er konnte.

»Du lebst ja«, flüsterte Jens und konnte sein Glück kaum glauben. Augenblicklich schossen ihm die Tränen in die Augen. »Du lebst!«

»Nein, Papa, du lebst!«, erwiderte Philipp und ließ seinen Freudentränen ebenso freien Lauf.

»Weißt du, was du uns für einen Schreck eingejagt hast?«, sagte Silke und wiederholte ihre Zärtlichkeit. »Alter Arsch!«

»Es tut mir so leid. Es tut mir alles so leid«, weinte Jens und fühlte mit jeder Träne eine unbändige Lust am Leben durch seinen Körper strömen.

»Ruhig, ganz ruhig«, beschwichtigte Silke ihn und legte nun auch ihren Arm um ihn.

»Hör auf, so viel zu quatschen! So fit bist du noch nicht.«

Jens sah in die glänzenden, lebhaften Augen seines Sohnes und konnte sich an keinen Moment erinnern, in dem er jemals glücklicher gewesen wäre. So also fühlte sich Dankbarkeit an. Tiefe ehrliche Dankbarkeit.

*

22. September 2015

»Und wann hatten Sie dieses Bedürfnis das letzte Mal?«, fragte die freundlich reservierte Dame mit der etwas zu großen Brille und ihrer sehr leisen, aber bestimmten Stimme, die Jens nun schon seit einer geschlagenen halben Stunde gegenübersaß, ohne den Punkt erfasst zu haben, um den es ging.

»Noch nie«, sagte Jens ungeduldig. »Ich dachte ja, dass mein Sohn ums Leben gekommen ist. Bei einem Autounfall. Da bin ich durchgedreht.«

»Ist er aber nicht.«

»Was?«

»Ihr Sohn. Ist nicht ums Leben gekommen.«

Jens nickte. »Genau.«

»Und woher glaubten Sie das dann zu wissen?«

Die Unterredung drehte sich im Kreis.

»Nun, weil ich diese beiden Briefe erhalten habe. Das sagte ich doch bereits.«

»Deren Existenz die angeblichen Verfasser aber bestreiten.«

»Ja. Die muss mir der Geiselnehmer geschickt haben.«

Sie schob ihre Brille zurecht.

»Gott, richtig?«

»Ja, so nannte er sich. Wenn sie mich nach Hause lassen würden, dann könnte ich Ihnen die Briefe ja vorlegen.«

Die Dame lächelte trist. Sie trug über ihrer fleischfarbenen Bluse eine steife weiße Jacke und reckte ihren langen Hals, den sie hinter einem ebenso fleischfarbenen Tuch versteckte.

Auch sie stocherte seit einer geschlagenen halben Stunde in den Worten ihres Patienten herum, ohne an den Punkt zu gelangen, um den es eigentlich ging.

»Die Briefe sind doch nebensächlich, Herr Lamprecht.«

»Nein, nein, sind sie nicht. Sie glauben mir ja nicht, dass es die Briefe gibt.«

»Doch, doch. Ich glaube Ihnen alles.«

Die Dame machte sich Notizen. Dr. Evelyn vom Hofe war ihr Name, und Jens kam sich jedes Mal ein bisschen dämlich vor, wenn er sie mit »Frau Doktor vom Hofe« ansprechen musste.

»Kommen wir noch mal zu *Gott* zurück. Er ist Ihnen erschienen, sagten Sie?«

»Nein. Nicht *Gott* selbst. Das heißt, ich weiß es nicht. Jedenfalls war plötzlich diese asiatische Frau in der Wohnung. Vielleicht war sie *Gott*. Vielleicht auch nicht. Aber sie hatte die Briefe dabei.«

»Und diese Frau, die kannten Sie nicht.«

»Nein.«

»Aber sie hatte Zugang zu Ihrer Wohnung.«

»Ja.«

»Sie sagten, dass Sie im Zuge Ihrer Wassernot viel Wein trinken mussten. Halten Sie es für möglich, dass diese Frau ein Trugbild war?«

»Nein! Sie war real. Ganz sicher. Sie hat mich ja gewaschen und mich … egal.«

»Was?«

»Sie hat mich unsittlich berührt.«

»Aha!«

Dr. vom Hofe machte sich eifrig Notizen.

»Und sie fühlten sich eingesperrt und einsam?«

»Nein, ich WAR eingesperrt und einsam. Ich hatte ja keine Schlüssel mehr.«

»Und wie erklären Sie sich dann die Schlüssel in ihrer Hosentasche?«

Jens klatschte mit seinen Handflächen auf die Oberschenkel.

»Ich weiß es doch auch nicht. Sie waren plötzlich wieder da. Hören Sie, ich bin weder suizidgefährdet noch schizophren. Ich wurde gegen meinen Willen in meiner Wohnung festgehalten. Wenn wir die ganze Sache hier beenden und stattdessen die Polizei verständigen würden, dann kämen wir deutlich schneller zu Ergebnissen, die uns beide befriedigen.«

»Herr Lamprecht, Sie sind Pädagoge. Sie haben einen Burn-out erlitten und versucht, sich das Leben zu nehmen. Ich kann Sie nicht einfach entlassen, nur weil sie sich in meiner Gegenwart nicht befriedigt fühlen.«

»Einen Burn-out?« fragte Jens überrascht. Das war ihm neu.

»Und hören Sie bitte auf, mich für dumm zu verkaufen!«

Jens schüttelte seinen Kopf. Gott hatte ihm also einen Burn-out attestiert. Nicht schlecht. Er hätte es sich nie eingestanden, aber mit etwas Abstand betrachtet, war diese Diagnose vielleicht gar nicht so falsch.

»Haben Sie meine Krankschreibung in ihrer schlauen Akte drin?« Jens zeigte auf einen Ordner, der seinen Namen trug.

»Schon möglich, wieso?«

»Darf ich die mal sehen?«

Jetzt nahm sie die Brille ab, faltete ihre Hände übereinander und legte ihr Kinn darauf ab.

»Sie halten sich wohl für besonders schlau, was?«

Sie stierte Jens an. Er faltete seine Hände auf die gleiche Weise und stierte zurück.

»Heißt das nein?«

Dann setzte sie ihre Brille wieder auf, blätterte in der Akte herum und legte Jens die Krankschreibung vor.

»Ihre dazugehörige Prosa kennen Sie sicher noch«, sagte sie.

Jens starrte auf das Attest eines Psychiaters mit dem Namen Dr. Kai Lombardi, den er in seinem Leben noch nie gehört hatte, und las die Zeilen, die er angeblich selbst dazu verfasst hatte. … *irgendwann bricht die stabilste Fassade ein, wenn Kräfte in zerstörerischer Absicht auf sie wirken. Ich brauche eine Auszeit. Ich kann nicht mehr … Niemand ist unverzichtbar. Auch ich nicht …*

Am Ende des Schreibens stand seine Unterschrift. Ohne jeden Zweifel erkannte er sie als die eigene.

Jens musste auf einmal lachen. Die Situation war einfach zu grotesk. Die Ärztin sah ihn verärgert an.

»Warum lachen Sie?«

»Frau Doktor vom Hofe, ich …«

Er konnte nicht anders und prustete unkontrolliert los.

»Warum Sie lachen, Herr Lamprecht?«

Jens bekam sich nicht wieder ein.

»Was haben Sie eigentlich für Tiere auf Ihrem Hof?«

Die Ärztin machte Notizen.

»Weiße Kaninchen?«

»Finden Sie das witzig?«

Jens nickte heftig und wischte sich Lachtränen aus den Augen.

»Gut. Dann beenden wir die Sitzung für heute und sehen uns morgen wieder, Herr Lamprecht.«

»Schön, dann bis morgen, Frau Doktor vom Hofe, ich freu mich schon«, sagte Jens und verließ ihr Sprechzimmer. Im Rausgehen wandte er sich noch einmal zu ihr um.

»Und besorgen Sie sich mal die Krankenakte von Dr. Lombardi! Wir hatten sehr aufregende Gespräche.«

*

2. Oktober 2015

»Also lassen Sie mich noch mal zusammenfassen«, sagte der bullige Beamte, ein gutmütiger Glatzkopf mit durchdringenden blauen Augen.

»Sie befanden sich neun Tage eingesperrt in Ihrer eigenen Wohnung. Richtig?«

Jens schnaufte. Es ging wieder von vorne los. Er hatte bereits vor einer Woche seine Aussagen zu Protokoll gegeben. Er hoffte auf Ergebnisse und keine weitere Fragestunde.

»Ja. Das stimmt. Von Freitagnacht auf Sonntagabend, eine Woche darauf.«

»Sie erwachten am 5. September ohne Schlüssel und Handy in Ihrer Wohnung. Die Tür war verschlossen.«

»Richtig.«

»Einbruchsspuren konnten nicht ausgemacht werden. Es liegt auch keine Körperverletzung vor, kein Diebstahl und keine Sachbeschädigung. Mit Ausnahme eines zertretenen WLAN-Routers, richtig?«

»Mein Handy fehlt.«

»Ihr Handy, richtig.«

Der Beamte machte sich eine Notiz am Rande des Berichts.

»Die Schlüssel sind aber wieder aufgetaucht.«

Jens nickte.

»Wo genau waren sie?«

»In meiner Hose. Ich fand sie im Krankenhaus in meiner Hosentasche.«

»Richtig«, sagte der Beamte, presste seine Lippen aufeinander, nickte erkenntnisreich und machte ein Häkchen hinter einem Absatz im Bericht. Jens fragte sich, ob es im Leben des Beamten auch andere Kriterien gab, als richtig oder falsch. Dann sprach er weiter.

»Sie können sich an die Vorgänge in der Nacht vor ihrer Gefangennahme nicht erinnern, da Sie zu viel Alkohol getrunken hatten. Korrigieren Sie mich, wenn ich Sie falsch wiedergebe!«

»Nein, nein, das ist korrekt.«

Wieder nickte der Beamte wissend. Jens bekam Lust, einfach mal aus Spaß an der Verunsicherung die nächste Frage mit »falsch« zu beantworten.

»Alle übrigen Sachbeschädigungen in ihrer Wohnung, an Möbeln, Glasflächen und Bodenbelägen haben Sie selbst verursacht, richtig?«

»Appartement.«

»Wie bitte?«

»Es ist ein Appartement. Sie nennen es immer Wohnung.«

»Gut, alle übrigen Sachbeschädigungen in ihrem Appartement haben Sie selbst verursacht?«

»Falsch.«

»Falsch?«

Der Beamte sah Jens überrascht an. Jens lächelte.

»Nein, nein, alles gut. Sie haben recht. Ich war das. Ich frage mich nur, warum Sie das alles noch einmal wissen wollen? Ich habe Ihnen am vergangenen Freitag sehr ausführlich berichtet, wann und warum ich aus welchem Grund wie reagiert habe. Ich war verzweifelt. Der Geiselnehmer hat mich gefoltert.«

Der Beamte tat es wieder. Dieses erkenntnisreiche Nicken. Was hatte das zu bedeuten?

»Genau genommen waren Sie keine Geisel.«

»Bitte?«

»Wir sprechen in der Regel dann von einer Geiselnahme, wenn wir den Aufenthaltsort des Opfers kennen, aber vom Geiselnehmer daran gehindert werden, es zu befreien. Niemand außer Ihnen wusste von Ihrer Lage.«

»Gut, dann nennen wir ihn Entführer, wenn Sie wollen.«

»Von einer Entführung sprechen wir, wenn der Aufenthalt des Opfers unbekannt ist. Bei Ihnen war der Aufenthalt aber sehr wohl bekannt: Ihre Wohnung, pardon, Ihr Appartement, richtig?«

Langsam wurde Jens ungeduldig.

»Richtig«, sagte er und verzichtete auf den Versuch, seinen Geiselnehmer als »Täter« zu bezeichnen, um einer weiteren Klugscheißerei aus dem Weg zu gehen. Der Beamte setzte seine Fragestunde fort.

»Warum haben Sie uns eigentlich nicht früher kontaktiert?«

Jens lachte auf. Sollte das ein Scherz sein?

»Na weil ich fast zwei Wochen gebraucht hab, um diese Ärztin davon zu überzeugen, dass ich nicht in die Klapse gehöre, sondern Opfer eines Gewaltverbrechens wurde.«

Der Beamte zog seine rechte Augenbraue hoch und musterte die verbundenen Unterarme seines Gegenübers.

»Aber die Pulsadern haben Sie sich schon selbst aufgeschnitten, richtig?«

Der Beamte machte ihn wahnsinnig.

»Ja, richtig! Weil ich dachte, dass mein Sohn bei einem Autounfall ums Leben gekommen ist.«

»Ist er aber nicht.«

»Nein.«

»Und wie kamen Sie auf die Idee?«

Und täglich grüßt das Murmeltier. Jens musste an den Film denken. Er fühlte sich genauso wie Bill Murray. Seitdem er im Krankenhaus erwacht war, drehte er sich im Kreis, musste immer und immer wieder die gleichen Gespräche führen, während seine Antworten für den jeweiligen Gesprächspartner keinen Sinn zu ergeben schienen. Jens zügelte seine Ungeduld und sprach ganz, ganz ruhig.

»Ich habe diese zwei Briefe gelesen, die mir der Geiselnehmer, pardon Täter, geschickt hat. In denen stand das drin.«

»Diese Briefe gibt es aber nicht mehr?«

»Nein. Ich weiß auch nicht, wo die sind.«

Der Beamte nickte.

»Sie standen in der jüngeren Vergangenheit ein wenig unter Druck, richtig?«

Jens verstand den Zusammenhang nicht. Der Beamte blätterte mit kritischem Blick durch seine Unterlagen.

»Gegen Sie wurde ein Prozess geführt. Ihre Frau hat sich von Ihnen getrennt. Die dauerhafte Belastung durch Ihren Beruf als Schulleiter. Meine Tochter ist siebzehn, steckt mitten im Abitur, glauben Sie mir, ich weiß, was Sie da leisten. Das ist alles nicht so leicht zu verdauen. Richtig?«

Jens schwieg. Worauf wollte er hinaus?

»Ist es da nicht vollkommen menschlich und nachvollziehbar, wenn auch einem Verantwortungsträger wie Ihnen mal die Sicherungen durchbrennen?«

Jens schüttelte vehement seinen Kopf.

»Ich weiß überhaupt nicht, worüber wir uns gerade unterhalten.«

»Wäre es nicht vorstellbar, dass auch Sie einfach mal eine Auszeit gebraucht haben?«

Der Beamte legte Jens die Kopie des Attestes vor.

»Herr Lamprecht, Sie haben es doch selbst so formuliert. *Ich brauche eine Auszeit.*«

Wieder musste Jens auflachen. Was für ein Irrsinn!

»Hören Sie, ich habe diesen Text nie geschrieben.«

»Aber das ist doch Ihre Unterschrift, richtig?«

»Ja, richtig. Aber das beweist doch gar nichts. Die kann man doch fälschen.«

Langsam begann Jens zu verzweifeln.

»Galuben Sie mir doch einfach mal, was ich Ihnen sage!«

Die ganze Unterredung drehte sich in die falsche Richtung. Der Beamte konfrontierte ihn mit einer hanebüchenen Theorie.

»Ich sage Ihnen jetzt mal, was ich glaube, Herr Lamprecht. Sie hatten eine schwierige Zeit. Sie haben sich mal so richtig gehenlassen, sich volllaufen lassen, ihr Handy weggeschmissen, Ihren WLAN-Router zerstört und mal 'ne Woche blaugemacht. Einfach Ruhe, ohne dass ständig jemand nervt. Sie glauben gar nicht, wie gut ich das verstehen kann. Nach einigen Tagen fällt Ihnen aber die Decke auf den Kopf, Sie verarbeiten die Trennung nicht, spüren plötzlich, wie einsam Sie sind, und versuchen sich das Leben zu nehmen. Eine Überreaktion, die Sie wenige Momente später bereuen. Schließlich erwachen Sie im Krankenhaus und begreifen, was Sie angerichtet haben. In einer solchen psychisch labilen Verfassung können Sie eine Rückkehr als Schulleiter vergessen. Also werden Sie kreativ und denken sich eine aufregende Geschichte aus. Mit der Sie nicht nur sich und Ihre Psychiaterin, sondern auch mich belügen. Was halten Sie davon?«

Verrückt, was auch immer Jens sagte, niemand wollte ihm glauben. Er musste sich jetzt sehr stark beherrschen, um ruhig zu bleiben. Anders kam er in dieser Sache nicht weiter.

»Lieber Herr Kommissar … entschuldigen Sie bitte, wie war noch mal Ihr Name?«

»Eisler.«

»Lieber Herr Kommissar Eisler …«

Jens deutete auf das Attest dieses ominösen Dr. Lombardi und die Zeilen, die angeblich er dazu verfasst hatte.

»Ich war niemals bei diesem Mann in Behandlung. Das hat sogar schon die Frau Doktor vom Hofe herausgefunden. Bitte, bitte untersuchen Sie einfach meinen Laptop, den ich Ihnen vor einer Woche dagelassen habe. Sie haben sicher fähige Leute, die Ihnen ganz leicht beweisen können, dass ich nicht lüge.«

»Oh, ach so«, sagte der Beamte plötzlich.

»Den Laptop haben wir uns schon angesehen.«

Dann rief er einmal quer durchs Kommissariat.

»Josi, bringst du mal bitte den Laptop von Herrn Lamprecht?«

Wenige Sekunden später trat ein junges Mädel an den Schreibtisch, Jens' Computer unterm Arm. Sie konnte unmöglich Polizeibeamtin sein, in ihrem Alter. Vielleicht eine Praktikantin oder Azubine? Na gut, wer weiß, die Jugend kannte sich mit der Technik am besten aus.

»Zeig doch dem Herrn Lamprecht bitte mal, was wir in seinen Dokumenten gefunden haben.«

Josi klickte sich durch die Festplatte und öffnete eine Photoshop-Datei. Auf Jens' Desktop bauten sich Krankschreibung und Attest von Dr. Lombardi auf. Ganz offensichtlich selbst zusammengeschustert an seinem eigenen Rechner. Jens klappte die Kinnlade runter.

»Herr Lamprecht«, sagte Kommissar Eisler, »ich sage es wirklich ungern, aber Sie sind hier bei der Berliner Polizei. Ihnen wurde nichts gestohlen und, soweit ich das beurteilen kann, keine Gewalt zugefügt. Von der erdrückenden Beweislast dieses Dokuments auf ihrem Rechner über das psychiatrische Gutachten ihrer Ärztin bis hin zu den Fakten, die wir eben noch einmal gemeinsam durchgegangen sind, deutet alles darauf hin, dass wir nicht über die personellen und zeitlichen Kapazitäten verfügen, Ihren Fall noch weiter zu bearbeiten. Bitte haben Sie Verständnis dafür, und zwingen Sie mich nicht, Sie aufgrund Ihrer Märchen der Störung polizeilicher Amtshandlungen bezichtigen zu müssen.«

Dann wandte er sich wieder an seine junge Kollegin.

»Dank dir, Josi, ich glaube, du kannst dem Herrn Lamprecht das Gerät jetzt einpacken. Nehmen Sie es so, oder wollen Sie ein Schleifchen drum?«

Jens hätte laut werden können. Er hätte klarstellen können, dass auch die Photoshop-Datei mit Sicherheit von Gott auf seinen Laptop gespielt worden war. Er hätte die Chefetage anrufen, weitere Untersuchungen einfordern und auf sein Recht bestehen können, und er hätte sich diese Frechheit nicht gefallen lassen müssen.

Stattdessen nickte er einfach nur. Er schluckte seinen ganzen Ärger hinunter und nickte.

Gott hatte gewonnen. Auch diesmal. Und vielleicht war es das Beste so.

Jens kannte sich mit der Technik nicht aus, aber vielleicht konnte man anhand irgendwelcher Metadaten die Videoaufnahmen rekonstruieren, die in der Zeit der Gefangenschaft mit der Laptopkamera aufgenommen worden waren. Und obwohl er die Konfrontation mit seinen Notwehr-Geständnissen eigentlich nicht fürchtete, hätte sich Jens dann auf einmal mit diesem bärbeißigen Beamten Kommissar Eisler über den Fall Melanie Heise unterhalten müssen. Hätte er das wirklich gewollt?

»Nein, bitte mit Schleifchen«, sagte Jens und lächelte dem Kommissar entgegen.

»Ich hab nur Paketschnur«, sagte Josi.

»Das wird der Herr Lamprecht auch gerne nehmen«, erwiderte der Beamte.

Jens packte seinen Laptop und ging.

*

2. Oktober 2015

Es war Nacht. Jens lag im Hotelbett. Er konnte durch das Fenster auf sein Wohnhaus sehen. Tatsächlich sah man die Fenster der Appartements, in denen Licht brannte, leuchten. Vor einer Woche, als er in seinem Gefängnis hockte und noch Strom hatte, wäre das eine hilfreiche Information gewesen. Egal. Jetzt war er frei.

Er hatte sich schräg gegenüber, auf der anderen Seite der Leipziger Straße, in einem trendigen Eurohotel eingemietet. Nicht, weil es ihm gefiel, es war teuer und charakterlos, aber er hatte sein Appartement im Blick, was ihm zumindest das Gefühl wiedererlangter Kontrolle vermittelte. Zu Hause aber hielt er es keine Minute alleine aus. Die Angst vor der erneuten Gefangenschaft trieb ihm den Schweiß auf die Stirn, sobald er das Haus betrat.

Am vergangenen Freitag, nach seiner Entlassung aus der psychiatrischen Abteilung, hatte er in Begleitung von Philipp das erste Mal wieder einen Fuß in sein Appartement gesetzt. Was für eine Dummheit! Niemand hatte die Wohnung gereinigt. Kaum stand die Tür offen, umgab die beiden ein Blutbad.

Wie Jens von seiner Psychiaterin wusste, hatte er angeblich selbst den Concierge um Hilfe gerufen. Er hielt diese Behauptung für vollkommenen Quatsch. Während seiner ganzen Gefangenschaft hatte die Gegensprechanlage nicht funktioniert, und die letzten aktiven Erinnerungen an seinen Selbstmordversuch hatten mit kaltem Wasser, einem stumpfen Messer, zittrigen Händen und einem Melisse-Entspannungsbad zu tun, mit dem er der Tat ihren Schrecken nehmen wollte. Nur an einen blöden Concierge konnte er sich beileibe nicht erinnern.

Jetzt aber sah Jens das getrocknete Blut. Es war überall, im

Flur, im Bad, auf dem Fliesenboden und an der Gegensprechanlage, und vielleicht begann er in diesem Moment das erste Mal daran zu zweifeln, ob wirklich die Version stimmte, die er erlebt zu haben glaubte.

Philipp wurde beim Anblick des Schlachtfelds von einem heftigen Brechreiz erfasst und musste sich in die Küchenspüle übergeben. Die anschließenden bitteren Tränen des sensiblen Jungen, der in seinem Leben schon so viel digitales Blut vergossen hatte, brachte Jens erst mit dem Versprechen zum Versiegen, das Appartement so bald wie möglich zu verkaufen und dafür eine Wohnung zu mieten, in der auch er sein eigenes Zimmer haben würde.

»Ach, Philipp«, schnaufte Jens liebevoll beim Gedanken an seinen Sohn. Der Junge brauchte seinen Vater. Und Jens brauchte seinen Sohn. Vielleicht sogar mehr noch als umgekehrt. Nie war dies deutlicher geworden als in den vergangenen Wochen. Seit fünf Tagen war Philipp wieder in Holland, und schon vermisste er ihn wie ein Sommersetzling den Regen.

Dass er als Schulleiter ans Otto-von-Guericke-Kolleg zurückkehren würde, glaubte Jens selbst nicht mehr. Kommissar Eisler hatte recht in diesem Punkt. Mit einem Selbstmordversuch in der Biographie war er als Rektor einer Privatschule kaum noch zu halten. Dank der Vorstellung, in Zukunft mehr Zeit für Philipp zu haben, verlor dieses Szenario jedoch all seinen Schrecken.

Vielleicht würde er auch gar nicht wieder in den Schuldienst zurückkehren. Spontan fiel ihm zwar keines ein, aber es musste doch für einen Lehrer mit Burn-out auch noch andere Betätigungsfelder geben.

Burn-out. Jens dachte an die vielen Kollegen, die in den

vergangenen Jahren um ihn herum plötzlich ausgebrannt waren. Als ob sie keine Menschen mehr, sondern Feuerzeuge wären. Er hielt Burn-out immer für neumodisches Zeug, für eine Erfindung der Pharmaindustrie, um Antidepressiva zu verscherbeln, für eine Ausrede der Faulen. Niemals hätte er sich vorstellen können, an einem Burn-out-Syndrom zu leiden. Schon allein der Ehre wegen nicht. Und jetzt hatte ihm *Gott* ausgerechnet das attestiert. Die lieben Kollegen in der Schule mussten gefeiert haben.

Ehre. Wenn *Gott* ihm etwas ausgetrieben hatte, dann war es Ehrgefühl.

Na gut. Man gewöhnt sich an alles. Jetzt, wo ihm ein Burn-out-Syndrom schon mal offiziell diagnostiziert wurde, sollte er es vielleicht auch behalten.

Außer Frau Doktor vom Hofe und Kommissar Eisler hatte Jens noch niemandem von seiner Gefangenschaft erzählt, nicht mal Philipp, und da ihm die offiziellen Seiten eh keinen Glauben schenkten, warum eigentlich nicht gleich bei der Version bleiben, die alle für wahrscheinlich hielten.

In Verbindung mit Selbstmord war bei einem Burn-out sicher eine aufwendige Genesungsgeschichte vorprogrammiert, mit einer langen Krankschreibung und viel bezahltem Urlaub.

Vielleicht konnte er diese gewonnene Zeit in Zukunft nutzen, um zu reisen. Vielleicht brauchte man in Angola Mathelehrer, in Kambodscha oder Myanmar?

Aus welchem Land kam wohl die schöne Asiatin, der Jens sein Überleben zu verdanken hatte? In welcher Sprache hatte sie zu ihm gesprochen? Gab es sie wirklich?

Was war eigentlich, wenn doch nicht die Frau Doktor vom Hofe und der Kommissar sich irrten, sondern Jens? Konnte es wirklich sein, dass alles, was er so real erlebt hatte, nichts anderes war als ein schlimmer Alptraum?

Die Erinnerung an all die Qualen verblasste bereits jetzt mit jedem Tag. Viele Details hatte er schon verdrängt. Irgendwann würden diese neun Tage zu einem klebrigen Brei vermatschen, von dem nicht mehr als der schmerzhaft scharfe Nachgeschmack von schlechtem Gewissen übrigblieb.

Und wer war *Gott*?

Diese Frage stand noch immer im Raum. Würde Jens jemals Ruhe finden, bevor er sie beantwortet hatte?

Vermutlich nicht.

Die Polizei wollte ihm nicht helfen. Er musste also selbst ermitteln.

*

3. Oktober 2015

In der Stadt war der Teufel los. Ein patriotischer Affekt trieb Tausende Menschen auf die Straße. Die überwältigende Mehrheit feierte das erste Vierteljahrhundert Wiedervereinigung, und eine armselige Minderheit demonstrierte gegen die drohende Islamisierung ihrer schönen Heimat.

»Wir sind das Volk«, skandierte lautstark eine kleine Gruppe von zweihundert Idioten, die von der doppelten Anzahl Polizisten beschützt und der zehnfachen Anzahl Gegendemonstranten niedergepfiffen wurde. Im Schneckentempo ratterte der Protestzug Richtung Alex.

Dieser erbärmliche, hirnamputierte Haufen aus verpickelten, sonnenbebrillten Glatzen, der schon seit Stunden die Leipziger Straße blockierte, sollte also das Volk sein? Jens lachte auf. Und wer waren dann die anderen? Kopfschüttelnd ließ er das Volk an sich vorbeimarschieren und empfand etwas Mitleid beim Anblick der versprengten Truppe.

Wenn die das Volk waren, war klar, warum sie sich so bedroht fühlten.

Jens ließ die Spinner ziehen, überquerte die Straße und betrat das Hochhaus, in dem er wohnte. Sofort stellten sich ihm die Haare zu Berge. So fühlte sich wirkliche Bedrohung an. Jens grüßte den Concierge, ignorierte das drängende Bedürfnis, auf dem Absatz wieder kehrtzumachen, und steuerte die Fahrstühle an. Er hatte eine Mission.

Jens stand in seinem Appartement. Mit detektivischem Blick ließ sich das Blutbad besser ertragen. Er sammelte sich. Was genau war geschehen, nachdem er sein Bewusstsein verloren hatte?

War er wirklich eigenmächtig aus der Wanne gestiegen, hatte sich zur Gegensprechanlage geschleppt und den Concierge gerufen? Wohl kaum. Jens betrachtete die blutigen Fingerabdrücke am Hörer der Gegensprechanlage. Man konnte erkennen, wie sich alle fünf Finger panisch ins Plastik gekrallt hatten. Wenn Jens seiner eigenen Version der Geschichte glaubte, dann waren das nicht seine Finger, sondern die Finger *Gottes*. Ein erstklassiges Beweisstück, mit dem er jederzeit wieder zur Polizei gehen konnte. Aber das wollte er nicht. Noch nicht. Erst wollte er sehen, wie weit er selber kam.

Im Hausflur herrschte Totenstille. Kein einziges Geräusch drang aus den Wohnungen heraus. Dann blieb er vor der Tür seines Nachbarappartements stehen. App. 2406. Hier musste Gott gesessen haben.

Ob aus Intuition, Neugier oder Logik, Jens nahm den Transponder an seinem Schlüsselbund und hielt ihn spaßeshalber ans Türschloss des Appartements.

»Klick« machte die Mechanik und zack öffnete sich die Tür. Ein Lächeln flitzte ihm über die Lippen. Jens betätigte den Lichtschalter und sah in einen leeren Raum. Natürlich hatte Gott das Appartement sauber hinterlassen. Offensichtliche Spuren konnte Jens nicht erkennen. Dieser Tatort war ein Fall für die Spurensicherung. Aber die Luft im Raum, sie sagte mehr als tausend Spuren. Obwohl seine Befreiung nun schon knapp drei Wochen zurücklag, bildete sich Jens ein, seinen Geiselnehmer riechen zu können. Er erinnerte sich an den sterilen Geruch seines eigenen Appartements, bevor es das Parfum seines Bewohners annahm. Und dieser Raum hier roch nach dem Parfum von *Gott*.

Erleichtert stellte Jens fest, dass sein Transponder auch an der Tür zum Installationsschacht funktionierte, der zwischen den beiden Appartements lag. Erleichterung deshalb, weil er sich nun hundertprozentig sicher sein konnte, dass er keine Macke hatte. Alles Erlebte war wahr. Mücken hockten im Dunkel der Technikkammer und fielen über ihn her, als er den Raum betrat. Von hier aus hatte ihm *Gott* also die Hölle bereitet.

Nachdem Jens über den Concierge herausgefunden hatte, wie erschreckend einfach so ein Transponder zu manipulieren war, kehrte er in sein Hotelzimmer zurück und dachte nach. Man musste kein Genie sein, um eine solche Tat zu begehen. Eine gute Beobachtungsgabe, etwas Geduld, ein bisschen logisches Denkvermögen, Grundlagenwissen in Elektrotechnik, der richtige Wille und ein treibendes Motiv hatten genügt. Und genau das hatte *Gott*, wenn er der war, den Jens vermutete.

*

4. Oktober 2015

Die Feierlichkeiten um die Deutsche Einheit waren zu Ende gegangen. Kühl und unfreundlich war der Herbst über Berlin hereingebrochen. Die Miniermotten hatten die stolzen Kastanienbäume an den Straßenrändern der Stadt in hässlich braune Kreaturen verwandelt, die wie leprakranke Geister durch die spärlich vom Licht der Laternen gebrochene Dunkelheit spukten. Nieselregen kam von vorn und rotzte Jens tausend kleine Spucketröpfchen ins Gesicht.

Doch so zickig sich das Wetter auch gab, die Bewegung tat ihm gut. Zu Fuß fühlte er sich angenehm frei. Keinen Weg mehr machte er mit der Bahn, dem Fahrrad oder Auto. Seine Lunge sollte atmen. Die frische Luft war sein bester Freund, vor allem auf dem Weg zum Schafott. Denn nicht weniger bedeutete dieser Gang, der ihn am Sonntagabend zu Falk Heise führte.

Auch wenn Gott dies bestritten hatte, vermutlich steckte doch Herr Heise hinter seiner Gefangennahme. In diesem Fall, so hoffte Jens, hatte er seine Rachegelüste wenigstens schon gestillt. Gefährlich konnte es nur werden, wenn Herr Heise nicht Gott war. Dieses Risiko aber musste Jens eingehen. Ob aus Neugier sterben oder durch die Hände des Mannes, der ihn zu Recht hasste, war am Ende des Tages einerlei.

Kein Mensch war unterwegs, und so leistete sich Jens, der er in seiner waghalsigen Mission einen Anflug von Anarchismus verspürte, die kleine Extravaganz und lief mitten auf der Fahrbahn der Pisporter Straße, den Kragen seiner Jacke hochgeschlagen wie James Dean, und sang ein Lied von Rio Reiser. Ein Lied, an das er seit Jahrzehnten nicht mehr gedacht und das ihm doch einmal so viel bedeutet hatte.

Normalerweise hätte er eine Zigarette geraucht. Aber

normal war gestern, und heute war schon morgen. Die letzte Kippe vor vier Wochen war Teil eines Lebens, das er nicht mehr führen wollte.

Jens bog in eine Einfamilienhaussiedlung ab. Ein seltsamer Firmensitz für einen mittelständischen, metallverarbeitenden Betrieb, von dem aus der Fernfahrer Falk Heise eine Ladung Maschinenteile nach Rotterdam bringen sollte. So viel hatte ihm eine Dame aus dem Sekretariat verraten.

Die Straße lief direkt auf das Firmengelände zu und mündete in einen Kreisverkehr. Von dort aus konnte Jens den LKW erkennen, der auf dem Hof der Firma zur Abfahrt bereitstand.

Jens näherte sich dem Fahrzeug von hinten. Im Inneren des Fahrerhauses brannte schwach ein Licht. Es war Viertel vor zehn. Der Fahrer wartete auf das Ende des Wochenendfahrverbotes.

Jens nahm all seinen Mut zusammen und klopfte an die Beifahrertür. Eine merkwürdig unberührte Stimme von innen antwortete:

»Ja.«

Jens öffnete die Tür. Falk Heise saß in seinem Wagen und starrte aufs Armaturenbrett. Langsam und gleichförmig drehte er seinen Kopf zu Jens und erkannte sein Gegenüber. Oder nicht? Keine Überraschung, kein Schrecken, keine Rührung durchzogen sein Gesicht. Jens wusste nicht einmal, ob er ihn wirklich wahrgenommen hatte, so leer wie seine Augen blickten.

»Hat man mich schon angekündigt?«, fragte Jens.

»Gehen Sie!«, sagte Falk Heise müde und drehte seinen Kopf wieder in die Ausgangsposition zurück.

Jens fuhr ein Schauer über den Rücken. Im LKW saß ein toter Mann.

»Ich muss nach Rotterdam«, sagte Jens.

Herr Heise schwieg.

»Sie müssen auch nach Rotterdam«, fügte er hinzu und erntete nicht die geringste Reaktion.

Eine unendlich lange Weile starrte er den Mann an, der einmal so viel Kraft und Wut in sich getragen hatte und jetzt dasaß wie ein Roboter im Ruhezustand.

»Nehmen Sie den Zug!«, brummte Herr Heise schließlich, ohne seinen Blick vom Armaturenbrett zu nehmen. Jens griff in sein Portemonnaie und legte beherzt zwei grüne Scheine auf den Beifahrersitz.

»Es regnet«, sagte er bittend.

Unbeteiligt warf Falk Heise einen kurzen Blick auf das Geld und zuckte mit den Achseln. Jens krempelte die Ärmel seiner Jacke hoch, so dass Herr Heise gar nicht anders konnte, als die Verbände an seinen Handgelenken zu bemerken, und legte einen weiteren Hunderter dazu.

»Bitte!«, flehte er.

Nun hatte er wenigstens seine Aufmerksamkeit geweckt.

»Pulsadern?«, fragte Herr Heise gelangweilt.

Jens nickte.

»Dann wollten Sie es nicht wirklich«, sagte er und verschwand erneut in der trüben Brühe seiner Wahrnehmung.

»Wie viele dieser Scheine muss ich hier hinlegen, damit Sie mich mitnehmen?«, fragte Jens, den nächsten Hunderter schon in der Hand.

»Eine Beerdigung kostet etwa achttausend«, antwortete er trocken. »Was eine Scheidung kostet, weiß ich noch nicht.«

Jens wusste es. Er schluckte und warf einen verstohlenen Blick ins Portemonnaie. »Gehen tausend als Anzahlung?«

Jetzt hatte er ihn. Herr Heise zeigte eine Reaktion und sah mit einer Spur ungläubiger Verblüfftheit zu ihm herab. Jens lächelte blödsinnig, einem unpassenden Reflex folgend, und brachte seine Mundwinkel sofort wieder unter Kontrolle.

»Es gibt nur eine Pinkelpause hinter Bielefeld«, sagte Herr Heise, »und wenn Sie mir ’n Ohr abkauen, fliegen Sie raus. Ich muss um 6:00 Uhr am Hafen sein.«

Jens nickte, freute sich regelrecht über den Anflug von Aggressivität in Herrn Heises Stimme, der verriet, dass sich noch ein Mensch hinter der Mumie verbarg, und stieg ein.

Da saß er nun. In gespenstischer Stille neben dem Mann, dessen Leben er ruiniert hatte. Bäume, Felder, Schilder zogen rauschend am Fenster vorbei. Der Regen prasselte monoton auf die Scheiben. Die ersten zwei Stunden wagte er es nicht, auch nur ein einziges Wort über die Lippen zu bringen. Zu tief saß sein Schock über die Lähmung des Mannes, der ihm vor wenigen Monaten noch einen ordentlichen Schlag auf die Nase verpasst hatte und jetzt nicht mal mehr die Energie aufbrachte, eine Mücke zu erlegen, die ihm seit einer unendlichen Minute im Gesicht saß und sich überheblich vollfraß. Jens hatte Lust, ihn mit einem anständigen Hieb ins Gesicht zurück ins Leben zu befördern. Einzig die schnelle Fahrt auf der Autobahn hielt ihn davon ab.

Als die Mücke satt, träge und folgenreich den Fehler beging, Jens’ Hose als Rastplatz auszuwählen, erschlug er sie prompt und rieb sich damit einen ordentlichen Flatsch Heise-Blut in die Jeans.

Dann startete er einen ersten kläglichen Versuch, den Mann zu verhören, dem er seine Entführung anlastete.

»Ich hab geträumt, dass Sie meinen Sohn überfahren haben«, sagte er aus dem Nichts heraus. Und genau dorthin verebbten die Worte auch wieder, kaum dass sie ausgesprochen waren. Geschlagene fünf Minuten schwieg Herr Heise, dann plötzlich sagte er etwas.

»Wie alt ist er?«

Jens sah Herrn Heise verdutzt an.

»Wer?«

Er hatte seinen Vorstoß schon wieder vergessen.

»Ihr Sohn.«

»Ach so, sechzehn.«

»Was will er mal werden?«

Er wurde gesprächig.

»Vielleicht Informatiker«, antwortete Jens gelöst.

Das war ein sehr gutes Thema, ermöglichte es ihm doch die nächste kompromittierende Frage, ohne aufzufallen. »Er kennt sich wahnsinnig gut mit Computern aus. Ein richtiger IT-Nerd. Wenn mal irgendwas mit meinem Laptop nicht stimmt, dann renkt er das ruck, zuck wieder ein. Der kann alles. Metadaten lesen, Systeme hacken … Ich hab da ja nicht die geringste Ahnung von. Und Sie? Können Sie mit Computern sprechen?«

Herr Heise schüttelte den Kopf und schwieg. Jens hatte keinen blassen Schimmer, was er da herauslesen sollte. Wie machte man das? Wie führte man ein Verhör? Was waren die Triggerpunkte und die verräterischen Gesten?

Zwei weitere beängstigende Stunden des Schweigens vergingen. Der Regen ließ nach, die nächtliche Landschaft zog beharrlich und unerbittlich anonym an ihnen vorüber. Zweimal unternahm Jens vergebens den Versuch, die Totengräberstimmung mit der Wahl eines Radiosenders aufzuheitern, ehe er den nächsten erfolglosen Anlauf startete, sich dem heiklen Thema zu nähern.

»Darf ich Sie mal was Persönliches fragen?«

Da keine Antwort kam, sprach er einfach weiter.

»Wie halten Sie es eigentlich mit der Religion? Glauben Sie, dass es einen Gott gibt?«

Herr Heise setzte den Blinker und fuhr die Abfahrt herunter.

»Fünf Minuten pissen. Länger is' nich«, sagte er und steuerte den nächsten Autohof an. Jens hatte verstanden.

Während der kurzen Pause beobachtete er die ritualisierten Bewegungsabläufe seines Fahrers. Egal, ob er tankte, sich erleichterte oder bezahlte, egal mit wem er sprach, ihm waren die Emotionen aus dem Körper gewichen, die Lust und der Geist. Wäre er ein Gerät gewesen, niemand hätte seine Funktionalität beanstandet. Aber als Mensch?

Jens fühlte die tonnenschwere Last auf seinen Schultern, die er selbst dann nicht verringern konnte, wenn er die kompletten Kosten für die Beerdigung erstattete.

War Herr Heise denn wirklich *Gott*? Wenn ja, dann musste Jens sich nicht länger verstecken. Dann konnte man doch offen miteinander reden. War er es aber nicht, so konnte er unmöglich sein Gewissen erleichtern und ihm die Wahrheit gestehen. Der gute Mann brachte es fertig und nahm sich noch das Leben.

Eine halbe Stunde hinter der deutsch-holländischen Grenze versuchte es Herr Heise selbst mit einem Radiosender. Wenn auch nur kurz.

Nicole wünschte sich auf Niederländisch ein bisschen Frieden, R. Kelly wünschte auf Englisch zu fliegen, und als Adele *Some One Like You* trällerte, lief ihm eine Träne über die Wange, und er schaltete das Radio wieder aus.

»Sechzehn«, sagte er leise und kaum wahrnehmbar. Jens verstand, was er damit meinte. Philipp war sechzehn, und auch Melanie war sechzehn. Sechzehn, als sie starb.

Nein. Es machte überhaupt keinen Sinn. Herr Heise war so kraftlos wie die zerfressenen Kastanien auf den Berliner

Gehwegen. Jens musste nicht länger stochern. Niemals hätte dieser Mann in seinem Zustand die mentale Kraft gehabt, Jens' Gefangennahme zu planen und durchzuführen. Er war unschuldig. Das stand fest. Niemals hätte er …

Plötzlich riss Herr Heise das Lenkrad nach rechts. Jens schrie auf und griff ihm dazwischen. Der LKW sauste über den Fahrbahnrand hinaus, nahm einen Leitpfosten mit und raste mit hundert Sachen einer Brücke entgegen. Dank Jens schwenkte er wieder nach links und brauste knapp an der Katastrophe vorbei.

»Lassen Sie los! Lassen Sie los!«, schrie Jens und versuchte mit aller Kraft das Lenkrad auf Kurs zu bringen. Die Ladung aber geriet so gefährlich ins Schwanken, dass sich die Räder für einen Moment vom Asphalt lösten.

»Ich war's! Herr Heise! Ich habe Ihre Tochter umgebracht!«

In seiner Verzweiflung schrie Jens alles heraus, was ihm einfiel, um den Mann zum Stoppen zu bewegen.

»Ich hab gelogen! Vor Gericht! Überall! Sie trifft keine Schuld! Ich war's! Bitte, halten Sie an! Ich erzähle alles!«

Dann quietschten die Reifen ohrenbetäubend laut. Der Laster legte sich beim Bremsen gefährlich in die Schräglage und drohte zur rechten Seite zu kippen. Jens warf sein unbedeutendes Fliegengewicht so weit nach links, wie er nur konnte, und riss Herrn Heise mit sich. Die Zeit verlief so zäh wie Teer und hielt zwei Zentimeter vor dem Kipppunkt schließlich ganz an. Jens kniff die Augen zusammen und erwartete den Aufprall, als der Anhänger mit einem lauten Knall zurück auf den Boden rauschte, wodurch Jens schmerzhaft in den Fußraum gedrückt wurde.

Laut hupend raste haarscharf auf der linken Spur ein anderer Laster vorüber. Dann herrschte Stille.

Jens rappelte sich wieder hoch und sah Herrn Heise an. Beide Männer rangen um Luft.

»Melanie war weder verrückt noch labil«, sprach Jens hastig weiter. »Sie hatte wirklich eine Affäre mit Herrn Lehmann. Ich hab das alles viel zu spät erfahren. Ich hab nur noch an die Ehre der Schule gedacht und an meinen eigenen Arsch. Aber nicht an Sie und Melanie.«

Plötzlich war es wieder da, das Leben im Körper von Herrn Heise. Ein Zucken in seinen Augen verriet es. Ein winziges Zucken nur, das auf der anderen Seite der Erde einen Feuersturm entfachen konnte.

»Ich kann Ihnen den Verlust nicht mehr nehmen, Herr Heise. Aber Ihre Ehre, die stell ich wieder her! Jeder soll wissen, was geschehen ist. Ich werde die Konsequenzen dafür tragen. Sie waren ein guter Vater. Sie haben keine Schuld.«

Vielleicht waren das die endgültig letzten Worte, die Jens in seinem Leben sprach, denn Herr Heise stand kurz davor, ihn zu zermalmen, schnell und kompromisslos zu erschlagen wie eine blutdurchtränkte Mücke.

»Bitte, verlassen Sie sofort meinen Wagen!«, knurrte er und gab seiner Vernunft die entscheidenden Sekunden Vorsprung vor seinem Bedürfnis nach Vergeltung, das in jeder Muskelfaser brannte.

Jens tat, wie ihm empfohlen, verließ das Fahrerhaus, so schnell er konnte, und sah Herrn Heise hinterher, der, ohne zu zögern, seinen schweren Wagen in Bewegung setzte und in der Ferne verschwand.

Mutterseelenallein, irgendwo zwischen Apeldoorn und Utrecht, stand Jens nun auf der Autobahn, und seine Seele fühlte sich so leicht an, dass er nach Rotterdam auch hätte hüpfen können.

Er hatte Falk Heise die Wahrheit gesagt. Und das war doch immerhin etwas in seiner Situation.

*

Unbeschwertheit. Das war es. Kinder hatten sie, Erwachsenen ging sie verloren. Vielleicht lag in ihr der größte Unterschied zwischen den kleinen und den großen Menschen. Die einzigen Erwachsenen, die von ihr befallen werden konnten, waren Verliebte und Naive. Eigentlich hatte die Unbeschwertheit keinen guten Ruf. Niemand hätte sie als Talent oder Eigenschaft in eine Bewerbung geschrieben. Dabei war Unbeschwertheit die Hauptursache von Glück. Und als ob Glück eine Krankheit wäre, von der die meisten Menschen im Alter geheilt werden mussten, hatte Unbeschwertheit den üblen Beigeschmack von Dummheit und Ignoranz. Wer kein Päckchen auf seinem Rücken trug, war nicht ernst zu nehmen.

Es wäre zu viel, wenn Jens behauptet hätte, seit dem Gespräch mit Falk Heise unbeschwert durch sein Leben zu gehen, aber im bildhaften Sinn des Wortes war er doch um ein großes Päckchen leichter geworden.

Dass Philipp lebte, die wunderbare Nachricht, nicht für den Tod des eigenen Sohnes verantwortlich zu sein, hatte sein Dasein erleichtert. Auch die Entscheidung das Appartement zu verkaufen, den Schulleiterposten nicht wieder anzustreben und eben Herrn Heise die Wahrheit ins Gesicht zu sagen. Wie viel mochte das wiegen? Zusammen vielleicht zwanzig Kilo? Und da ging noch deutlich mehr!

Jens wollte abnehmen. Er trug noch mindestens fünfzig Kilo seelisches Übergewicht mit sich herum.

Was war denn mit Achim? Er nahm sich vor, ihn nie wieder *Arschloch* zu nennen. Nicht in der Gegenwart seines Sohnes. Nicht mal in der eigenen Gegenwart, mit seiner inneren Stimme.

Verletzte Eitelkeit stand zwischen ihnen. Die aber, darin

hatte Jens seit seiner Gefangennahme Übung, ließ sich einfacher heilen, als er immer dachte. Man musste nur den eigenen Stolz besiegen. Also rief Jens bei Silke an und bat Achim persönlich darum, ihm aus der Patsche zu helfen und auf der Autobahn einzusammeln. Sofort offenbarte der Mann seine hilfsbereite Seite.

Im Auto nach Rotterdam stellte sich heraus, dass es in der Liebe zum Rotwein gemeinsame Gesprächsthemen gab, und in der neuen Wohnung von Philipp, Silke und Achim angekommen, musste Jens neidlos eingestehen, wie geschmackvoll alles eingerichtet war.

Jens verbrachte zwei unbeschwerte Tage in Rotterdam, die nicht nur von Philipp, sondern auch von Silke, Achim und Jens selbst als angenehme Überraschung wahrgenommen wurden. Die Befreiung vom seelischen Ballast erfüllte Jens mit so viel Erleichterung, dass sogar die Suche nach *Gottes* Identität dabei in den Hintergrund geriet.

*

Sein nächstes Päckchen verlor er in Thüringen, wo er auf dem Fußballplatz das Training der Kreisjugend *Traktor Hütterode* besuchte.

Wolfgang Pißneck, der nach zwanzig Jahren als Bäckermeister eine Mehlstauballergie entwickelt hatte, die ihn in die Berufsunfähigkeit zwang, schien als Trainer auf dem Platz, mit der Pfeife im Mund, der glücklichste Mensch auf der Welt zu sein.

Er hatte eine hinreißende Frau, ein kleines Häuschen mit üppigem Garten, bezog Invalidenrente und konnte dadurch seine größte Leidenschaft, den Fußball, in der örtlichen Nachwuchsförderung zur Berufung machen.

Seine Freude über Jens' Besuch gipfelte in einem ausgelassenen Abend mit viel Schnaps, Grillgut und Hunderten Geschichten aus der Kindheit. Er war Jens gegenüber weder nachtragend, noch hatten die dummen Kindheitsstreiche einen seelischen Krüppel aus ihm gemacht. Und so fühlte sich Jens bei dem Gedanken ertappt, dass er den eigenen Einfluss auf die Biographie von Wolfgang Pißneck überschätzt hatte. Er war bei weitem nicht so wichtig, wie er sich immer fühlte.

Wolfgang indes war ein rustikaler Typ, der den Mittelpunkt durchaus genießen konnte, in den er durch die ewigen Streiche der Kinder im Dorf gerückt wurde. Noch heute nannten Sie ihren Trainer Pissnelke. Wolfgang störte es nicht, er hatte ja nie einen anderen Namen gehabt.

Von seinem Besuch in der Heimat nahm Jens einen üblen Kater mit nach Berlin zurück und die Gewissheit, einen neuen Freund gewonnen zu haben.

*

Der Besuch bei Susanne Mühlisch verlief nicht ganz so erfreulich, wenn auch die Botschaft eine ähnliche war.

Er hatte im Internet auf der Suche nach ihrem Namen eine Zahnarztpraxis in Leipzig gefunden. Demnach war Sanne Doktorin geworden. Da er kein Foto von ihr fand, kam es schlicht auf einen Versuch an. So machte Jens einen Termin zur Kontrolluntersuchung und fuhr nach Leipzig. Und tatsächlich, nachdem er von einer jungen, männlichen Sprechstundenhilfe aufgerufen und ins Behandlungszimmer geleitet worden war, stand er inmitten von Nelkenduft und Bohrwerkzeugen seiner ersten festen Freundin gegenüber, die er vor achtundzwanzig Jahren geschwängert und so rückgratlos im Stich gelassen hatte.

Sanne hatte sich kaum verändert, sie sah fantastisch aus. Mindestens zehn Jahre jünger als er. Sie strahlte Charme aus, Stärke und Humor, während er sich in ihrer Gegenwart etwas mickrig und verwelkt vorkam.

Solche Gedanken sind Gift für jedes Ego, aber natürlich fragte er sich, ob er auch heute noch bei ihr landen würde. Dann zwinkerte ihr der junge Mann an ihrer Seite zu, und Jens ahnte, wofür sie ihn hatte und dass er es mit ihm niemals aufnehmen könnte.

Sanne bat Jens, sich zu setzen und den Mund zu öffnen. Dann kratzte und klopfte sie mit einem Haken seine Zähne ab. Sie erkannte Zahnstein und ein *f* in drei sieben, ein *c* in vier sechs und eine leichte Paradontitis. Sie erkannte, dass Jens zu viel rauchte, und alte Plomben, die mal ausgewechselt werden mussten. Das Einzige, was sie nicht erkannte, war Jens selbst.

Ihn amüsierte die Vorstellung, dass sie während der Behandlung mit einem Mal dahinterkommen würde. Er freute sich auf ihren Gesichtsausdruck. Sie aber tat ihm diesen Gefallen nicht. Bis zum Schluss nicht. Also musste er selbst wie der Clown aus der Kiste springen und gab sich kurz vor dem Abschied zu erkennen.

»Weißt du noch? Es muss bald dreißig Jahre her sein«, sagte Jens begeistert und hatte sich schon den weiteren Gesprächsverlauf, Entschuldigungen für sein damaliges Verhalten und schmeichelhafte Komplimente über ihr sensationelles Aussehen zurechtgelegt. Aber Sanne sah ihn lange an und schüttelte nur den Kopf.

»Es tut mir leid, ich kann mich nicht erinnern. Wie war der Name?«

»Jens«, sagte Jens. »Lamprecht.«

Er konnte nicht glauben, dass sie ihn vergessen hatte. Sah er so anders aus als damals? Klar, er war älter geworden, aber doch kein Monster mit verschrumpeltem Gesicht. Oder wollte sie ihn einfach nicht erkennen?

»Nie gehört«, sagte Sanne und fügte freundlich hinzu: »Sollen wir denn gleich ’nen neuen Termin fürs nächste Mal machen, Herr Lamprecht? Es wäre gut, wenn Sie alle halbe Jahre einmal bei uns vorbeischauen würden. In Ihrem Alter guckt man lieber zweimal öfter als einmal zu wenig. Christian macht das mit Ihnen aus, ja? Alles Gute!«

Dann verschwand sie und rief im Wartezimmer ihren nächsten Patienten auf.

»Sorry«, sagte Christian, der die Enttäuschung in Jens Augen erkannte. »Hat sie Ihnen viel bedeutet?«

Jens zuckte mit den Schultern.

»Geht so«, log er.

»In Ihrem Alter …« Was sollte das denn bitte heißen?

»Hat sie Kinder?«, fragte er Christian, der offensichtlich redselig zu sein schien.

»Ja, zwei, mit ihrer Frau zusammen. Elf und vierzehn. Süß, die beiden. Sollen wir einen neuen Termin machen?«

Jens sah den jungen Mann überrascht an. Mal wieder hatte er sich in entscheidenden Punkten geirrt.

»Nö, danke«, erwiderte Jens und ging.

Er war nicht der Nabel der Welt. Das hatte er nun begriffen. Er war einer von vielen und für manche war er nichts.

Wahrscheinlich hatte Sanne ihm all die Jahre mehr bedeutet als er ihr. Egal, ob sie ihn einfach nicht erkannte oder nicht erkennen wollte, sein Besuch in ihrem Leben hatte keinen Wert für sie. Das schmerzte, so doof es klang. Aber wenigstens war er sein schlechtes Gewissen los. Mission erfüllt, wieder ein Päckchen leichter.

*

11. Oktober 2015

»Du hast *was?*«

Holger saß Jens schockiert gegenüber.

»Ja, Fahrerflucht begangen. Nach der Weihnachtsfeier im letzten Jahr. Du bist der Erste, dem ich das erzähle. Na ja, nicht ganz. Vorgestern war ich bei der Polizei und habe mich deshalb selbst angezeigt.«

Es war Sonntag. Jens hatte am Morgen mit Brötchen vor Holgers Haus in Karlshorst gestanden. Nun saßen die beiden im Wohnzimmer zwischen seinen Büchern, Schallplatten und Musikinstrumenten an dem Tisch, von dem Holger vor wenigen Monaten noch in den Selbstmord springen wollte.

»Du hast *was?*«, wiederholte Holger. Langsam kam er sich doof vor. Aber die vielen neuen Nachrichten, machten ihn ganz wirr im Kopf. Was um alles in der Welt war mit Jens passiert?

»Und seitdem geht's mir fantastisch. Das ganze schlechte Gewissen, verstehst du? Seit fast einem Jahr quäle ich mich damit, und plötzlich ist es wie verflogen.«

»Aber dafür kannst du ins Gefängnis kommen.«

Jens nickte.

»Ja, kann sein. Aber wenn, dann hab ich es verdient.«

Holger verstand das Jesusgefasel nicht. Seit wann kümmerte sich Jens um Fragen der Gerechtigkeit? Er hatte keinen blassen Schimmer, in welche Richtung sich dieses Gespräch noch entwickeln würde, und blieb lieber stumm.

»Meistens ist die Angst ein Elefant, Holger …«

Jens legte seine Hand auf die seines alten Freundes.

»… erst wenn man sich der Sache stellt, sieht man, vor was für einer Maus man sich gefürchtet hat.«

Holger zog skeptisch seine linke Augenbraue hoch.

»Aber du bist Schulleiter, Jens, da macht sich eine Haftstrafe ganz beschissen in der Akte. Das ist keine Maus!«

»Ich komm nicht mehr zurück«, sagte Jens, und Holger klappte der Unterkiefer runter.

»Was?«

Dann klopfte er Holger zweimal auf die Hand und zog eine Tüte unter dem Tisch hervor.

»Hier, hab ich dir aus Rotterdam mitgebracht.«

»Für mich?«, fragte er ungläubig und konnte sich nicht daran erinnern, wann Jens ihm das letzte Mal ein Geschenk gemacht hatte. Dann nahm er die Tüte und zog eine originalverpackte Beatles-Platte heraus. *Abbey Road* in der Erstpressung von 1969.

»Du sammelst doch so was?«

»Ach du Scheiße, Jens, die muss ein Vermögen gekostet haben.«

Holgers Stimme überschlug sich, seine Augen begannen zu glänzen. Damit hatte er nun wirklich nicht gerechnet.

»Wie kommst du denn dazu, mir so was zu schenken?«

Jens sah betreten auf die Tischplatte. Holger war das nächste Päckchen, um das er sich erleichtern wollte. Sicherlich das schwerste von allen.

»Weil ich dich scheiße behandelt hab. Ich weiß nicht, wie viele Jahre schon.«

Nun rang Holger mit der Fassung. Unzählige Jahre mussten es schon sein, die er auf ein Gespräch dieser Art gewartete hatte. Längst war er davon überzeugt gewesen, dass es niemals kommen würde.

»Aber, Jens ...«, stotterte er.

»Ich hab dich bevormundet, ich hab dich ausgenutzt, ich hab dich unfair behandelt und dir nie die Würdigung entgegengebracht, die du verdient hast.«

»Aber das ist doch nicht schlimm«, log Holger und wischte sich die Tränen aus den Augen.

»Darf ich dich mal in den Arm nehmen?«, fragte Jens und stand auf. Holger legte die Platte beiseite, konnte seine Tränen nicht mehr länger halten und fiel Jens erleichtert in die Arme.

»Ich dachte immer, du merkst es nicht«, seufzte er.

»Doch, umso schlimmer ist es ja«, entgegnete Jens und strich seinem alten Freund tröstend über den Rücken.

»Aber das Schlimmste, was ich dir jemals angetan habe, war die Sache mit Melanie.«

»Schon gut, alles vorbei und vergessen«, schluchzte Holger.

»Nein, nein, nichts ist vorbei«, sagte Jens und brachte ihn mit einem Mal zum Verstummen.

»Hm?«

Holger sah Jens fragend an.

»Erinnerst du dich an den Abend nach Melanies Sprung? Genau hier, wo wir jetzt stehen?«

Holger nickte unbehaglich. Jens nahm seinen Kopf zwischen die Hände und drückte Holgers Stirn an die seine.

»Es tut mir so unendlich leid, dass ich dich damals gezwungen habe, die Klappe zu halten. Du wolltest dem ganzen Zirkus ein Ende setzen. Du wolltest Verantwortung übernehmen. Du hattest die Größe, aber ich war nicht so weit.«

Holger lächelte gequält.

»Alles in Ordnung, Jens, ich verzeih dir.«

»Gut, Holger, gut. Denn jetzt, jetzt bin ich so weit.«

Jens nickte Holger motivierend zu. Holger nickte reflexartig mit.

»Lass uns da rausgehen und den Menschen die Wahrheit erzählen!«

Nun fror sein Nicken ein.

»Ich hab Herrn Heise getroffen, Holger. Der Mann ist ein

Schatten seiner selbst. Wir können sein Leben retten, wenn wir der Welt erzählen, welche Fehler wir gemacht haben. Wenn wir klarstellen, dass auch wir nur Menschen sind, mh? Du bist nicht mehr allein, Holger. Wir sind ein Team. Wir schaffen das gemeinsam!«

Holger löste sich aus der Umklammerung. Ihm wurde ganz schwindlig und mau, als ob er eine Zigarette geraucht hätte. Der Schweiß brach aus und perlte ihm über die Stirn.

»Nein. Nein. Nein, nein, nein.«

Zuerst brachte er immer wieder nur das gleiche Wort heraus.

»Nein, nein, nein, nein.«

Wie ein alter Motor, der glucksend startete.

»Das wirst du nicht tun, Jens, nein, nein, nein!«

Dann endlich schossen ihm die Worte wie die Salven eines Maschinengewehrs aus dem Mund.

»Du weißt ja gar nicht, was du da sagst. Du bist nicht derjenige, der jeden Morgen mit dem Bewusstsein aus dem Bett steigt, dass er ein Menschenleben auf dem Gewissen hat. Derjenige bin ich, und das lass ich mir auch nicht von dir nehmen, ist das klar? Du entscheidest nicht darüber, ob und wann ich mein Leben ruiniere oder nicht. Dein Zeitfenster ist zu, Jens! Das waren deine eigenen Worte! Das Mädel ist tot, Jens! Gucke, da …!«

Holger zeigte hoch zur Decke. Er wurde immer lauter.

»Da hättest du mich einfach hängen lassen sollen! Da! Aber, nein, du musstest mich ja unbedingt retten, du Arschloch, und mich zwingen, dieses beschissene Drecksleben weiterzuleben. Das wäre dein Moment gewesen, Jens Lamprecht, vor sechs Monaten! Aber jetzt kommt deine großartige Hilfe leider zu spät. Lasse stecken, Jens!«

Jens wusste gar nicht, wie ihm geschah und wie er Holger zur Ruhe bringen könnte.

»Ich sag dir jetzt mal was. Die letzten Wochen, ohne dich, waren die schönsten, die ich seit Jahren hatte. Ohne dich bin ich wieder gerne Lehrer, ohne dich macht mir die Schule wieder Spaß. Und ohne dich ertrag ich sogar dieses grausame Geheimnis, einfach nur weil niemand mehr da ist, der mich die ganze Zeit daran erinnert.«

Holger nahm die Schallplatte vom Tisch, steckte sie wieder in die Tüte und gab sie Jens zurück.

»Und jetzt kommst du hier an, mit so 'ner Drecksschallplatte und 'ner verlogenen Entschuldigung, dabei willst du mein Leben nur schon wieder ruinieren? Damit's dir bessergeht, ja?«

Holger schupste Jens Richtung Ausgang.

»Bitte, bitte, steck dir unsere Freundschaft einfach in den Arsch, verschwinde aus meinem Leben und halt deine Klappe! Ich will von Melanie Heise nichts mehr hören!«

Holger drückte Jens durch die Haustür auf die Straße.

»Wenn du jetzt noch singst, Jens, dann spring ich Melanie hinterher.«

Dann knallte er ihm die Tür vor der Nase zu.

*

Es war 04:00 Uhr nachts. Jens lag wach, wie unter Aufputschmitteln, unfähig, Schlaf zu finden, und kreiste um den immer gleichen Gedanken: Wenn er das Versprechen einlöste, das er Falk Heise gegeben hatte, trieb er Holger in den Tod. Schachmatt.

Sein unbedingter Wille, für Gerechtigkeit zu sorgen, hatte ihn in ein Dilemma gestürzt, für das es keine glückliche Lösung gab. Zu wessen Gunsten sollte er eine Entscheidung treffen? Wer sollte leben, und wer sollte sterben? Diese Frage war zu groß für Jens. Das war eine Frage, die einzig und allein Gott beantworten konnte. Und obwohl Jens nie an einen Gott geglaubt hatte, wusste er, dass es einen gab, der sich zumindest für *Gott* hielt. Sollte doch dieser *Gott* die Entscheidung treffen!

Aber wer war er, und wo fand man ihn, um ihn über die Notwendigkeit einer Entscheidung zu informieren?

Falk Heise war nicht *Gott*. Genauso wie Holger. Davon war Jens überzeugt. Philipp, Silke und Achim hatten Alibis. Wolfgang Pißneck hegte keinen Groll gegen Jens, und Sanne Mühlisch hatte kein Interesse an seiner Person. Wer also konnte es sein?

Die Tonaufnahme von Melanies Selbstmord sprach dafür, dass der Täter aus dem Kontext der Schule kam. Also doch ein Schüler. Oder ein Kollege.

Jens beschloss, *Gott* eine Chance zu geben. Wenn er ihm aus seinem Dilemma half, dann würde Jens aufhören, nach seiner Identität zu suchen. Wenn *Gott* ihn aber im Stich lassen würde, dann sollte die Polizei nach ihm fahnden. Die Beweise klebten stichhaltig an der Gegensprechanlage in seinem Appartement.

*

12. Oktober 2015

Jens betrat mit einer Umzugskiste unterm Arm das Schulgebäude. Er fühlte sich wie ein Außerirdischer. Es war Montagmorgen, kurz vor halb neun. Absichtlich war er während der zweiten Schulstunde gekommen. Er hatte einen Plan.

Vorsichtig klopfte er an die Tür des Schulleiterbüros. Seines Büros.

»Ja?«, klang eine selbstbewusste Stimme aus dem Inneren. Von Holger wusste Jens, dass es die Stimme von Frank Bussmann war. Er öffnete die Tür.

»Na?«, sagte Jens, um Normalität vorzugaukeln.

»Jens!«, erschrak der Kollege und erhob sich sogleich ein wenig eingeschüchtert aus dem fremden Stuhl, der ihm schon gar nicht mehr so fremd vorkam.

»Bleib ruhig sitzen, Frank! Ich wollt nur ’n paar Sachen abholen.«

»Mensch, wie geht’s dir denn?« kam ihm der Kollege besorgt entgegen und legte salbungsvoll seine Hand auf Jens’ Schulter.

»Na ja, ging schon besser«, lächelte Jens verlegen.

»Finger sind manchmal noch ’n bisschen taub«, fügte er hinzu, hielt die verbundenen Unterarme in die Luft und wackelte mit den Fingerspitzen.

Frank schüttelte fassungslos seinen Kopf. »Mann, Jens, weißt du, was wir uns alle für Vorwürfe machen?«

»Müsst ihr nicht!«, beschwichtigte Jens, löste sich von seinem Kollegen und faltete den Umzugskarton auseinander.

»Was brauchst ’n alles?«

»Ach, nur den Kram da aus ’m Schrank, meine Fotos und die Flüstertüte.«

Jens deutete auf ein angestaubtes Megaphon, das oben auf dem Schrank lag. Frank Bussmann sprang sogleich auf den Bürostuhl und ging helfend zur Hand.

»Und? Haste dich schon eingelebt?«, fragte Jens und brachte Frank Bussmann zum Rumeiern.

»Du äh ..., ich bin ja nur übergangsweise da. Claudia hat darum gebeten. Sie wollte das nicht machen, weil sie nach der letzten Gesamtlehrerkonferenz nicht die Nerven, also den, na ja ..., du weißt schon, den Rückhalt ... Sobald du zurück bist, Jens, hast du dein Büro jedenfalls wieder.«

Dann legte er Jens das Megaphon in die Kiste.

»Wir wissen beide, dass ich nicht wiederkomme nach dem, was passiert ist, oder?«, entgegnete Jens, nahm seine Sachen und ging Richtung Tür.

»Aber das sagt doch keiner, Jens, das ist doch 'ne Entscheidung, die vom ...«

»Machste bitte mal auf?«, unterbrach er den Kollegen im Redefluss.

» ...die vom Aufsichtsrat getroffen wird.«

Frank eilte vor und stellte sich ihm noch einmal in den Weg.

»Du, aber wo wir grade schon drüber sprechen ...« Er sah peinlich berührt in Richtung Fenster. »Die sind alle ein bisschen nervös, weil sie befürchten, dass dein, also, dein ...«

Obwohl kein weiterer Mensch im Raum war, senkte er seine Stimme. » ...dein Selbstmordversuch irgendwas mit dem Fall Heise zu tun hat.«

Jens schwieg und ließ ihn fürchterlich lange hängen. Franks Unsicherheit wuchs sekündlich.

»Das ist doch Quatsch, oder?«, setzte er ungeduldig nach.

Ein weiteres Mal blieb seine Frage wie schwerelos im Raum stehen.

»Das waren doch ausschließlich private Gründe, die dich dazu bewegt haben, oder?«, schob Frank hinterher und machte unmissverständlich klar, was er gerne hören wollte.

Jens musste grinsen. Innerlich. Guck mal an! Kaum thronte der große Hüter von Moral und Integrität im Rektorensessel, dealte er um des Rufs der Schule willen mit Wahrheit und Schein.

»Absolut, Frank«, erlöste Jens den alten Opportunisten endlich.

»Ausschließlich private Gründe. Meine Frau hat sich von mir getrennt.«

»Gott sei Dank!«, fuhr dem Kollegen die Erleichterung über die Lippen. Dann erst begriff er, was ihm da entglitten war.

»Nein, nein, also das meinte ich natürlich nicht in Bezug auf deine Frau, sondern …«

»Schon gut, Frank«, unterbrach ihn Jens.

»Mach einfach die Tür auf!«

»Ja, 'tschuldigung.«

»Tschüss, Frank!«

»Tschüss, Jens, und alles Gute, ne?«

»Ach so.«

Jens blieb noch einmal stehen, kramte die Schulschlüssel aus seiner Jackentasche und warf sie Frank Bussmann zu.

»Die brauch ich nicht mehr.«

Gerade als Jens das Sekretariat verlassen wollte, lief er Claudia Giese in die Arme, die aus dem Lehrerzimmer kam.

»Jens!«, rief sie erleichtert. Er konnte gerade noch rechtzeitig seine Kiste abstellen, da umarmte sie ihn stürmisch und begann wie ein Wasserfall auf ihn einzureden.

»Mein Gott, es tut mir alles so leid, was passiert ist. Ich hab mir solche Sorgen gemacht. Wenn ich gewusst hätte, wie schlecht es dir geht, dann hätt ich dich doch besucht. Aber du hast ja geschrieben, dass du deine Ruhe haben willst, und deswegen bin ich nicht vorbeigekommen, aber ich hätte ja auch im Leben nicht daran gedacht, dass du dir, na also, dass du dir was antun würdest. Oh mein Gott, Jens, es ist so schön, dich zu sehen.«

Claudia musste Luft holen. Dann sah sie ihm in die Augen und wurde ein kleines bisschen ruhiger und langsamer.

»Als ich gehört hab, was passiert ist, hab ich Angst bekommen, dass ich dich nie wiedersehen werde, und dann musste ich an die Ohrfeige denken und dass die das Letzte war, was du von mir in Erinnerung behalten würdest. Und da is' mir ganz schlecht geworden. Ich mach so was nie wieder, Jens, versprochen. Aber jetzt hör mal, Pulsadern aufschneiden. Du spinnst wohl! So was tust du auch nie wieder, klar? Das musst du mir versprechen. Wir brauchen dich doch. Und jetzt sag doch mal, wie geht's dir denn so?«

Ein Punkt. Sie hatte einen Punkt gesetzt. Dabei hätte sie ewig weitermachen können, so überrascht und gerührt war Jens vom Ausmaß ihrer Anteilnahme.

»Nicht aufhören! Red bitte weiter!«, sagte er.

»Häh?«, machte Claudia und verstand nicht.

»So viele nette Worte hab ich seit Wochen nicht gehört«, erwiderte er und lächelte breit, bis über beide Ohren.

»Auf Knopfdruck kann ich nicht«, sagte Claudia und schüttelte den Kopf. Jens musste grinsen.

»Lachst du mich etwa aus? Ich mach mir Sorgen, und du lachst mich aus?«

Er sah ihr tief in die Augen. Er mochte seine Kollegin so unvorstellbar gern. Und ganz offensichtlich konnte sie auch ihn gut leiden, anders war ihre sorgenvolle Gefühlsexplosion wohl kaum zu erklären. War jetzt vielleicht der richtige Zeitpunkt gekommen?

Ja! Jeden Augenblick würde er das Schulgebäude verlassen und es für den Rest seines Lebens nie wieder betreten. Wann also, wenn nicht jetzt, war der richtige Zeitpunkt gekommen?

Jens nickte sich Mut zu und hauchte ein leises »'tschuldigung« in den Raum, dann schloss er seine Augen und küsste sie. Mitten im Sekretariat.

Vollkommen perplex stieß Claudia ihn von sich und gab ihm eine weitere Ohrfeige, so laut, dass man das Klatschen noch im Treppenhaus hören könnte. Jens verzog vor Schmerz sein Gesicht.

Als er die Augen wieder öffnete, stand sie noch sichtlich erschrocken vor ihm und starrte ihn entsetzt an.

»Ich dachte, du wolltest mich nicht mehr schlagen?«, sagte er.

»Ja, aber, aber … dann sag doch was, bevor du so ’ne Aktion startest.«

»Wieso, was hätt ich denn sagen sollen? *Darf ich dich bitte küssen?* Oder was?«

Claudia fing sich langsam wieder.

»Na ja, zum Beispiel.«

Jens hielt sich die brennende Wange.

»Pfff, da hättest du doch im Leben nicht mitgemacht.«

Sie kratzte verlegen mit einer Hand die andere.

»Na und wenn doch?«

Jens sah sie überrascht an.

»Nein, niemals!«

»Wieso?«, entgegnete sie eingeschnappt.

Dann versuchte er sein Glück ein weiteres Mal.

»Also gut, wie du meinst. Darf ich dich bitte küssen?«

Ohne zu zögern, antwortete Claudia:

»Nö, jetzt is’ zu spät.«

»Siehste! Sag ich doch.«

Dann hellte sich ihr Gesichtsausdruck auf, und ein breites Grinsen erstrahlte auf ihren Lippen.

»Aber du kannst es ja zu ’nem anderen Zeitpunkt noch mal probieren.«

Jens lächelte zurück.

»Und dann fang ich mir wieder eine?«

»Vielleicht?«

»Na dann lass ich’s lieber.«

»Deine Entscheidung«, sagte sie und schlenderte zurück ins Lehrerzimmer. »Ich muss los, bis später! Schön, dass es dir wieder bessergeht.«

»Ja, bis später« flüsterte er traurig, sah ihr hinterher und ertrank in schlechtem Gewissen. Sie hielt ihn für einen besseren Menschen, als er war. Wenn Claudia erfahren würde, was Jens ihr verheimlichte, war auch dieser glühende Ofen für immer aus.

*

Inzwischen standen die Schüler sowie alle Kollegen, die Pausendienst hatten, auf dem Schulhof und rauchten, spielten, frühstückten, beaufsichtigten oder unterhielten sich.

Jens machte seine Flüstertüte startklar, kletterte auf die Mülltonnen neben der Raucherinsel und rief, so laut er konnte und in Dauerschleife, in sein Megaphon:

»Alle mal herkommen! Alle mal herkommen! Euer ehemaliger Direktor hat euch etwas zu sagen. Alle mal herkommen! Alle mal herkommen …!«

Er klang fast wie ein Muezzin, der seine Schäfchen auf Arabisch zum Gebet in die Moschee rief.

Etwa drei Minuten vergingen, ehe sich eine gewaltige Menschentraube aus Hunderten von Personen um ihn herum gebildet und ihm ihr versammeltes Gehör geschenkt hatte. Aber nicht nur die auf dem Schulhof Anwesenden, auch jene, die noch im Inneren des Gebäudes weilten, waren herausgeeilt, als sich die Kunde von einer Rede des suizidgefährdeten Direktors innerhalb von Sekunden wie ein Lauffeuer verbreitete.

Ob aus Sensationslust, Sympathie oder Neugier, alle Blicke waren nun auf Jens gerichtet. Die angsterfüllten von Holger Lehmann genauso wie die skeptischen von Frank Bussmann, die freundlichen von Claudia Giese, die gespannten, gelangweilten, erregten, belustigten oder verärgerten Blicke der anderen.

Für einen kurzen Moment genoss Jens die letzte, große

Aufmerksamkeit, die ihm an seiner Schule, dem Otto-von-Guericke-Kolleg, zuteilwurde. Dann begann er zu sprechen.

»Ich war euer Direktor. Vierzehn lange, erfüllte und erlebnisreiche Jahre lang.«

Er sprach langsam, bedächtig und deutlich, da er jeden Einzelnen erreichen wollte.

»Ich war ein guter Direktor. Zumindest hielt ich mich immer dafür. Ich habe dieser Schule mein Leben gewidmet und meinen Stempel aufgedrückt. Ich habe stets nach bestem Wissen und Gewissen gehandelt und versucht, Schaden von den Schülern, den Kollegen und der Institution abzuwenden.«

Er sah in die riesige Runde. Er sah Holger, der seine Augen geschlossen hielt und leise, fast betend, den Kopf schüttelte, in der Hoffnung, dass der Kelch an ihm vorüberging. Er sah Frank Bussmann, der vor Wut über die unangekündigte Aktion rot aus der Menge leuchtete, er sah Claudia Giese, die Jens so nah war und doch unerreichbar fern für ihn, und er sah die Vielzahl der Individuen, von denen jede oder jeder einzelne *Gott* sein konnte.

»In den letzten Wochen hat sich meine Sicht auf diese Dinge verändert. Ich weiß nun, dass mir genau das nicht gelungen ist. Ich habe Schaden verursacht, an Schülern, Kollegen und der Institution.«

Viele sahen sich untereinander um, ahnten sie doch genau, worüber der Direktor zu sprechen schien, während Holgers Gebete so eindringlich wurden, dass Jens sie beinahe physisch spürte.

»Diese Einsicht habe ich einzig und allein dir zu verdanken: *Gott!*«

In diesem Moment ging ein Raunen durch die Menge. Offensichtlich hatte der Direktor den Verstand verloren. Er hatte Gott entdeckt oder war auf seinem Selbstfindungstrip über die Zeugen Jehovas gestolpert. Was auch immer. Holger atmete erleichtert durch. Egal, was er jetzt noch sagte, keiner würde ihn mehr ernst nehmen. Frank Bussmann verkniff sich ein dreckiges Feixen, Claudia Giese schüttelte ungläubig den Kopf. Jens aber ließ sich nicht beirren. Er hatte ein Anliegen, das klarer und klüger war, als alle um ihn herum glaubten.

»Lieber *Gott*, ich hoffe von ganzem Herzen, dass du hier unter uns bist und mir zuhörst. Ich weiß nicht, wer du bist, wo du plötzlich herkamst und welche Ziele du verfolgtest, und ehrlich gesagt, bin ich auch gar nicht mehr so erpicht darauf, es zu erfahren. Ich weiß nur, was du in mir ausgelöst hast, und so seltsam das für dich klingen mag, ich bin dir sogar dankbar dafür. Bitte hab keine Angst vor mir! Ich bin nicht nachtragend und hege keinen Groll. Aber ich brauche deine Hilfe. Du hast mir in den letzten Wochen gezeigt, welche Fehler ich begangen habe. Ich kann sie nicht ungeschehen machen. Aber ich will um jeden Preis für Gerechtigkeit sorgen. Nur genau das liegt nicht in meiner Macht. Da ich nicht allmächtig bin, müsste ich mich zwischen zwei Seiten entscheiden und ein weiteres fürchterliches Unglück in Kauf nehmen, das ich nicht ertragen könnte. Aber du, *Gott*, du bist allmächtig. Du weißt, was zu tun ist. Und deshalb lege ich diese Entscheidung in deine Hände. Bitte, lieber *Gott*, hilf mir und sende mir ein Zeichen, dass du mich verstanden hast.«

Und obwohl jeder auf dem Schulhof den Direktor nun für geisteskrank hielt, warteten alle wie gebannt auf ein Zeichen von *Gott*. Eine Sekunde, zwei, drei. Man hätte die sprichwörtliche Stecknadel bei ihrem Sturz zu Boden hören können.

Und dann kam es. Tatsächlich. Das Zeichen. So laut und ohrenbetäubend, dass viele erschraken, weil es sie brutal aus ihren Gedanken riss. Es war das schrille und scheppernde Klingelzeichen zum Ende der Pause.

Und während die Schüler- und Lehrerschaft zurück in die Klassenräume strömte und das Kapitel Jens Lamprecht, einer leichter, eine andere schwerer, ad acta legte, blieb der Direktor auf seiner Mülltonne stehen und wartete, dass etwas passierte.

Es passierte aber nichts. Kein Zeichen, keine Offenbarung, kein Bekenntnis zur Täterschaft.

Erst nachdem der letzte Schüler im Schulgebäude verschwunden war, stieg Jens Lamprecht von seiner Empore herab, legte die Flüstertüte auf seine Umzugskiste und trottete davon. Ratlos, einer neuen und unbekannten Zukunft entgegen.

17

12. Oktober 2015

Wie zu einer Salzsäule erstarrt, stand ich am offenen Fenster im Musikraum, von wo aus ich die ganze Rede des Direktors verfolgt hatte, und sah ihm nach, wie er vom Schulgelände stiefelte. Ich hatte nicht den blassesten Schimmer, wovon er gesprochen hatte, welche zwei Entscheidungen er meinte und wie ich ihm dabei helfen sollte. Daran aber, dass er nun eine Reaktion von mir erwartete, nachdem er mir vor den Augen aller den Ball zugespielt hatte, blieb kein Zweifel.

Plötzlich drehte er sich noch einmal um und sah direkt zu mir herauf. Unsere Distanz war zu groß, um in den Gesichtern lesen zu können, und trotzdem fühlte ich mich ertappt. Panisch schloss ich das Fenster und versteckte mich hinter dem Klavier. Ich brauchte jetzt ein paar Minuten Verschnaufpause, um das Chaos in meinem Kopf zu sortieren, und beschloss, die nächste Schulstunde zu schwänzen.

Herr Lamprecht tat mir leid. Ich hatte sein Leben ruiniert. Durch mein Handeln war er beinahe ums Leben gekommen. Wegen mir hatte er seinen Job verloren. Einen Job, den er nicht nur mit Leib und Seele ausübte, sondern auch verkörperte. Ich hatte ihn um seine Existenz gebracht, sein Ansehen, seinen Einfluss, seine Glaubwürdigkeit. Und auch wenn ich lange davon ausgegangen war, dass er es nicht anders verdient hatte, blieb mir jetzt nichts anderes übrig, als diese Entscheidung ein Stück weit zu revidieren.

Seine Rede hatte mich berührt. Sehr sogar. Klar, sie konnte auch ein Trick sein, um mich aus der Reserve zu locken. Aber das glaubte ich nicht. Er hatte von Dankbarkeit gesprochen. Davon, dass er nicht nachtragend sei und keinen Groll hege.

Und tatsächlich untermauerten die vergangenen vier Wochen seine Aussage. Jeden Tag und jede Nacht hatte ich auf meine Handschellen gewartet. Aber nichts geschah. Dabei hatten Tai und ich jeden Fehler gemacht, den man aus kriminalistischer Sicht hätte machen können.

Vor einer Woche dann hatte ich meinen eigenen Vorsatz gebrochen und Lamprechts Hochhaus noch einmal aufgesucht. Ich wollte hören, ob Thommy irgendwelche krassen Geschichten von Polizeieinsätzen und Hausdurchsuchungen zu berichten wusste. Seine einzige Geschichte aber war die vom Selbstmordversuch eines Typen aus der 24. Etage, den er eigentlich nie leiden konnte, der sich aber mit einer echt guten Flasche Cognac, einem fettem Strauß Gemüse und ’nem Hunderteuroschein für seine Lebensrettung bedankt hatte.

»Krass nett oder? ’nen Hunni für einmal Notarzt rufen!«, feierte Thommy Herrn Lamprecht und lud mich auf ein Schlückchen Cognac ein. Ich kippte das brennende Gesöff hinunter und fühlte mich noch schlechter, da Thommy, der mit seiner Unterschriftsfälschung das Gelingen der Tat erst möglich gemacht hatte, nun auch noch von Lamprecht selbst dafür belohnt worden war.

An der Schule hatten Hunderte Gerüchte über den Direktor die Runde gemacht. Sein Selbstmordversuch war Thema Nummer eins. Aber von der Polizei war auch hier nichts zu hören und zu sehen.

Und so entstand für mich der Eindruck, dass er gar nicht suchte. Dass ihn die Identität seiner Täter nicht interessierte.

Erklären konnte ich mir das freilich nicht. Dafür hatte ich noch immer zu wenig Ahnung davon, was in den Tagen meiner Abwesenheit zwischen ihm und Tai geschehen war. Aber irgendwie hatte er mit der Sache seinen Frieden gemacht. Nicht Rache und Vergeltung trieben ihn an, sondern der Wunsch nach Gerechtigkeit. Er hatte seine Fehler eingestanden und suchte nun nach Hilfe. Jetzt erst begriff ich, dass er nicht der zynische Sack war, für den ich ihn immer gehalten hatte. In Herrn Lamprecht steckte ein guter Mensch. Und in mir steckte das Gegenteil.

Ich hatte Tais dumme Foltermethoden zugelassen, mitgetragen und mir selbst gegenüber verteidigt, ich war ihm wie ein hirnloser Mitläufer hinterhergedackelt und hatte dabei Lamprechts Leben aufs Spiel gesetzt.

Von dem unschuldigen, naiven Moppel mit der blütenweißen Seele, der ich einmal zu sein glaubte, war nicht mehr viel übrig geblieben. Jetzt fühlte ich das Schwarz auf meiner Seele wie ein Brandloch, das einen stechenden Schmerz in meiner Brust verursachte.

Wie lang wohl würde dieser Schmerz noch anhalten? Ein Jahr, zwei? Zwanzig Jahre? Ein Leben lang? Musste ich nun für immer mit dieser Schuld leben, wie ein Kriegsverbrecher, der seine Schandtaten verschweigt? Welche Macht hat die Zeit? Würde sie mir helfen?

Nicht darüber reden zu können, war vielleicht die schlimmste Strafe von allen. Aber das konnte ich nur mit einem einzigen Menschen. Und den hatte ich verloren.

Tai war nie wieder aufgetaucht. Seit Lamprechts Befreiung hatte ich keinen Kontakt zu ihm. Er hatte sich nicht gemeldet. Er hatte die Schule nicht mehr besucht. Sein Handy war tot.

Ein, zwei Wochen lang hätte mir ein Lebenszeichen von

ihm wirklich viel bedeutet. Inzwischen aber war ich nur noch wütend und enttäuscht. Zu stolz, um ihn zu suchen. Wenn ich ihm irgendetwas bedeutete, dann war er an der Reihe und nicht ich.

Meine Welt hatte sich weitergedreht. Sie kreiste nun um einen neuen Pol. Nicht mehr um Tai, sondern um die Musik. Meine eigene Musik! Dass mir ausgerechnet sein Laptop, den ich noch immer in meinem Zimmer aufbewahrte, dazu verhalf, empfand ich als liebgemeinten Wink des Schicksals.

Schnittprogramme, Sound-Bearbeitungsprogramme, Musik-Software, all diese wunderbaren Dinge hatte Tai auf seinem Rechner installiert. Also legte ich los und fummelte mich rein in die Technik, die mir so viele Möglichkeiten bot.

Angestachelt durch Jaspers Kompositionsauftrag und dank der wohltuenden Erfahrung, in der kreativen Arbeit vor den Schuldgefühlen fliehen zu können, verbrachte ich die Wochenenden, Nachmittage und Nächte zwischen Klavier und Computer. Wie im Rausch hatte ich ihm inzwischen eine ganze *Suite-Artisticque* komponiert. Sieben charaktervolle Klavierstücke in Anlehnung an die barocken Tanzsuiten von Bach und Händel, die ich, Jaspers Zwecken angemessen, mit wabernden, elektronischen Klangteppichen und einem appetitlich kraftvollen Beat konterkarierte.

Jasper war völlig aus dem Häuschen, und auch ich musste etwas eitel eingestehen, dass mir im vierten Satz meiner Suite, der *Sarabande,* ein kleines Meisterwerk gelungen war.

Nachdem seine Nummer fast drei Wochen unberührt neben meinem Schreibtisch gehangen hatte, fand ich auch endlich den Mut Jaspers Mitschüler Nilas eine SMS zu schicken. Meine fürchterliche Nervosität im etwas albern hochtrabenden Ausdruck verbergend, schrieb ich ihm:

Werter Herr Nilas, habe Ihre Nummer von meinem geschätzten Cousin Monsieur Jaspér, der schon so viel Gutes über Sie zu berichten wusste, dass ich ganz begierig bin, beizeiten Ihre Bekanntschaft machen zu dürfen. Es grüßt ein Wikinger aus Berlin.
Hochachtungsvoll: Jannik S.

Tatsächlich musste ich keine zehn Minuten auf seine Antwort warten, die nicht den geringsten Zweifel aufkommen ließ, dass er und ich auf einer Wellenlänge schwammen.

Werter Wikinger, wie schön, von Euch zu lesen. Habe derweil die wildesten Fabulas über Euch vernommen und die wuchtigste Musik, die mir je zu Ohren gekommen. Brenne indes in gleichem Maße für ein Kennenlernen. Nur der Weg steht uns noch im selbigen. Vielleicht schickt er ja mal ein Bild von sich, um die Wartezeit zu versüßen? Es grüßt: Le Chevalier Nilás

Wenige Sekunden später kam ein Bild und machte meine Hoffnungen wieder zunichte. Der Junge war einfach zu süß, um sich für einen Moppel wie mich zu interessieren. Rote, lockige Haare und leuchtend grüne Augen, was für eine geheimnisvolle Kombination! Eine putzige Stupsnase, Sommersprossen und ein verwegenes Lächeln, das nach Abenteuer schrie. Ich musste grinsen, er sah aus wie der perfekteste Jung-Clown, den man sich nur vorstellen konnte.

Nilas war ein Junge, in den man sich auf den ersten Blick verknallen musste. Und was war ich?

Zwei Tage drückte ich mich vor der Foto-Revanche. Die Tatsache, dass Nilas in der Zwischenzeit ganze vier weitere von sich schickte, die in ihrer Darstellung immer reizvoller und expliziter wurden, nahm nicht gerade Druck aus der Sache. So sperrte ich mich in meinem Zimmer ein und startete eine zweistündige Fotosession, an deren Ende zwar ein paar ansehnliche Bilder entstanden waren, die aber nichts mit mir zu tun hatten. Ich warf sie alle in den Müll und schickte Nilas frustriert ein profanes Selfie.

Ja, so hab ich mir dich vorgestellt, du wilder Wikinger.

Schrieb Nilas überraschend angetan zurück und sandte eine weitere Nachricht hinterher.

Und jetzt zeig mir, was du hast!

Etwas überfordert von der Geschwindigkeit, die er an den Tag legte, aber voller Neugier auf seine Bilder und durchaus ermutigt vom Erfolg meines Selfies, fand ich tief in mir vergraben den Mut, die ersten Aktfotos meines Lebens zu schießen, und wurde prompt dabei von meiner Mutter erwischt.

»Oh Gott, Janni, entschuldige bitte!«, platzte sie in mein Zimmer und kehrte sofort wieder um.

»Mama, verdammt! Es steht jetzt schon extragroß an der Tür, dass du klopfen sollst, bevor du reinkommst!«, schrie ich ihr entgegen.

»Ja, 'tschuldigung, 'tschuldigung, hab ich vergessen! Aber toll, wie du schon abgenommen hast«, sagte sie und hatte damit vollkommen recht. Sechs Kilo in vier Wochen waren es bereits. Noch vier weitere Kilo, und ich würde das erste Mal ein Lineal ansetzen, um zu prüfen, ob Doktor Seitzer wirklich recht behielt.

Ach ja, meine Eltern. Seit vier Wochen nun waren sie offiziell Mama und Papa eines schwulen Sohnes. Aber sie machten es gut. Das musste ich zugeben. So viel besser und einfühlsamer, als ich es jemals für möglich gehalten hätte. Ich musste mich regelrecht beschämt fragen, warum ich so lange Zeit Angst vor ihnen gehabt hatte.

Am Morgen nach meinem Spontan-Outing hatte mich Mama sanft mit einer Überraschung geweckt.

»Janni, mein Schatz, Zeit zum Aufstehen. Papa hat dir Frühstück gemacht.«

»Papa hat mir was?«, dachte ich und konnte kaum glauben, was sie sagte. Übermüdet, demütig und voller schlechtem Gewissen betrat ich die Stube und tatsächlich: Statt Ärger gab es Grießbrei. Mein Lieblingsgericht. Mit Mango und Bananensaft. Dann sagte Papa mir etwas steif und förmlich, dass er immer mein Papa bleiben werde, egal was auch passiere, und nahm mich in den Arm. Mama weinte vor Rührung. Ich auch. Und schließlich zog auch Papa den Stock aus seinem Hintern und ließ den Tränen freien Lauf.

So heulten wir ein Weilchen, danach frühstückten wir wie eine glückliche Familie, und dann gab es doch noch einen Anschiss. Für das geklaute Fahrrad natürlich. Was für eine regelrechte Wohltat nach all den Sentimentalitäten.

*

13. Oktober 2015

Einige Wochen hatte ich mich nun schon mit der Frage herumgeschlagen, was aus Tais Filmaufnahmen werden würde. Der Beweis war in der Welt. Herr Lehmann hatte mit Melanie geschlafen, und Tai war mit der Kamera dabei gewesen. Die Wahrheit musste ans Tageslicht, das war ich Melanie schuldig. Aber wann und wie?

Jetzt! Nach Lamprechts Rede an *Gott* wusste ich, dass der richtige Zeitpunkt gekommen war.

Nach der Schule bearbeitete ich Tais Aufnahmen so, dass man ihn als Urheber des Materials nicht mehr identifizieren konnte, dann kaufte ich einen USB-Stick und einen Briefumschlag, packte die Sachen unter Verwendung von Einweg-Gummihandschuhen aus, überspielte die Filmdatei, steckte den Stick in den Umschlag, gab alles in eine Plastiktüte und nahm diese mit in die Schule.

Nicht Herr Lamprecht sollte den Stick bekommen, nicht Herr Lehmann, nicht Herr Bussmann, ich hatte mir Frau Giese ausgesucht. Von allen Lehrern mochte ich sie am meisten. Außerdem hatte sie bereits mit dem Fall zu tun, und sie war nicht umsonst Vertrauenslehrerin.

Frau Giese hatte ein Postfach in der Schule. Aber das war mir zu riskant. Dafür müsste ich ins Sekretariat schleichen, und sie hätte den Absender in der Schule gesucht.

Also wartete ich nach der letzten Stunde auf sie und nahm, als sie herauskam, unauffällig die Verfolgung auf.

Wir fuhren mit den Öffentlichen quer durch die ganze Stadt. Erst mit der Straßenbahn, dann mit der U-Bahn, schließlich mit dem Bus. Ich begann schon daran zu zweifeln, dass sie überhaupt nach Hause fuhr. Dann aber kamen wir endlich irgendwo in Marienfelde an und bogen in eine hässliche Westberliner Plattenbausiedlung ein, wo sie in einem riesigen, von Baugerüsten umzäunten Hochhaus in der Waldsassener Straße 29 verschwand. Kurzerhand machte ich ihren Briefkasten ausfindig, zog meine Gummihandschuhe wieder an, kniff ein letztes Mal zaudernd die Augen zusammen und versenkte dann in der Hoffnung, das Richtige zu tun, den Umschlag in ihrem Briefkasten.

*

Am Abend saß ich wieder über meinen Kompositionen, als Papa an die Zimmertür klopfte. Wie schön, bei ihm funktionierte das Warnschild.

»Herein?«, bat ich höflich.

Papa öffnete vorsichtig die Tür. Er wollte seine Nase gar nicht zu tief in meine Angelegenheiten stecken, vermutlich aus Sorge, etwas sehen zu müssen, dass er dann nicht wieder aus dem Kopf bekam.

»Jannik, deine asiatische Freundin ist da und will dir was geben«, sprach er leise.

»Hä? Welche asiatische Freundin?«

»Na, die hübsche mit den ..., na mit den beiden ..., du weißt schon, die Große. Ich wollte es für dich entgegennehmen, aber sie sagt, dass sie es dir nur persönlich gibt.«

Meinte er Schuleyka? Ich erhob mich ratlos, folgte Papa durch den Flur, und schon erklang ein lauter Schrei.

»Ahhhhhhhh, das Jannik!«

Ja, es war Schuleyka. Sie küsste mir stürmisch links und rechts die Wangen und kniff mir dabei beherzt in den Schritt.

»Wie schön, dich zu sehen!«, sagte ich aufjauchzend und freute mich tatsächlich.

»Jannik heiße Mann, wie Papa!«, sagte sie und brachte uns beide in Verlegenheit. Dann übergab sie mir einen Brief, ohne Aufschrift und Hinweis auf den Inhalt.

»Für dich geben, mit Kuuuuß«, sagte sie und drückte mir mit gespitzten Lippen einen weiteren Kuss – diesmal direkt auf den Mund.

»Leida, leida, keine Zeit, Jannik! Müssen wieder los«, sagte sie, warf Papa einen lasziven Blick zu und fügte für ihn, ihre Stimme in die Tiefe transponierend, hinzu:

»Aber bald kommen wieda, zu ganze schöne Männer hier.«

Papa wurde rot, Schuleyka winkte ihm zu und ging. Ich

schloss die Tür hinter ihr und konnte es mir leider nicht länger verkneifen, es musste einfach raus: »Wusstest du, dass sie einen Penis hat?«

Ich sagte es so nebensächlich, wie ich nur konnte, und wurde dafür mit dem originellsten Gesichtsausdruck belohnt, den ich jemals bei meinem Vater sehen durfte. Ich sage nur: Koboldmaki.

Zurück in meinem Zimmer, legte ich mich aufs Bett und zog den Brief aus seinem Umschlag. Er war von Tai.

Wenn ich jemals naiv daran geglaubt hatte, vier Wochen nach seinem Verschwinden einigermaßen darüber hinweg zu sein, dann wurde ich jetzt von einem Stromschlag, der mir beim Anblick seiner Handschrift durch den ganzen Körper fuhr, eines Besseren belehrt. Alle Gefühle waren wieder da. Das Durcheinander, das Zittern und Pochen im Herzen, die Schmerzen und die Lust auf meiner Haut.

Ich sammelte mich ein paar Minuten, ehe ich den Mumm für seine Zeilen fand. Dann faltete ich den Brief auseinander und las:

lieber jannik,

dieser brief ist ein versuch. der versuch, mich zu entschuldigen. ein versuch, der scheitern wird, weil niemand mein verhalten entschuldigen kann, nicht mal du, tschaikowski, mit deinem großen herzen.
aber du sollst mir auch gar nicht verzeihen. ich will nur, dass du mich verstehst.
du sollst mich verstehen, weil du der einzige bist, bei dem mir das etwas bedeutet. deshalb bitte ich dich: hör mir zu. nur diesen einen brief lang. danach kannst du mich hassen. ich habe es nicht anders verdient.

sechs jahre war ich alt, als ich erleben durfte, wie rassistische wichser meinem vater die zunge aus dem maul schnitten. am helllichten tage. mitten in der straßenbahn. ich durfte erleben, wie niemand ihm half, wie die leute mit ihren einkaufsbeuteln, rucksäcken und aktentaschen aus dem fenster und in ihre handys starrten, ohne die nummer der polizei zu wählen. nicht einmal, nachdem die täter ausgestiegen waren.
aber auch mein vater wählte die nummer der polizei nicht.
nicht, als er seine zunge verlor. nicht, als zum dritten mal das bistro demoliert wurde, das meine eltern damals hatten. nicht mal, als der mercedes abgefackelt wurde, auf den er zwanzig jahre lang gespart hatte, weil er dazugehören wollte. weil er stolz war auf dieses land. weil er ein teil davon sein wollte.
dieses land aber wollte nicht teilen.
»wir sind nur gäste hier«, sagte mein vater immer. »deshalb müssen wir höflich und unauffällig sein. denn jede auffälligkeit wird sofort bestraft.«
weil ich meinen vater liebte und ehrte, weil er sich sorgte und ich ihm keine sorgen bereiten wollte, wurde ich unsichtbar. ich lernte, still zu sein und höflich, niemals anzuecken, immer das richtige zu tun.
es ist gar nicht so schwer, immer das richtige zu tun. der tag hat struktur, das leben einen sinn. aber um welchen preis? der preis bist du selbst. du zahlst mit deiner seele. du verrätst deine bedürfnisse, deine eigenarten, deine individualität. und alles nur, damit sie dich in ruhe lassen, die, die nur mit ihresgleichen teilen wollen.
als ich klein war, dachte ich, es liegt an uns fidschies, unseren augen, unserer nase, unserer hautfarbe, an unserem akzent. aber die herkunft allein macht es nicht.

je älter ich wurde, desto mehr menschen traf ich, die auch gäste waren, aber gäste im eigenen land. deutsche, für die es keinen platz gab, weil sie anders waren als otto normalverbraucher und max mustermänner. weil sie sensibel, dick, laut, schwul, behindert, freiheitsliebend, hoch kompliziert oder entwaffnend einfach, leidenschaftlich, begeisterungsfähig oder feingeistig waren.
all diese menschen haben nur zwei möglichkeiten, um auf dauer zu überleben. entweder werden sie unsichtbar und verleugnen sich selbst, oder sie kämpfen auf leben und tod um ihren platz in der gesellschaft.
melanie heise hat gekämpft und verloren. genauso wie ihre eltern. meine eigenen eltern haben sich für die unsichtbarkeit entschieden. gewinnen können sie dabei nichts. sogar herr lehmann hat verloren. dabei hat er nicht mal gekämpft. er ist einfach unter die räder geraten. dieselben räder, die auch melanie und ihre familie unter sich begruben. unter die räder derer, die ihr lenkrad nicht aus den händen geben wollen.
oh, wie ich sie hasse, die lamprechts dieser welt. sie sind weiß, männlich und selbstherrlich, sie halten sich für unersetzbar und gehen über leichen, bevor sie ihre macht verlieren. es gibt sie in unterschiedlichen größen. die einen leiten ein globales unternehmen, die anderen nur eine schule. dabei sind sie nicht von geburt an schlecht. aber sie werden es unwiederbringlich, sobald ihr einfluss wächst und die macht sie korrumpiert. am ende gleichen sie sich wie ein ei dem anderen.

mit zwölf hab ich angefangen die kamera draufzuhalten. auf die gäste und auf die lamprechts. ohne es zu wissen. ich habe einfach alles gefilmt, was mich be-

wegt und erregt hat. mit der zeit aber wurde aus den vielen unbedeutenden einzelbildern ein großes, das ich aber noch nicht lesen konnte.
bis melanie kam.
sie war das krasseste feuer, das jemals brannte. und sie stieg auf wie ein komet. doch lamprecht ließ sie gnadenlos verglühen. gottgleich, ohne demut. aus sicherheitsgründen. weil eines seiner schafe sich die finger an ihr verbrannt hatte.
melanie lieferte mir die letzten puzzleteile, die ich brauchte, um zu erkennen, welches bild ich jahr um jahr gemalt hatte. es war das bild von der ungerechtigkeit.

und plötzlich wollte ich nicht mehr höflich sein und alles richtig machen. plötzlich verspürte ich den unbändigen wunsch nach rache.

erinnerst du dich? du hast mir mal die geschichte von george gershwin erzählt, der auf einer zugfahrt, wie aus dem nichts heraus, beim blick aus dem fenster, die komplette »rhapsody in blue« vor sich sah.
genau das ist mir auch passiert. beim anblick des sturzbetrunkenen mannes, den ich hasste.
ich sah lamprecht, wie er sich in die hosen schiffte, und alles stand vor meinem geistigen auge. wie eine komposition in moll.

du hast mich gefragt, warum ich dich in die ganze sache hineingezogen habe.
ich weiß es nicht, mein jannik. es war einfach ein bauchgefühl. vielleicht, weil ich unterbewusst fühlte, dass ich jemanden brauchte, der auf mich aufpassen

musste, der mich zügeln sollte. jemanden, den ich so sehr liebte, dass ich selbst im heißesten rausch meiner rache auf ihn hören würde.
und dieser mensch warst nun mal du, mein jannik. deshalb und nur deshalb hab ich dich in diese ganze scheiße hineingezogen. und es tut mir unendlich leid.

aber mein bauchgefühl sollte recht behalten. denn ich verlor mich im rausch. ich wollte lamprecht leiden sehen und fand kein ende, als es längst hätte aufhören müssen.
doch dann hast du mich gerettet.

ohne dich, mein jannik, hätte es tote gegeben.
ohne dich wären lamprecht und ich nicht mehr am leben.

du bist ein held, tschaikowski!
und ich bin keinen deut besser als lamprecht.

ich weiß nicht, ob du mich jemals wiedersehen willst.
aber falls nicht, was ich verstehe, lass dir bitte noch eines gesagt sein:
du hast in dir nicht weniger feuer als melanie.
und so wie herr lehmann sich an ihrer hab ich mich an deiner glut verbrannt.
geh vorsichtig mit ihr um!
du darfst dieser welt nicht abhandenkommen.
sie braucht dich.

ICH LIEBE DICH!
tai

Ich glühte vor Wut. Ärgerte mich unendlich über seine Arroganz. Worum ging es ihm? Um mich oder um sich?

Auf jeden Fall ging es ihm nicht um Herrn Lamprecht. Hatte er denn keinen Deut Einsicht? Interessierte ihn überhaupt nicht, was aus seinem Opfer geworden war? Und warum, verdammt noch mal, bevormundete er mich schon wieder?

Wie konnte er schon in den ersten zwei Zeilen ausschließen, dass sein Versuch einer Entschuldigung scheitern würde? Wieso schrieb er mir vor, was ich zu fühlen und zu denken hatte?

Ja, verdammt! Er hatte mich gebraucht und nach der Benutzung weggeschmissen wie einen stinkenden Lappen. Aber hatte ich dann nicht auch das Recht, selbst darüber zu entscheiden, ob ich das verzeihen konnte und wollte oder nicht?!

Ich verstand doch durchaus seine Beweggründe. Er hatte sie mir auf den folgenden Seiten klug und eloquent dargelegt. Glaubte er, dass ich zu dämlich war, ihn zu verstehen?

Die Frage war doch eine ganz andere: Warum ging es ihm in keiner Zeile um die Art und Weise seines Handelns?

Allein um ihn zur Rede zu stellen, wollte ich ihn sofort wiedersehen. Ich hatte doch das Recht auf eine Aussprache! Basta!

Ich warf den Brief verärgert in die Ecke und schlug mit meinen Fäusten auf die Matratze. Wie konnte ich mich nur in ein derart manipulatives Arschloch verlieben? Er war wie eine Katze. Uneinsichtig, arrogant und hinterlistig. Aber wenn er zu schnurren begann, war ich verloren.

Mein Handy machte »pling«. Ich nahm es zur Hand und las.

Lieber geehrter, gelehrter, bekehrter Herr Wikinger,
ich weile ohne Eile am übernächsten WE in der

Hauptstadt. Kleine, bescheidene Darbietung in Halloween-Zirkusshow führt mich ans Chamäleon-Theater. Kennen Sie wohl dieses Etablissement? Werde Hotelzimmer in Mitte bewohnen. Frage mich, ob unser Kennenlernen endlich naht? Süße Grüße: Chevalier Nilás

Wahnsinn. Was für eine Nachricht! Was für ein Brief! Was für eine Überforderung im Hirn eines kleinen, runden Stadt-Eis, wie mir.

Ich ließ meinen Kopf in die Kissen sinken und fühlte mich einen Moment lang wie Marlene Dietrich, wenn sie in *Ich bin von Kopf bis Fuß auf Liebe eingestellt* von den schwirrenden Männern und den Motten und dem Licht sang. Dann stand ich auf und setzte mich wieder ans Klavier. Ich hatte zu arbeiten.

*

14. Oktober 2015

Papa hatte uns schon früh am Morgen verlassen. Sein Flieger ging kurz nach sechs von Tegel. Ich glaube, nach Seoul, danach noch nach Peking und bald auch nach Mexiko, nach Vancouver und Stockholm. Wohin auch immer. Mama und ich waren wieder alleine. Für eine ziemlich lange Zeit.

Wir saßen zusammen am Frühstückstisch. Seit einigen Wochen aß ich Mamas Frühstücks-Rote-Beete-Qinoa-Pamps mit. Für die Selfies und mein Selbstbewusstsein. Wenn man sich erst mal daran gewöhnt hatte, war das Zeug auch gar nicht so schlecht.

»Wie geht's eigentlich Tai?«, fragte Mama und offenbarte mal wieder ihr Talent für das souveräne Betreten offener Fettnäpfchen.

»Schwieriges Thema«, sagte ich und zuckte mit den Achseln.

»Liebeskummer?«, fragte sie.

Ich sah sie erstaunt an. Beeindruckend, was sich Mütter so alles zusammenreimen, ohne dass man offen drüber spricht. Ich nickte.

»Er hat mir einen langen Brief geschrieben«, antwortete ich.

»Und?«

»Hängt von mir ab, schätz ich.«

Mama nickte wissend.

»Woher weißt du denn von uns?«, fragte ich.

»Hab ich in deinem Blick gesehen. Und in seinem auch.«

Sie lächelte.

»Du?«, fragte ich. »Wenn du die Wahl hättest zwischen, sagen wir mal, einer Katze und einem Hund, wie würdest du dich entscheiden?«

Mama dachte nicht mal nach. Sie antwortete pistolenschnell. »Immer für den Hund!«

»Wieso?«, fragte ich. »Sind Katzen nicht viel toller, freier, eigenständiger, verschmuster, flauschiger?«

Sie schüttelte heftig ihren Kopf.

»Ein Hund wedelt mit dem Schwanz, wenn du nach Hause kommst. Er freut sich, dich zu sehen, und bleibt treu an deiner Seite, bis du stirbst. Bei einer Katze weißt du nie, woran du bist. Ständig stromern die in der Gegend rum, fahren ihre Krallen aus, wenn du nicht damit rechnest und nehmen sich selbst viel wichtiger als dich.«

Ich nickte.

»Und meinst du, Papa ist eher ein Hund oder eine Katze?«

Wieder brauchte Mama nahezu keine Bedenkzeit.

»'ne Katze.«

»Und warum hast du dir keinen Hund geholt?«

Sie schüttelte ihren Kopf.

»Ich weiß es doch auch nicht.«

Dann kaute sie bedenklich lange auf ihrem letzten Löffel Pamps herum und sagte schließlich: »Katzen sind spannender.«

Mama stand auf, resolut und ein wenig aufbrausend und nahm mir gedankenlos Löffel und Schüssel aus der Hand, obwohl ich noch gar nicht aufgegessen hatte. Die Reste meines Quinoa-Breis klatschten beim Einräumen auf den Boden der Geschirrspülmaschine, doch Mama bemerkte das nicht. Sie war noch ganz beim Katzenthema.

»Aber ich sag dir was, Janni ...«, sagte sie streng. »Wenn du die Gelegenheit hast, dich zu entscheiden, dann nimm immer den Hund! Sonst hast du dein Leben lang Ärger.«

Dann gab sie mir einen Kuss auf die Stirn und ließ mich in der Stube sitzen.

*

Die Läufe in der Rechten gingen mir mittlerweile gut von der Hand. Die Linke dagegen hatte außer einer schönen Bassbegleitung in ganzen oder halben Noten nichts zu tun. Auf diese Weise blieb mir genug Hirnkapazität übrig, um mich aufs gleichzeitige Singen zu konzentrieren. Und da alle anderen auf dem Schulhof hin und her sprangen und ich den Musikraum ganz für mich allein hatte, tat ich mir keinen Zwang an, stellte mir Melanie vor, sitzend auf ihrer sonnigen Mauer, und begann laut und leidenschaftlich für sie zu singen: *Nevermind I'll find someone like you ...*

Es dauerte eine Weile, bis ich ihn wahrnahm. Er machte keine Geräusche. Nicht mal sein Atem war zu hören. Es war eher das Gefühl, nicht mehr allein im Raum zu sein, das mich auf ihn aufmerksam werden ließ.

Da ich mich aber nicht verspielen wollte, drehte ich mich erst um, nachdem ich mit dem Refrain fertig geworden war.

Dann sah ich zu ihm. Tatsächlich. Er war es. Tai hatte sich auf Samtpfoten in den Musikraum geschlichen und stand an seinem gewohnten Platz neben der Tür. Keine Ahnung, wie lange er mir schon zuhörte.

Er war ohne Kamera gekommen. Das Lied hatte seine Augen zum Glänzen gebracht. Ich musterte ihn, von oben bis unten, den Märchenprinzen aus dem fernen Osten. Natürlich tat er das, was er am besten konnte. Er setzte sein schönstes Lächeln auf, um mich wie sonst auch im Handumdrehen um den Finger zu wickeln. Aber ich widerstand. Ohne meine Mundwinkel zu verziehen, wandte ich meinen Blick von ihm ab, sah aus dem Fenster und fragte mich, ob Nilas wohl ein Hund oder eine Katze war. Ich beschloss, dass ich es dringend herausfinden musste.

Dann ging ich voller Leidenschaft in die zweite Strophe über, in den zweiten Refrain und sang das ganze Lied bis zum Ende durch, ohne Tai auch nur eines weiteren Blickes zu würdigen. Er hatte es nicht anders verdient.

* * *

Ich danke …

… **Thorsten Merten**, dass du die Welt dieses Romans in den vergangenen drei Jahren mit mir erfunden und erkundet hast, … **Heiko Pinkowski** für all deine Ideen, die Liebe und die Zeit, die du in diese Geschichte gesteckt hast, … **meiner Mama und meinem Papa** für die Zärtlichkeit und Geborgenheit, in der ihr mich aufgezogen habt, für euren Witz, eure Geduld, euren unerschütterlichen Glauben an mich und die niemals endende Quelle der Inspiration, die ihr mir seid, … **meiner besseren Hälfte Paul**, dem unermüdlichen Erstleser jeder einzelnen Seite, ich danke dir für jede Sekunde unseres gemeinsamen Lebens. Ich liebe dich! … **meiner Annelie Streit**, dass du die richtigen Knöpfe gefunden hast, die man drücken musste, um mich zum Sprudeln zu bringen, ich hab dir so viel zu verdanken, … **meinem Old Gerhard Dahne** für Freundschaft, Musik, Kümmel, Chefsalat und noch viel, viel mehr … **meiner unsterblichen Oma**, der treusten Begleiterin an meiner Seite, … **meiner Schwester Netti**, der großen Kämpferin und eigentlichen Künstlerin in unserer Familie, für all die Wege, die du mir geebnet hast … **meiner Uli**, der liebevollsten Schwester und Mutter, die man sich nur vorstellen kann, die in fast jeder meiner Geschichten vorkommt, auch wenn sie es vielleicht nicht merkt, … **meinen fantastischen Neffen Tim, Piet und Tadek**, die mich zum stolzesten Onkel machen, den es gibt, … **meinen süßen Schwiegereltern Andrea und Gerhard** für die wilden, bunten Farbtupfer, die ihr in mein Leben kleckst,

… **Dr. Uwe Rössler** für die engagierte und kompetente Fachberatung im Bereich des Bauingenieurwesens, und **Chi Lan Lê-Felgendreher** für die Ordnung im vietnamesischen Sprachgewirr, … **Christina Große und Pepe Planitzer** für euer Paradies, das ihr mir zum Schreiben zur Verfügung gestellt habt, … **Katrin Fieber und Monika Boese** für eure abenteuerliche Idee, dass ich einen Roman schreiben könnte, … **Linda Vogt** für deine Unerschrockenheit, deine Begeisterung, deinen nie versiegenden Optimismus, deine Gelassenheit und deine grandiosen Ratschläge, mit denen du mich durch diesen Schreibspurt geboxt hast, … **all den hinreißenden und fleißigen Frauen und Männern vom Ullstein Verlag**, für die enthusiastische Unterstützung und grandiose Zusammenarbeit, … **Sabine Matthiesen, Thomas, Andros, Karin, Marco und dem ganzen Team der Kulturellen Filmförderung MV** für eure Gastfreundschaft, mit der ihr mich immer wieder in eurem Filmhostel in Wismar untergebracht, verwöhnt und verköstigt habt, … **meinen großen Meistern Ricardo Zamora und Rosa von Praunheim** für alles, was ihr beide mir beigebracht habt, für Wahnsinn, Weisheit, Glück, Leid und ewige Freundschaft, … **Patric Adam**, meinem liebevollen, klugen, geduldigen Freund, Mutmacher, Organisator, Strukturgeber und Herrn über alle 77 gleichzeitig laufenden Projekte, … **meinen genialen Schriftstellerfreunden Finn-Ole Heinrich, Stephan Ludwig und Charlotte Habersack**, ihr seid mir unerreichbare Vorbilder, … **meinen ehemaligen Lehrern, insbesondere Frau Bajaht, Frau Orlamünder, Frau Schröder, Frau Gratz, Frau Schmidt, Frau Wiechmann und Frau Gawlitza**, für Leidenschaft, zündende Gedanken, Wissen und Lebenserfahrung, … **dem Wannseeforum, seinem ehemaligen Leiter Moritz von Engelhardt und der Jugendbildungsstätte Flecken-Zechlin** für die prägende, erfüllende und aufregende Zeit, die ich in meiner Jugend dort verbringen durfte, … **meinem Pegasusclub: Conny, Enrico, Hanna, Jule, Juliane, Jan, Marcel, Paul und Sveja** für unser kostbares Ritual, ohne das wir alle nicht wären, was wir heute sind. **Und von ganzem Herzen danke ich meinen treuen Begleitern Anne Baeker, Dennis Pauls, Andreas Schulz, Marvin Clifford, Janusch Kesy, Milenka Nawka, Philipp Eichholtz, Anna F. Kohlschütter, Johannes Varga, Peter Trabner, Frithjof Gawenda, Eva Bay, Claudia Jacob, Lena Moritzen, Sarah Huzel, Katharina Dufner, Martina Eisenreich und Wolfgang Lohmeier, Petra Wille, Florian Kristen, Louisa Luckert, Vincent L. Lungwitz und Theresa Kühnast** für die unerschütterliche Kraft eurer Freundschaft, für eure Schultern, auf denen ich meine Traumschlösser erbauen darf, und die Erde, auf der meine Füße sicher stehen, ohne abzuheben.